Oceani. 232

Dello stesso autore
presso La nave di Teseo

I delitti di West Point. The Pale Blue Eye

Louis Bayard
La torre nera

Traduzione di Tiziana Lo Porto

La nave di Teseo

Titolo originale: *The Black Tower*

Published by arrangement with HarperCollins Publishers

ISBN 978-88-346-1655-0

Prima edizione La nave di Teseo febbraio 2024

In memoria di mio padre

Soffrire è la prima cosa che un bambino deve imparare, ed è la cosa che gli servirà di più conoscere.

Jean-Jacques Rousseau

Francia: prima e dopo la rivoluzione

1770
Maria Antonietta, figlia dell'imperatrice Maria Teresa, sposa il delfino di Francia, Louis-Auguste.

1774
Louis-Auguste, dopo la morte del nonno, diventa Luigi XVI.

1778
Maria Antonietta dà alla luce la sua primogenita, Marie-Thérèse-Charlotte.

1785
Maria Antonietta dà alla luce il suo secondogenito, Louis-Charles.

1789
Una folla inferocita distrugge la Bastiglia, innescando lo scoppio della Rivoluzione francese. Le donne del mercato parigino

marciano su Versailles costringendo la famiglia reale a vivere sotto sorveglianza nel palazzo delle Tuileries di Parigi.

1790
La famiglia reale cerca di lasciare la Francia. Viene fermata vicino al confine e fa ritorno a Parigi.

1792
I rivoluzionari imprigionano la famiglia reale nel Tempio.

1793
Gennaio. Esecuzione del re Luigi XVI.
Luglio. Louis-Charles viene separato dalla sua famiglia.
Ottobre. Esecuzione di Maria Antonietta.

1795
Viene annunciata la morte di Louis-Charles. Il corpo viene seppellito in una tomba senza targa nel cimitero di Saint-Marguerite.

1799
Napoleone si insedia come primo console.

1804
Napoleone si incorona imperatore.

1815
Sconfitta di Napoleone a Waterloo che culmina con il suo esilio a Sant'Elena. Luigi XVIII (fratello minore di Luigi XVI) a

questo punto si insedia in modo permanente come re di Francia.

1821
Morte di Napoleone.

1824
Morte di Luigi XVIII. Il fratello minore, il conte d'Artois, diventa Carlo X.

1830
La Rivoluzione di luglio costringe Carlo X ad abdicare. Il cugino di Carlo, Louis-Philippe, duca d'Orléans, viene proclamato re con il nome di Luigi Filippo I.

I Borbone

- Luigi XVI (1754-1792) — Maria Antonietta (1755-1792)
  - Marie-Thérèse-Charlotte (1778-1851) *poi duchessa d'Angoulême* — Louis-Antoine (1775-1844) *duca d'Angoulême*
  - Louis-Joseph (1781-1789)
  - Louis-Charles (1785-1795) *poi Luigi XVII*
  - Sophie-Hélène-Béatrix (1786-1787)
- Louis-Xavier-Stanislas (1755-1824) *conte di Provenza* *poi Luigi XVIII*
- Charles-Philippe (1757-1836) *conte d'Artois* *poi Carlo X*
  - Louis-Antoine (1775-1844) *duca d'Angoulême*
  - Charles-Ferdinand (1778-1820) *duca di Berry*

Prima parte
Saint-Cloud

13 Termidoro Anno II

1° incontro con il Prigioniero: poco dopo l'una d notte. Il Prigioniero è solo in cella. La cena non è stata consumata. Nemmeno la colazione.

Puzza estrema, rilevabile dalla grata. Devo parlare con Barras delle condizioni. Mucchi d escrementi dappertutto. Urina, sudore, muffa, pelle marcia. Eccesso d ratti. Vermi, scarafaggi, pidocchi.

Il Prigioniero scoperto nel lettino, ca. dimensione della culla. (x ragioni sconosciute, il Prigioniero si rifiuta d dormire nel letto.) Caviglia che sporge a un'angolazione innaturale. Ginocchia & polsi estremamente gonfi, blu & gialli.

Il Prigioniero indossa solo brandelli d stoffa sporca & pantaloni stracciati. Non si preoccupa + d vestirsi o svestirsi. Costole chiaramente visibili attraverso la pelle. Braccia & gambe interamente traforate d piaghe, purulente. Corpo coperto, dalla testa ai piedi, d parassiti. Insetti & pidocchi si trovano in ogni piega di lenzuolo & coperta.

Il Prigioniero ha sussultato quando la porta è stata aperta. Ha girato leggermente la testa verso d noi, non ha fatto nessun'altra mossa. Occhi aperti quando ho abbassato la candela sul viso, & subito richiusi. Luce acutamente dolorosa. Sembra che il Prigioniero non sia stato esposto a luce d alcun tipo da almeno 6 mesi, può essere considerato funzionalmente cieco.

Nessuna risposta iniziale dal Prigioniero quando gli ho detto buongiorno. Non ha risposto alle domande. Leggera espirazione rilevata attraverso le labbra (ricoperte d lievito). Grande ragno nero che striscia sul collo. 1 ratto è stato trovato che masticava i capelli del Prigioniero, districato con difficoltà. Il che ha provocato le prime parole del Prigioniero, che erano x ringraziarmi.

Ho chiesto al Prigioniero d alzarsi. Il Prigioniero ha rifiutato. Dopo ripetute richieste, ha tentato d alzarsi ma ha richiesto forza. Con assistenza è stato in grado d fare 2 passi – estremamente dolorosi, all'apparenza. Il Prigioniero è crollato non appena ho tolto il braccio. (La guardia, presente durante tutto il colloquio, ha rifiutato d aiutarmi a sollevarlo.)

Dopo avere rimesso il Prigioniero nella branda, ho promesso d tornare il giorno successivo x iniziare il trattamento. Dopo averlo sentito, il Prigioniero, con voce appena udibile, mi ha implorato d non scomodarmi. Il Prigioniero ha osservato che morire era il suo desiderio + grande. Non appena Dio lo xmetterà.

Devo parlare con il Generale Barras x pulire la cella, e ottenere + luce x il Prigioniero. Il ginocchio è la preoccupazione medica + urgente. Il Prigioniero trarrebbe beneficio da bagno, esercizio fisico, contatto con la famiglia, amici, chiunque. Devo parlare anche con Must

Cosa abbiamo fatto

Capitolo 1
Il mendicante all'angolo

Sono un uomo di una certa età, grande quanto basta da avere commesso ogni sorta di sciocchezza, e mi accorgo con mia sorpresa che l'unico consiglio che ho da darvi è questo: non lasciate mai che il vostro nome venga trovato nei pantaloni di un morto.

Il nome, sì. Il mio è Hector Carpentier. Oggi è *professor* Carpentier, della École de Médecine. La mia specialità è la venereologia, il che è un'affidabile fonte di divertimento per i miei studenti. "Venite con noi," dicono agli altri. "Carpentier ci racconterà tutto del secondo stadio della sifilide. Così sul sesso ci mettiamo una pietra sopra."

Abito in Rue du Helder, con un soriano arancione di nome Baptiste. I miei genitori sono morti, non ho fratelli né sorelle e non ho ancora avuto la fortuna di avere figli. Detto altrimenti, io sono l'unica famiglia che ho e, negli intervalli di calma, la mia mente va verso quelle persone, non strettamente imparentate, che hanno assunto per un certo periodo tutte le caratteristiche, tutto il significato della famiglia, quantomeno temporaneamente. Se venissi messo all'angolo, per esempio, sarei costretto ad ammettere che ricordo i ragazzi con cui frequentavo la facoltà di medicina meglio di quanto non ricordi il mio stesso padre.

E mia madre... be', è abbastanza presente dopo tutti questi anni, ma per certi versi non è così *reale* come Charles. Che forse non era affatto reale ma che è stato, per un determinato periodo, come una famiglia.

Penso a lui ogni volta che vedo una pentas. Basta uno sguardo e mi ritrovo ancora una volta ai Giardini del Lussemburgo, a un certo punto di maggio. Sto guardando passare una bella ragazza (l'inclinazione del suo parasole, sì, la luminosità burrosa dei suoi guanti), e Charles blatera qualcosa a proposito dei fiori. Non fa che parlare di fiori. Questa volta, però, ne raccoglie uno e me lo mostra: una pentas.

Cinque petali, da qui il nome. Più piccola di un sussurro. Immaginate una stella marina trascinata dal fondo dell'oceano e... comunque non riuscirei a renderle giustizia. E, in effetti, non è così straordinaria, ma poggiata lì sulla sua mano, non riesco a non notarla, e lo stesso vale per tutto il resto: il terrier scozzese che russa su una panchina; il cigno che si pulisce le penne posteriori nella fontana; la statua di Leonida annerita dal muschio. Io sono la misura di quelle cose e loro lo sono di me, e siamo tutti... sufficienti, suppongo.

Naturalmente, nulla nella nostra situazione è cambiato. Siamo comunque uomini predestinati, io e lui. Ma in questo momento, riesco a immaginare un briciolo di grazia, mi riferisco alla possibilità che potremmo essere predestinati ad altre cose. E tutto per via di questo stupido fiore, che in qualsiasi altro giorno avrei calpestato come un tappeto.

Mi sono ritrovato a pensarci proprio di recente, perché solo la settimana scorsa ho ricevuto una lettera dalla duchessa d'Angoulême. (Si trova nella tenuta del conte Coronini in Slovenia.) La busta era ricoperta di francobolli e la lettera, scritta con la sua solita grafia timida, era per lo più un saggio sulla pioggia, suggellato da preghiere. L'ho trovata confortante. Si dice che la duchessa stia scrivendo le sue memorie, ma io non ci credo. Nessuna donna ha mai stretto così forte al seno la propria vita. La terrà lì, immagino, finché il medico legale non le assicurerà di essere morta.

Il che potrebbe richiedere molto tempo. Dio fa di questi scherzi. Più i suoi servitori si struggono per la sua presenza – e sia chiaro, la duchessa lo fa – più a lungo li tiene incatenati alle vecchie spoglie mortali. No, sono i blasfemi su cui non vede l'ora di mettere le mani. Prendete Monsieur Robespierre. Al culmine del Terrore, Robespierre decise che il nome "Dio" sapeva troppo di ancien régime. In qualità di capo del Comitato di Sicurezza Generale, dichiarò che da quel momento in avanti, Dio sarebbe stato chiamato l'Essere Supremo. Mi pare sia stata fatta una specie di festa per celebrare la promozione di Dio. Una parata, forse. All'epoca avevo solo due anni.

Pochi mesi dopo, con metà della mascella staccata, gemendo verso il patibolo, Robespierre stava già formulando delle scuse? Non lo sapremo mai. Non ha avuto il tempo di scrivere le sue memorie.

Io, invece, di tempo ne ho a bizzeffe, ma se dovessi scrivere la mia vita, non credo che riuscirei a iniziare dalle solite genuflessioni, da tutti quegli antenati con le alabarde, o dalle ostetriche che ti catturano con i loro guanti callosi. No, dovrei iniziare da Vidocq. E magari finire anche con lui.

Una strana ammissione, lo so, dato che ho passato solo poche settimane in sua compagnia. Sono trascorsi quindici anni senza che di lui abbia avuto più notizia. Perché, allora, dovrei preoccuparmi di ripercorrere la terribile faccenda che ci ha uniti?

Non per la speranza di essere creduto. Semmai scrivo per potere io stesso credere. È successo davvero? Proprio in questo modo? Così non resta che mettere giù tutto, il più esattamente possibile, e vedere cosa ne viene fuori.

E con che facilità il tempo scivola via, dopo tutto. Non mi resta che chiudere gli occhi e due decenni svaniscono in un soffio, e sono di nuovo lì...

Anno 1818. Che, secondo i documenti ufficiali, è il ventitreesimo anno del regno di re Luigi XVIII. Per tutti questi anni, tranne tre, sua maestà ha regnato da tutt'altra parte – *nascondendosi*, direbbe un'anima cattiva, mentre un certo corso faceva dell'Europa il proprio sgabello. Niente di tutto questo ha importanza adesso. Il corso è messo sotto chiave (di nuovo); sono tornati i Borbone; la battaglia è finita; il futuro è senza nuvole.

Questo curioso interregno nella storia francese va sotto il nome di "Restaurazione", e ciò implica che, dopo insensati esperimenti con la democrazia e l'impero, il popolo francese è stato riportato alla ragione e ha invitato i Borbone a tornare alle Tuileries. Non si fa mai parola del vecchio disagio. Abbiamo tutti visto abbastanza politica, e adesso lo sappiamo: adottare una linea dura significa fare una dura caduta.

Lo so anch'io, malgrado sia stato giovane all'inizio di questa storia, così giovane che quasi non mi riconosco. Quattro anni prima dei trenta: magro, roseo e incline a beccarmi il raffreddore. Mio padre è morto da circa diciotto mesi. Ha lasciato a me e a mamma la casa in cui sono cresciuto, oltre a un terreno non edificato nella Chaussée d'Antin, che ho già perso per colpa di investimenti sbagliati. Per essere precisi, ero il principale finanziatore di una ballerina carina e ossuta di nome Eulalie. Aveva gli occhi scuri e una specie di sorriso furtivo, che sembrava salirle dalla nuca, e un modo di muovere dolcemente i polsi dentro e fuori dalle giunture che non perdeva mai il suo fascino.

Ho sentito dire che a Parigi le cene e gli spettacoli teatrali e le carrozze e i guanti non costano nulla. Sì, certo, sempre che non sia tu a pagarli. Ed Eulalie, da quando l'ho conosciuta, non ha mai pagato nulla, faceva parte del suo fascino, e quando, sotto costrizione, ha ammesso di dovere duemila franchi alla sarta e altri milletrecento al tappezziere, e Dio sa cos'altro, è stata la cosa più naturale del mondo vendere la terra di mio padre e andare in giro con gli stivali sporchi di fango e un solo abito nero.

Dopo un po' ho saputo che i soldi sarebbero andati a un impiegato del tribunale di nome Cornu, che aveva tenuto compagnia a Eulalie per cinque anni e due figli.

Le scenate la disgustavano sempre, così non ne abbiamo mai fatta una. Mi ha lasciato una cantina di ricordi, dove trascorro gran parte di questi primi giorni della Restaurazione. Frugando. Io e mia madre risiediamo nel Quartiere Latino e, per compensare i beni perduti, abbiamo iniziato ad accogliere inquilini, per lo più studenti universitari. Mamma, con la sua cuffia di tulle, presiede la tavola; io cerco di riparare le perdite. Anche i cigolii, quando ci riesco. (I travetti del terzo piano sono un po' marci.) Nel tempo libero frequento i laboratori dell'università, dove il dottor Duméril, un vecchio amico di famiglia, mi permette di effettuare esperimenti della cui natura nessuno è del tutto certo. Dico alla gente che sono a metà di una monografia, ma in realtà sono a metà di questa monografia da circa due anni. L'unica parte che ho finito di scrivere, di fatto, è il titolo: *L'efficacia terapeutica del magnetismo animale in congiunzione con le diverse pratiche orientaliste dell'antichità...*

Oh, non ho nessuna intenzione di andare avanti. Una volta ho snocciolato tutta la faccenda a mia madre, e il suo viso ha assunto un'espressione di tale sconfinata miseria che ho deciso di non parlarne mai più, e ho quasi deciso di abbandonare del tutto il progetto. Se fossi stato più coraggioso, lo avrei fatto.

Perché ho citato la monografia? Ah! Perché la mattina in questione sto tornando a casa dal laboratorio. No, non è del tutto corretto. Torno a casa da Le Père Bonvin.

È lunedì. Il ventitré marzo. Primavera, per l'esattezza, anche se arriva tardi a Parigi. Circa una settimana fa, uno strato di ghiaccio piovigginoso verde-grigio si è depositato come un ospite malevolo. Le vecchie distinzioni tra aria e acqua non valgono più. Ovunque senti gli schizzi – i tuoi, quelli dell'uomo dietro di te, quelli della donna davanti – e ovunque un'oscurità liquida e turbolenta, come se fossimo tutti rane in un regno sommerso.

Gli ombrelli sono inutili. Ti metti il cappello con la massima fermezza possibile, ti alzi il bavero e vai avanti. Anche se non hai nessun posto dove andare... vai!

Sì, questo mi descrive abbastanza bene mentre svolto in Rue Neuve Sainte-Geneviève: cupamente deciso e senza una meta in particolare. Basta che non sia casa. La strada è deserta, a eccezione di Bardou che alza un po' la testa in segno di saluto. Bardou è il mio riferimento fisso, perché resta vigile all'angolo a prescindere dalle condizioni metereologiche. Molto tempo fa, dicono, ha perso il braccio in una cartiera, e anche se di tanto in tanto lavora come sagrestano in chiesa, torna sempre al suo posto vicino al vecchio pozzo inagibile, e ogni volta che passo, cerco di lasciargli una o due monete (ultimamente più rame che argento), e lui mostra il suo apprezzamento inclinando la testa di lato di pochi centimetri. È il nostro rituale, misteriosamente confortante nei suoi contorni.

Ma oggi, 23 marzo, il rituale verrà violato in modo sconvolgente. Dallo stesso Bardou, che commette la singolare colpa di *guardarmi*. Inclinando il viso verso il mio e *fissando* con vero e proprio intento.

Mi sta rimproverando per la mia avarizia? È il mio primo pensiero, lo ammetto, ma mentre percorro la strada verso casa mia, un'altra possibilità mi balena, e questa è più scioccante dell'essere fissato. La possibilità, voglio dire, che quest'uomo non sia Bardou.

Rido ma mi volto comunque a controllare. *Non è Bardou.* La stessa forma storta e rannicchiata. Il cappello lacerato e i brandelli di cuoio degli stivali, che minacciano sempre di staccarsi ma non ci riescono mai del tutto. E il moncone, per l'amor di Dio! Che si contorce come una bacchetta da rabdomante. *Non è Bardou?*

Svanisce dai miei pensieri nell'attimo stesso in cui entro in casa. Gli studenti inquilini sono andati a lezione; mamma ha portato Charlotte, la cameriera, a comprare le tende al Palais-Royal; sono da solo. Minuti preziosi giacciono davanti a me, in attesa di essere sprecati. Mi tolgo gli stivali e mi sdraio sul divano di crine, quello su cui nessuno dovrebbe sedersi, e leggo cosa ha scritto Talma sull'ultimo numero della *Minerve Française* (che ho dovuto sgraffignare a Le Père Bonvin perché non possiamo permetterci l'abbonamento) e... stavo per dire rifletto, ma *ronfo* mi sembra più pertinente. Quando bussano mi sento come se fossi stato inghiottito da un burrone.

Non importa. Mi metto il giornale sulla faccia. *Charlotte lo capirà.*

Ehi, ma Charlotte non è in casa. In casa non c'è nessuno a parte me, e i colpi si fanno sempre più forti e veloci. Posso ignorarli, l'ho già fatto in passato, è una mia attitudine, ma i colpi si fanno sempre più incalzanti e, nel mio stato annebbiato, comincio a chiedermi se non nascondano un codice che non sarà mai rivelato finché non apro la porta, e non ho il tempo di chiedere se voglio che venga rivelato, perché corro nell'atrio, tiro il catenaccio e spalanco la porta...

Ed ecco Bardou. Con il capo chino, la voce soffocata.

"Mille scuse, Monsieur."

È la cosa più scioccante che quest'uomo abbia mai fatto finora. *Lì in piedi.* Per la prima volta da quando ne ho memoria… e forse l'ultima. Il suo corpo piegato inscrive lenti cerchi nell'aria. Ancora un secondo e cederà del tutto.

"Un po' di pane," ansima, appoggiandosi all'architrave. "Se lei…"

Occorre chiarire una cosa. Non c'è un briciolo di carità in me in questo momento, solo un pizzico di terrore. Non voglio che muoia sul nostro parquet. Perché, anche se riuscissi a portare via il cadavere, mamma ne sentirebbe l'*odore*, che filtra nella cera, e sarebbe l'ennesima offesa nella sua lista, e questa lista non è un pezzo di carta, è un coso infinito, che si attorciglia, fluido per metà, è la lingua rosa di un grande serpente, che mi sfiora il collo mentre mi precipito verso la dispensa di Charlotte…

Non deve morire sul nostro pavimento. Non deve morire sul nostro pavimento.

Non c'è pane, ma c'è… qualcosa che *assomiglia* al pane… un biscotto! Avrà più o meno una settimana. Perfetto.

Torno indietro con il mio dolcetto stantio, un sorriso sottile disegnato a matita sul mio viso, e lì, sul gradino di casa…

Nessuno.

Da dietro sento uno schiarirsi di gola. È Bardou. Trasposto da un qualche strano agente nella nostra sala da pranzo. Appoggiato al nostro tavolo.

"Io ho…"

Le parole mi muoiono in gola mentre afferra il biscotto e lo trangugia in due bocconi.

"Ugh," dice, gettando via l'involucro. "Santa merda."

E poi si accomoda proprio sul divano che ho appena lasciato. (Quello su cui nessuno dovrebbe sedersi.)

E ancora una volta le parole – i rimproveri borghesi – non mi sono chiari, perché noto proprio adesso il cambiamento nella voce di Bardou, che si scrolla di dosso gli anni ogni secondo che passa.

E questo non è niente in confronto al cambiamento dello stesso Bardou. Si sta disfacendo. I legacci gli cadono dalla manica vuota, e il suo braccio solitario si dirige rapido nell'incavo del petto, e in pochi secondi, un altro braccio è miracolosamente apparso dove c'era solo il moncone.

Come un'idra, penso, fissandolo meravigliato. *Che genera nuove appendici.*

"Vede, mio caro amico, non so cosa stia facendo..."

Non mi presta attenzione, è troppo occupato a trascinare le mani sulla faccia, portando via anche la faccia di Bardou.

E perché fermarsi qui? Perché non strapparsi via i capelli bianchi dalla testa, come un uccello che fa la muta in un solo secondo?

Eccolo lì, l'uccellino sfrontato. Capelli: una macchia umida e castana. Bocca: ironicamente increspata. Occhi blu grigiastri che presiedono a un naso voluttuoso. E, cosa più preoccupante di tutte, una minuscola traccia di cicatrice sul labbro superiore destro.

"Dovrebbe... dovrebbe essere a conoscenza del fatto," balbetto. "Che c'è un posto di guardia. A nemmeno due isolati di distanza."

Lo straniero sorride nel fazzoletto che è ancora imbrattato dei resti di Bardou, e con voce soave e strana dice: "Quattro."

"Scusi?"

"Quattro isolati," insiste, con la pazienza di un prete. "All'angolo tra Cholets e Saint-Hubert. Possiamo andarci subito, se vuole."

E poi arriva la trasformazione più notevole di tutte. Si raddrizza. No. Non si sta affatto raddrizzando. Sta *crescendo*. Come se all'improvviso avesse scoperto altri dodici centimetri di colonna vertebrale e li stesse srotolando raggiungendo una lunghezza fino a ora sconosciuta. Davanti ai miei occhi, il piccolo vecchio storpio dell'angolo della strada è diventato un uomo robusto di un metro e settanta. Squadrato, orgoglioso e schietto, costruito lungo linee geologiche, con spessi strati di muscoli che sfociano in affioramenti di grasso – e il grasso in qualche modo refluisce nei muscoli, così che resti un'unità indissolubile, una cosa dal potere bestiale, che ti scuote fino alla laringe.

"Devo chiederle di lasciare immediatamente questa casa," dico. "Ha... ha beneficiato a sufficienza della mia carità..."

Potrebbe esserci un tremore nella mia voce, ma non saprei dirlo. Riesco solo a sentire il secco borbottare sottovoce dello sconosciuto:

"Chiamarlo biscotto... a me sembra più un pezzo di selciato... chi si crede di essere..." E poi, alzando la voce a un tono declamatorio: "Cristo, non ha qualcosa con cui mandarlo giù?"

I suoi occhi si posano su una bottiglia di vino mezza vuota sul tavolo. Togliendo il tappo, afferra un bicchiere dalla vetrinetta, scettico lo tiene davanti alla luce (macchie di sporco appaiono dal nulla come eczemi, come se fosse stato lui a provocarle), e poi travasa con grande cura il vino nel bicchiere, facendo scorrere il naso da tartufo lungo il bordo.

"Meglio," dice, dopo un paio di sorsi. "Beaune, vero? Non è poi così male."

E io, sono lì... che cerco armi. Incredibile quante poche ce ne siano a portata di mano. Un paio di coltelli da burro. Un candeliere. Forse Charlotte ha lasciato il cavatappi nel cassetto? Quanto tempo ci vorrà per trovarlo? Quanto tempo...

Ma ogni ultimo calcolo cessa nell'attimo in cui dice: "La prego, dottor Carpentier. Si sieda."

Capitolo 2
Morte di una patata

In un battibaleno, mi ha disarmato. E per un'ottima ragione: mi ha chiamato *dottore*.

In questi primi giorni della Restaurazione, nessuno mi ritiene degno di quel titolo, men che meno io. E così, proprio mentre mi abbandono su una delle sedie da pranzo, mi rialzo in direzione di quel *dottore*. Sforzandomi, sì, di esserne degno.

"Be', adesso," dico. "Lei sa il *mio* nome e io non ho ancora avuto l'onore di... di essere presentato."

"No, è vero," ammette.

Adesso è a caccia di prede, annusando, ispezionando, compromettendo tutto ciò che tocca. Il tavolo rettangolare in legno di albero da frutto con la sua superficie opaca. Le caraffe appannate e scheggiate. Le bruciature sul paralume d'avorio. Tutto, sotto il suo tocco, emana un refolo di meschinità.

"Aha!" grida, facendo scorrere il dito lungo una pila di piatti bordati di blu. "Fabbricati a Tournai, vero? Non se ne vergogni, dottore. Non c'è niente come il lavoro forzato per mantenere la porcellana a buon mercato."

"Monsieur. Credo di avere già implorato l'onore di conoscere il suo nome."

I suoi occhi allegri si posano su di me per un istante. "Lo ha fatto, è vero, e me ne scuso. Forse conoscerà un uomo di nome..."

E qui le sue dita formano un bocciolo attorno alla sua bocca, e il nome fiorisce, come una pioggia di polline.

"Vidocq."

Aspetta, con grande fiducia, l'alba nei miei occhi.

"Vuole dire... ah, è quella specie di *poliziotto*, non è vero?"

Il sorriso si spegne, gli occhi si assottigliano. "Una specie di *poliziotto*. E Napoleone è solo una specie di soldato. E Voltaire ha raccontato una bella barzelletta. Francamente, dottore, se non riesce a mettere le cose nella giusta scala, perdo fiducia in lei."

"No, no... volevo dire che manda i ladri in galera, no? È quello che dicono i giornali."

Un'alzata di spalle magniloquente. "I giornali dicono quello che vogliono. Se vuole sapere di Vidocq chieda ai furfanti che tremano al suo nome. Le scriveranno interi volumi, dottore."

"Ma cosa c'entra Vidocq con tutto questo?"

"Vidocq sono io."

Sembra ripensarci nel modo in cui lo dice. Come se, avendo respirato il nome nell'aria, quasi non abbia bisogno di avanzare il diritto che ha su di esso. E questo è più assertivo che se avesse gridato la notizia ai lampadari.

"Bene, va tutto molto bene," dico, incrociando le braccia sul petto. "Ma ha dei documenti?"

"Ascoltatelo adesso! Documenti! La prego, dottore che mangia sulla porcellana fabbricata dai carcerati, mi dica perché avrei bisogno di documenti."

"Perché, viene qui..." Sono stupito nell'apprendere che la mia rabbia cresce in modo direttamente proporzionale alla sua. "Lei piomba qui, Monsieur Chiunque Lei Sia, con i suoi piccoli stratagemmi e il suo finto moncone, e dice: '*Voilà!* Vidocq!' e si aspetta che ci creda. Perché dovrei? Come posso essere sicuro che lei sia chi dice di essere?"

Ci riflette su. E poi, con un certo rammarico, mi informa:

"Non può."

È meglio chiuderla qui. Eugène François Vidocq, se di lui si tratta, non si atterrà agli stessi standard empirici del resto del mondo. Credigli sulla parola o vai al diavolo.

"Molto bene," dico. "Se lei è questo Vidocq, mi dica dov'è Bardou."

"Sta passando una bella settimana, glielo assicuro, con le sorelle Bernadine. A prendersi cura dei loro meloni. Mi sa che non lo troverebbe desideroso di tornare al suo angolo di strada, dottore."

"Ma perché dovrebbe arrivare a tanto, in primo luogo? Piazzarsi all'angolo, vestendosi come lui, *sembrando*..."

"Be', adesso." Lo sconosciuto si appoggia al tavolo. "Se un cacciatore sta inseguendo una preda, dottore, deve stare attento a non farsi vedere."

"Ma chi è la preda?"

"Be', è lei."

E in quel momento, giro la testa di lato, ed ecco, davanti al divano, giacciono i miei stivali vuoti e il giornale letto a metà.

"E perché mai dovrebbe darmi la caccia?" domando.

Solo che lo so già.

Eulalie.

Con una velocità angosciante, il messaggio scorre nella mia testa. Eulalie e il suo impiegato del tribunale... una targa rubata dalla staccionata... catturati dai gendarmi... *questa volta vi lasciamo andare se ci dite chi è il mandante*... e quale nome fare se non quello del povero piccolo Hector? Non farebbe forse di tutto per Eulalie... *o no?* Non finirebbe alla Force per lei?

E dal mio avvizzito pezzo di cuore arriva la risposta: *sì.*

"È assurdo," dico. "Ho fatto... quello che ho potuto..."

"Su su," dice, facendosi scrocchiare il collo. "Se c'è da fare un interrogatorio, dovrebbe lasciarlo fare a me. È per questo che mi pagano, questo lo sa. Mi faccia vedere..." Tracanna un altro sorso di vino, si passa il braccio sulle labbra. "Potrebbe cominciare dicendomi cosa voleva da lei un certo Monsieur Chrétien Leblanc."

"Non conosco nessuno che si chiami Leblanc."

Sorride con dolcezza. "Ne è proprio sicuro, dottore?"

"Mai stato così sicuro, sì."

"Be', allora è una faccenda molto divertente. Perché sono qui per dirle che Monsieur Leblanc conosce *lei.*"

Frugando ancora una volta nella tasca nascosta della camicia, tira fuori, no, non un altro braccio, ma un pezzo di carta da macellaio. Macchiato di cera, rigido di grasso. E dalla superficie rovinata balzano fuori le parole: calde, nere.

DR. HECTOR CARPENTIER
n. 18, Rue Neuve-Sainte-Geneviève

Adesso è dietro di me, il terribile sconosciuto, e mi guarda leggere, avvolgendomi il collo con il suo respiro. L'aria si confonde con il vino.

"Questo è il suo indirizzo, vero, dottore?"

"Certo."

"E questo è il suo nome?"

"Sì."

"E credo che lei abbia l'onore di essere l'unico dottor Carpentier in tutta Parigi. Non creda che non abbia controllato," aggiunge, dandomi un leggero buffetto sull'orecchio. "Maledizione, però, ho ancora una fame da lupi. Qualcos'altro da mangiare? Quel dannato biscotto..."

Un attimo dopo, lo sento frugare nella dispensa, risistemando ogni articolo a mano a mano che lo trova. "Le castagne hanno visto giorni migliori... Conserva di pere? Mi sa di no... Il formaggio sembra a posto, se non fosse che... be', è di un viola spaventoso, all'inizio non te ne accorgi..."

"Tutto questo è ridicolo!" gli urlo. "Non ho mai ricevuto qui un Monsieur Leblanc! Non sono..."

Neppure un medico praticante...

Ma l'orgoglio mi fa zittire. Oppure è la vista dello sconosciuto che riemerge con una patata in bocca. Una patata cruda, stipata come una mela nella bocca di un maialino al forno.

"Bene, dottore." Macina un pezzo della polpa dura, lo schiaccia fino alla sottomissione. "Di sicuro siamo d'accordo su un punto. Non avrebbe potuto... ricevere Monsieur..."

"Leblanc."

"*Leblanc*," fa eco, attraverso palline di tubero che vorticano. "Per la semplice ragione che… non è mai arrivato qui."

"Be', allora perché mi disturba? Perché non interroga *lui*?"

Un altro pezzo di patata. Un altro giro di digrignamenti.

"Perché è... mpxxcchsik…"

È tutto quello che arriva, purtroppo. Alza un solo dito – *Un attimo, la prego* – ma ci vorrà un bel po' prima che la laringe gli si liberi.

"Perché è *morto*."

Il sapore della patata cruda deve finalmente avere fatto breccia nei suoi sensi, perché all'improvviso esce fuori in un veloce ruscello marrone, direttamente nella caraffa in attesa.

"Pensavo fosse un po' più matura," mormora.

E il mio primo pensiero è sì: mamma. Devo ripulire il caos prima che arrivi mia madre. Sto già per prendere la caraffa quando mi intercetta.

"A tre isolati da qui." (Le sue dita a salsiccia si arricciano intorno al manico della caraffa.) "È lì che è morto lo sfortunato Monsieur Leblanc. Non troppo lontano dalla Université dove lei trascorre gran parte delle sue giornate."

Spinge via la caraffa, fa un lungo passo verso di me.

"Monsieur Leblanc è stato ucciso mentre veniva a trovarla, dottore, e conto su di lei per spiegarmi il perché." Toglie un pezzettino di patata umida dal mio cappotto. "Se è una questione di quale confessore preferirebbe, devo dirle che sono molto più clemente di Dio. Nel peggiore dei casi, riceverà qualche anno di istruzione finanziata dallo stato in una cella a sua scelta. Lo consideri come un esercizio di edificazione del carattere. *Avanti*, racconti tutto a Vidocq. Prima…" e qui mi guarda con il più complice dei sorrisi. "Prima che mamma Carpentier torni a casa e arruffi le sue piccole piume bianche."

Fa un passo indietro e mi contempla per un momento. Poi, voltandosi, capovolge la bottiglia di vino. Un'unica goccia cremisi tocca la superficie del tavolo da pranzo.

"Ops, lo abbiamo finito! Faccia il brav'uomo e vada a prenderne un altro, le dispiace?"

Capitolo 3
La camera dei morti

È il modo in cui funziona la coscienza umana, suppongo. Un uomo suggerisce che sei colpevole di qualcosa, e più dici di non esserlo, più sembri esserlo. La voce suona di latta, il cuore batte come un pugno di fagioli, e ogni no suona come un sì, finché non riesci a sentire davvero questo sì, che si avvicina al parapetto del tuo labbro… quando il tuo interlocutore afferra la bottiglia di Borgogna – quella che gli hai preso meno di mezz'ora fa – e scruta il suo interno verde giungla e, con una voce venata di rassegnazione, annuncia:

"È finita anche questa."

Poi agita il dito verso il bicchiere di vino che se ne sta intonso davanti a te. Quello che non hai avuto il coraggio di bere (grazie a lui).

"Lo… vuole…"

E, vedendo che alzi le spalle, se lo porta direttamente alla bocca. Una lunga folata di respiro sazio e poi un rutto, che fruttifica l'aria. Si guarda. Vede, come se fosse la prima volta, gli stracci di Bardou. Tira fuori un orologio.

"È ora di andare."

Di andare entrambi, è quello che intende. È moderatamente sorpreso nel vedere che resti sulla sedia.

"Devo mostrarle una cosa," dice.

Eppure tu non ti muovi e, invece di spiegarsi ulteriormente, lui alza la voce portandola a un registro dolcemente beffardo.

"Forse deve prima lasciare un biglietto? Nel caso si preoccupi?"

Ed ecco la parte spiacevole. *Stavi* per lasciare un biglietto. E tutto quello che riesci a fare adesso è infilarti gli stivali, fissare il giornale ancora sul pavimento e pensare (non puoi farci niente): *Ecco tutto quello che resterà di me.*

La tua eredità: un giornale letto a metà, una monografia scritta a metà. Ma non puoi fare altro che interromperti perché ha già spalancato la porta d'ingresso e adesso è sui gradini di casa con l'aria di un uomo che osserva le sue proprietà. Ti sta aspettando.

"Arrivo," mormori. "Arrivo, accidenti a lei."

Più tardi, quello stesso giorno, rifletterò sul fatto curioso che è venuto da solo. Nessun altro poliziotto, nessuna squadra di gendarmi a sottomettermi. Nemmeno un'arma, per quanto ne so. Mi aveva osservato abbastanza a lungo da saperlo: potevo essere gestito.

E aveva torto? Eccomi, senza pensarci due volte, che salgo sulla carrozza in attesa dietro l'angolo. Eccomi che aspetto, inebetito, mentre sbraita l'indirizzo al cocchiere di sopra.

"Quai du Marché!"

Chiude le tende dei finestrini e si tira su le maniche, ritrovandosi a ricordare che non ha maniche, solo gli stracci umidi di Bardou, che ora gli si attaccano addosso come a volere chiedere scusa.

La carrozza deve essere stata usata di recente per una festa di matrimonio, perché c'è un pezzo di pizzo impigliato nella portiera, una manciata di fiori d'arancio di serra e il manico spezzato di un ventaglio giapponese. E sopra ogni cosa il profumo di qualcosa che matura, di quelli che vengono fuori dalle concerie. Il *suo* odore, mi rendo conto all'improvviso.

"Dove stiamo andando?" domando.

"A fare una visitina all'obitorio, tutto qui." Sorride appena, scuote la testa. "Ancora non mi crede, dottore."

"No, io..."

"Non crede che io sia *lui*, vero? Nemmeno un'altra parola, accidenti a lei! Ecco!"

Sul mio grembo cade un cartoncino rotondo, incastrato tra due pezzi di vetro. Da un lato: lo stemma della Francia e le parole SURVEILLANCE ET VIGILANCE. Dall'altro: un solo cognome, VIDOCQ, in lettere d'oro trionfalmente in rilievo.

"Firmato dal prefetto in persona," dice seccamente. "Se la cosa le farà fare pace con il suo cervello, dottor Posso-Vedere-I-Suoi-Documenti."

Ma io non faccio affatto pace con il mio cervello. Quel biglietto mi dà solo il permesso, infine, di chiamarlo con quel nome. E ciò nonostante esito.

Vidocq. Dillo, per l'amor di Dio. *Eugène François Vidocq*. Procedi a pezzi, se devi, sillaba per sillaba. *Vii. Doc. Vii. Doc...*

Anche in questi primi giorni della Restaurazione è un nome famoso. È sempre accompagnato, si potrebbe dire, da un punto esclamativo. Terrore dei ladri! Flagello del crimine! Bonaparte delle barricate!

Ha superato solo da un paio d'anni i quaranta, eppure si trascina già dietro una serie completa di leggende. Ci sono persone, ad esempio, che giurano di essere state al cabaret di Denoyes la notte in cui ha fatto irruzione. Lo ricordano mentre fissava una pista da ballo piena di delinquenti armati di coltello e, con una voce che ha risuonato fino alla Bastiglia, ha ordinato loro di lasciare il locale. Un uomo ha esitato e ha perso un dito. Gli altri hanno obbedito senza fiatare. (Vidocq ha tracciato con il gesso croci bianche sui peggiori trasgressori mentre passavano così che i poliziotti in attesa fuori sapessero chi arrestare.)

E che dire di quella volta in cui ha rintracciato un ladro, sapendo solo il colore delle tende dell'uomo? O quando si è presentato a un ricevimento alle Tuileries e ha arrestato un fiduciario nell'atto di inchinarsi davanti al re? O di quando ha catturato il temibile gigante Sablin a Saint-Cloud mentre la moglie di Sablin giaceva in preda alle doglie? (Vidocq ha avuto tempo a sufficienza per afferrare il bambino e fare da padrino.)

Una notte, dicono, si è infiltrato in un gruppo di assassini appostati davanti alla sua stessa porta. È rimasto seduto con loro tutta la notte, dicono, aspettando che quel maledetto Vidocq si presentasse, poi s'è unito a loro nello scoraggiato viaggio verso casa, dove, naturalmente, aveva stanziato una tribù di gendarmi. (La sua ricompensa è stata lasciarsi cadere nelle lenzuola con l'amante del capobanda.)

La leggenda narra che se fornisci a Vidocq due o tre dettagli relativi a un determinato crimine, ti restituirà l'uomo che lo ha commesso, prima che tu abbia il tempo di battere ciglio. Inoltre, ti descriverà l'uomo, ti darà il suo indirizzo più recente, snocciolerà i nomi di tutti i suoi cospiratori conosciuti, ti dirà il suo formaggio preferito. La sua memoria è così ricca che mezza Parigi lo immagina onnisciente e si chiede se i suoi poteri non gli siano stati dati da Satana.

Eppure sta compiendo l'opera di Dio, no? A sentirlo raccontare dai giornali, Vidocq, nel giro di pochi anni, ha mandato in prigione centinaia di malfattori. Quelli che restano a piede libero si fanno il segno della croce al suono del suo nome. Se una rapina fallisce all'ultimo minuto, è colpa di Vidocq. Se una vecchia vedova ingenua riesce, contro ogni previsione, a tenersi i suoi gioielli, dai la colpa a quel mascalzone di Vidocq. Se un uomo innocente vive per vedere un altro domani, chi c'è dietro? Il maledetto Vidocq, ecco chi.

Certe notti basta uno spostamento nella direzione del vento, uno scricchiolio sulle scale, e il nome vola via come un'imprecazione dalle loro gole.

Vidocq. Vidocq è a caccia.

E adesso questo stesso Vidocq sta picchiando sul tetto della nostra carrozza, come per aprire una strada più dritta alle sue parole.

"Cocchiere! Un po' più veloce, va bene? Ehi, e non dimentichi di fermarsi alla panetteria di Mabriole. Voglio mostrare a questo bastardo che sapore ha un vero biscotto."

Incrociando le braccia sul ventre, mi lancia un'occhiata di nudo scetticismo.

"Non è tipo da svenire, vero?"

"No, certo che no."

"Be', è un sollievo. Ne ha proprio l'aria."

Ho sempre pensato all'obitorio come alla realizzazione più piena della democrazia. Chiunque può entrare: uomo, donna, bambino; morto, vivo. Non devi nemmeno dare il tuo nome. Quando io e Vidocq arriviamo, poco dopo le due, colgo solo il vago barlume di una portineria. Mi sto già muovendo, come tutti gli altri, verso la camera vetrata che si apre sulla sala principale.

Da dietro i vetri, tre bare si inclinano verso di noi come scivoli per il grano. Su ogni bara, un corpo. Da tenere qui altre ventiquattr'ore e poi, se nessuno li reclama, da spedire direttamente alle facoltà di medicina, dieci franchi a cadavere. E così centinaia di anime ancora in vita si affollano ogni giorno attorno a questa finestra per tenere lontani amici e parenti dal tavolo anatomico, oppure per godersi lo spettacolo della morte di qualcun altro. Ho visto più turisti inglesi all'obitorio che al Louvre.

"Venga," dice Vidocq.

Mi prende per il gomito, mi trascina lungo un corridoio. Passiamo in una stanza con tende di calicò gialle e un divano in crine e… e, cosa più preoccupante di tutte, un pianoforte. Cerco il Do centrale. Suona, perfettamente accordato.

"Che vuole farci?" brontola Vidocq. "La famiglia del custode dell'obitorio deve pur passare il tempo, no?"

Entriamo in una stanza senza fiori, senza pianoforti. Nessun mobile, nemmeno una finestra. Solo una lastra di marmo nera, ricoperta di batista bianco, e due candele, accese nei candelabri.

Vidocq afferra una delle candele, si avvicina al capotavola e solleva il lenzuolo svelando la testa che dorme di sotto.

“Non credo che voi due vi siate mai incontrati,” dice, con una voce ispida come la barba. “Dottor Carpentier? Monsieur Chrétien Leblanc.”

Capitolo 4
Le unghie mancanti

È il piccolo colpo di scena di Vidocq, ovviamente, e ha come scopo quello di creare turbamento, che è l'unica reazione che non riesco a fornire.

D'altronde, per uno studente di medicina, un corpo umano è un corpo umano. L'unica sorpresa in questo caso è trovare il cadavere di Chrétien Leblanc ancora qui. In circostanze normali, sarebbe stato portato direttamente a Vaugirard o a Clamart o, se mancavano i soldi, alla fossa comune di Père-Lachaise. È abbastanza chiaro che Vidocq vuole che io abbia questa udienza privata, e non potrà succedere altro finché non lo farò, e così alla fine mi avvicino a questa *faccia*, bagnata dalla luce della candela. Il cespuglio di peli nelle narici romane e la fessura del mento, abbastanza profonda da contenere un pollice, e i fili di sangue che gli disturbano le palpebre sigillate. Il cuoio capelluto si è rimpicciolito così da rivelare una striscia grigia sudicia sotto le ciocche annerite di Leblanc, ma i baffi sono ancora ben pettinati, le sopracciglia tagliate e i suoi pori espirano il profumo dolce e pungente della pomata.

"Forse cinquantacinque, cinquantasei," dice Vidocq. "Non possiamo esserne sicuri." Mi sta così addosso che il suo mento mi solletica la spalla mentre parla. "Le sta tornando la memoria, vero, dottore?"

"Non lo conosco."

"Ne è sicuro?"

"Assolutamente."

Vidocq grugnisce. Allaccia le mani dietro la testa e si inclina appoggiando le spalle al muro.

"Non ha lasciato nessuna famiglia. Ci abbiamo messo due giorni solo per trovare qualcuno che potesse identificarlo. Grazie a Dio ci sono i creditori, dottore! Un calzolaio di Rue Dauphine si è presentato per sporgere denuncia. Ha detto che un bastardo di nome Leblanc gli aveva fregato un paio di stivali e aveva lasciato la città. 'Ha lasciato la città?' gli ho chiesto. 'Direi più che è andato in un mondo migliore, rende più l'idea.' Be', il calzolaio non si è forse infuriato? Ha dato un'occhiata al cadavere e ha detto: 'Accidenti alla sua anima! Dove le prendo le mie sette lire adesso?'"

Vidocq ridacchia. "Sarei stato felice, naturalmente, di pagarlo con i fondi privati di Leblanc, ma il portafoglio era sparito da tempo quando lo abbiamo trovato. Anche i vestiti. Lasci un cadavere in giro abbastanza a lungo, e sparisce ogni singola cosa. Anche le corone d'oro. No," dice, con la voce che si affievolisce. "Temo che gli unici effetti personali rimasti di Monsieur Leblanc fossero le mutande."

Si china sul cadavere. "Lì lì," mormora, e con un gesto inaspettato e dolce, passa le mani tra le ciocche di capelli profumati. "Roba da matti, dottore," dice alzando lo sguardo.

"Nel mio lavoro mi capita di imbattermi in qualche cadavere, dottore. Rapine finite male, di solito. A volte una vittima protesta troppo. Oppure il ladro è un po' un dilettante. Qualcosa va storto, non riesce a liberare la borsa, va nel panico. Oppure la vittima conosce il ladro e deve essere..." Alza lo sguardo su di me. "È veloce, di solito. E pulito. *Questo* è stato meno rapido e meno pulito."

Toglie il resto del lenzuolo. Dice:

"Cosa vede?"

No, ecco cosa dice: "Cosa vede, *dottore*?"

"Be', adesso." Forse riuscite a sentirlo: il mio nuovo baritono. "A giudicare dalle *articolazioni*, il rigor mortis è in gran parte scomparso. Le proteine dei muscoli hanno cominciato a decomporsi. Il che indicherebbe che è morto da almeno trentasei ore. No, chiedo scusa, facciamo quarantadue."

"Perché quarantadue?" ha chiesto.

"Non credo vi siate mai incontrati," rispondo, tendendo la mano verso di lui.

Sulla punta del mio dito c'è una mosca. Rivestita di verde smeraldo, ancora assonnata.

"*Lucilia sericata*," dico. "Comunemente detta mosca. Di solito è il primo insetto ad arrivare: non prima di trentotto ore. Sembra che questo abbia avuto qualche ora in più per banchettare."

E come se fosse il momento giusto, arrivano in risposta i ronzii delle altre mosche, radunate allo stesso tavolo. Una di loro finisce addirittura sul ponte del naso di Vidocq. Quest'ultimo spinge in fuori il labbro inferiore e spazza via la mosca con un soffio d'aria.

"Quarantadue ore," mormora. "Il che significa … che è morto prima del tramonto... be', come fa..."

E all'improvviso: i primi sussurri di pianoforte dalla stanza accanto. Scale, eseguite con leggera precisione. Potrebbe essere chiunque, ma per qualche motivo la mia mente si fissa sull'immagine di una fanciulla. Con i riccioli e il grembiule: la pupilla degli occhi del custode dell'obitorio.

"Nessun segno di trauma cranico," dico. "Il colpo fatale deve essere arrivato... *qui*… proprio sotto la parte sinistra della gabbia toracica. Una specie di spinta piuttosto lunga, forse procurata da un... un..."

"Un *pugnale*, immagino. O un *dirk*."

"Questo è curioso." Le mie dita sfiorano il torso glabro di Leblanc. "Vede queste lacerazioni? Non più di due centimetri e mezzo di diametro. Secondo i miei calcoli, ce ne sono almeno una mezza dozzina solo sul petto."

"Altre quattro sul retro," dice Vidocq.

"Abbastanza superficiali. Non più di un centimetro, per quanto ne so io. Possono essere state fatte benissimo con un coltello da tavola." Aggrotto la fronte, faccio scorrere il dito indice lungo la scapola e poi di nuovo verso il collo. "Potrei quasi…"

"Sì?"

"Supponendo che non se le sia inflitto da solo…"

"Sì?"

"Potrei quasi credere che *volessero* farlo sanguinare. Prima di ucciderlo."

Prendo la candela dal candelabro e faccio scorrere la luce sul cadavere formando pozze a cerchi concentrici.

"È così che è stato ritrovato il corpo?" domando.

"Non esattamente. Abbiamo dovuto ripulirlo un po'. C'era parecchio sangue secco, soprattutto intorno alle dita."

"Le dita?"

"Mm. La mano destra. All'inizio non riuscivo nemmeno a vederlo, per tutto quel maledetto sangue. Guardi lei stesso, dottore."

Mi osserva mentre alzo le dita di Leblanc verso la luce. Adesso il pianoforte è silenzioso e l'unico suono è il ronzio delle mosche e un rivolo lontano. E il serpeggiare di un *étude*.

"Le unghie," dico infine. "Ne mancano tre."

"Non mancano soltanto," risponde Vidocq, sorridendo cupamente. "Sono state strappate via."

Lascia cadere una piccola borsa di tela sul tavolo di marmo. Tre pezzetti laceri di cuticola si disperdono nella luce.

"Le abbiamo trovate quando siamo tornati sulla scena. Sono sicuro che Monsieur Leblanc sia stato riluttante a separarsene."

Una di esse ora giace nel mio palmo. Dura. Come un fiocco d'ambra. "Ah, quanti ricordi," dice Vidocq. "Una volta ho visto Bobbefoi fare una cosa del genere a uno dei suoi amici nella *bagne*. Con un punteruolo da sellaio. Non avevo mai sentito qualcuno gridare così tanto. Bobbefoi pensava che quell'uomo fosse una spia della polizia, ma aveva sbagliato persona. Purtroppo." Accarezza la fronte di Leblanc. "Ecco qua, vecchio orso. Abbiamo quasi finito."

"Le ferite da coltello," dico. "Le unghie..."

E in questo momento, la musica proveniente dalla stanza accanto sembra intrecciarsi con i miei pensieri, riportandoli alla loro tonalità naturale.

"Lo hanno *torturato*, vero? Prima di ucciderlo."

Vidocq alza le spalle e si allontana di un paio di passi.

"La tortura è una faccenda semplice, dottore. O vuoi che quella persona soffra oppure vuoi che *confessi*."

"Ma cosa avrebbe dovuto confessare Leblanc?"

"Un nome, forse. Il nome della persona che doveva incontrare."

E con ciò, i resti delle unghie di Chrétien Leblanc vengono nascosti dal cartoncino che Vidocq mi ha mostrato meno di un'ora fa. Come mi sembra diverso adesso.

DR. HECTOR CARPENTIER
n. 18, Rue Neuve-Sante-Geneviève

Il grande Vidocq ora sbadiglia. Non sente il bisogno di sopprimerlo. Lascia che gli apra la mascella, gli gonfi la colonna del collo e gli prosciughi i polmoni.

"Non credo di averlo menzionato," dice infine. "Abbiamo trovato questo biglietto in un piccolo sacchetto di pelle. So che le sembrerà incredibile, ma se lo era legato intorno alla vita e lo aveva infilato nelle mutande. Avrebbero potuto perquisirlo quanto volevano, ma avrebbero avuto difficoltà a trovarlo. Sì, tranne che se lo metti su un tavolo all'obitorio di Parigi."

Le dita gli si intrecciano e pulsano in piccoli movimenti.

"Leblanc abitava in Ruede Charenton, questo lo sappiamo. Una bella e lunga passeggiata dal suo quartiere, dottore. La mia ipotesi è che lo abbiano seguito dal momento in cui ha lasciato il suo appartamento."

"E allora perché non..."

“Oh sì, mi sono fatto la stessa domanda. Perché non lo hanno seguito direttamente a casa sua? Dicci un po’, vecchio merluzzo.” Fa scorrere un dito attorno all’orecchio del morto. “Perché non lo hanno fatto? Li hai visti? Forse li hai disorientati, è così? Hai girato in tondo, hai preso una o due svolte sbagliate. Forse hai anche provato a salvarti dirigendoti alla stazione di polizia più vicina.” Soffia nell’orecchio del morto: due soffi gentili. “Ma non te lo hanno permesso, vero? Povero vecchio salmone.”

L’*étude* continua ad arrivare, come un fiume. E mentre mi si rizzano i capelli in testa, mi sembra di stare facendo perdere l’equilibrio alla musica. Solo perché mi faccia compagnia.

“Se Leblanc fosse venuto a trovarmi…”

“Sì.”

“E non avesse voluto… che chiunque fosse lo sapesse...”

“Sì.”

“Allora, perché non ha semplicemente memorizzato il mio indirizzo? Perché prendersi la briga di tenerlo addosso?”

Sorride al nudo addome bianco di Leblanc. “Penso che avesse in mente – be’, quasi arrossisco a dirlo, dottore – qualcuno come me. Se fosse successo il peggio, voleva mettere le informazioni dove le avrei trovate con certezza.” Tuba nell’orecchio carnoso di Leblanc. “E chi meglio di Vidocq, eh? Chi è meglio?”

Mi siedo prima di rendermi conto che c’è una sedia pronta ad accogliermi.

“Leblanc mi stava proteggendo,” dico sottovoce.

“Oh, sono tutte supposizioni, ovviamente, ma se guardo *questo*…” Con la mano descrive la lunghezza del corpo di Leblanc. "Se guardo *questo*..." Il suo indice abbassa lo sguardo sul pezzo di carta. "Mi dico: 'Leblanc non può assolutamente essersi infilato quel pezzo di carta nel culo.' E l'unica cosa che mi viene in mente è che voleva impedire loro di farle quello che... quello che hanno fatto a lui."

Adesso ho solo una vaga percezione di Vidocq, che volteggia intorno a me nell'oscurità, finché la sua mano non si posa sulla mia spalla con un leggero scoppio.

"E ha fatto un bel lavoro, eh, dottore? Ecco. Lei è ancora nel fiore degli anni, più o meno." Strappa un filo di qualcosa dal mio cappotto. "Come ci si sente, mi chiedo? A farsi salvare la vita da un uomo che non ha mai incontrato?"

Ammetto una cosa: non c'è alcun giudizio nella sua voce. Penso che voglia solo sapere.

"Vecchia tartaruga," dice, chinandosi sul viso di Leblanc. "Sono onorato della tua fiducia. Lascia a noi il compito di finire il lavoro, okay?"

Solo più tardi, solo molto più tardi, registrerò questo passaggio dal singolare al plurale, dall'*io* al *noi*. Mi renderò conto che è questo il momento in cui è successo, anche se potrebbe tranquillamente non esserci stato un momento preciso... niente di irreversibile. Per quanto avrei potuto desiderarlo.

"Vada a dormire adesso," sussurra Vidocq.

Ridistende il lenzuolo sopra Monsieur Chrétien Leblanc. Rimettendo il candelabro sul candeliere al muro, si ferma un ultimo istante, non in preghiera, non esattamente, ma in una sorta di pensiero sospeso. Poi esce dalla stanza, fermandosi solo per lanciarmi il rimprovero che quasi mi aspettavo.

"Forse preferisce restare con i vermi?"

Non riesco mai a vederla, la pianista della mia immaginazione. Ma in compenso mi viene dietro la sua sonata: una marea primaverile di note, che mi sorprende mentre passo nella sala principale. Non potrò mai più ascoltare Mozart senza pensare alle mosche verdi.

Capitolo 5
Una sorprendente riscoperta

Vidocq prosegue dritto dal momento in cui usciamo di casa, e con un'andatura così trotterellante che devo correre solo per stare al passo. Sparge pennacchi di acqua piovana e fango nel procedere, ed eccomi lì, che seguo, seguo *sempre*, aggirando le pozzanghere che lui guada, proteggendo il mio cappello dagli escrementi di cavallo che lo ungono.

"Mi scusi… Monsieur Vidocq?"

"E adesso che c'è?"

"Mi chiedevo se magari adesso potrei andare a casa."

Mi guarda in uno stato di puro stupore.

"E perché dovrebbe?"

"Be', mi viene in mente che... immagino che adesso non sono più di alcuna *utilità*."

La sua mascella si apre dolcemente.

"Tanto più che…" Gli rivolgo un sorriso propiziatorio. "Voglio dire, dato che non riesco a identificare *con certezza* lo sfortunato Monsieur Leblanc, non vedo cos'altro possa fare per lei."

Abbassa la testa finché non è all'altezza della mia, finché non riesco davvero a sentire il suo respiro che mi scotta le guance.

"Mi stia a sentire, piccolo stronzetto! Un uomo è stato assassinato e lei ne sa qualcosa. Più pezzi troviamo, più qualcosa potrebbe risvegliare quella sua timida piccola memoria, e voglio essere lì quando finalmente qualcosa salterà fuori, perché non penso che lei sia idiota come sembra."

Il suo viso è rugoso per il disgusto mentre si allontana da me.

"Monsieur Adesso-Potrei-Andare-A-Casa. Lei tornerà a casa quando glielo dirò io, maledizione!"

Ciò detto mi volta le spalle e si lancia alla carica lungo la strada, sfidandomi a non seguirlo. È in quell'istante che la domanda, la domanda ovvia, mi fa aprire di nuovo bocca.

"Dove stiamo andando?"

Ma la speranza di ricevere una risposta è negata dal suono della mia stessa voce: belante e ragliante, che mi *apre*, per così dire, rivelando il piccolo frutto verde e tremolante che c'è sotto. Decido che non gli chiederò mai più dove stiamo andando. E non glielo chiedo più.

A dire il vero, non sembra che stiamo andando da nessuna parte. Per il momento la pioggerellina è cessata e un barlume color dente di leone ha gonfiato i cumuli di nuvole. È un bel momento per una passeggiata.

E che bella coppia che siamo. Io con i miei pantaloni neri, lucidi alle ginocchia, e il cappotto nero con spacchetti sui gomiti. Vidocq, che cammina a grandi passi come un re deposto negli stracci fradici di Bardou. Dopo un po', si ferma all'angolo di una strada per riallineare i ritagli di cuoio che passano per stivali, e con la voce più smielata che è in grado di fare, dice:

"Spero di non averla turbata eccessivamente, dottore."

"Perché dovrebbe avermi turbato?"

"Oh, ad alcuni uomini non piace che venga stravolta la loro routine."

Gli dico che non ho una vera e propria routine. In primo luogo. Scuote il capo.

"Dottore, posso dire che è una stronzata? Non ho passato più di un giorno a seguirla e so già tutti i suoi orari. L'École de Médecine al mattino, dalle nove e mezza alle undici. Seguita da Le Père Bonvin, dove compra la sua unica tazza di caffè, seguita da un'acqua e zucchero. Infila il suo giornaletto nel cappotto. (Da Bonvin non tengono i giornali legati alla catena, vero?) Va direttamente a casa. Un piccolo riposino, un po' di lavoro pomeridiano. Cena con mamma e i suoi pensionanti. Una passeggiata prima di andare a letto, con un pizzico di tabacco nella guancia sinistra. Cammina intorno all'isolato e non oltre. Va a dormire, ripete il tutto la mattina dopo. Ci ho preso?"

Ci sarebbero parecchi modi per smentirlo. Potrei dirgli che certe mattine rimango all'École fino a mezzogiorno. Che ogni tanto mi concedo una cioccolata al Café des Mille Colonnes. Che il tabacco la sera lo prendo solo se la cucina di Charlotte non mi soddisfa.

Ma questi sono solo modi diversi di ammettere che ha ragione. Così rimango in silenzio, il che è di per sé una confessione.

"Sì, lei è un uomo dalle abitudini regolari, dottore, considerato che non ha..."

Un *lavoro*, intende dire. Una vita. Qualcosa gli impedisce di finire.

"Sì, davvero," dice, annuendo lentamente. "Potrei regolare l'orologio con lei."

E poi, forse perché questo gli sembra troppo vicino a un'affermazione di fede, aggiunge: "È così per tutti i criminali."

Attraversiamo Pont Saint Michel, risaliamo lungo Rue des Arcis, a destra su Neuve-Saint-Méderic... e quasi subito le strade cominciano a scendere. Vale a dire che la vecchia Parigi si chiude intorno a noi. Il frastuono dei viali lascia il posto al tintinnio delle pietre del selciato. Le strade serpeggiano e sfrecciano, ti voltano le spalle, ti fermano di colpo. Le fogne si aprono davanti a te come ferite non suturate, e le case costruite secoli fa barcollano come tonache nere.

Non c'è nessun grande piano in atto, qui nel Marais, ma c'è una sorta di ordine innaturale. Come è sicuro che il sole sorge e tramonta, la pioggia di fine inverno lascerà delle maree salmastre che si accumulano contro i pilastri agli angoli, e quest'acqua si fonderà con i pendii che scendono faticosamente lungo canaletti anneriti per produrre quel fango particolare, così parigino nel suo odore e nella sua provenienza. Se dai un calcio troppo forte con gli stivali, ne sentirai il vero sapore, che ti vola in bocca come un insulto ritrattato. Ne sentirai anche l'odore e lo sentirai a ogni passo: uno scricchiolio sotto la pietra e un leggero rilascio, come se la città stesse cedendo sotto di te.

Dove stiamo andando?

Nemmeno le due del pomeriggio, e c'è una candela in ogni finestra, e la luce sembra condividere la stessa natura dell'aria, della terra e dell'acqua, così che anche quando hai gli occhi aperti, hai la stranissima sensazione che siano chiusi.

Non importa, il mio compagno sa la strada. Si orienta non con i corpi celesti ma con quelli umani. Lavandaie, carpentieri. Uno straccivendolo con cestino e gancio. Vecchie, in gruppi di quattro, spettegolano sulle soglie. Vidocq sa dove saranno prima ancora di vederli. Già li chiama, proprio così, con la spavalderia di un cocchiere che entra nel cortile di una locanda.

"Buon pomeriggio, Monsieur! Diciamo i nostri rosari, o mi sbaglio?... Ehi, Gervaise, palla di merda! Mi devi ancora trenta soldi per quel tuo gallo. Non importa, tienimi un posto all'incontro di domenica prossima, va bene? E porta un pennuto che abbia un minimo di coraggio!... Ah, è quello il sole che vedo o Mademoiselle Sophie? Perché è più bella del sole, eh già..."

Anche la sua andatura cambia a mano a mano che si avvicina a loro. Il piede destro si trascina leggermente dietro di lui, come un bambino imbarazzato, e il piede sinistro pattina tra i cumuli di fango, e le sue mani, quei grandi artigli d'orso, stuzzicano l'aria.

"Oh oh, quello è Tambour! Non ti vedo da quando sei andato alla *bagne*. Ma cosa sono queste fiale che propini al pubblico? Panacee alle erbe? Ehi, Tambour, non avevo idea che fossi un tale filantropo... ehi, una di queste pozioni dà a qualcuno palle più grandi? Il mio amico qui potrebbe volerne un po'..."

Rimangono tutti immobili mentre si avvicina, con i mezzi sorrisi congelati da ospiti nei Giardini delle Tuileries. È una sorpresa quando svoltiamo su Rue des Blancs-Manteaux e troviamo un uomo che non si limita a starsene in piedi ma viene verso di noi, con una sacca sulle spalle.

"Capo," dice, col più mite dei toni.

"Allard."

Stanno lì, a fissare l'uno oltre spalle dell'altro, facendo frammenti di chiacchiere, lanciando una o due imprecazioni contro il tempo. E poi Allard, senza alterare la cadenza, mormora:

"È dentro."

"Da quanto?"

"Dalle undici."

Vidocq sposta lo sguardo verso nord. "Anche la donna?"

"Tutta la famiglia."

"Wow."

Allard si toglie la sacca dalle spalle. Prima che possa protestare, Vidocq me lo mette tra le braccia.

"Non lo agiti, dottore, mi faccia la gentilezza."

Facendomi segno di seguirlo, si ferma davanti alla vetrina di un pollivendolo, dove mostra interesse per un'oca normanna. Poi, senza dire una parola, mi trascina nell'edificio adiacente. La porta si chiude alle nostre spalle, lui mette un dito sulle labbra, indica... *in alto*.

Ma chi avrebbe mai immaginato che *in alto* significasse cinque piani? Con un sacco pesante tra le braccia? Quando raggiungiamo la cima, sto strofinando la fronte lucida sul sacco e la pancia di Vidocq si sta gonfiando raggiungendo il doppio della sua normale robustezza, tanto più perché cerca di calmare il suono del proprio respiro. Passa un minuto, la pancia si contrae... Vidocq appoggia le nocche sulla porta e bussa piano, tre volte.

"Chi è?"

"Amici."

Dall'interno, confusione e rissa. Qualche istante dopo, la porta si apre su una giovane donna, forse niente affatto giovane, magra come una patella con il naso da gatto e gli occhi da arvicola.

"Ah!" grida Vidocq. "La bella Jeanne-Victoire!"

"Monsieur Eugène," dice lei, con un tono piatto come il vetro.

"Sto cercando Poulain, tesoro mio."

"A casa non c'è di sicuro."

"Ahhh." I suoi occhi eseguono una rapida esplorazione della stanza. "Allora lo aspettiamo e basta, se non ti dispiace."

Si ferma a riflettere, ma lui l'ha già aggirata, e l'unica cosa che resta da valutare sono io: il cappello in mano, che sorrido con riflessiva cortesia, stringendo al petto quel misterioso pacco.

"Non credo che vi siate già incontrati," fa presente Vidocq.

È una caratteristica strana degli appartamenti parigini: più si avvicinano al Paradiso, più diventano infernali. Un appartamento al pianterreno sarà spesso dotato di un bel caminetto, di una cassettiera in palissandro, di velluto Utrecht sulle poltrone e persino di un giardino. Quando arrivi alla soffitta, riesci a sentire il freddo fuoriuscire dalle crepe dell'intonaco, *senti* i tarli che mangiano le assi.

Eppure la gente vive in quella prigione dal soffitto alto che Jeanne-Victoire chiama casa. Di certo d'inverno geleranno, ma perché scomodarsi a mettere un caminetto quando le correnti d'aria spegnerebbero qualsiasi fuoco? Perché preoccuparsi delle tende quando non c'è luce? O carta da parati quando le pareti trasudano catrame putrido? Anche il pavimento è stato ridotto ai minimi termini e, per quanto riguarda i mobili, ci sono un paio di giacigli di paglia, brulicanti di acari della polvere, e un tavolo che poggia su tre gambe. Tutto il resto è un miscuglio di stracci, scarpe vecchie, assi rotte e ciotole crepate.

E una neonata.

All'inizio non la vedo. Sto solo cercando un posto dove potere, in tutta coscienza, *stare in piedi*, e questo significa spostare delle vecchie calze e una gabbia per uccelli, ed è proprio mentre muovo un bollitore che vedo, steso sopra uno scaldavivande, qualcosa di morbido, dalle guance violacee e immobile.

Così immobile che mi sto già avvicinando, alla ricerca del battito, e poi vedo le palpebre tremare e le mani che si muovono nella mia direzione.

Mi tiene d'occhio, questa bambina. E non emette mai alcun suono.

"Scoppia di salute, vedo," dice Vidocq, sbirciando oltre la mia spalla. "Mi congratulo con te, Jeanne-Victoire. La tua terza, non è vero?"

Nessun imbarazzo nemmeno negli occhi.

"La prima con Arnaud," dice.

"Ah, sì. Con Arnaud hai *dovuto* ricominciare da capo, giusto? Un conteggio tutto nuovo per Arnaud."

"Monsieur non sembra navigare nel lusso. Il lavoro di polizia non deve essere così remunerativo."

Lui afferra con la mano la camicia sporca di Bardou e sorride come una pasqua. "Misure di austerità! Vidocq vive per servire!"

Poi allarga le braccia. Come se stesse per abbracciare lei e tutto nella stanza. Spremendo fuori la vita.

"Non avresti una pipa, per caso?" domanda.

Lei scuote la testa.

"Strano. Avrei giurato di averne annusato l'odore."

"Arnaud ne tiene una in giro, naturalmente. Per quando tornerà."

"Naturalmente." Poi, come se gli fosse appena venuto in mente il pensiero: "Ti dispiace se le do un'occhiata? Ne sto cercando una nuova."

"Ah, che peccato, Monsieur. Non ricordo dove..."

"Non importa!" grida lui, infilando una mano in una brocca d'acqua rotta e tirando fuori una pipa di radica. Sorride mentre la agita tra le dita. Allarga le narici. "Mm, fuma ancora. È quello che io chiamo buon tabacco."

Ha il mento abbassato fino alla clavicola, come se si stesse preparando alla carica. Ma l'unica cosa che dice è:

"Arnaud sarà molto dispiaciuto di non averla incontrata, Monsieur."

"Neanche la metà di quanto..."

Spalanca gli occhi. Mettendo giù la pipa, fa il giro di un lavabo capovolto e si ferma dietro un vecchio forno in lamiera, messo ad angolo contro il muro. Poi, con un'espressione di lieve rammarico, rovescia la fornace.

Lo sportello si apre e ne salta fuori un uomo. Il tipo d'uomo che riuscirebbe a entrare in un forno: piccolo, asciutto e dinoccolato, con le croste ai gomiti, la pelle grigia e le palpebre così serrate che nemmeno lo stupore riesce ad aprirle.

Vidocq lo guarda con un sorriso inebetito. “Ah, Poulain. Che colpo di fortuna! Dimmi, non ti dispiacerebbe bere qualcosa con noi, vero?”

Piega il pollice verso di me. “Io e il mio amico qui? Siamo venuti per brindare alla nuova bambina. Non sei troppo occupato, no? Be’, andiamo, allora.”

Capitolo 6
L'incidente dello stivale chiodato

Non c'è niente di più triste, ho sempre pensato, delle vinerie a metà pomeriggio. O delle donne che le gestiscono. Vi presento la vedova Maltaise. Un nido di capelli bianchi, di incerta provenienza, intrecciati dentro un grande fazzoletto azzurro. Un vestito di calicò e un *viso* di calicò, cotonoso per gli anni. Un occhio si abbassa; l'altro si erge imperiosamente in alto. La voce arriva dritta dai piedi, come il carbone dalla miniera.

"È di nuovo Vidocq. La morte del mio mestiere."

Lui la cinge con le braccia. "Ooh, farò in modo che ne valga la pena. Non preoccuparti."

La vedova sventola la mano in direzione di un tavolo. Pochi minuti dopo: una caraffa di rosso, tre piatti di peltro e i resti di un vitello di qualcuno, orlati di segni di denti. E, naturalmente, la sua disapprovazione, che si deposita su di noi a ciocche.

"Deve proprio venire qui," mormora. "Non può fare il suo lavoro da Pontmercy. Sempre qui a rovinarmi la giornata..."

"Be', adesso, Poulain!" Vidocq stringe il braccio intorno alle spalle minuscole dell'uomo. "È passato troppo tempo, amico mio! E come sei pallido. Metti un po' di vino in circolo, su da bravo."

Un tavolo da biliardo si perde nell'ombra, una delle stecche è ancora inclinata sul panno. Sul bancone c'è un trogolo per il tabacco, ricoperto di sputo. Nell'angolo un gatto, malandato, intento a rosicchiare un osso di ratto.

"Il vino non è male," borbotta Vidocq. "Il vitello è un po' duretto." Dalla bocca estrae un frammento di osso. "La Maltaise deve avere lasciato dentro dei pezzetti di se stessa. Allora, Poulain, immagino che non conosci un gentiluomo di nome Chrétien Leblanc."

"Dovrei?"

"No, è solo che... scusa, mi è rimasto incastrato qualcosa... sembra che domenica scorsa Monsieur Leblanc ci abbia detto addio *per sempre*. No, non fare così, non sto dicendo che tu debba avere qualcosa a che fare con tutto questo. Sono cose che succedono a Parigi, lo so. Dottore, ha finito con il vino? È sicuro?"

Adesso beve a un ritmo più volitivo. E quando ne rimane ancora circa un terzo, fa qualcosa di inaspettato: abbassa il bicchiere sotto il piano del tavolo e, quando è sicuro che Poulain non stia guardando, rovescia il resto del vino sul pavimento.

"Ecco il mio problema, Poulain. Ho questo amico, Pomme Rouge, lo conosci? In Rue de la Juiverie? Be', pare che ieri mattina a Pomme Rouge sia stato chiesto di ricettare un orologio. Oh, scusa, di *acquistare*. Non era un orologio molto costoso, il suo proprietario non era benestante. Aveva però i mezzi per incidere il suo monogramma sulla custodia. CXL. Chrétien Xavier Leblanc."

Vidocq inclina la testa, come se a mente stia ancora sondando la stanza.

"Be', potrai immaginare lo shock quando vengo a sapere che il proprietario di questi orologi di gente morta si chiama Poulain, alias Coubert, alias Lamotte. Sì, amico mio, sono tutti i *tuoi* nomi. Stanno saltando fuori, uno dopo l'altro. E così, è bastato per farmi domandare se tu avessi qualche... qualche legame accidentale con lo sfortunatissimo Monsieur Leblanc.

"E non sono forse stato sollevato nell'apprendere che avevi già un alibi per quella sera? Eh sì, ho chiesto in giro. Due signori estremamente affidabili domenica sera, dalle sei in poi, ti hanno visto da mamma Bariole. *Eri* da Bariole, giusto, Poulain?"

Il piccoletto allunga le gambe, si guarda i piedi.

"Be', adesso," continua Vidocq, "puoi immaginare che asino mi sono sentito. Anche solo *pensare* che fossi... be', non lo dirò. Ma poi il mio caro amico qui... oh, scusami tanto, conosci il dottor Carpentier? Lo so, dimostra dodici anni, ma credimi, è uno degli uomini più temuti di Parigi. La sua testimonianza *da sola* ha mandato al patibolo più di una dozzina di uomini. Lo chiamano il Terzo Occhio di Dio, o mi sbaglio, dottore? No, non arrossisca, è così. Be', il dottor Carpentier mi dice che probabilmente Monsieur Leblanc, lo sfortunato Monsieur Leblanc, è stato ucciso... quando è successo, dottore?... sì, esatto, nel primo pomeriggio di domenica."

Fa una pausa, come se stesse ancora valutando l'informazione. Poi, parlando in tono di profondo sconcerto:

"E, Dio Onnipotente, non mi sono sentito ancora più sciocco? Per tutto questo tempo avevo controllato dove ti trovavi domenica sera, ed ecco che salta fuori che tutta la faccenda è avvenuta alla luce del sole." Si dà un colpo sulla testa. "Toc toc! Dico, Vidocq, c'è qualcuno in casa?" Ridacchiando, avvicina la sedia. "E la cosa peggiore, amico mio, è che ora non c'è nessuno che possa confermare il tuo alibi. Da, be', diciamo mezzogiorno alle tre e mezzo." Si accarezza la punta del naso, fa un sorriso sghembo. "Ma forse puoi farlo tu per noi."

Ecco cosa scoprirò a breve da Vidocq: un uomo confessa all'instante o dopo grande resistenza. Ci sono solo due strade percorribili e Poulain prende la seconda.

"Ero con Jeanne-Victoire," dice.

"Naturalmente."

"Lei confermerà."

"Certo."

"Stavo facendo un pisolino, Monsieur. Un uomo come me ha bisogno di riposo."

"Anch'io lavoro di *notte.*" E come per dimostrare la sua sincerità, Vidocq fa uno sbadiglio da ippopotamo. "Dottore," dice, stropicciandosi gli occhi, "ha ancora quella borsa con sé?"

Che sorpresa trovarla avvolta intorno alla mia caviglia.

"Mettila sul tavolo, ti va?" strascica Vidocq.

Prende un pezzo di tabacco dalla cassa comune e fa un giretto calpestando le assi scricchiolanti del pavimento della vedova Maltaise.

"Ecco una cosa interessante," dice, tornando verso di noi. "Il giorno in questione ha piovuto discretamente. Il che, non c'è bisogno che te lo dica, lascia un po' di fango, no?" Fissa Poulain, come se si aspettasse una rassicurazione. "*Oceani* di fango. Ora, quando ho conosciuto per la prima volta lo sfortunato Monsieur Leblanc, ho notato qualcosa di piuttosto curioso. A meno di un metro dalla sua persona. Vuoi sapere cos'era?"

"Se non le dispiace."

"Un'impronta."

Prende un'altra manciata di tabacco.

"Be', lo sai cosa dicono di me, Poulain, io non dimentico mai una faccia. Né un'impronta. La *tua* in particolare. Ho controllato il mio piccolo schedario, tanto per essere sicuro. *Poulain, Arnaud. Dimensioni: piccola. Impronta: anch'essa piccola. Lo stivale destro porta un segno rivelatore, a forma di mezzaluna, da dove fuoriescono dei chiodi.*"

Poulain incrocia le braccia sul petto da uccello.

"Gli stivali perdono i chiodi," dice.

"Eh già."

"Le impronte vengono lavate via."

"Eh *già*. E questa *sarebbe* stata spazzata via se non l'avessi raccolta. Fino all'ultimo millimetro. Perché, poche ore nel mio ufficio, ed è dura come il gesso."

Frugando con il braccio nella sacca, Vidocq estrae un quadrato di argilla nero, bordato di paglia... con sopra impresso un solo stivale, come il fossile di un pesce antico.

"Ora," dice, gentile e soave. "Se fossi così gentile da togliertí lo stivale."

Alla fine, Poulain è come i furfanti di Denoyes. Quando gli viene dato un ordine, obbedisce. Non riesce a vedere nessun'altra strada.

"Ah, vedi," dice Vidocq, posizionando lo stivale nell'impronta di argilla. "Calza come un corsetto. E guarda, vedi lì?

La mezzaluna: la forma esatta. Sì, amico mio, credo che abbiamo una corrispondenza."

Non c'è traccia di compiacimento in lui, questo glielo concedo. Ha l'aria di un artigiano in chiesa che ammira il transetto fatto da qualcun altro.

"Lo stivale non mente mai, amico mio. Ma poi non ce n'è mai bisogno. Rimettilo, da bravo. No, aspetta. Lascia che lo allacci io."

Con un unico movimento rapido, allaccia lo stivale di Poulain alla gamba della sedia.

"Senza offesa, amico mio. È solo una piccola precauzione che prendiamo. Ma sembri ancora un po' pallido. Ehi, mamma Maltaise! Un'altra caraffa per il mio amico qui!"

Con quanta lentezza lo versa questa volta. Come se il vino andasse a rimpolpare un unico pensiero.

"Poulain," dice, spingendo delicatamente il bicchiere verso di lui, "tu sei molte cose... credimi, so *tutte* le cose che sei... ma non un assassino. Non ancora."

Mettendo la mano a coppa sotto il mento di Poulain, si appoggia a lui, con gli occhi fiammeggianti.

"Raccontaci com'è andata," sussurra. "E forse il vecchio Vidocq può trovare qualcosa nella sua borsa della misericordia, eh?"

Da qualche parte, nei recessi oscuri, sento il gatto della vedova Maltaise, che si lava aristocraticamente le zampe.

"Sono stato fortunato," dice Poulain. "Tutto qui."

"Che vuoi dire?"

"Voglio dire che mi sono ritrovato lì per caso. Mi facevo gli affari miei, se proprio lo vuole sapere. Sgranocchiavo le briciole dall'incarto di un dolcetto."

"Tuo, ovviamente."

Gli occhi di Poulain si assottigliano ancora di più. "Mi sa che lo aveva lasciato qualcuno."

"Vai avanti."

"E poi ho sentito dei rumori, va bene? Nel vicolo accanto a Rue des Maçons."

"Che tipo di rumori?"

"Oh, erano... non so... rumori di qualcuno che veniva menato. Ho pensato di dare un'occhiata, nel caso stesse succedendo qualcosa."

"Ed è lì che hai visto Leblanc per la prima volta."

Dopo un'attenta riflessione, annuisce.

"Cosa stava facendo?" chiede Vidocq.

"Lo stavano ripulendo."

"Non stava strillando? O urlando? La maggior parte degli uomini lo farebbe, credo."

"Gli sarebbe piaciuto, ne sono sicuro. Ma gli avevano imbavagliato la bocca."

"*Loro*," dice Vidocq. "Più di uno."

"Due."

"Li hai riconosciuti?

"Direi di no," dice Poulain. "I dilettanti non li frequento."

"Cosa ti fa pensare che lo fossero?"

"Maledizione, gli hanno frugato nelle tasche, ma non hanno preso soldi! Solo una benedetta busta. Voglio dire, perché abbattere l'albero se non hai intenzione di dare una scrollata ai rami?"

"Raccontaci cosa è successo dopo."

Non sono sicuro di riuscire a descrivere come si muovono le labbra di Poulain. Una torsione, una deformazione: chiamiamolo sorriso.

"Ho chiamato la polizia urlando," dice.

Con gli occhi lucidi, Vidocq dà una pacca sulla mano del piccoletto.

"Essendoti già sincerato che *non* ci fosse polizia nei dintorni."

"Certo."

"E ha funzionato? Il tuo piccolo stratagemma?"

"I bastardi sono scappati via veloci come lepri. Il sangue ancora sulle zampe. Nemmeno si sono fermati a prendere le scarpe di quell'uomo. Ecco perché dico che non erano professionisti."

Vidocq fissa la stecca ancora sul tavolo da biliardo. "Così i due uomini se ne sono andati," dice. "Via libera. Ed ecco che interviene Poulain."

"Volevo restare solo un minuto. Vedere cosa riuscivo a trovargli addosso."

"E hai preso un orologio. Un portafoglio, forse."

Poulain alza le spalle.

"Anche i vestiti?" chiede Vidocq.

"Non c'è stato il tempo."

"Ah! Qualcuno si è intromesso, eh?"

"No," dice. "Niente del genere."

E per la prima volta qualcosa sembra turbare la tela piatta del volto di Poulain. Con un lieve brivido, si sporge verso Vidocq e sussurra:

"Il bastardo ha allungato un braccio e mi ha afferrato."

"Chi ti ha afferrato?"

"Be', il morto. Chi altri?"

Capitolo 7
Dall'oltretomba

Con attenzione, Vidocq si versa un altro bicchiere. E questa volta, lo tengo d'occhio, lo beve tutto in un sorso. Con voce piana come un altare, dice:

"Da come la vedo io, la cosa implicherebbe che il tuo uomo morto non fosse poi così morto."

"Non del tutto," concede Poulain.

"Ti ha afferrato dove? Alla caviglia?"

"Entrambe le caviglie, mi pare. Non avrei immaginato che ne avesse la forza."

"Mm."

"Un maledetto guaio."

"Già."

"E non faceva che blaterare."

Vidocq si versa un altro bicchiere. E questo non lo beve. Lo poggia semplicemente sul tavolo.

"Blaterava? Pensavo fosse imbavagliato."

"Ho tolto il bavaglio, no? Per vedere se aveva dell'oro in bocca."

"E cosa blaterava esattamente?"

"Cristo, non lo so. Qualcosa a proposito di..." Gli occhi di Poulain si spalancano. "*Lui è qui*. Ha detto che non-so-chi era *qui*. Lo ha ripetuto più e più volte, come un maledetto pappagallo."

Il silenzio, il silenzio essenziale della vineria si riversa ancora una volta attorno a noi. Questo, mi rendo conto, è il momento in cui a Vidocq hai dato il massimo. Quando lo zittisci completamente.

"Non ti ha detto *chi* era qui, giusto?"

"No. E non avevo intenzione di starmene lì per avere un nome, grazie tante."

Vidocq annuisce. Annuisce di nuovo, a metà della velocità.

"Molto bene, Poulain, hai questo *corpo* appeso alla caviglia. E poi?"

"Be', che altro potevo fare? Me lo sono scrollato di dosso e sono scappato."

"Ah."

"Pensa che volessi farmi beccare? San Pietro a volte li rimanda dietro, no? Se restituiva *questo qui*, finivo dritto alla Force."

Vidocq alza lo sguardo al soffitto, come se da un momento all'altro un cadavere potesse sfondare le travi.

"I soldi," dice. "Quelli che hai ricavato da portafoglio e orologio. Per cosa li hai spesi?"

"Sono finiti tutti a mamma Bariole. Io e Agnès ci siamo divertiti un po'."

E poi un pensiero inaspettato trasforma la sua voce in un registro nuovo, sorprendente: "Avrei dovuto comprarmi degli stivali nuovi."

"Niente per la bambina?" chiede Vidocq.

"Perché?"

Vidocq apre la bocca per rispondere, ma la vedova Maltaise adesso lo sta guardando, tremante di rabbia.

"Chiudila qui, Vidocq. Oppure chiamo la polizia."

Eccola: la strana mistica che lo circonda. È considerato diverso da tutto, anche dalla prefettura per cui ufficialmente lavora. La legge è una cosa, Vidocq un'altra.

Le dà un buffetto sul braccio. Le chioccia nell'orecchio.

"Ancora qualche minuto, tesoro mio. Ehi, e quella carne di vitello era una sorpresa per i sensi, l'ho già detto?"

Ormai Poulain ha avuto il tempo di elaborare un nuovo tono. È il mendicante alle porte di Saint-Sulpice.

"Senta un po', Monsieur," dice. "Sono stato sincero con lei, no? Ho risposto a tutto quello che ha chiesto? Mi sembra che dovrebbe lasciarmi andare."

E Vidocq ora è il rappresentante designato di Saint-Sulpice, triste nell'espletare il suo dovere.

"Sì, capisco il tuo punto, Poulain, davvero. Ma c'è la piccola faccenda del furto. Hai rubato a un uomo quasi morto. E, dannazione, hai avuto una carriera così importante che non sono sicuro che questa volta Monsieur Henry possa chiudere un occhio." Versa un ultimo bicchiere al ladro. "Gli parlerò di sicuro, se vuoi. Gli dirò che sei stato d'aiuto."

Poulain fissa il bicchiere, scrutolando il percorso del suo futuro. E dopo averlo seguito il più lontano possibile, si gratta il mento, si strofina il cuoio capelluto e alza lo sguardo, con gli occhi scuri e la bocca dura.

"Posso tenermi la pipa?"

"Certo, amico mio, certo. E ti dirò una cosa, le domeniche ti manderò Agnès. Oppure Liza. È brava a tirare su il morale alla gente, non è vero? E sai cos'altro? Appena posso andrò a trovare Jeanne-Victoire. E la bambina."

"Puoi tenertele," ringhia Poulain. "Quella sgualdrina è più di quanto un uomo possa sopportare."

Qualcosa si muove ora dietro gli occhi di Vidocq mentre fissa il ladro.

"Ha sempre parlato molto bene di te, Arnaud."

Chi sa dire perché, in questo momento, dovrei sentirmi obbligato a parlare, per la prima volta da quando sono qui?

"La bambina," dico. "Mi dica il nome della bambina."

Accigliato, Poulain lo sputa come un seme.

"Arnaudine."

La vista dei nostri volti scolpisce più a fondo il suo cipiglio.

"È stata una sua idea. Non è riuscita a darmi un maschio, così ha pensato che 'Arnaudine' fosse la scelta migliore. È tenera in queste cose, se proprio volete saperlo. Le dico sempre che finirà per lasciarci le penne."

"Molto saggio," dice Vidocq.

Spinge indietro il bicchiere e si alza barcollando dalla sedia e, prima che qualcuno riesca a fare un altro respiro, ribalta la sedia di Poulain.

Il ladro, legato alla caviglia, tocca il pavimento con tutte le ossa del corpo. Un grido soffocato, un tremore di dubbio. Vidocq sta sopra di lui, sereno.

"Anche i teschi si rivelano teneri, o no, Poulain? Quasi non ci si crede."

E poi, scavalcando la figura supina del ladro, mi omaggia di un sorriso.

"Per oggi basta, dottore."

Capitolo 8
Una spia smascherata

Sono quasi le sei del pomeriggio quando Vidocq mi riporta a casa. Ha preso in prestito da Allard un soprabito con tripla mantella. Da un rigattiere ha acquistato (apparentemente senza pagare) un cappello, rotto vicino alla fascia. Si è passato un po' di sputo tra i capelli.

Quale segnale migliore che stiamo tornando alla civiltà? Al mio habitat naturale, anche se non lo riconosco più così bene. Giro l'angolo di Rue Neuve-Sainte-Geneviève, passo davanti al vecchio pozzo maledetto dove sedeva Bardou, sento i grugniti ritmati dei maiali di Monsieur Tripot che scorrazzano liberi nei canali di scolo. Sono sui gradini di casa mia, eppure non riesco a fare a meno di pensare di avere preso la strada sbagliata.

Ma poi la porta viene spalancata da Charlotte, rinsecchita e lentigginosa, e non ci possono più essere dubbi.

"È a casa!" urla dal fondo al corridoio. "Madame Carpentier, è a casa!"

Mamma è in agguato vicino alla porta del salotto: un'apparizione nera tremante nel suo berretto di tulle e sottoveste di lana. La gonna è stata rimodellata da un vecchio abito. Le ciabatte le si sono staccate da tempo dai piedi, sembrano legate a lei ormai solo dall'abitudine. Le sue mani formano un imbuto attorno alla bocca. Dice:

"Oh."

"Monsieur Hector." Charlotte sta caricando verso di me. "È..."

"È abbastanza illeso, signore," risponde Vidocq, sbucando da dietro. "Come potete vedere."

Non saprò mai quale parte di lui mamma notò per prima. Il cappello logoro? I ciuffi di capelli lucidi o il torace prepotente? Tendo a pensare che sia la parte di lui che confonde: il *buco* che crea nell'ambiente circostante.

"Stavo per chiamare la polizia," dice con voce sottile.

"Ma non ce ne sarebbe stato bisogno, Madame! La polizia è già venuta a cercare il suo Hector." Vidocq mi afferra dalla collottola con una presa lenta ma decisa. "Questo stesso pomeriggio, vostro figlio ha dimostrato un coraggio eccezionale in un'indagine di indicibile urgenza."

"Indagine?"

"Sarebbe più che felice di parlargliene, ne sono sicuro, ma ha giurato di mantenere il segreto. Al prefetto in persona."

"Al..."

"Ha una mente brillante, suo figlio. Tutta Parigi sembra tessere le sue lodi! Proprio l'altra sera, sa, ero lì che trascorrevo un'oretta o due nella biblioteca della duchessa de Duras, e lei mi ha detto... La conosce la duchessa, Madame?... Be', mi ha tirato per la manica, e con quella sua voce deliziosamente roca, ha detto: *Deve presentarmi il meraviglioso dottor Carpentier!*"

Sono proprio queste ultime due parole a cambiare il tenore della conversazione. Perché mamma è ancora meno abituata di me a sentirmi chiamare dottore. La sua bocca si restringe in una linea nera.

Vidocq fa una pausa per rimediare all'offesa. "Mille scuse, Madame. Non mi sono presentato. Sono Vidocq."

È davvero notevole l'inchino che le porge. Non la testa che cade dolcemente da tipico gentiluomo parigino, ma qualcosa di esplosivo e militaresco. (Scoprirò più tardi che è stato un sergente maggiore.) La cosa mette ko la povera Charlotte, che si massaggia le orecchie con stupore.

"Questa è vostra figlia, Madame?" domanda Vidocq.

"La nostra cameriera," dice mamma, con una voce dura come un osso di balena.

"Ah, vedo che la bellezza è un prerequisito per vivere *chez les* Carpentier." Le sue labbra sfiorano le nocche della mano della giovane donna. "Che belle dita. Sembrano preziosi coralli sparsi su una spiaggia."

Il viso di Charlotte, dovrei dire, somiglia sempre a un corallo screziato, perché sta china sui fornelli e si arrampica per le scale. In questo momento, però, qualcosa di viola sanguina attraverso gli strati della pelle. Mamma, che non è per niente stupida, si fa avanti e, con il tono usato dagli anziani marchesi con gli spazzini, ringrazia Vidocq per averle portato a casa il figlio.

"Be', nessun problema!" ridacchia lui. "È stato un..."

"Buona giornata, Monsieur."

È ancora lì quando la porta si chiude su di lui, che si gratta le costole, e storce la bocca.

"Che bello fare la vostra conoscenza," lo sento dire dall'altro lato.

Non c'è niente che risplenda nel volto di mamma, ma del resto è raro che accada. Ricordo di averla vista ridere solo quattro volte nella mia vita. (Quattro volte di più rispetto a mio padre.) Il suo è un viso dove immagazzinare il tempo. Anche gli occhi color pietra calcarea, che in passato devono essere stati belli, sembrano essersi stratificati con gli anni in qualche modo preciso e biologicamente determinabile, come uno strato di roccia sedimentaria.

"Non avevamo idea di dove fossi," dice.

"Lo so."

"Avresti potuto lasciare un biglietto."

"Mi dispiace molto, mamma."

"Come se non avessi abbastanza da fare senza chiedermi se sei morto o stai morendo o non so cosa. Come se non..."

Afferra uno scialle dal gancio più vicino e la sua voce, quando torna indietro, è bassa e scattante, come se fosse sbucata fuori da un nascondiglio.

"Be', togliti il cappotto, per l'amor del cielo. Naturalmente hai gli stivali sporchi. Non importa, non c'è tempo per spazzolarli. I nostri ospiti sono seduti a cena."

Dal momento in cui abbiamo dovuto accogliere per la prima volta i pensionanti, mamma si ostina a chiamarli ospiti. Dietro questa affettazione, ne sono sempre stato convinto, si nasconde una sottile e secca vena di speranza. Gli ospiti se ne vanno, giusto?

Ma i tre giovani affollati attorno al nostro tavolo da pranzo danno ogni prova di voler restare. Per sempre, forse. All'inizio mamma aveva giurato di non accogliere mai studenti perché aveva sentito dire che mangiavano troppo pane. Ma nel Quartiere Latino non hai molta scelta in merito. Gli studenti sono numerosi come le stelle, inestirpabili come i topi.

Questi tre sono arrivati in gruppo: robusti compagni dell'École de Droit. Si sono subito presi la libertà di chiamare mia madre *mamma*, nome che lei detesta ma al quale si sente obbligata a rispondere. I *loro* nomi non sono importanti. (Li dimenticherò comunque non appena me ne sarò andato.) Chiamiamoli con i loro tratti distintivi, cominciando dal basso della catena di potere con Lapin. Faccia da coniglio, anima da coniglio. Poi c'è Rosbif, così chiamato per il suo piatto preferito (troppo costoso per essere servito qui) e perché cena con gli avanzi degli altri. Terminiamo con Nanchino, dal nome dei pantaloni di nanchino a gamba di elefante che indossa in estate, con staffe intrecciate color ruggine. Figlio di un magistrato di Rouen, Nanchino è il più ricco dei nostri pensionanti, il che significa che per 1.500 franchi all'anno può dormire nella vecchia camera da letto di mio padre (con chiunque abbia portato con sé quella sera). Inoltre può prendere il caffè nel cortile, sotto i tigli.

Stasera i tre studenti sono impegnati nel rituale preprandiale di tormentare il quarto inquilino di mamma: un professore di botanica in pensione, con ben ottant'anni di esperienza sulle spalle. Gli studenti lo chiamano Padre Tempo. E non è un titolo onorifico. Padre Tempo indossa una cravatta lacera e si lucida le scarpe con il tuorlo d'uovo. Da circa un anno vende uno dopo l'altro i suoi volumi sulle orchidee per pagare l'affitto, eppure è indietro di due mesi. Mamma avrebbe potuto sfrattarlo molto tempo fa, ma è un vecchio amico di famiglia, anche se né lui né mia madre parlano mai dei tempi passati.

"Padre Tempo!" urla Rosbif. "Ha qualcosa nella barba, vecchio mio."

"Che cosa... non ho proprio..."

Oltre alle sue altre infermità, Padre Tempo è mezzo sordo. A tavola si portava dietro un cornetto acustico, ma gli studenti hanno cominciato a lanciarvi dentro dei crostini.

"Ehi!" urla Rosbif. "L'ho acciuffato! Ehi, credo proprio sia una larva. Pensate un po', signori, un'intera colonia di fauna che vive nella barba di Padre Tempo."

"Chiamiamo il disinfestatore," dice Lapin.

"No, sarebbe troppo sbrigativo, amico mio! Dobbiamo chiamare a raccolta i più grandi scienziati francesi. Qui ci sono specie del tutto sconosciute all'uomo."

"Charlotte," dice mamma, aprendo delicatamente il tovagliolo. "Le pere hanno un aspetto delizioso."

È il suo modo di cambiare argomento. È anche il suo modo di mascherare le proprie economie, perché è molto prodiga nel lodare ciò che le è costato meno. Le pere, per esempio, costavano due liardi l'una. Le patate (leggermente marce) le ha pagate dieci soldi. La carne di montone l'ha mercanteggiata personalmente arrivando a un franco e cinquanta centesimi. Le loderà in quest'ordine.

"Grazie, Madame."

La voce di Charlotte è udibile a stento mentre gira intorno al tavolo. Com'è distratta! Deve sentire ancora le labbra di Vidocq sulla sua mano. La vedo che esce dalla stanza, solo per rientrare. La vedo che versa la panna nel bicchiere di vino di Lapin. E quando cerca di prendermi il piatto prima ancora che cominci a mangiare, mi ritrovo costretto a darle un buffetto sul polso.

Mi fa un sorriso di nascosto e io gliene restituisco uno. Perché non so cosa sta per fare.

"Monsieur Hector," annuncia, "oggi ha avuto una bella avventura."

Uno dopo l'altro, i tre studenti alzano il viso e posano i coltelli. La stanza diventa silenziosa.

Mamma si affretta a intervenire.

"Hector è stato perseguitato per un pomeriggio intero," dice, "da un uomo assolutamente terribile. Che puzza di alcol e grasso d'orso e chissà cos'altro."

Passano ancora alcuni secondi prima che gli studenti decidano se quanto appena detto risolva la domanda o semplicemente la sospenda. Stanno di nuovo prendendo i coltelli quando il suggerimento sussurrato da Charlotte li ferma nel bel mezzo del movimento.

"Vidocq."

Vedo un sorriso formarsi sulle labbra tinte di vino di Rosbif.

"Non starete parlando del mascalzone!" strilla.

"Ehi, non è affatto un mascalzone!" Con il grembiule Charlotte gli dà un buffetto sulla nuca. "È il terrore dei criminali di ogni dove, è... è la ragione per cui possiamo dormire sonni sereni."

"Ehi, questa sì che è buona! È l'ultimo uomo al mondo su cui conterei per dormire sereno."

"L'ultimo," concorda Lapin.

"Mia carissima Charlotte, nessuno te lo ha mai detto? Il tuo prezioso Vidocq non è altro che un piccolo criminale."

"È una bugia."

"Che Dio mi colpisca se lo è. Be', vi assicuro che è stato un gradito ospite in alcuni dei migliori penitenziari francesi."

Uno sguardo irritato sgorga dagli occhi di mamma. "Non può essere," dice. "È una specie di creatura del corpo di polizia, no?"

"*Creatura*," dice Nanchino aggiustandosi gli occhiali sul naso greco. "Come lo ha formulato bene, mamma Carpentier. È la solita storia, temo. Un mascalzone non ne può più di starsene in prigione e offre volontariamente i suoi servizi come spia della polizia, una professione che richiede solo sfrontatezza e una completa mancanza di coscienza. Non c'è da stupirsi che Vidocq si sia dimostrato così adatto a questo scopo."

"Vi dirò quello che ho sentito," dice Rosbif, intromettendosi. "Prima ancora di uscire di galera, ha spifferato quello che sapeva di tutti i suoi amici, solo per ingraziarsi i suoi nuovi padroni."

"Spifferato," ripete mamma, socchiudendo gli occhi. "Non so cosa significhi."

"Significa che li ha *traditi*, mamma Carpentier."

E poi, dal nulla, si direbbe, una voce bassa e fumosa scivola lungo il tavolo.

"Ai miei tempi, tradire i criminali era una buona cosa."

Ci voltiamo e vediamo Padre Tempo che parla con il piatto. Ignaro, forse, che qualcosa gli sia sfuggito.

Con voce tranquilla, Nanchino domanda:

“Che cosa è stato?”

“Niente.”

“Mi scusi, mi era sembrato di averla sentita parlare.”

“Non era niente.”

“Ne è proprio sicuro?”

“Sì.”

Schermandosi dietro al tovagliolo, mamma sussurra.

“*Hector, è tutto vero?*”

“Non ne ho idea,” bisbiglio.

Con un suono di trionfo, direi quasi di gioia, strilla:

“Sapevo che c’era qualcosa che non andava! Non è vero, Charlotte?”

“E adesso,” dice Nanchino, “questo san Vidocq si è fatto strada con le unghie e con i denti al vertice della gerarchia della polizia. E se si volessero ulteriori prove di quanto sia stato astuto, basterebbe solo osservare la sorprendente evoluzione che è stata riportata su tutti i giornali. Questo Vidocq, se riuscite a crederci, ha fondato una brigata di poliziotti in borghese. È conosciuta come la Brigade de Sûreté ed è composta interamente da ladri, disertori e mascalzoni: gli scarti dell’umanità che sono sempre stati i suoi migliori amici.” Sorride nel polsino di pizzo. “Non si può che ammirare la diabolica sfacciataggine di quest’uomo. Con il pieno consenso del conte Anglès e di Monsieur Henry, è riuscito a confondere ogni confine rimasto tra il bene e il male. Ormai è impossibile distinguere le forze dell’ordine dai criminali.”

“Da quello che ho sentito,” dice Lapin, “divide il bottino con i criminali. E se non lo pagano, li mette in prigione.”

“Oh, Vidocq è semplicemente esemplare nel suo genere," risponde Nanchino. "Gli studi scientifici hanno dimostrato in modo abbastanza definitivo che la mente criminale non può essere riabilitata. Puoi vestire un ladro, puoi dargli un lavoro. Trascinarlo a messa, portarlo lungo gli Champs-Élysées. Tornerà sempre alle sue vecchie abitudini." Una nota di tragedia fluttua nel suo tono piatto. "È incontrovertibile, temo."

"*Hector*," dice mamma, sussurrando ancora una volta dietro al tovagliolo, "*se mai permetterai di nuovo a quell'uomo di entrare in casa nostra, non so cosa...*"

"Ma non era..."

Sto per dire che non era dentro casa. E poi mi ferma il ricordo di lui, qui, a cavalcioni proprio su questa sedia. Che impreca e tracanna vino e sputa biscotti e patate mangiati a metà. Il solo pensiero mi fa solleticare le labbra. Penso che potrei persino essere sul punto di ridere quando sento la voce di Nanchino, un po' raggelante.

"Monsieur Hector. Non ci ha ancora detto cosa voleva da lei questo Vidocq."

Mi schiarisco la gola. La schiarisco di nuovo.

"Temo di non averne la libertà."

Non approfondisce la questione. Non ne ha di bisogno. Rosbif e Lapin lo fanno volentieri al posto suo.

"Non ne ha la libertà, dice!"

"Suvvia, Monsieur Hector!"

"Dobbiamo tirarglielo fuori?"

"La famiglia reale ha bisogno di un nuovo medico, è così?"

"Ah! Lo sanno tutti che la gotta del re sta peggiorando."

"Sono certo che una volta che re Louis avrà preso una dose di... scusi, Monsieur Hector, di cos'è che si occupa lei? Mi sfugge sempre."

Spiego che la mia ricerca probabilmente non sarebbe di loro interesse.

Con voce un po' stupita, Nanchino grida:

"E adesso perché dice così? Non lo sa che è sulla bocca di tutti all'École? Ehi, i miei amici specializzandi mi informano che Monsieur Hector, quando finalmente rivelerà i segreti del suo laboratorio, stupirà il mondo con le sue scoperte." Perplesso aggrotta la fronte mentre si rivolge a Rosbif. "Lo *dicono*, no?"

"Oh sì. Ci si aspettano grandi cose da Monsieur Hector."

"E non siamo fortunati ad averlo conosciuto prima della fama? Dobbiamo essere sicuri di registrare tutte le nostre impressioni a beneficio dei futuri biografi."

Non è che mi manchino i difensori. C'è Charlotte, per esempio, che è rimasta tutto il tempo sulla soglia, infuocata come un carbone.

"Per vostra informazione," dichiara, "proprio l'altra sera Monsieur Hector è stato elogiato. Da un personaggio molto importante."

"E chi sarebbe?" chiede Nanchino, con gli occhi che luccicano morbosamente.

Troppo tardi per fermarla. Raddrizza le spalle e carica.

"La duchessa de Duras!"

Di fronte a tante risate, il lampadario sopra il tavolo si mette proprio a suonare. L'aria si increspa e le tende danzano a tempo. Mi siedo nel cuore del rumore, dove, se si riesce a raggiungere il giusto livello di astrazione, tutto diventa silenzioso. Stasera, però, alzo gli occhi e, con mia sorpresa, mi accorgo che Padre Tempo ricambia lo sguardo. Un secondo o due, non di più, ma ci sono dei lampi tra noi... be', chiamiamola una condizione condivisa.

"Hector," dice mamma. "Non so dove ti abbia portato quell'uomo orribile, ma puzzi come una fogna o peggio."

Stupefatto, porto il polsino al naso e l'aroma di Vidocq mi si diffonde dentro le narici. Quel profumo strano e *animato.*

Mi ha marchiato, penso, sprofondando nella sedia.

E in quello stesso istante arriva il suono armonico del respiro moribondo di Leblanc.

Lui è qui.

Sono passate da poco le nove e sto facendo la mia passeggiata serale. La stessa passeggiata che faccio tutti i giorni, come ha sottolineato Vidocq, alla stessa ora. Intorno all'isolato e non oltre.

Stasera, è vero, valuterò brevemente la possibilità di cambiare percorso. Scese le scale, potrei decidere di girare a sinistra invece che a destra. Potrei prendere Rue des Postes a sud fino a Rue de l'Arbalète. Oppure prendere la Vieille Estrapade de Fourcy verso il Panthéon. Se fossi davvero coraggioso, potrei camminare verso est fino al Jardin du Roi. Attraversare il fiume ed entrare nel Faubourg-Saint-Antoine! Perché no?

Alla fine faccio quello che faccio sempre.

Adesso odoro di me stesso.

C'è la luna: una pesca mezza rosicchiata. Anche squarci di cielo butterato dove le nuvole si sono schiarite. Per la prima volta da settimane, a quanto pare, l'architettura più alta si impone, e mentre le facciate delle case intonacate e i mucchi di spazzatura si innalzano da ogni lato, mi ritorna quella vecchia sensazione di attraversare un passo alpino.

E poi, come se li avessi commissionati personalmente, gli eventi della giornata si incidono sulla tela. Vedo la neonata sullo scaldavivande. La vedova Maltaise col suo fazzoletto blu, e Poulain, abbandonato nella segatura, con lo stivale ancora legato alla sedia. E Mozart e le mosche verdi e il marmo blu venato di Chrétien Leblanc. Sfilano uno dopo l'altro. Come cose accadute a un uomo vivo.

16 Termidoro Anno II

Ho incontrato notevoli difficoltà nel fare pulire la cella del Prigioniero. Le guardie della torre dicono che restare troppo a lungo nell'aria pestilenziale sarebbe fatale. Rifiutano d entrare, d aiutare in qualsiasi modo. (1 mi ha confidato che hanno paura d essere etichettati come simpatizzanti monarchici.)

Ho comunicato le mie preoccupazioni a Barras. Questa mattina ho parlato con i funzionari della Comune. Li ho informati che la salute del Prigioniero – la sopravvivenza – dipende dall'ambiente igienico. Nessuna tipo d farmaco può evitare il contagio. V. insistente su questo punto. Gli è stato detto d attendere la decisione della Comune.

17 Termidoro

La notizia è arrivata. La Comune ha autorizzato 2 uomini a intraprendere la pulizia della stanza del prigioniero. Gli uomini saranno debitamente nominati rappresentati del popolo francese, discreti, politicamente puri, ecc.

22 Termidoro

8:00: gli addetti alle pulizie designati sono arrivati con secchi, spazzoloni, grandi quantità d sapone. Presto si sono resi conto che gliene sarebbe servito d più.

Polvere, sporco, escrementi dapxtutto. I materassi sono completamente umidi; atmosfera fetida, <u>velenosa</u>. Il lavoro è durato 1 giorno intero – estremamente faticoso – ha richiesto frequenti intervalli d riposo, vomito occasionale. Entrambi gli uomini in diversi momenti sono stati morsi da ratti, pulci, ragni. Tutto è <u>vivo</u> in questa stanza, ha detto 1. Si è sentito il compagno dire che ha visto fogne + pulite.

Il Prigioniero è rimasto tutto il tempo nella cella. Nessun movimento osservato finché la sezione dell'otturatore non è stata rimossa dalla finestra – la prima volta in 6 mesi – dopodiché si è voltato verso la luce. È rimasto x alcuni istanti con il sole sul viso, occhi socchiusi. Alla domanda se la luce fosse dolorosa, il Prigioniero ha risposto affermativamente. Ma ha rifiutato d spostarsi.

23 Termidoro

I commissari hanno finalmente accettato d fare il bagno al Prigioniero. Ho mandato l'assistente cuoco, il giovane Caron, a prendere acqua tiepida, e gli ho fatto il bagno io stesso. Ho mandato a chiamare mamma Mathieu (della taverna d Père Lefèvre) x tagliare & pettinare i capelli. Capelli pieni d forfora, arrivavano fino alle spalle, non venivano lavati da molti mesi. Estremamente sensibile, pettinarli è stato molto doloroso x lui. Mamma Mathieu è riuscita a tagliare le unghie dei piedi & delle mani del Prigioniero, che erano lunghe come artigli, dure come 1 corno.

Indumenti (interamente infestati) rimossi & bruciati, sostituiti con abito d lino completamente nuovo, che include pantaloni, gilet, giacca.

A fine giornata, ho effettuato il primo esame completo del Prigioniero. Condizioni generali molto scioccanti. La testa penzola. Labbra scolorite, guance scavate, molto pallide con sfumatura verdastra. Arti estremamente dexiti, sproporzionatamente lunghi rispetto al busto. Stomaco dilatato. Soffre d diarrea acuta. <u>Estremamente</u> sensibile al rumore. Avverso a parlare.

Corpo pieno d ulcere, gialle & blu, + pronunciate su collo, polsi, ginocchia. Ho tentato d inciderle & fasciarle, ma questo gli ha causato 1 forte dolore. Cercherò d farne altre nei giorni che verranno.

Preoccupazione + urgente: ginocchio. Gonfio fino al doppio delle dimensioni normali. Colore malsano. Prigioniero incapace d camminare senza dolore estremo.

Prognosi: molto scarsa. Sto preparando il rapporto medico completo x Barras. Spero che, con il procedere aggressivo dell'intervento, la condizione del Prigioniero potrà essere arrestata. Il nuovo ambiente sarebbe molto utile. Mi sono preso la libertà d rimuovere il letto in + dalla stanza della sorella del Prigioniero così che possa dormire + comodamente.

Costretto a rimproverare 1 delle guardie del Tempio, che, entrando nella stanza del Prigioniero, ha gridato: Torna al tuo angolo, Capet. Ho spiegato che, d'ora in avanti, il Prigioniero verrà chiamato Monsieur. La guardia ha protestato, ha detto che non ci sono + "monsieur", ormai siamo tutti "cittadini", ecc. Ho insistito sul punto, citando l'autorità conferitami da Barras.

Ascoltata la mia richiesta, il Prigioniero ha osservato che "Monsieur" era troppo angosciante x lui, ha pregato d non essere chiamato con quel titolo. Quando gli è stato chiesto quale avrebbe preferito, il Prigioniero ha detto che avrebbe risposto solo a "cucciolo d lupo". Quando è stato sottolineato che il Prigioniero non era 1 animale ma 1 ragazzo, il Prigioniero è stato visto sorridere, x la prima volta. È sembrato avere molta pietà d me.

Poi ha chiesto quanti anni aveva? Nove, ho detto. Sì, è vero, ha detto.

Sarà importante, nelle pagine future, riferirsi al Prigioniero come Charles.

Capitolo 9
Un viaggio in Lussemburgo

Sono passati quattro giorni dall'ultima volta che ho visto Vidocq, ma lo sento ancora. Ogni volta che faccio il giro dell'isolato o passeggio verso Rue d'École de Médecine o porto via un giornale da Le Père Bonvin, è la sua voce che si insinua nel mio orecchio…

Potrei regolare l'orologio con lei.

E poi, venerdì mattina, qualcosa mi fa uscire dalla mia orbita abituale. Una lettera. Su carta da lettere lilla con bordi dorati che si sfaldano e uno stemma piazzato con indifferenza in cima: carta così fragile che non mi fido di me stesso nel tenerla in mano.

Dottor Carpentier

Gli avvenimenti recenti intorno al defunto Monsieur Leblanc mi costringono a scrivere. Mi chiedo se potrei pregarla di venire da me domattina alle dieci. Mi troverà nel mio appartamento al numero 17 di Rue Férou.

In assenza di ulteriori comunicazioni da parte sua, aspetterò il piacere della sua compagnia. La sua discrezione è vivamente richiesta.

Baronessa de Preval

Il nome sembra fragile come la carta. Una baronessa!

Il mio primo pensiero è che Nanchino e gli altri pensionanti mi stiano facendo uno scherzo. Il mio secondo pensiero, ed è la cosa a cui penso da quando Vidocq è entrato nella mia vita: *Ha sbagliato persona.*

Soprattutto ha sbagliato classe sociale. La cosa più vicina agli aristocratici che abbia mai visto è stata la domenica pomeriggio sugli Champs-Élysées. Adesso che i Borbone sono tornati è diventato il passatempo migliore, passeggiare tra gli olmi mentre sfrecciano i coupé. Cavalli con coccarde nelle orecchie, conducenti con parrucche e cravattini, e dai finestrini, brandelli di pelle incipriata, un manico d'avorio cinese, un bocciolo di bocca che si apre. L'idea che una di queste donne possa fermare la carrozza e farmi entrare con il suo braccio superbamente fiacco sembra tanto probabile quanto il re che mi chiede di curargli la gotta.

Insomma, ci sono motivi per dubitare di questa promozione. Guardate innanzitutto l'uomo che mi ha portato il messaggio. Non il solito valletto in livrea ma un comune fattorino, più vecchio del Monte Bianco, che ringhia ai pochi soldi di mancia che gli lascio nel palmo della mano.

Poi, guardate l'indirizzo. Rue Férou, un piccolo angoletto tranquillo appena fuori dai cancelli dei Giardini del Lussemburgo, lontano dal caos della vita di corte. Che motivo ha una baronessa di abitare lì?

Per tutto il pomeriggio, per tutta la sera, tratteggio le molteplici ragioni per declinare l'invito. L'indomani mattina ho accettato. So anche perché. È l'ultima cosa che Vidocq si aspetterebbe da me.

Stamattina Parigi è avvolta nella nebbia. I fumi dei camini di ieri notte, intrecciati alle esalazioni delle fogne e ai vapori di tre settimane di pioggia, si depositano in cumuli color seppia sulle mansarde, nelle grondaie, lungo gli alberi e i carri e i chioschi di venditori. Fittamente dentellati e tuttavia in movimento, *rinnovandosi*, come se la città in sé fosse stata colta nell'atto stesso di respirare.

Le uniche parti distinguibili del numero 17 di Rue Férou hanno una facciata di pietra grezza intonacata di giallo... tre finestrelle con le persiane sonnolente abbassate... e un batacchio in ferro battuto scolpito a forma di satiro che ammicca. Il battente non si muove, così devo bussare alla porta, che viene aperta da una vecchia portinaia, vestita di lana merino nera e sorridente come una mezzana.

"Dottor Carpentier, sì! La sta aspettando."

Prendendo una candela, mi conduce su per due rampe di scale, un atto per il quale il suo corpo è decisamente inadeguato. Deve *trasportarlo* in avanti, trascinando ciascuna gamba come fosse una valigia.

"È riuscito a trovare la strada? *Uff*. In mattine come questa riesco a malapena a vedere il mio naso. *Grr*. La baronessa sarà così felice di vederla. Io glielo dico sempre, ecco, di invitare qualche *giovane* tanto per cambiare. *Uff.* Molto meglio di quei vecchi caproni con le loro... *Anf...* calze blu e i loro gilet sporchi. Sempre lì a *fantasticare*, non trova? Ah i *vecchi* tempi. *Puff.* Dico che quello che è fatto è fatto, bisogna lasciarselo alle spalle. Sono sempre stata così. *Plunf.*"

Alla fine si ferma davanti a una porta di quercia sporca di fango. Un colpo e poi un ruggito da orso.

"Madame la baronessa! Il suo ospite è arrivato!"

A quel punto, secondo un rituale prestabilito, gira la maniglia, apre la porta di tre peli e arretra lentamente, con il petto ansimante piegato parallelo al pavimento.

Vedo piastrelle rosse consumate sotto un tappeto logoro. Un vecchio tavolo rotondo, una credenza bassa sormontata da uno specchio sospeso. Una panchina disancorata. E una poltrona dallo schienale corto, il genere di manufatto cupo e curato che potrebbe essere stato recuperato dal cottage di una vedova bretone.

Lì è seduta una donna magnifica.

No, vorrei essere più chiaro. Lì *era* seduta una donna magnifica. Indossava fiori di pesco tra i capelli e un abito di stoffa largo che metteva in risalto il suo seno glorioso, e aveva guanti di pelle di daino di un candore paradisiaco.

Ma questo accadeva trent'anni fa. Oggi il bianco si è ammalato di giallo; il prato ha lasciato il posto a un abito damascato nero, non più di moda; il fisciù è stato riparato così tante volte che non è rimasto quasi nulla da riparare.

E quel volto un tempo bello, quel volto ancora bello si è indurito in qualcosa di inflessibile e zelante, come la tavoletta di una civiltà perduta.

"Dottor Carpentier." Un contralto leggermente divertito. "Com'è stato gentile a venire."

Si alza dalla sua sedia da contadina e mi offre la mano guantata. Non sapendo cosa fare, la stringo. Con un pizzico di carità, si libera dalla stretta.

"Deve scusarmi," dice. "Non è affatto la persona che mi aspettavo."

Sto per chiederle *cosa* si aspettava, ma vengo fermato da qualcosa che mi ero perso al primo sguardo: lo spettacolo dei suoi occhi. Uno marrone, l'altro blu: *presi in prestito*, direi quasi, da due donne diverse.

"Gradirebbe del tè, dottore?"

Lo serve lei stessa in porcellana che, sono sollevato nel vedere, non è stata realizzata dai carcerati. Mi dice… be', non seguo granché al di là della musica della sua voce. Sono vagamente consapevole del ticchettare dei cucchiai… un divano, un tappeto in sisal… e infine una vetrina per reperti di storia naturale, vuota tranne che per alcune conchiglie e una fila di libri rilegati in marocchino rosso.

"Ah, sta ammirando la mia biblioteca," dice in tono ironico. "Quelle sono le memorie del mio defunto marito, il barone. È stato ambasciatore a Berlino sotto Luigi XVI."

Non sapendo come rispondere, non dico nulla, e questo si rivela proprio il segnale che stava aspettando. Posa la tazza da tè, incrocia le mani in grembo e, con aria coscienziosa e costante, come se stesse mostrando ai visitatori una casa, inizia a parlare. E tutti i fatti che sarebbero dovuti emergere dopo giorni, addirittura settimane di chiacchiere e di costruzione della fiducia, si manifestano adesso in una profusione disarmata.

"Ovviamente abbiamo perso tutto durante la Rivoluzione. I giacobini hanno nazionalizzato le nostre terre, *cosa* che ci aspettavamo, ma poi la maggior parte dei miei gioielli sono andati perduti durante il viaggio verso Varsavia, e il barone ha fatto un bel pasticcio con il denaro che ci era rimasto. Come emigrante era piuttosto mediocre, data la sua abitudine a viaggiare. Una cosa era l'esilio volontario, diceva, un'altra quello involontario. Era irritato, poverino. Tramava sempre per tornare qui, dove era meno desiderato."

Prende la tazza e la appoggia rapidamente al labbro inferiore.

"Gli intrighi, mi dispiace dirlo, costano denaro. Quantomeno i suoi."

Sollevando un'ondata di pelucchi, si alza. Apre l'armadietto con una debole pressione della mano, accarezza le rilegature in marocchino.

"Ecco cosa resta dei suoi beni. Una vita in dieci volumi. Verso la fine, era convinto che qualcuno li avrebbe pubblicati." Prende in mano il volume più a sinistra e me lo porge. "Questo potrebbe essere di suo gusto, dottore. Segue il barone dalla sua nascita a Tolone fino al suo breve e, se posso dirlo, non eccezionale mandato come *intendente* del Limousin." Ne massaggia la costa con le nocche. "Trovo che sia l'unico volume che riesco a tollerare di leggere da sola. Gli altri sono fin troppo familiari. Ehi, buongiorno, micetto!"

Lo sento prima di vederlo: un attrito sulla gamba dei pantaloni. Poi uno spettro instabile di bianco, nero e arancione, che balza tra le braccia aperte della baronessa.

"Il mio gattino si è appena svegliato? Che micio assonnato che è! È la nebbia, vero? Sì, il mio micino ama la nebbia, vero? Vieni a vedere, riesci a vedere?"

Nell'ombra della luce dell'applique, diventano, per un istante, un organismo unico: membra intrecciate verso uno scopo comune, mormorii mischiati a miagolii.

"Temo di dovere porre una domanda indelicata," dice.

Passa un po' di tempo prima che mi renda conto che sta parlando con me. La sua voce non è tornata del tutto al suo registro umano.

"Chieda pure," balbetto.

"Qualcuno l'ha seguita?"

"No."

C'è una assoluta convinzione nella mia voce, e la verità è che non ne ho idea. Mi sto ancora abituando al pensiero che valga la pena seguirmi.

"Tocca a me essere indelicato, Madame la baronessa."

"La prego."

"Che legame potrebbe avere con Monsieur Leblanc?"

Con evidente rammarico, posa il gatto e, in quel momento, ho per la prima volta tutta la sua attenzione. Impallidisco abbastanza davanti alla cosa. Solo il sorriso, affilato da un milione di salotti e anticamere.

"Dottore, mi ritrovo a desiderare insolitamente un po' di esercizio. Mi farebbe l'onore di accompagnarmi?"

La nebbia ha cominciato ad alzarsi dai Giardini del Lussemburgo, ma tutto sopra le nostre teste è ancora ammantato. Le statue. Le fontane. Il palazzo stesso, dove la Camera dei

Pari, resto prosciugato di antiche monarchie e imperi, emette il tintinnio di uomini morti e sepolti. Anche le chiome dei platani sono state tagliate via, lasciando solo i tronchi, umidi e sfregiati, lungo il nostro cammino come trofei di una battaglia.

Per qualcuno che fa poco esercizio, la baronessa ha un passo rapido. Devo accelerare il mio per starle dietro. Dopo non molto, però, i nostri piedi cominciano a muoversi insieme a un ritmo amichevole: potrei quasi credere che ci incontriamo così da generazioni, consumando un avvallamento nella ghiaia.

"Lei è ancora giovane," dice alla fine. "Venticinque, forse?"

"Ventisei."

Annuisce distrattamente.

"Sono passati quasi altrettanti anni da quando ho conosciuto Chrétien Leblanc. Un pomeriggio d'estate nello Stare Miasto di Varsavia. Cenavo all'aperto – una ciotola di *krupnik*, me lo ricordo – e ho alzato lo sguardo, ed eccolo lì, con le sue calze blu e questa redingote piuttosto scolorita. *Guardava* la mia zuppa, come un gatto guarda un coniglio. Mio malgrado mi sono commossa."

La sua mano guantata esercita una pressione appena percettibile sul mio braccio sinistro.

"Anche Leblanc era un emigrato, a modo suo. Non avendo la maledizione di un titolo, ha resistito più a lungo della maggior parte di noi, ma anche lui è stato costretto a lasciare Parigi in breve tempo. Di fretta. Aveva l'espressione che avevamo tutti all'inizio, come se qualcuno ci avesse trascinati in uno dei palloni aerostatici di Montgolfier e ci avesse fatti cadere prima di essere completamente atterrati. Quando l'ho incontrato stava ancora cercando il suo equilibrio." Cammina con cautela attorno a una pozzanghera. "Abbiamo iniziato a conversare. Mi piacevano i suoi modi e quando ha finito di mangiare il mio *krupnik*, lo avevo ufficialmente ingaggiato."

Malgrado la nebbia riesco a vedere dove stiamo camminando: lungo il parapetto della Pépinière, vicino a Rue de l'Ouest. Sento il frastuono dei passeri, dei picchi e dei fanelli.

"Mio marito si è lasciato alle spalle un enorme disastro finanziario," dice la baronessa. "Di conseguenza sono stata costretta a licenziare la servitù. Leblanc è stato così gentile da restare per qualche tempo e, quando non ha potuto più permetterselo, continuava a venirmi a trovare a intervalli regolari, semplicemente per vedere come stavo. Sono abbastanza convinta che sia stato lui a tenermi in vita."

Un piccolo grugnito mentre rallenta il passo.

"È stato Leblanc a convincermi a rientrare a Parigi con i Borbone. 'Bonaparte se n'è andato,' mi ha assicurato. 'Potrebbe tornare a essere felice.' Temo mi abbia sopravvalutata. Ma ho acconsentito, se non altro per compiacerlo. La mia unica condizione era che mi trovasse un appartamento il più lontano possibile dalla mia vecchia vita."

Con un gesto melodrammatico alla Mademoiselle Mars, delinea ciò che la circonda adesso.

"Eccomi," dice.

"Mi dispiace per le sue difficoltà, baronessa."

"Non deve, dottore. Molti hanno sopportato cose ben peggiori. Ed è un privilegio, dopo tutti questi anni, il semplice fatto di essere viva. Comunque sia, non può essere venuto qui per prodigare pietà a un vecchio fossile come me."

"Non so ancora perché sono venuto, Madame."

Tenendo fermo il piede sinistro, esegue una lenta rotazione con il destro, muovendo lo sguardo in ogni direzione.

"Mercoledì della settimana scorsa," dice, "Leblanc è venuto da me in uno stato di grande agitazione. Mi ha detto che era entrato in possesso di un determinato oggetto e che per autenticarlo aveva bisogno di qualcuno... ecco, qualcuno di un certo *ceto sociale*. Per quanto decaduto."

"Cos'era questo oggetto?"

Se mi abbia sentito o no, non riesco a stabilirlo, perché prosegue rapidamente con il suo discorso. "Dopo essersi accertato che l'oggetto in questione fosse autentico, Leblanc mi ha detto che aveva bisogno di qualcun altro per effettuare un'ulteriore identificazione. A tal fine ha deciso di rintracciare un certo dottor Carpentier in Rue Neuve-Sainte-Geneviève."

"Non è mai venuto."

Il suo piede in pantofola disegna un cerchio attorno all'ala mozzata di un pettirosso. "Lo immaginavo," dice.

Adesso mi guarda, i suoi occhi blu e marroni brillano della loro antitetica intelligenza.

"Dottore, non sono affatto una donna esemplare. Ho augurato il male a molte persone nella vita, ma evocherei volentieri fino all'ultima fiamma dell'inferno se potessi essere certa che gli assassini di Leblanc finiscano al rogo."

"Posso chiederle, Madame, come ha saputo della morte di Monsieur Leblanc?"

Mi guarda ancora un po'. Si morde dolcemente il labbro inferiore.

"Leblanc aveva l'abitudine di venirmi a trovare ogni lunedì mattina, alle dieci in punto. Era regolare come la rugiada. Lunedì scorso non si è presentato. Di fatto, non ha inviato alcuna parola di alcun tipo. Non era proprio da lui. Non essendo riuscita a trovarlo nel suo alloggio, ho fatto quello che avrebbe fatto qualsiasi parigino. Sono andata direttamente all'obitorio. Là ho fornito al custode una descrizione molto fedele di Leblanc e, al costo di pochi soldi, sono stata accompagnata," si ferma, "dal gentiluomo in questione. Dottore," dice, "le dispiace se ci sediamo?"

A meno di tre metri di distanza c'è una panchina. Con il mio fazzoletto, il mio unico fazzoletto, la asciugo per lei. Lei ringrazia con un cenno del capo e si lascia cadere sulla panchina con una gradualità appena percettibile, senza mai piegare la schiena. Mette accanto a sé il parasole. Si esamina i guanti. Dice:

"Dottore, mi chiedo se sappia dov'è che sta andando."

"No," rispondo. "Non lo so mai. Lo si evince dalle condizioni dei miei stivali."

Resiste alla tentazione di abbassare lo sguardo, ma da quelle strane iridi sprigiona qualcosa di inaspettatamente caloroso.

"Sarebbe un piacere fidarsi di lei," dice.

"Non so ancora in cosa dovrei essere affidabile."

E queste sono le ultime parole che diciamo per circa cinque minuti. Ma succede un evento curioso. Mentre siamo lì seduti, la nebbia comincia a diradarsi, come un'emulsione che si dissolve nei suoi ingredienti, e mi accorgo, con un piccolo brivido, che stiamo condividendo questo parco con altri esseri umani.

Ma cosa c'è da temere in questi esemplari? Una giovane operaia, accasciata a metà su una panchina. Una studentessa della scuola delle suore e suo nonno che condividono formaggio e pane nero. Un paio di studenti di giurisprudenza. Con un tempo normale, difficilmente avrei fatto commenti su qualcuno di loro. Questa mattina c'è qualcosa di miracoloso nella loro stessa ordinarietà.

Dico:

"*Lui è qui.*"

Il viso della baronessa si volta di qualche centimetro verso il mio.

"Sono state le ultime parole di Leblanc," le dico. "Stava annunciando l'arrivo di qualcuno. Di chi?"

E invece di incontrare il mio sguardo, fissa uno spazio appena a ovest.

Dall'altra parte del sentiero, tre metri più in là, siede un vecchio soldato, accovacciato sulla *Quotidienne*. Indossa un'uniforme dei tempi di Luigi XV, con un paio di spade incrociate sulla schiena e, appesa al collo, la croce di Saint-Louis. È il tipo di relitto che trovi regolarmente in posti del genere, che si scalda con i ricordi, scambia sguardi insolenti con gli ufficiali napoleonici, sfoggia un grande nastro bianco all'occhiello per dimostrare che è dalla parte giusta della storia.

Di tutti i nostri nuovi vicini, è quello che si fa notare di meno. Perché allora la baronessa si irrigidisce alla sua vista? Spinto dalla cavalleria, sto per suggerire di cambiare posto, quando vengo fermato dalla voce della baronessa, che urla verso l'altra sponda del vialetto di ghiaia.

"Monsieur Vidocq, vorrebbe unirsi a noi? Così potrà sentire meglio."

Capitolo 10
La doppia aquila

Spiazzato, il vecchio soldato ci guarda torvo dalle cavità delle sue orbite. Un attimo dopo, la sua pelle di papiro viene squarciata da un sorriso, familiare in tutti i suoi elementi essenziali, e so che la baronessa ha colto nel segno.

La sorpresa è che lo stesso Vidocq non sembra preoccuparsene. Balzando sui piedi di un giovane, fa un profondo inchino e, con una voce di delicata soavità, dice: "Le mie scuse, Madame. Ero riluttante a impormi a lei."

"Ah, ma ho letto molto di lei sulla stampa locale, e non mi è mai stato fatto capire che la *timidezza* è uno dei vostri difetti, Monsieur."

"Forse no," dice, inchinandosi ancora di più. "Ma di fronte a tali straordinari poteri di discernimento, mi ritrovo senza parole."

"Madame," intervengo. "Vuole scusarci?"

Prendo Vidocq in disparte; mi avvicino al suo orecchio. La rabbia sta crescendo dentro di me, ma l'unica cosa che esce è un balbettio soffocato.

“Come... come ha fatto...?”

“Come ho fatto a scoprire che stava facendo ricerche *private*?” ringhia. “Su una indagine della polizia? Se vuole saperlo, mi è costato venti secondi e dieci soldi. Madame la baronessa dovrebbe assumere portinai più discreti, o altrimenti lei dovrebbe lasciare mance più consistenti.”

È una delle sue doti, suppongo. Quando sta per essere colto in flagrante, è lui che coglie in flagrante te.

“Quindi mi sta dicendo che non posso nemmeno avventurarmi fuori senza consultarla.”

“Certo che può,” sibila di rimando. “Se vuole incontrare la stessa sorte di Leblanc.”

“Messieurs,” interviene la baronessa. “Se insistete a comunicare sottovoce, potremmo anche trasferirci nel mio alloggio.” Un leggero rossore sulla sua guancia mentre riflette sulle implicazioni. “Quando ero più giovane, avrei dovuto esitare nel portare a casa due gentiluomini. Adesso ho l’età in cui la cosa di fatto potrebbe migliorare la mia reputazione.”

Ci stiamo togliendo di dosso i residui del fumo – sembra l’olio delle piume di un drago – e Vidocq ha gentilmente allontanato con un calcio il gatto della baronessa, e la baronessa sta canticchiando qualcosa mentre posa il suo parasole di seta sbiadita, e io ho ancora una volta la sensazione di incontrarla così da anni, riuniti nella stessa stanza con il vecchio tavolo rotondo e la sedia da contadina bretone. Il modo in cui la baronessa si infila nella sua camera da letto, per esempio... non è forse il genere di sparizione casuale che ci si concede solo con amici di lunga data? E notate la sua andatura ordinata mentre ritorna nella stanza, come se stesse organizzando una partita di whist.

Solo che non ha con sé un tavolo da gioco, ma uno sgabello a gambe incrociate in raso blu. E l'illusione della domesticità finisce in quel momento, perché questo articolo, così elegante e severo, non si adatta più a ciò che abbiamo intorno.

Persino la baronessa non sa bene cosa farsene. Fa come per posarlo a terra, poi ci ripensa e lo raccoglie in grembo, stringendolo a sé come uno spaniel.

"Monsieur Vidocq," dice, "mi ci è voluta almeno un'ora per fidarmi del dottor Carpentier. C'è qualcosa che può dirmi che, nel suo caso, accelererebbe il processo?"

Vidocq – forse per orgoglio – ha mantenuto per tutto questo tempo il travestimento, e alcuni di quegli anni presunti gli restano impressi anche adesso mentre si dirige verso la credenza della baronessa.

"Madame, potrei dirle che le mie intenzioni sono perfettamente oneste, ma perché dovrei aspettarmi che lei mi creda? Dirò solo questo. Considero ogni crimine commesso a Parigi un crimine contro di me. Un affronto personale, sì! Ed è solo quando quel crimine viene vendicato che considero ristabilito il mio onore."

Resta lì, a studiare l'immagine del suo volto alterato nello specchio.

"Da giovane," continua, "ho trascorso più del tempo che mi spettava in prigione. Il peggio del peggio, Madame, glielo posso assicurare. Sono stato punito mille volte per una sola fugace mancanza di attenzione. L'unica cosa che mi ha trattenuto dal cedere alla disperazione, alla fine, è stata la convinzione – no, la *certezza* – di non essere come i disgraziati intorno a me. Per quanto meritassi di essere libero, sapevo che c'erano uomini che meritavano di stare dove erano. Avevo *assaporato* la loro natura. Sapevo che la società poteva sopravvivere solo finché se ne fosse tenuta alla larga. Quella convinzione è stata la mia salvezza, allora e adesso."

Un attore dell'Odéon avrebbe potuto abbellire un discorso del genere con ogni sorta di svolazzi e corsivi, scagliandolo dritto "agli dèi", ma Vidocq lo pronuncia con un unico tono pacato e poi fissa il suo sguardo su quello della baronessa come se fosse l'unico pubblico che abbia mai desiderato.

"Madame," dice. "Lei è saggia nel gestire con parsimonia la sua fiducia. In me può investirla liberamente. E prima che questo giorno finisca, avrà il suo tornaconto."

Eppure lei esita. Anche se la maschera del suo viso comincia ad allentarsi.

"Mi pare che abbia menzionato un oggetto," mormora Vidocq.

Non ottenendo risposta, la sua voce diventa ancora più morbida.

"Un oggetto che Monsieur Leblanc le ha chiesto di autenticare."

Lei annuisce rapidamente.

"Sa per caso dove lo ha trovato, Madame?"

Fa un lungo respiro, che rilascia in segmenti staccati. "Non me lo ha mai detto," dice infine. "Il suo interlocutore preferiva restare anonimo."

"Quindi non aveva idea di chi fosse questo interlocutore."

"Apparentemente no."

"E Leblanc aveva portato con sé quest'oggetto?"

"No."

È incredibile guardarlo adesso, quei grandi piedi che camminano con la leggerezza di una capra.

"Che cosa ne ha fatto, allora?"

"Mi ha chiesto di tenerlo in custodia. Fino a quando non avrebbe potuto recuperarlo lui stesso." Si studia con serietà le cuticole. "Leblanc è sempre stato un ottimista."

"Ha l'oggetto, dunque?" chiede Vidocq.

"Sì."

Trattenersi è quasi troppo faticoso adesso. Stringe le labbra, tortura la sintassi.

"Potremmo convincere la sua bontà a concedercelo?"

A quel punto la baronessa abbassa lo sguardo e, come qualcuno che si è svegliato dal sonno dell'alcol, scopre lo sgabello di raso blu in grembo. La sua mano percorre la lunghezza di una gamba finché non incontra un ostacolo: una specie di giarrettiera lucente, indissolubile dallo sgabello, o almeno così si potrebbe pensare, finché le dita di gesso della baronessa la allentano con un rapido movimento.

Vidocq lo stende sul tavolo, proprio mentre io prendo una candela dal candelabro più vicino. Là, sulle venature del mogano, giace un cerchio d'oro, increspato e dentellato, macchiato di ossidazione.

"Piccolo," mi sento dire. "Troppo piccolo per un braccialetto."

"Troppo grande per un anello," aggiunge Vidocq. "Per un anello da *adulto*, ecco."

Lo avvicina alla fiamma della candela. Un sorriso gli balena sulle labbra.

“Per un neonato,” dichiara, “potrebbe andare abbastanza bene.”

E in un secondo tutte le tracce presenti sulla superficie dell’anello acquistano un significato.

“Un anello da dentizione,” dico.

“Vale anche una discreta sommetta,” dice Vidocq, facendolo rotolare sul palmo della mano.

Le sopracciglia bionde della baronessa formano archi alti e stretti. “È oro puro, se è questo che intende. Ma il suo valore deriva in gran parte dal suo proprietario originale.”

“Un bambino?” domanda lui.

“All’epoca era un bambino.”

“E lo conosceva?”

“L’ho visto una o due volte. Conoscevo un po’ sua madre.”

“Deve essere stata benestante se poteva dare al figlio un pezzo d’oro da masticare.”

La baronessa fa una pausa. E quando riprende, una nuova qualità le si è insinuata nel tono della voce: la sensazione che sottintenda qualcosa.

“È stata benestante, come dice lei. Per un periodo. L’anello, però, era un regalo della nonna del bambino.”

E ora una pausa ancora più lunga, mezzo minuto intero, prima che la interrompa lei stessa frugando nel cassetto di una vetrina ed estraendo un paio di occhialetti da teatro, di antica provenienza.

“Ecco,” dice, offrendoli a Vidocq. “Lo stemma della nonna è stato inciso in miniatura. Potrà vederlo lei stesso.”

Gli occhiali, essendo troppo piccoli per la sua testa di bue, gli danno l'espressione di un chimico tormentato mentre abbassa il viso verso il tavolo. Per diversi lunghi secondi, guarda. Tra le sue sopracciglia appare un crepaccio.

"Dovrebbe essere in grado di discernere un'aquila doppia," dice la baronessa. "Del tutto diversa dall'emblema di Monsieur Bonaparte. Lo riconosce adesso, Monsieur?"

Chiudendo le dita attorno all'anello, Vidocq annuisce stordito.

"Ha trascorso un po' di tempo lì, forse?" domanda lei.

"Qualche settimana. Ho combattuto contro i corazzieri di Kinsky. Ho avuto modo di conoscere le loro insegne abbastanza bene."

"Kinsky?" balbetto. "Ma sono austriaci."

"Ovviamente," dice dolcemente la baronessa. "Stiamo guardando lo stemma araldico dell'imperatrice Maria Teresa."

"Guardi lei stesso," dice Vidocq.

Premo gli occhiali da teatro sul ponte del naso e l'universo in miniatura dell'anello si precipita verso di me. L'aquila bicipite... la croce teutonica...

"E il nome del bambino," dice la baronessa. "Può leggerlo da sé."

In effetti, sul bordo interno dell'anello, appare una riga di lettere. Alcune sono state rosicchiate, ma ne restano a sufficienza per capire cosa c'era una volta…

LO IS CHA L S

"Louis-Charles," sussurro, e le parole sembrano raccogliersi sul tavolo sotto di me, componendo il nome. "Il delfino."

Alle mie spalle arriva la voce della baronessa, venata di ironia.

"Credo che, dopo tutti questi anni, la parola *re* potrebbe essere appropriata."

E, come se rispondesse a un segnale, l'anello scompare dalla vista. Non appena alzo di nuovo lo sguardo, è appoggiato sul palmo di Vidocq; nell'istante successivo viene scagliato contro il pezzo di muro più vicino. Con ciò scompare l'ultima riserva del decoro di Vidocq, perché la parola che ora emerge dalla sua bocca è qualcosa che non dovrebbe mai essere pronunciato nella stessa stanza di uno sgabello di raso blu.

"*Merda!*"

"Per certi versi," dice la baronessa. "Sì."

Capitolo 11
Il delfino perduto

Se la baronessa ha scelto di scusare il gergo di Vidocq, è solo perché è fedele ai tempi in cui vive.

Vedete, questi primi giorni della Restaurazione sono destinati a essere un grande oblio. Dovremmo dimenticare che un mondo è stato rovesciato, che un re e una regina sono consegnati al Vendicatore, che Place de la Révolution è diventata rossa di sangue, che il ricco e il vescovo hanno tremato davanti all'artigiano e al contadino.

Dovremmo dimenticare che, dalle ceneri di questa conflagrazione, è emerso un parvenu che ha invaso mezzo continente, ha fatto tremare i monarchi davanti al suo nome ed è costato alla Francia quasi un milione dei suoi uomini.

Dovremmo dimenticare tutto ciò che è accaduto tra il 1789 e il 1815, tra la Bastiglia e Waterloo. Senza rancore. Che la Restaurazione abbia inizio.

Ed ecco la parte interessante: dimenticare può essere abbastanza facile. Solo negli ultimi due anni, senza voltarci indietro, abbiamo buttato via i nostri piatti con il monogramma Bonaparte, le nostre immagini di aquile. Abbiamo abbattuto le statue dell'imperatore, tolto ogni N dalle pareti del Louvre, dipinto un *reale* sopra ogni *imperiale*. Abbiamo acclamato il nostro nuovo re con la stessa forza con cui un tempo avevamo esecrato il vecchio.

È stata, in parte, una benedizione farlo, perché vivere nella storia non è affatto vita. Meglio fare finta che non sia mai successo.

Solo che non *possiamo*, per quanto ci proviamo. Alla fine (e ormai lo avete capito) non si può dimenticare. La storia giace in basso ma si rialza sempre.

E così, quando meno ce lo aspettiamo, veniamo visitati dallo spettro di un bambino. Un bambino che, più di chiunque altro, vorremmo dimenticare.

Il suo nome era Louis-Charles, duca di Normandia. Era un principe dei libri di fiabe: bello e biondo, con gli occhi brillanti, rudemente sano. Era stato battezzato a Notre-Dame. Aveva eserciti di servitori: cameriere, uscieri, portieri, garzoni, servi che gli pettinavano i capelli, pulivano l'argenteria e facevano il bucato. E aveva la sua culla a dondolo personale. Sgambettava tra boschetti di aranci, aveva otto pony neri che rispondevano al suo richiamo. Viaggiava in carrozza e i palazzi erano le sue stanze da gioco.

Non aveva mai chiesto nulla di tutto questo, vi era semplicemente nato, ma i rivoluzionari, nella loro saggezza, lo hanno comunque ritenuto colpevole. Colpevole di vivere nel lusso mentre migliaia di bambini francesi soffrivano. Quale punizione migliore che fare soffrire anche lui?

Lo hanno mandato in una fortezza chiamata Tempio. Notte e giorno lo sorvegliavano. Lo hanno privato del titolo e della dignità, lo hanno picchiato e lasciato morire di fame. Non hanno osato giustiziarlo, come avevano fatto con i suoi genitori. (Il mondo stava ancora guardando.) Hanno semplicemente creato le condizioni in cui sarebbe morto, e poi lo hanno guardato morire. Lentamente, nell'agonia e nello squallore, tenuto lontano da coloro che avrebbero potuto dargli conforto.

E quando gli hanno succhiato l'ultimo respiro, lo hanno gettato in una fossa senza lapide, perché si mescolasse alle ossa di estranei. Nessuna tomba, nessun cippo. Nessuna preghiera. *Uguale* fino alla fine. Aveva dieci anni.

Come nazione, abbiamo lavorato duramente per dimenticare questo bambino. Si può capire, dunque, perché qualcuno come Vidocq, che ha cavalcato ogni nuova ondata della storia senza perdere l'equilibrio, dovrebbe risentirsi al ricordo, come un ospite di una locanda che non ha pagato il conto. Uomo moderno, vorrebbe parlare del futuro. Che, non c'è bisogno che ve lo dica, è il passato.

"Un paio di aquile," mormora.

Si è pentito quanto basta del suo sfogo da raccogliere l'anello dal pavimento. Adesso le dita gli si chiudono intorno.

"E una croce elegante," aggiunge, a voce più alta. "E dovrei credere che un bambino sia risorto dalla morte."

"Posso solo dirle che Leblanc ci credeva," dice la baronessa. "E ha pagato un caro prezzo."

E come se ci avesse già congedati, si siede sulla panca che se ne sta sganciata dal pavimento al centro della stanza. Si avvicina alla parete e allunga le braccia e, in un lampo, diventa chiaro cosa c'era prima.

Un pianoforte.

"Ricordo quando le voci ci hanno raggiunti per la prima volta a Varsavia," dice. "Tutti questi sussurri acuti. *Il principe è vivo!* Erano tutti della massima autorità e raccontavano tutti la stessa storia. Una piccola congrega di monarchici era riuscita a scambiare il principe con un altro bambino e a portarlo in salvo. Ci è stato detto che era solo questione di tempo prima che il nostro monarca tornasse a reclamare il suo trono."

Appoggia le mani sulla tastiera invisibile. Le dita cominciano a svolazzare.

"Be'," dice, "mi sembrava tutto molto mistico. E naturalmente, con il passare degli anni, non è mai emerso alcun delfino, il che non ha minimamente scalfito la fede di alcuni individui. C'era una duchessa, ricordo, che a tutte le sue serate dichiarava che il nostro re bambino sarebbe tornato la settimana successiva. *La prossima settimana, ve lo dico io!* Dopo molti mesi così, le ho detto: 'Mia cara, se insiste a prendersi tutto questo tempo, temo che Gesù Cristo arriverà qui prima di lui.' Non mi ha più invitata a tornare."

Le sue dita svolazzano fino a fermarsi. Le raccoglie in grembo.

"Da parte mia, ho sempre pensato che le voci fossero propaganda per tirarci su il morale. Dio sa se ne avevamo di bisogno."

Vidocq adesso è in piedi accanto alla finestra e pulisce il vapore acqueo dalle ante. Si riesce a sentire l'attrito delle nocche contro il vetro.

"Madame," dice, "sa quanti presunti delfini sono già sbucati fuori dal nulla? Ho avuto il piacere di incontrarne alcuni anch'io. Uno era figlio di un sarto, un altro di un orologiaio. C'era un ragazzo che affermava di avere il marchio del papa sulla gamba, ma era una cicatrice causata dal bracconaggio dei conigli. Mathurin Bruneau, forse ne ha sentito parlare? Il figlio di un *calzolaio*. È stato un processo di cui si è molto parlato a Rouen. Lo troverete ora a tenere corte nelle segrete di Mont-Saint-Michel." Sogghignando, si batte il pugno sul petto. "Se ha un altro re perduto da spacciare, Madame, dovrebbe bussare alla porta di qualcun altro."

"Non cerco di spacciare un bel nulla," risponde lei, il primo tocco di gelo le incrina la voce. "Era Leblanc che ci credeva, non io. E se aveva torto," dice, alzandosi e andando di fronte a Vidocq, "posso chiederle perché è morto?"

Aspetta, con grande cortesia, la sua risposta. Poi, inclinando la testa in segno di deferenza, aggiunge: "Sicuramente non ci sarebbe stato bisogno di uccidere un uomo che era preda di un'illusione."

Le braccia di Vidocq sono bloccate sullo sperone del suo ventre. Dalle narici esce un lungo flusso di respiro.

"Mi dica questo," dice. "Come faceva Leblanc a saperne qualcosa di Luigi XVII? Ha detto che non era un *aristo*."

È la prima volta che la vedo sussultare. Quel vecchio epiteto della Rivoluzione – *aristo* – la colpisce come una zolla di terra. Fa una pausa per riprendersi. Poi, con la voce più fredda possibile, risponde:

"Leblanc sarebbe fin troppo felice di dirglielo, ne sono sicura. Se potesse."

"E l'unica prova che aveva era questo maledetto anello? Potrebbe averlo trovato ovunque. Ho visto spuntare i vecchi piatti di Maria Antonietta al mercato delle barbabietole di Les Halles."

"Mi ha giurato di avere altre prove. Quando gli ho chiesto di mostrarmele, mi ha detto che bisognava aspettare. Era troppo occupato a cercare qualcuno."

"Chi?"

"L'uomo che avrebbe potuto identificare in modo definitivo questo re scomparso."

"E chi era quest'uomo?"

Adesso un tocco di esasperazione le raschia la voce.

"Il dottor Hector Carpentier, ovviamente."

Fino a questo momento, credo che si siano persino dimenticati che sono nella stanza.

E mentre mi offrono tutto il dono della loro attenzione, sento l'aria intorno a me riscaldarsi e raggelarsi allo stesso tempo.

"Che assurdità," mormoro.

Ma l'aria non smette di agitarsi, e la mia voce sale ancora una volta raggiungendo la tonalità della colpa.

"Cercava l'uomo sbagliato, ve lo dico io. Avevo... avevo tre anni quando è morto Luigi XVII. Non ho mai... come potrei parlare di qualcuno che non ho mai conosciuto?"

"No," riflette la baronessa. "Non ci si poteva aspettare che lei lo facesse."

Adesso si gira verso lo specchio. Arruffa brevemente i riccioli biondo ramato, distende la pelle sugli zigomi. Elimina con le dita ogni minima corruzione dell'aria cittadina. E continua a trascurare di sistemare la bocca, che è leggermente di traverso quando si volta verso di me.

"E adesso, dottore, a rischio di essere banale, posso chiederle: cosa faceva suo padre durante la Rivoluzione?"

Capitolo 12
La rieducazione di un pappagallo

Essendo cresciuto in una casa tranquilla di una strada tranquilla, sono diventato, senza potere decidere alcunché, un intenditore del silenzio. Fin dalla più tenera età, riuscivo a distinguere il silenzio del primo mattino da quello della tarda sera. Il silenzio di un marito da quello di una moglie. Speranza contro disperazione… se ascoltate abbastanza a lungo, ogni cosa emana il suo timbro di quiete.

Ma non ho mai conosciuto niente di simile al silenzio di Vidocq, che dura dal momento in cui lasciamo l'appartamento della baronessa fino al momento in cui imbocchiamo Rue Soufflot. Un silenzio di *contenimento*, mentre ogni sorta di emozione cerca di sovrastarlo. Immaginate la vescica di un maiale che si espande silenziosamente davanti ai vostri occhi. Questo silenzio diventa davvero terribile, e c'è, semmai, un profondo sollievo quando si rompe.

"*Perché non mi ha detto che suo padre aveva il suo stesso nome?*"

Vidocq è ancora nei suoi abiti da vecchio, ma non c'è

niente di vecchio in questa voce, che snocciola tra le bancarelle del mercato, fa cadere il crogiuolo dal fuoco di carbone di uno stagnino di strada… artiglia lo scialle di nebbia che ancora aleggia attorno alla cupola del Pantheon.

"Perché non mi ha detto che esisteva un altro dottor Carpentier al mondo? Non... non pensava che potessi volere sapere una cosa del genere?"

"Ma non era un medico."

"Cosa dovrebbe significare?"

"Significa... significa che ha rinunciato alla medicina quando ero ancora parecchio giovane. Per vivere molando il vetro. Quando l'ho conosciuto, nessuno lo chiamava più *dottor* Carpentier."

E qui devo intervenire e darmi del… bugiardo.

Perché, di tanto in tanto, più o meno ogni volta che il sole si allineava con la luna, qualcuno non troppo radicato nella cerchia della mia famiglia: un muratore, un mendicante, un funzionario del Ministero della Giustizia, qualcuno a lui collegato in modi troppo oscuri perché io potessi comprenderli... se lo lasciava sfuggire e chiamava mio padre "Dottor Carpentier." In faccia.

L'ho sempre studiato attentamente in quei momenti, eppure faccio fatica anche adesso a descrivere la sua reazione. Non ha mai corretto l'errore, lo lasciava semplicemente fluttuare in una perfetta sospensione. Dapprima avresti potuto crederlo offeso; solo dopo ti accorgevi che era *imbarazzato*, come se una vecchia tata fosse riemersa dal passato e lo avesse richiamato, con un solo nome, ai tempi in cui rincorreva i piccioni.

Quello che voglio dire è che questo nome lo intimidiva.

Capirete, allora, perché ho imparato a non associare mai mio padre alla parola *dottore*. E perché, quando mi sono posto come obiettivo della vita semplicemente quello di sfondare il carapace che lo circondava, non avrei potuto immaginare un martello più efficace che dichiararmi io stesso… un dottore.

"Mm."

Questa è stata la prima risposta di mio padre quando gli ho detto che mi sarei iscritto all'École de Médecine. La seconda è stata:

"Mm."

Confesserò che il suo solito velo di astrazione si è sollevato per qualche istante. I suoi occhi erano arrossati dall'allarme, come se avessi tossito muco. E poi non è riuscito più a guardarmi.

Forse si sarebbe preoccupato di meno se avesse saputo quanto tempo mi ci sarebbe voluto per diventare medico. In effetti, in questi primi giorni della Restaurazione, sembra improbabile che vi riuscirò mai.

Così, quando uno sconosciuto morto, un certo Monsieur Leblanc, decide di concederti un titolo prima che tu lo abbia guadagnato, potresti essere scusato, spero, per avere accettato la promozione. Sì, mi è piaciuto molto essere il dottor Carpentier, anche se solo per pochi giorni. Mi piace pensare di essermelo goduto a nome di entrambi.

E se non mi fossi mai preoccupato troppo di quell'*altro* dottor Carpentier… be', concedetemi questo. Anche mio padre non voleva avere niente a che fare con lui.

"Quando è schiattato?"

Questa è la voce di Vidocq, nera e gutturale, che mi riporta al qui e ora. Lo fisso, senza capire.

"*Morto*," spiega. "Questo suo padre, quando è morto? Da quanto tempo è piantato sottoterra a mettere radici?"

Se vuoi affrontare l'argomento morte trasversalmente, Vidocq non è la persona che fa per te.

"Un anno," gli dico. "Un anno e mezzo."

"Che bella mente empirica ha. *Un anno. Un anno e...*"

"Diciotto *mesi*, va bene? E ventuno giorni e... undici ore..."

Aggrottando leggermente la fronte, tocca la sua croce di Saint-Louis.

"Non c'è stata molta affluenza, immagino, al funerale," dice.

"Non lo voleva affatto. Quantomeno non lo ha voluto mamma. Abbiamo organizzato una piccola cerimonia, sarà durata cinque minuti, non di più."

"Chi c'era?"

"Nessuno. Mia madre, io e... e Charlotte, tutto qui."

E qualcun altro. Una *quarta* figura, che si risveglia ora dalla cripta della memoria. Avvolto e a forma di virgola, chino sulla bara aperta a inspirare quel peculiare odore di lana e paraffina...

"Padre Tempo."

"Ohh," ringhia Vidocq. "È un'*allegoria*, vero, dottore?"

"No, lui è... Padre Tempo è un amico di famiglia, tutto qui. Ha un nome *vero*..."

"Che sarebbe?"

"Uhm, professor Racine, mi pare. No, aspetti, è *Corneille...*"

E poi un altro pensiero si fa strada, sorprendendomi con la sua forza.

Vorrei che mio padre fosse qui.

"Non ne hanno scritto i giornali?" chiede Vidocq, in tono più tranquillo. "Nessun necrologio?"

Scuoto la testa.

"Quindi..." Si toglie lo sciaccò, guarda in cielo. "La notizia deve avere tardato a raggiungere il... il *compianto* Monsieur Leblanc. È andato incontro alla propria morte cercando un uomo che era già morto. Gli angeli piangono."

E a questo punto entra in scena un'altra voce. Non la voce degli angeli. "Buon pomeriggio, Monsieur Hector."

Nanchino si erge davanti a noi in una nuvola di farfalle, quasi incorniciato perfettamente dal portico del Pantheon. Bottoni d'oro, jabot di pizzo e una scia di indolenza: deve essersi appena assopito durante una conferenza sugli atti illeciti.

"Non mi presenta?" Sorridendo, inclina il naso occhialuto verso Vidocq. "Posso chiederle a chi ho l'onore di rivolgermi?"

"Avrai l'onore di ritrovarti i piedi su per il culo se non ti sposti."

È importante sottolineare che non ha alzato la voce di una frazione, ma il suo intento è abbastanza chiaro da chiazzare la fronte pallida di Nanchino. Chi se lo sarebbe aspettato da un veterano dell'esercito di Luigi XV che, all'apparenza, ha ottant'anni?

"Senta un po'." Un sorriso amaro attraversa il volto di Nanchino. "Non vedo perché reagire a questo modo."

Vidocq lo afferra per i risvolti del cappotto a coda di rondine e lo solleva in aria. Gli stivali di Nanchino, sospesi a trenta centimetri da terra, eseguono un *pas seul.* I suoi occhi si contraggono, i fili stessi dei suoi vestiti si ritraggono... ma il sorriso non si dissolve mai del tutto, nemmeno attraverso la tempesta del ruggito di Vidocq.

"Non sono stato chiaro? *Non sono stato chiaro?*"

Una bella spinta e Nanchino cade a terra a una buona distanza dal punto di partenza.

"Rispetta gli anziani!" grida Vidocq. "Smamma!"

Con attenzione clinica osserva Nanchino prendere il cappello rovesciato e, senza voltarsi indietro, trotterellare dietro l'angolo.

"Questo suo padre," dice guardando in direzione della Val de Grâce. "Non ha mai parlato di delfini, o mi sbaglio?"

"Mai. Era... era figlio di un notaio. Mamma viene da una famiglia di commercianti di patate. Non eravamo persone che si mescolavano con i reali."

"Ah, ma conoscerà il vecchio detto, ne sono certo. Tempi strani, compagni di letto strani? E se c'è mai stato un momento strano, è stato la Rivoluzione." A quel punto fa qualcosa di inaspettato: mette la mano attorno al mio gomito e, con una leggera pressione, mi trascina con sé. Adesso stiamo *passeggiando* per queste strade strette e dolcemente affollate: gentiluomini che amano gli svaghi, freschi dal Théâtre des Italiens.

"Ero ad Arras," dice Vidocq, "quando siamo precipitati nel caos. C'era una donna lì, non la dimenticherò mai, la cittadina Lebon. È stata monaca nell'abbazia di Vivier finché i giacobini non l'hanno costretta a sposare il curato di Neuville.

Un vero e proprio incontro d'amore, a quanto pare. Lei decideva chi fossero i nemici della Repubblica, lui si assicurava che morissero per i loro peccati. Ero lì il giorno in cui hanno giustiziato Monsieur de Vieux Pont per colpa del suo pappagallo.

"Sembra che la cittadina Lebon avesse sentito il pappagallo gridare: *Vive le Roi!* Prima della fine della settimana, il proprietario del pappagallo aveva divorziato dalla propria testa. L'uccello in sé è stato graziato e consegnato alla cittadina per la rieducazione. Probabilmente stava ancora lavorando con lui quando sono venuti a prender*la*."

Facendo un mezzo sorriso, inclina la testa verso la mia.

"Questo le dà un'idea di come funzionavano le cose a quei tempi," dice. "Una donna di chiesa diventa una donna del popolo e trascorre le sue ore di veglia con un pappagallo monarchico. *Tre* stati, uno accanto all'altro sotto un'unica Repubblica."

Senza che me ne sia reso conto, Rue Neuve-Sainte-Geneviève ci ha invaso. Ancora una volta siamo all'angolo. Ancora una volta fisso le facciate di intonaco crepitante, il vecchio pozzo, le grondaie annerite dal fango… la strada stessa, che scende così ripida che i cavalli raramente si avventurano lungo quel percorso. Tutto sembra più *reale*, per certi versi, tra i banchi di nebbia che si allontanano.

"Così pensi che mio padre possa avere conosciuto un Borbone o due," dico.

"È possibile," risponde, alzando le spalle. "L'unico problema, dottore, è che tutti quelli che possono risolvere la situazione per noi sono morti. E a meno che lei non riesca a trovare un modo per fare parlare i morti, temo di doverla classificare ufficialmente come una perdita di tempo."

E con questo, allenta la presa sul mio braccio. Annuisce brevemente, mi augura il buon pomeriggio e diventa ancora una volta quel veterano di guerre dimenticate, che marcia lungo la Vieille Estrapade de Fourcy. Solo due dettagli rovinano l'illusione: il piede destro, che si trascina leggermente dietro di sé, più ripensamento che ferita – e il sorriso distorto che gli increspa il viso quando si gira verso di me.

"Questo potrebbe essere il momento giusto per riprendere contatto con suo padre. Non crede, Hector?"

28 Termidoro Anno II

Devo parlare con Barras & i commissari riguardo le restrizioni. Mi è xmesso vedere Charles solo x 1 ora la mattina presto. La guardia deve essere sempre presente, confidenze d qualsiasi tipo tra me & il paziente impossibili. Se desidero restare + a lungo, devo presentare una petizione alla Commissione 3 giorni prima.

x il resto del tempo, Charles rimane completamente solo in cella. Nessun fuoco, nessuna candela. Gli unici suoni che sente sono i *fulmini*; lo scorrere della piastra in coccio attraverso la porta; voci che gli ordinano d andare a letto; voci che lo svegliano, xiodicamente, x tutta la notte.

Prima dell'incarcerazione, il bambino era, a detta d tutti, estroverso & d buon carattere. 6 mesi d reclusione lo hanno lasciato quasi completamente senza forze: occhi languidi, espressione fissa & disinteressata.

Cibo estremamente scadente. 2 porzioni giornaliere d zuppa, acquosa, insapore. Bocconcini d manzo. Pagnotta d pane nero. Brocca d'acqua. Hanno spiegato a Barras che una dieta povera & una lunga degenza hanno sostanzialmente indebolito il paziente. Ho espresso il desiderio d scortare xsonalmente Charles fuori dalla cella x fare esercizio fisico limitato. Bisogna aspettare la decisione del Com d Sic Gen.

Stamattina Charles mi ha chiesto xché mi stia prendendo cura d lui. xché è mio dovere, ho detto. Ma pensavo d non piacerle, ha detto. Al contrario, ho detto.

È chiaro che prova molta + preoccupazione x la gentilezza che x i maltrattamenti. Devo saperne d più sul trattamento precedente.

3 Fruttidoro

Progresso. Charles è in grado d camminare x distanze maggiori senza supporto. Prova ancora forte dolore a ginocchia, caviglie.

Ho appena ricevuto comunicazione dal Comitato: la richiesta d esercizio è stata accolta. Il paziente può lasciare la cella x 10 minuti, non d +. Deve essere sempre scortato da me + 2 guardie.

Dopo ulteriori considerazioni, ho presentato 1 altra petizione. Data l'estrema sensibilità del paziente alla luce, vorremmo programmare l'esercizio al crepuscolo. Aspetto la decisione del Comitato.

6 Fruttidoro

Richiesta accolta. Ora dobbiamo avere 3 accompagnatori aggiuntivi.

7 Fruttidoro

La prospettiva d lasciare la cella non è sembrata rallegrare Charles. Ha espresso seri dubbi all'idea. Ha accettato d unirsi a me solo dopo avergli promesso che sarebbe tornato non appena avesse voluto.

x precauzione, ho legato una benda d lino attorno agli occhi. L'ho guidato con cautela fuori dalla cella. Le guardie ci seguivano a 3 metri. Ci siamo avvicinati alle scale: la prima scala che il paziente ha intrapreso in 1 anno e +. Si appoggiava pesantemente al mio braccio. Arrampicarsi è stato molto faticoso x lui – le gambe hanno ceduto + d una volta – respirava molto affannosamente quando abbiamo raggiunto la cima della Torre. L'ho fatto sedere finché non si è potuto alzare d nuovo.

Piattaforma qui = galleria, che offre viste del cortile del Tempio + strade esterne. Siamo rimasti lì x un po' davanti a Charles, senza chiedere il xmesso, rimuovendo la benda dagli occhi con 1 unico movimento. In piedi batteva le palpebre nel crepuscolo. In grado di tenere gli occhi aperti x 5-10 secondi, non d +.

L'attenzione del paziente si è gradualmente spostata verso i suoni. Mi ha chiesto quale uccello stesse cantando? L'ho informato che era 1 usignolo. Sì, ha detto. Giusto. 1 x 1 mi ha chiesto d identificare i suoni: portatori d acqua, spazzini, carrozzine, diligenze, carretti della frutta, ecc. 1 suono in particolare. Che cos'è? ha chiesto. Fischiettio, ho detto. Ha implorato d sapere chi stava fischiando? 1 gruppo d bambini, che scendono dal Blvd du Temple. Mi descrive cosa stanno facendo? Si rincorrono, fanno capriole, ridono, fanno rumori maleducati, comprano dolci all'angolo, ecc.

L'informazione è sembrata soddisfarlo. Tuttavia, ho notato un'alterazione nel comportamento. Alla domanda se c'era qualcosa che non andava. Ha scosso la testa. + tardi, xò, mentre scendevamo le scale, ha chiesto (sottovoce) se i bambini sarebbero venuti a ucciderlo.

17 Fruttidoro

Ho fatto ripetute richieste x un assistente. 1 ora/giorno d assistenza non è sufficiente. Le guardie si rifiutano d eseguire le istruzioni. In mancanza d qualcuno che somministri farmaci, unguenti & medicazioni x lesioni, esercizi x gli arti, ecc., è improbabile che il paziente si riprenda. Mi è stato detto che il Comitato lo sta prendendo in considerazione.

20 Fruttidoro

Non una parola.

22 Fruttidoro

Ancora nessuna parola. Ritardi v. frustrazioni.

23 Fruttidoro

La notizia mi è arrivata nella tarda mattinata: il Comitato ha accolto la richiesta. L'assistente inizierà a lavorare la prossima settimana.

Si è detto poco d lui. Commercio: tappezzeria. Credenziali Repubblicane: impeccabili. Modesta esperienza in ambito infermieristico. Nome: Chrétien Leblanc.

Capitolo 13
Un'antica reliquia riscoperta

Ecco un mistero. A cena Nanchino non proferisce parola del nostro recente incontro. Ogni volta che incrociamo gli sguardi, è *lui* a distogliere il suo e, non appena la cena finisce, si scusa e si ritira di sopra a studiare.

Forse si vergogna? Oppure, in quei pochi istanti in cui Vidocq lo ha tenuto per il bavero della camicia, ha annusato l'odore di un mondo diverso, dove la civiltà e i pantaloni nanchino non servono a un uomo. O forse lo dico solo perché è come la vedo io.

Comunque sia, i delusi Rosbif e Lapin si ritirano senza infamare nessuno dei loro compagni di tavola; Charlotte porta via i piatti; e in sala da pranzo restiamo solo io e mamma. Non che lei se ne accorga. Essendo venerdì sera, sta lucidando la sua argenteria.

L'argento faceva parte del suo corredo nuziale e, per quanto ne so, non è mai stato utilizzato. (Tutti gli inquilini della Maison Carpentier si accontentano del peltro.) Questo non scoraggia affatto le sue abluzioni settimanali. Avvolge uno dei grembiuli di Charlotte intorno all'abito di tulle nero, riveste le maniche di mussola e si china in avanti, con l'immobilità di un chirurgo. Prima che siano trascorsi cinque minuti, le sue braccia sono ricoperte da una schiuma viscosa e perlacea, come se le avesse immerse in una balena.

"Mamma."

Non alza lo sguardo, non mi saluta e non fa nulla che possa allentare la concentrazione della sua mente. Dice soltanto:

"Il corrimano è ancora allentato."

"Lo so."

"Avevi detto che lo avresti aggiustato."

"Lo farò."

"Lo hai detto ieri. Anche l'altroieri, se io..."

"Mamma, per favore. Ho bisogno di farti una domanda su una cosa."

Le tempie mi pulsano e, mentre mi passo la mano sul viso, viene fuori scivoloso il sudore.

"Non si tratta di una cosa," mi correggo. "Ma di una *persona.*"

"Di chi?"

"Di mio padre."

E qui, di fatto, fa una pausa dalle sue fatiche. Per un secondo. "Che cosa potrei dirti," dice, riprendendo in mano il panno di camoscio, "che non sai già? Sei cresciuto in questa casa, lo hai visto ogni giorno della tua vita. Eri tu quello che ha vissuto qui per tutti quegli anni, non è vero?"

"Ero io."

"Be', che sollievo. Pensavo che magari fossi... un mutaforma o... qualcosa del genere..."

Per il mezzo minuto successivo l'unico rumore è lo sfregamento del panno contro il cucchiaino.

"Naturalmente," dico, "solo perché vivi con qualcuno non significa che non hai domande su di lui."

Il panno si ferma per una frazione di secondo, poi riprende a muoversi.

"Le persone sono quello che sono, Hector. Non serve a nulla... Dico solo questo."

"Un tempo era un medico."

"Chi?"

"Papà."

I suoi occhi adesso sono piatti, grigi e orbitanti, come se avesse smarrito qualcosa.

"È stato molti anni fa, Hector."

"Perché ha smesso?"

"Ohh."

Si asciuga la fronte con la manica. La schiuma grigia si accumula sopra i suoi occhi come un terzo sopracciglio.

"Ha avuto le sue ragioni," dice. "Ne sono certa."

"Quali erano?"

"Oh, non essere ridicolo, Hector! *Quali erano?* Come se potessi anche solo minimamente... con tutto il tempo che è passato." Scuote il panno. "Ho chiuso con quella storia. Non vale la pena continuare a pensarci."

Ecco: un perfetto esempio di pensiero della Restaurazione. Mia madre fa esattamente quello che la sua nazione le chiede. Per molti anni ha appeso alla finestra un tricolore; ora è una bandiera bianca con tre gigli dorati al centro. Le aquile e le api che un tempo adornavano le sue tazze di porcellana hanno lasciato il posto allo stemma reale. L'unica cosa che possiede che abbia un accenno al passato è un vaso con un bocciolo con un'unica N dorata. Lo tiene in una nicchia segreta nel salotto e non ci mette mai fiori.

"Quando papà era un medico," dico, mantenendo la voce leggera, "che tipo di persone curava?"

"Oh, gente di tutti i tipi, immagino."

"Non avrebbe... mi chiedevo solo se può avere avuto occasione di... di curare un aristocratico. Qualcuno così."

Il silenzio grava.

"Magari anche un membro della famiglia reale," suggerisco.

Lei afferra un coltello da burro. "Hector," dice, "confesso che queste tue domande non mi piacciono. Chiunque tuo padre conoscesse o non conoscesse, un quarto di secolo fa, non può essere una tua preoccupazione."

"Lo *è*."

Una constatazione di fatto, ecco cosa intendo, ma qualcosa fa sobbalzare i suoi occhi verso i miei. Rallenta la pulizia dell'argenteria e, con tono tetro, dice:

"Quell'orribile detenuto."

"No."

"È stato *lui* a metterti in testa queste idee."

"Mamma."

"A tormentarti riguardo al tuo povero padre."

"Sono *io* a chiedertelo, mamma. Nessun altro."

A questo punto si allontana da me. Per quanto può senza andarsene via del tutto.

"Allora vergognati, Hector."

"Vergognati," ripeto a bassa voce. "Perché dovrei *vergognarmi*? Se mio padre ha condotto una vita così tranquilla, così *irreprensibile*, perché dovrei vergognarmi a volere sapere qualcosa di più su di lui?"

Un lungo silenzio prima che lei ribatta.

"Tuo padre era un brav'uomo. È tutto quello che hai bisogno di sapere."

Adesso mi tiene d'occhio, per prendere meglio la mira. Poi colpisce, dritto e mortale.

"Di sicuro non ha mai sperperato il patrimonio della sua famiglia per una prostituta qualunque."

La cosa strana? Invece di intimorirmi, mi libera. Qualcosa nella mia testa diventa tremolante e immobile, e prendo una sedia, e mi siedo, e la guardo, e dato che tutte le formalità sono state messe da parte, posso *starmene* lì a guardarla, posso fissarla senza alcun ritegno.

E quando parlo, con quanta dolcezza si increspa la mia voce.

"È vero quello che hai detto prima, mamma. Ho vissuto qui tutta la mia vita. E non ho mai saputo niente di papà. Né di te. Naturalmente non mi sono mai preoccupato così tanto di *lui* perché nemmeno gli altri sembravano conoscerlo. Tu meno di tutti. Immagino di avere semplicemente dato per scontato che non *volesse* farsi conoscere."

Con grande determinazione, si toglie le guaine di mussola dalle braccia.

"E adesso? Adesso penso di essermi sbagliato, mamma. Penso che ci fosse qualcosa in lui che non voleva si sapesse. Gli era *successo* qualcosa. Tanto tempo fa. E non riusciva a sistemarlo, e non riusciva a dimenticarlo. Ovviamente non ho alcuna prova. Ma penso che tu potresti averne, mamma. Penso che tu sappia esattamente cosa sia successo."

C'è un tipo di donna che scoppia in lacrime quando ti avvicini troppo. Eulalie era una di quelle; mamma, bisogna darle merito, non lo è mai stata. Per gli intrusi ha una sola risposta: la rabbia.

E questa è la sua espressione più vera. Un grido rauco, che si abbatte rapidamente, come un corvo che frusciando vola via da un albero.

"Non ho altro da dirti sull'argomento!"

E mentre esco dalla porta, mi lancia dietro un ultimo grido, e questo è accompagnato da una nota di speranza lacerata, come se potesse cancellare un'intera conversazione.

"Tuo padre era un brav'uomo!"

Dieci minuti dopo, sono nell'atrio. Con indosso cappotto e cappello, la mano appoggiata sulla maniglia. Pronto per la mia passeggiata serale, ecco... e *non* pronto. Sotto questi contraccolpi, la manopola trema davvero.

E poi sento un colpo di tosse. *Tosse* non è la parola esatta. Un suono che abbaia, si solleva, spacca il petto.

È Padre Tempo. Appoggiato al nostro orologio a pendolo.

Il tossire quantomeno mi dà il tempo di studiarlo, più da vicino di quanto non abbia mai fatto prima. Quella barba patriarcale... quella è la barba con cui Mosè scese dalla montagna, no? Quella struttura alta e vacillante: una colonna dorica sempre sul punto di crollare. Qualunque cosa fosse diritta in lui adesso è piegata. È tutto spigoli, come una soffitta.

"Sta bene, Monsieur?"

Allunga una mano per dissipare la mia preoccupazione. Con l'altra si batte il petto finché l'aria non ricomincia a scorrere.

"Niente di..." Un ultimo colpo di tosse. "Niente di cui preoccuparsi, solo un po' di... salivazione, credo, andata giù per... l'*acquedotto* sbagliato."

"Posso aiutarla in qualche modo?"

"Me? Oh, no, no. Vede, non ho potuto fare a meno di... ascoltarvi. Lei e sua madre, intendo..."

A quel punto fa qualcosa di sorprendente. Mi tocca. Una mano squamosa e *salata*, premuta sulla mia spalla.

"Vede, ragazzo mio, dovrebbe davvero trattarla con gentilezza. È stata una vita difficile, non trova? Ah, ma se è di suo padre che vuole parlare, ci sono molte altre persone a cui chiedere."

Lo sguardo che mi sta lanciando... è lo stesso sguardo che mi ha rivolto l'altra sera mentre ero a tavola. Quella complicità impotente, stranamente rassicurante quando mi si è presentato per la prima volta. Dopotutto, lui era Padre Tempo. Un vecchio amico di mio padre.

Era presente al funerale di mio padre.

"Certamente," mi sento dire. "*Certamente.*" Scruto la cripta del suo volto che si apre lentamente. "Vuole dire che potrei semplicemente... farle delle domande su mio padre? Sul suo passato, intendo..."

"Oh mio Dio, sì," dice sorridendo. "È una cosa in cui siamo bravi, le vecchie banderuole come me. Potete sempre farci tornare indietro, eh? Più indietro è, meglio è. Perché, se mi chiedesse cosa abbiamo mangiato stasera a cena, temo che non saprei dirglielo. Merlano, forse."

"Pollo."

"Ah, vede? Andato. Completamente. Adesso mi chieda cosa ho mangiato a cena il giorno in cui è morto Mirabeau, e glielo saprò dire. Fino all'ultima goccia di cassis, sì."

I suoi occhi diventano umidi al ricordo. La sua mano si chiude e si apre.

"So che si sta facendo tardi," dico. "Ma le dispiacerebbe così tanto se noi...?"

"Dispiacermi?" I suoi lineamenti brulicano di confusione. "Ah, a lei piacerebbe... vuole dire *adesso*, è così? Be', suppongo che potrebbe andare bene. Sì, potremmo... potremmo anche ritirarci di sopra, nei miei alloggi, se lei... sa, forse prima prenderò un po' di cioccolata. Con un po' di cioccolata le cose scorrono meglio, no?"

"Monsieur," dico, alzando una mano. "Prima di aggiungere un'altra parola, devo pregarla di dirmelo. Mio padre ha mai avuto motivo di incontrare un principe?"

"Certo che sì," risponde. "Sì, naturalmente. *Tutti* erano principi a quei tempi."

Capitolo 14
Tesori di un reliquiario

“Deve scusare il… è così raro che riceva *visitatori* qui… non c’è molto in quanto a sedie…”

Padre Tempo, il mio nuovo amico, balbetta le sue scuse mentre apre la porta traballante.

Ed è vero, quando un uomo smette di pagare l’affitto, nessuno viene più a spazzargli i pavimenti. La polvere che aderisce naturalmente alle cose di Padre Tempo è diventata, negli ultimi mesi, una brina umida e brunastra che lascia chiazze traslucide sulle assi del pavimento e sulle macchie di intonaco che appaiono ovunque si è strappata la carta da parati punteggiata di fiori.

Le tende sono scomparse. C’è un vecchio cassettone in palissandro con le maniglie dei cassetti in rame intrecciato. Un vecchio lavabo con il ripiano di legno. Nessuna traccia del fuoco nel camino – come deve avere tremato – e pochissime tracce della stanza di un tempo. Perché quando ero bambino, questo era il laboratorio di mio padre, ed era inaccessibile e privato come lui.

In piedi adesso tra i vecchi detriti, sono trafitto dal ricordo di lui: curvo sul tornio, che levigava lenti per occhiali, telescopi, microscopi. Ricordo l'odore della trementina, della pece sciolta e del nitrato di rame. Ricordo di avere calpestato i vecchi bossoli che usava per tagliare il vetro: giacevano nel corridoio come trappole scattate.

Mia madre lo rimproverava per il disordine che si lasciava dietro: i supporti, i tubi di ottone e i mandrini, giravano centrifugamente in ogni direzione. Dietro tutte le sue lamentele c'era l'idea che un medico avrebbe potuto trovare una seconda carriera più adatta. Cosa a cui lui non aveva che una risposta:

"A Spinoza andava bene."

Adesso tutto questo è sparito, anche l'odore. Tutto tranne la scrivania di papà, ancora stipata nello stesso angolo senza luce. Una delle gambe è scomparsa e l'attuale inquilino ha preso la decisione poco ortodossa di sostituirla con un barile di melassa, che risulta avere uno sportello, scolpito piuttosto ad arte lungo le venature del barile, che si apre con una singola spinta.

"Eccoci qua," mormora Padre Tempo.

Senza nemmeno fermarsi per accendere una candela, immerge le mani in quella cavità buia. E tira fuori...

Li chiameremo tendini della storia.

Un ventaglio cinese è il primo oggetto nell'inventario. Aprendosi rivela il volto imbellettato della Libertà. Poi arriva una tabacchiera tricolore. Calamai ricavati dalle macerie delle *barrières*. Biglietti (non utilizzati) per una farsa di Beaumarchais. Un boccale in peltro della Bastiglia, cavalcato da un enorme gallo.

Si scopre che Padre Tempo è ricco proprio del genere di reliquie di cui la Francia non ha più bisogno. Rappresentazioni in ceramica del Giuramento della Pallacorda. Piattini con bambini patriottici che dichiarano la loro fedeltà alla Convenzione. Spartiti per…

"*Ça Ira!*" grida Padre Tempo. "Proprio sconvolgente, non trova? 'Gli aristocratici *li impiccheremo* tralalà…'"

Anche i fogli di carta che li avvolgono si rivelano reliquie: vecchi numeri degli *Annales Patriotiques*, *Feuille Villageoise*, *L'Orateur du Peuple…*

"*Le Courrier Universel*! Ehi, sa che scrivevo per loro? Saggi molto... molto *febbrili* sotto lo pseudonimo di Junius. Ed ecco, oh mio Dio, la Preghiera Patriottica di Lequinio, non è stata forse sulla bocca di tutti per un… per un… ah *ecco…*" Tira fuori una massa di filo blu ghiaccio. "Sono lieto di dirle che questo è un vecchio guanto di Rousseau. Lo ha dimenticato durante un'escursione. Solite fantasticherie da grand'uomo, immagino. Alla fine della giornata la mano doveva essere piuttosto *screpolata.*"

"Monsieur, la prego." Gli rivolgo un sorriso propiziatorio. "Stava per parlarmi di mio padre."

"Sì…" Sbircia nella volta della botte come se il viso del suo vecchio amico potesse emergere dall'oscurità. "Dunque ero…"

"Forse potrebbe raccontarmi come lo ha conosciuto."

"Ah!" Il suo viso si illumina all'istante. "Il Collège d'*Arcourt*, ecco dove. Io ero un professore, ovviamente; lui era uno studente. Nessuno dei *miei* studenti, no. A quei tempi mi occupavo solo di *botanica*. Ero molto occupato a confutare le scoperte di Reynier sull'amputazione degli organi sessuali nelle malvarose. Opera che è stata menzionata *abbastanza* favorevolmente, non mi dispiace dirlo... nel *Genera Plantarum* di Jussieu..."

"Com'era?" chiedo, più forte. "Mio padre."

"Be', era... era silenzioso, sì. Non così silenzioso come sarebbe diventato in seguito, ma aveva... la definirei una gravità naturale. Un modo di stare immobile, intendo. Era immancabilmente educato, era... molto caparbio, come se diffidasse dei propri doni. Gli davo consigli su, oh, corsi da seguire, professori da evitare, quel genere di cose. Un consiglio *non richiesto* è inutile: raramente lo accettava, ma penso apprezzasse che qualcuno gliene desse. Non ne aveva mai ricevuti molti.

"Be', tra una cosa e l'altra, abbiamo cominciato a ritrovarci per il caffè. Il giovedì mattina al Sage Athénien. Chiaramente ero io a *pagare* all'inizio, lui non aveva i mezzi. E sa che per anni non ci siamo mai persi uno di quei caffè? Nemmeno quando era nel periodo peggiore della facoltà di medicina. Nemmeno quando il mondo stava andando in pezzi. Eravamo abituati... eravamo abituati a *scherzarci* sopra. Perché frequentavamo più l'Athénien della mensa."

"Di cosa parlavate?"

"Oh, di ragazze, naturalmente," dice Padre Tempo, lisciandosi la barba. "Suo padre è sempre stato... ah!... più incline al matrimonio di me. Ricordo il giorno in cui mi ha parlato di sua madre. Sì, è... è arrossito quasi quanto lei in questo momento."

Qualcosa di inaspettatamente astuto nei suoi occhi. Se prima non ero arrossito, lo faccio adesso.

"E, naturalmente, parlavamo di politica. È quello che *facevano* le persone a quei tempi."

"Papà era un vero repubblicano? Un credente?"

"Beee'... dipende da cosa si intende per *credente*. Non era uno di quelli che chiamano sanculotti. Non portava gli zoccoli, non portava la picca, si teneva i capelli incipriati, ma ci credeva, sì, a modo suo. Quello che voglio dire è che c'è sempre stato, come dire, un fondo di scetticismo dietro tutto quello che affermava. Se io ero un Rousseau, lui era un Voltaire in tutto e per tutto. E naturalmente non si è mai schierato con i girondini o i montagnardi. Non ha mai dovuto farlo. Era troppo occupato, ah!, a rattopparli. A quei tempi i medici avevano più lavoro di quanto potessero gestire."

Mi infilo le mani in tasca. Fletto la punta degli stivali.

"Quindi... mio padre aveva uno studio?"

"Era un chirurgo, ragazzo mio. All'Hôpital d'Humanité. Ma le sue abilità lo rendevano piuttosto ambito all'interno... all'interno di un particolare *contesto*. Oh, sì, si diceva che addirittura... che addirittura Marat, che era medico anche lui, chiedeva di suo padre. Ah! Avrebbe potuto salvare la vita a quel vecchio stronzo... un secondo consulto, eh? *Fuori da quell'acqua sporca, idiota!*"

"Ma ha mai...?"

Questo è tutto ciò che riesco a ottenere finché non vengo fermato... da mio padre in persona.

Dal ricordo di lui, intendo.

Da solo, come al solito. Non desiderato da nessuno. Che prende il tè del tardo pomeriggio. (Un'usanza inglese, chissà da dove l'aveva fatta sua?) Il tè lo beveva sempre velocemente, fino alle ultime foglie, e poi si metteva a imburrare il suo pane tostato, con la stessa fermezza con cui molava le lenti. Gli ci voleva un minuto buono, di solito, per trascinare il burro su ogni singolo quadratino di pane annerito, spalmandolo finché non rimaneva più nulla della parte solida originale. *Diligente*, sì, e allo stesso tempo furtivo, come un anacoreta che sbircia un vecchio pezzo di cioccolato da una fessura.

L'idea che quest'uomo – *quest'uomo* – potesse essere l'ambito dottor Carpentier…

"Non importa," dico.

"Oh, ma stava per chiedermi qualcosa."

"Non è niente. Stavo solo... volevo chiederle se mio padre ha mai incontrato Luigi XVII."

E non appena lo dico, provo a rimangiarmelo.

"Non ho davvero alcun *motivo* per..."

"Ma certo che ha incontrato Luigi XVII. Era il medico del bambino."

Capitolo 15
La torre nera

Solo più tardi, quando avrò scrollato via le ragnatele dal mio cervello, troverò lo spazio per ricordare lo sguardo negli occhi di Padre Tempo. La freddezza che permaneva lì, una chiarezza secca, né gentile né crudele.

"Vuole dire che non glielo ha mai detto? Be', buffo, no?"

Anche se non sembra divertito. Non particolarmente.

Senza accorgermene, mi sono lasciato cadere sul suo letto. Sto lisciando lo straccio che è stato messo lì a mo' di copriletto. Una vorticosa nuvola di polvere mi segue.

"Quando?" domando. "Quando mai ha avuto motivo di incontrare quel bambino?"

"Oh mio Dio, era l'estate del '94. Solo poche settimane dopo l'apice del Terrore. Ero *lì*, sa, il giorno in cui hanno preso Robespierre. Una faccenda orribile. Ha urlato per tutto il percorso. Be', chiunque si sarebbe lamentato se... se gli fosse mancata metà della faccia..."

"La prego, Monsieur, non ho chiesto informazioni su..."

"Oh, ma il punto è che senza Robespierre la gente ha potuto permettersi di essere un po' meno *astratta*, no? È scoppiata la febbre: la febbre della *Teoria*, sì, e tutti si risvegliavano e si guardavano intorno. Chiedevano di amici e parenti. Così era naturale che qualcuno chiedesse di quel bambino. Perché nessuno lo aveva visto... be', sembrava che fosse passata un'eternità..."

Di fatto erano passati due anni.

Più tardi avrei cercato le date e avrei scoperto che l'ultima volta che il grande pubblico aveva intravisto il delfino, Louis-Charles, era stato il 13 agosto 1792. In quella occasione, la famiglia reale era stata condotta dalle Tuileries alla loro nuova prigione nel Tempio, scortata da quella che sembrava essere tutta la popolazione dei sobborghi parigini. Con tutti che scuotevano pugni, agitavano picche, facevano piovere imprecazioni. Indicavano ogni monarca di marmo rovesciato. *Lo vedi il destino che ti aspetta?*

C'erano volute due ore buone per percorrere una distanza relativamente breve. Alla fine un basso ronzio di rabbia repressa era sfuggito alla folla mentre la berlina entrava nel cortile e gli spessi cancelli di ferro del Tempio si richiudevano alle loro spalle.

Per la famiglia reale la tregua era stata di breve durata. Cinque mesi dopo, il padre del bambino sarebbe stato trascinato in Place de la Révolution. (Il suo collo era un po' troppo grosso per l'occasione: la lama si era fatta strada a fatica.) Quattordici mesi dopo, la madre lo aveva seguito. Altri sette mesi e l'amata zia del ragazzo, la dolce principessa Élizabeth, sarebbe salita sul patibolo.

Ma *lui* era rimasto dov'era, quel bambino dagli occhi dell'azzurro di un ruscello e i riccioli biondo fragola che gli pendevano sulle spalle. Murato in una grande torre. Dietro muri di pietra spessi quasi tre metri.

Anch'io ero un bambino quando l'ho visto per la prima volta. Era fine estate, e io e mia madre avevamo camminato per ore, come spesso facevamo quando il tempo era bello, e ci eravamo fermati in una farmacia in Rue du Meslay (a papà serviva nitrato di rame), e per un capriccio, suppongo, ho svoltato su Boulevard du Temple.

Mamma ha esitato, ora capisco perché. Ma la giornata era bella, e non avevamo fretta di tornare a casa, così mi ha seguito. Ancora esitante, perché per tutto il percorso è rimasta un passo o due dietro di me. Parlavamo degli edifici che si ergevano davanti a noi, come se in qualche modo si dispiegassero, un mattone dopo l'altro. La torre che ora incontrava i miei occhi si era dispiegata molti secoli prima. Era enfaticamente il passato e tuttavia anche il presente. Sarebbe stato sciocco dire che la stavi scoprendo. Sembrava più che altro che fosse lei a scoprire te.

Altre torri, altre torrette sporgevano dal castello medievale che chiamavano Tempio (nome ingannevolmente religioso!), ma questa torre era diversa. Più grande – alta circa diciotto metri – e nera, come l'interno di un camino, e padrona di tutti i suoi segreti. Solo dopo averla osservata per un po' sono riuscito a individuare i difetti nella muratura: i minuscoli puntini di finestre sparsi sulla sua pelle. Troppo piccoli, sicuramente, per lasciare entrare molto in termini di luce. O di aria. Qualunque cosa ci fosse lì dentro sarebbe rimasto lì dentro.

All'epoca non sapevo nulla della storia della torre, ma ricordo, sì, di avere immaginato qualcuno, senza una natura o un colore distinto, dall'altra parte di quelle mura. Che mi guardava dall'alto. Anche se avesse chiamato ad alta voce non avrebbe fatto alcuna differenza perché – era questo che mi innervosiva – non sarei mai riuscito a vedere né a sentire. Chiunque fosse, avrebbe potuto anche essere cancellato da questa terra.

E l'idea che un essere umano potesse essere cancellato in quel modo, così facilmente, così completamente, era per certi versi peggio della torre in sé. O forse la stessa cosa.

Ho sentito un formicolio dietro le spalle e proprio in quel momento ho visto mamma stringersi forte le braccia attorno al petto.

"Vieni, Hector."

Mi ha guidato in fondo alla strada e dietro l'angolo. Nessuno di noi ha guardato indietro.

A quel punto la torre era già caduta in disuso e, prima che compissi ventuno anni, era stata abbattuta per ordine di Napoleone. Ma torna a ergersi alla sola menzione di quel nome.

Il Tempio.

"Andava lì ogni singola mattina," dice Padre Tempo. "Prendeva una carrozza, anche se odiava spendere quei soldi. E poi la carrozza doveva sempre essere diversa, il percorso era diverso, non sapevi mai se qualcuno ti seguiva, eh? I commissari del Tempio gli davano un lasciapassare speciale – me lo ha mostrato una volta – e poi, naturalmente, se dovevi vedere uno dei prigionieri, be', avevi bisogno anche del *visto*. 'Per la Torre,' diceva, o qualcosa del genere.

“Ed era così, non poteva restare più di un’ora. Stessa ora ogni giorno. E se voleva restare di più, doveva... cosa?... ah, presentare una petizione ai commissari o forse... uff!... a quell’orribile Comitato di Sicurezza Generale. E andava fatto tutto nel massimo segreto. Non una parola.”

“Perché hanno scelto mio padre?” domando.

“Mm.” Si passa le dita nella barba, come se cardasse la lana. “Un colpo di fortuna, a dire il vero. Tuo padre una volta aveva curato la sorella del generale Barras. Per un gozzo. Ne era stata fortemente colpita. E poi immagino non nuocesse il fatto che fosse… un così bell’uomo in gioventù. Barras di sicuro non era estraneo a notare queste cose, se... se capisce cosa intendo. Be’, una volta che a Barras è stato assegnato ciò che restava della famiglia reale, si è reso conto che il bambino avrebbe avuto bisogno di un medico. All’istante!”

Padre Tempo adesso alza le spalle. È un movimento rapidissimo, eppure il tessuto del vecchio cappotto mantiene di fatto la sua nuova forma anche se le spalle ritornano nella loro posizione precedente.

“Naturalmente,” dice, “il lavoro era pubblicizzato come una… una specie di incarico elevato. Che richiedeva un dottore con pure credenziali repubblicane. Abilità rara. Dubito che suo padre fosse mai stato *corteggiato* così accanitamente prima di allora.”

Chiudo gli occhi. Cerco di immaginarmi circondato da bravi cittadini, sentendo parole come *onore* e *vocazione*. *Patria*.

“Per quanto tempo ha frequentato il delfino?”

“Fino alla *fine*, più o meno.”

"Ma... perché non me lo ha mai detto?"

"Oh, be', a quel tempo, vede, lei era un fuscelletto. Non avrà avuto più di tre anni, eh? Non avrebbe distinto il delfino di Francia da un… da un vero delfino."

"Ma mamma…"

"Non lo sapeva nemmeno lei. Usciva ogni mattina un'ora prima, era quella l'unica differenza. Le diceva che avevano bisogno di lui in ospedale. Sì, e tornava sempre a casa per pranzo. Puntualissimo suo papà. Nessuno…" All'improvviso allunga una mano e spazza via un granello di polvere dal mio gilet. "Nessuno avrebbe immaginato che ci fosse qualcosa che non andava."

"Non poteva dirlo nemmeno a sua moglie?"

"Oh, non osava. Sarebbe potuta essere la sua condanna a morte. Non capisce, suo padre stava correndo un rischio enorme. A quei tempi, assistere la famiglia reale, aiutare in qualsiasi *modo* i figli di Luigi XVI, ecco, potevi pagarlo con la vita. Era già successo a centinaia di persone. *Migliaia.*"

"Ma glielo aveva chiesto Barras. È stato il Comitato a chiedergli di…"

"Ah, ma era esattamente questo! *Oggi* a decidere era il Comitato. *Domani* cambiavano idea. *Dopodomani* un Comitato tutto nuovo! E chiunque avesse eseguito gli ordini del precedente… doveva consegnare la propria testa alla forca prima del tramonto."

Distrattamente, traccia una linea sulla gola. Una mano ferma, non un tremore. Avrebbe potuto diventare lui stesso un bravo chirurgo.

"Monsieur," dico. "Deve perdonarmi, continuo a non capire. Come si può incolpare mio padre per avere tentato di salvare la vita di un bambino?"

"Ah." Gli occhi gli vanno fuori fuoco. "Non era... non era quello che... volevano..."

"E allora cosa volevano?"

Strizzando gli occhi, si accuccia e scruta l'intero perimetro della stanza, come se il treno dei suoi pensieri stesse correndo proprio adesso verso le tavole del pavimento.

"Sì," dice, inclinando le labbra all'ingiù. "Gliel'ho chiesto io stesso una volta. Eravamo al nostro solito tavolo… al Sage Athénien, le ho parlato del Sage Ath… no?... il caffè settimanale, sì, toccava a suo padre pagare... insisteva su questo, diceva... dov'ero rimasto? Oh, sì, parlava di questi terribili commissari e comitati. Ah! Morte per *burocrazia*, la chiamava. Bella espressione, eh? Ebbene, suppongo di essermi irritato un po' in sua difesa perché ho detto: 'Be', adesso, perché dovrebbero assumere un… un medico così *sublime* come lei se poi non gli danno *retta*?'"

"E lui cosa ha detto?"

"All'inizio nulla. Naturalmente era fatto così… dieci decimi di *ragionamenti* per un decimo di discorso. E alla fine… proprio mentre ci alzavamo da tavola, stavamo… ah!... spazzando via le briciole dei biscotti dalle maniche del cappotto… be', è stato allora che ha detto… e non lo dimenticherò mai… ha detto *Non vogliono che guarisca quel bambino. Vogliono che mi assicuri che muoia.*"

Capitolo 16
Viene diagnosticata una malattia mortale proprio sul letto di morte

Come una candela di sego, il cervello di Padre Tempo si sgonfia e crepita e irradia una luce buona e untuosa, ma la sua durata è breve e la sua fine definitiva. La parola viene meno, poi la coscienza, e prima che siano trascorsi altri cinque minuti, è caduto sul suo giaciglio di paglia, a un'ingombrante angolazione, come una trave del soffitto caduta. Non resta che togliergli gli stivali prima di augurargli la buonanotte.

Nei due giorni successivi faccio tutto il possibile per riprendere la nostra conversazione. All'esterno è tutto entusiasmo. *All'interno* qualcosa si oppone e nessun tipo di indizio privato – il Tempio, il Sage Athénien – lo sbloccherà del tutto. La cosa migliore che posso assicurarmi è una promessa, formulata in modo vago, che un giorno mi porterà negli "archivi".

Dove sono questi archivi, cosa contengono… niente di tutto questo può essere determinato, per quanto io insista nel chiedere. Per tutto il sabato e la domenica aspetto che le nuvole passino. Il lunedì arriva senza ulteriori ricompense per i miei sforzi. Solo la vecchia routine, in attesa di essere svolta.

Esco di casa alla stessa ora: le nove e un quarto. Sono diretto allo stesso posto: l'École de Médecine. L'unica differenza è questa. Quando sono a venti passi dalla mia porta, si avvicina una carrozza. Da lì si sporge un gendarme.

"Dottor Carpentier?"

"Sì?"

"La vogliono."

Non ha alcun obbligo di dire chi mi vuole. Non c'è bisogno. Salgo sulla carrozza, e il gendarme si rivolge al cocchiere.

"Numero Sei, Rue Sainte-Anne."

La mia iniziazione alla Sûreté (il Numero Sei, come è noto agli intimi) arriva passando dal cortile posteriore. Il mio accompagnatore mi conduce in un ingresso dal pavimento in marmo e preme con nonchalance contro un pannello in pelle sulla parete, che si apre rivelando una scala a chiocciola. Al primo piano, un altro pannello si apre su un lungo corridoio, illuminato quasi interamente da lucernari.

Il gendarme mi conduce lungo il corridoio e, mentre sbircio negli uffici aperti, una paura viscida mi prende. Chi *sono* questi uomini, con le loro mani rosse e i loro rozzi pantaloni blu e le toppe cucite con lo spago? Dov'è la polizia?

Passa un buon mezzo minuto prima che me ne renda conto… e dovreste immaginare l'improvviso sollievo che prova il mio stomaco… questa *è* la polizia.

Inaspettate, le parole di Nanchino tornano alla riscossa. *Ormai è impossibile distinguere le forze dell'ordine dai criminali.*

Be', *è* difficile per i parigini, in questi primi giorni della Restaurazione, abituarsi all'idea – l'idea di Vidocq – che per catturare i criminali potrebbero essere necessari uomini che *somiglino* a loro, che pensino e si comportino come loro. Agli ufficiali della Brigade de Sûreté mancano forse le uniformi ma di certo non il passato.

Prendete Aube. Il tizio con il berretto giallo. Un tempo famoso falsario, specializzato in atti reali ed encicliche ecclesiastiche. Non mi sono mai imbattuto in una firma che non riuscisse a riprodurre. E quel toro con la camicetta da donna? Fouché. È finito in prigione a sedici anni per rapina a mano armata. L'unico che sembra dalla parte giusta della legge è Ronquetti – ancora sdraiato negli abiti da sera di ieri notte – un genio della truffa che per un certo periodo si presentava come duca di Modena, con un'amante italiana e un servitore moro.

E dietro le due porte anonime in fondo al corridoio: Coco-Lacour. Cresciuto in un bordello. Ha frequentato la maggior parte degli studi in prigione. Gli piace offrire alle prostitute ninnoli che ha ripescato nella Senna. Ora è il segretario personale di Vidocq.

"Dottor Carpentier, vero?" A Coco-Lacour mancano un buon terzo dei denti, ma sorride come se avesse dei granati nelle gengive. "Il capo sarà presto da lei. Posso portarle un po' di caffè, magari?"

"*Mandatelo adesso!*"

La voce arriva ruggendo dalla stanza attigua. Coco-Lacour obbedisce senza battere ciglio.

"Per favore, le andrebbe di seguirmi, dottore?"

L'eleganza dell'ufficio mi sorprende. Scaffali di libri, acqueforti incorniciate, un caminetto in marmo nero con un orologio in bronzo dorato sulla mensola, guanti di cotone bianco su un tavolo di mogano. E seduto su una poltrona di pelle nera dietro una massiccia scrivania di legno di frutto: Vidocq, altrettanto massiccio, altrettanto elegante, in un abito nero con tulipani gialli infilati nel bavero. Davanti a lui c'è il numero odierno dell'*Indépendent*, aperto alla pagina del teatro.

"Si sieda, Hector."

E se una piccola parte di me ha valutato per un momento se nascondere le mie notizie, quella parte cede completamente all'istante. Di fatto, collocandomi così saldamente nella sua circonferenza ufficiale, Vidocq mi ha iscritto nella stessa massoneria che lega Ronquetti, Aubé, Fouché e Coco-Lacour. Adesso sono uno dei *suoi*.

È quindi la cosa più naturale del mondo raccontargli tutto quello che ho appreso da Padre Tempo e che lui lo ascolti come un confessore, infilandosi le mani sotto il mento e grugnendo di tanto in tanto su qualche dettaglio. Quando ho finito, inclina la testa all'indietro, come se stesse riversando tutta la storia direttamente nel suo cranio.

"Be', è molto interessante, Hector. Scommetto che non avrebbe mai immaginato di avere un papà così illustre. Il mio era un fornaio. *Bastardo*, era quello il suo vero mestiere. Mi picchiava ogni volta che ne aveva la possibilità. In tutta onestà," aggiunge, "l'ho derubato fino a quando anch'io ne ho avuto la possibilità. Sulla bilancia della giustizia dovremo dire che è un pareggio."

La risatina di un mago gli vola dal petto. I suoi occhi grigi si illuminano di un azzurro pomeridiano.

"Devo dirle cosa sto facendo, Hector?"

"Se vuole," rispondo a bassa voce.

"Ah, lei è troppo gentile." Alzando le spalle, si gira verso la finestra, dove è incorniciata la Sainte-Chapelle: levigata dal sole e immacolata. "Ricorderà, spero, le ultime parole di Monsieur Leblanc."

"*Lui è qui.*"

"Esattamente. *Lui è... qui.* Per quanto riguarda il *lui*, be', quantomeno sappiamo di chi parlava, ma per quanto riguarda la faccenda del *qui*, eh? Una parola così semplice, e guarda come si dimena quando cerchi di afferrarla. Significa *qui*, nella stessa strada dove è morto Leblanc? Non molto probabile. Significa la stessa Parigi? Confesso di averlo pensato. Se sei una specie di re idiota e impostore e vuoi restare nascosto, Parigi è il posto ideale. *Qui*, puoi scomparire per anni e anni, e chi meglio di me lo sa?

"Ah, ma poi ho iniziato a guardare la cosa dal punto di vista del... *profondamente* leale Monsieur Leblanc. E quella maledetta parola ha cominciato di nuovo ad agitarmi! Perché per uno come Leblanc, uno che per tutta la vita aveva aspettato il ritorno di Luigi XVII, quella parola *qui* poteva significare semplicemente" – allarga le braccia – "*Francia.* La terra natale. Implorando l'avvento del suo salvatore. Mi segue?"

"Ovviamente."

"Be', ora, se *qui* si estende fino ai confini della nazione, ci aspetta una bella ricerca, temo. Ma si vede che siamo proprio dei bravi cristiani, Hector, perché Dio ci lancia un osso. Chiunque stesse comunicando con il compianto Monsieur Leblanc" – un occhiolino lascivo – "non sa che è morto."

"Di certo lo hanno riportato i giornali."

"Ah, be', ho chiesto qualche favore. Alcuni scambi nel

libero mercato e *voilà*! Niente nella colonna 'Notizie locali'. Neanche nei necrologi. Il corpo è ancora dove io e lei lo abbiamo lasciato. A parte la baronessa, le uniche persone che sanno che è morto sono i suoi creditori, e difficilmente si metteranno a starnazzare. Sarebbe un danno per la loro reputazione." Sorridendo, incrocia le braccia sul ventre. "Forse riesce a indovinare perché ho negato al cadavere di Monsieur Leblanc i consueti riti cristiani."

"Per vedere se le parti in questione hanno tentato di contattarlo nuovamente?"

"Un punto per lei!" urla. "Oh, ma Hector! Lei non ha affatto un bell'aspetto, amico mio."

"Io non... non *sento*..."

"No, non discuta con me. C'è solo un trattamento possibile per quello che ha. Un cambio d'*aria*."

"Cambio di..."

"Anche di *clima*, ha assolutamente ragione. Un giorno o due, e tornerà come nuovo."

"La prego, non... non ho la minima idea di cosa sta dicendo."

Sorridendo, alza le mani come un direttore d'orchestra.

"Faremo un viaggetto, Hector!"

Capitolo 17
Il caso della donna senza testa

Ho deciso di non chiedere mai a Vidocq dove stiamo andando. E dato che sono più o meno un uomo di parola, l'unica cosa che riesco a chiedergli in questa circostanza è:

"Come fa a sapere dove andare?"

Mi guida agli esordi della sua indagine. Chrétien Leblanc è morto da soli tre giorni. L'appartamento della vittima è stato perquisito, fessura dopo fessura, alla ricerca di corrispondenza con ignoti. Gli unici oggetti ritrovati sono un piattino, un volano, un unico guanto giallo e un programma del Jardin des Plantes, il tutto avvolto da anni di polvere. Giorno dopo giorno, gli agenti della Sûreté vagliano la posta in arrivo di Leblanc alla ricerca di buste rivelatrici: nient'altro che solleciti di commercianti, che aspettano ancora di essere pagati.

Leblanc aveva scelto qualche altro mezzo di corrispondenza? D'altronde il vecchio era un tipo scaltro. Potrebbe avere avuto un complice fidato, che poteva tenere i messaggi a portata di mano e glieli consegnava quando necessario. Ma chi?

Se si deve dare credito alla sua testimonianza, non poteva essere la baronessa. Le conversazioni con i vicini del defunto rivelano poco in termini di amici intimi o anche di conoscenti abituali. Leblanc era, per abitudine e natura, un uomo solitario: cauto nel bere, frugale nel parlare. In qualche modo, durante tutti i suoi anni di vita, è riuscito a lasciare un'impronta davvero minima sulla mappa di Parigi.

Imperterrito, Vidocq fa il giro del quartiere del morto – caffè, vinerie, barbieri, sartorie – chiedendo se qualcuno tiene la posta per un certo gentiluomo che risponde a questa descrizione. Ancora e ancora, torna a mani vuote.

Poi, un pomeriggio, si sta ristorando con vino e cotolette a un tavolo all'aperto dei Trois Frères quando il suo sguardo viene catturato da qualcosa dall'altra parte della strada.

Un manichino, niente di più. Senza testa e voluttuoso, tiene corte dallo spazio damascato di una vetrina.

In questo istante, la mente di Chrétien Leblanc si apre davanti a Vidocq, come un libro di incantesimi. Questo è l'unico posto che nessuno collegherebbe mai a un uomo anziano e senza legami.

DA MADAME SOPHIE

Vestiti e abiti à la mode per le dame più belle di Parigi

Con coraggio varca la porta semiaperta. Madame Sophie è fuori per commissioni, ma una modista di nome Émilie si alza da dietro il bancone. Una bruna, dalla figura rotonda e avvenente, con lunghe ciglia che suggeriscono un cuore facilmente infiammabile. Quando Vidocq annuncia che è venuto a ritirare un pacco per suo zio Chrétien, quelle stesse ciglia si sollevano come tende da sole.

Oh, non crede di poterlo aiutare, dice, abbassando il labbro. Le è stato detto di non parlarne con nessuno.

"Ah, ma non vede, Mademoiselle? Mi ha *mandato* lui, no? Altrimenti come avrei fatto a sapere che dovevo venire qui?"

Mm... be', se la metteva *così*. Oh, ma non riceve pacchi da... mio Dio, sono passate due settimane.

"Be', non importa. Lo zio è andato alle terme di Bad Ems e mi ha chiesto se potevo dare un'occhiata. Lei... lei è una buona amica di mio zio?"

Oh, no, Monsieur! Fino a tre mesi fa nemmeno lo conosceva. Una mattina si è semplicemente presentato al negozio e le ha chiesto se poteva ingaggiarla per custodirgli i pacchi, dato che era spesso in viaggio. Le ha detto che doveva solo nasconderli dietro il bancone, dove non avrebbero dato fastidio a nessuno e dove Madame Sophie non se ne sarebbe accorta. Ha detto che l'avrebbe pagata duecento soldi per ogni pacco.

"Ah sì. Tipico dello zio Chrétien, sì sì. Una vecchia tartaruga così strana e riservata. Ah! Io e mia sorella pensiamo che riceva biglietti d'amore da una giovane amante. Ha il passo così leggero in questi giorni..."

Ma che idiozia! interrompe Émilie. Mica arrivano lettere!

Consapevole subito della sua trasgressione, si affretta con le guance ardenti ad assicurare al Monsieur che non ha *mai* tradito le confidenze di suo zio aprendo i pacchi. È successo *una volta*, non più, e solo perché un angolo di tela si era staccato e stava per richiuderlo quando quel coso era proprio caduto! Cosa avrebbe potuto fare? Ha dovuto guardare.

"Ma certo, zuccherino. Si trattava per caso del pacco più recente?"

Sì.

"Oh oh! Allora so esattamente di cosa si trattava. Un anello d'oro, eh? Largo così?"

Proprio quello, Monsieur! (L'ultimo baluardo della sua resistenza cade.) E anche un anello stranissimo, con ogni sorta di graffi e segni. Diamine, con un colpo di fortuna ci rimedi tre franchi a Les Halles. E se appartiene all'amore di suo zio, quella donna deve avere dita grandi come salsicce!

"È questo?"

Con un altro colpo di fortuna, l'articolo in questione è nel taschino dell'orologio.

È proprio lui! strilla Émilie. Oh, è spaventoso, no?

"Sì, direi di sì," concorda Vidocq. "Be', anche lo zio Chrétien non vuole averci più a che fare. Sa, proprio mentre stava lasciando la città, mi ha chiesto se potevo restituirlo al suo proprietario originale... Cosa che sarei fin troppo felice di fare, ma dannazione, ho perso l'indirizzo. Che sciagurato che sono!"

Be', azzarda Émilie, se è la stessa persona che gli spedisce i pacchi, allora deve provenire da...

E viene fuori il nome di un luogo. Una città a non più di un'ora di carrozza da Parigi.

"Ma certo!" risponde lui dandosi una pacca sulla tempia. "Sapevo che conteneva qualcosa di sacro. Be', se solo riuscissi a ricordare il cognome della brava Madame, non avrò nemmeno bisogno del numero civico."

E dall'eternamente affascinante Émilie vola fuori un nome.

Ore e ore di ricerca, penserà Vidocq dopo. E nel frattempo, le risposte aspettavano sulle labbra fruttuose di questa giovane donna.

In un impeto di ardore, o con il calcolo più freddo possibile, applica su queste labbra l'unguento delle sue. Lei omette il consueto rito dello schiaffo, cosa che la eleva ancora di più agli occhi di Vidocq. Chiede se Madame tornerà entro la prossima ora. Lei dice di no. Chiede se può girare il cartello CHIUSO sulla finestra. Lei dice di sì. Chiede se può abbassare le tapparelle.

No, dice lei, sorprendendolo con il suo autocontrollo. *Lo farò io stessa.*

Quello stesso pomeriggio, uno degli uomini di Vidocq si reca nella giurisdizione individuata da Émilie e ritorna con un indirizzo da allegare al nome. Il gioco ha inizio. Aubé, dopo avere studiato alcuni esempi della calligrafia di Leblanc, scribacchia la seguente nota:

In attesa di ulteriori istruzioni

Il biglietto viene spedito tramite corriere alla parte in questione. Due giorni dopo, come Émilie è ben felice di riferire, arriva un altro pacco di zio Chrétien. Una semplice nota, che dice solo:

Il suo pacchetto è pronto

“Arrivato ieri con la posta speciale,” mi dice ora Vidocq, mentre si aggira a grandi passi per il suo ufficio. “Adesso ci siamo vicini, Hector.”

“Ma quando partiremo?” domando.

“*Quando?* Ehi, in questo istante.”

“Dovrò fare le valigie...”

“Al diavolo. Ho dei vestiti pronti per lei.”

“Dovrò...”

Dirlo a mamma.

“Le ho già mandato un messaggio,” dice Vidocq, sorridendo seccamente.

“Cosa le ha detto?”

“Ah.” Fa un gesto annoiato con la mano. “Lo chieda a Coco, è la sua specialità. Un simposio sulla febbre della segale cornuta, probabilmente. Un’epidemia di lebbra nella Valle della Loira. Qualcosa su cui nessuno si sognerebbe di interrogarla.” Ridendo, mi prende per il bavero. “Mi ascolti, amico mio. Se tutto va bene, domani sera tornerà da mamma Carpentier. Con l’aria – l’alone di mistero, sì! – di un uomo che ha *visto* qualcosa. Come la invidieranno, amico mio, come i loro occhietti porcini inizieranno a... mi dica adesso, lei non ha una pistola, vero? Non importa. Oh, ma il fatto è che sembra davvero pallido, Hector. Vuole un sorso di arrack prima di andare?”

8 Brumaio Anno III

Leblanc si è rivelato una vera manna dal cielo. Estremamente gentile, coscienzioso, disponibile. Sorprendentemente buon conversatore. Ho trascorso diverse ore piacevoli in sua compagnia.

Come me, è molto preoccupato x Charles, specialmente a mano a mano che la natura delle afflizioni mentali/emotive del bambino diventa sempre + chiara. Prima d essere incarcerato in cella, Charles ha subito abusi eclatanti da parte d 1 certo Simon, calzolaio, assunto, x ragioni ignote, come "tutore" del bambino. Da Leblanc ho appreso tutti i dettagli. Simon è stato accusato dai superiori d avere cancellato lo "stigma della regalità" dal bambino. Ha costretto il bambino a indossare 1 berretto rosso, a bere grandi quantità d liquore, a cantare canzoni oscene & anti-monarchiche in piena udienza della famiglia reale. Il bambino è diventato schiavo d Simon, servendolo a tavola & lucidando le scarpe di Mme Simon. Regolarmente terrorizzato, picchiato x le + piccole infrazioni. (Spesso, nel cuore della notte, Simon scuoteva il bambino x svegliarlo, solo x poi buttarlo giù d nuovo a calci.) Forti suggestioni d abuso d natura molto intima.

Alla fine il bambino è stato costretto a fabbricare spaventose bugie sulla famiglia – soprattutto sulla ex regina. È stato sempre privato del tutto d ogni conforto. Non c'è da stupirsi che viva nel terrore mortale degli adulti, soprattutto uomini.

Leblanc mi ha detto che se mai avesse incontrato il Cit Simon, lo avrebbe ripagato felicemente x la sua "tutela". A questo ha provveduto la Francia, ho risposto, xché Simon è morto con il suo maestro Robespierre il 10 Termidoro. Leblanc ha espresso l'opinione che Simon "se la sia cavata con poco".

10 Brumaio

Questa mattina ho portato Charles alla piattaforma della torre. La vista è migliorata. Anche in condizioni d sole, il bambino riesce a tenere gli occhi aperti x 1-2 minuti alla volta, vede oggetti a 1 distanza d oltre 100 iarde. Molto promettente.

Fatto curioso: è passato x caso un reggimento d artiglieria. Il suono dei tamburi inizialmente ha disturbato il bambino: mi ha stretto forte il braccio, ha abbassato gli occhi. I tamburi hanno smesso vicino Sainte Elisabeth. Il bambino è riuscito ad ascoltare la musica rimanente con 1 certo piacere. Ha detto che non sentiva musica da molto tempo. (Minimo 2 anni, dalla mia stima.) La banda, x calcolo o x caso, ha iniziato a suonare la *Marseillaise*. Che carina, si è sentito che diceva Charles.

Un'altra cosa. Con il permesso dei custodi, al bambino è stato concesso d raccogliere alcuni fili d'erba dalla piattaforma della torre + 1 dente d leone, cresciuto tra le fessure delle pietre. Ha tentato d modellarli in 1 bouquet primitivo. Gambi troppo piccoli & leggeri x farlo. D conseguenza, l'umore del bambino era depresso quando lo abbiamo riportato in cella.

18 Brumaio

Leblanc ha mostrato notevole pazienza & tenacia nel fare aprire il bambino. È stato anche in grado d apportare modesti miglioramenti agli alloggi del bambino. Ora la lampada può essere accesa al crepuscolo, alleviando così la paura del buio. Conoscendo l'avversione d Charles x i rumori forti, Leblanc ha preso provvedimenti x attutire il rumore dei catenacci sulla porta della cella. Si rivolge al bambino sempre con marcato rispetto & gentilezza.

Le condizioni del bambino continuano a migliorare. Modesto aumento d peso, + visibile sul viso. Un po' d colore sulle guance. Espressione negli occhi & bocca ancora languida, priva d affetti. Discorsi ancora difficili.

Anche le razioni sono migliorate. Colazione = piatto d verdure. Cena = brodo, bollito + un'altra pietanza. x cena riceve minimo 2 piatti. Il cibo è semplice ma davvero abbondante.

In più d 1 occasione ha chiesto d vedere sua sorella, che risiede al piano d sotto. I commissari non lo xmetteranno. I "figli del tiranno" sono da tenere separati. Ho sostenuto che non dovrebbero essere puniti x i peccati dei padri, ecc. (Io, citando le Scritture.) I cuccioli d lupo crescono fino a diventare lupi, dicono.

6 Frimaio

Convocato x 1 incontro con il Cit Mathieu, Com d Sic Gen, che mi ha chiesto se avevo letto l'articolo sul *Courrier Universel* d ieri. L'articolo esprimeva l'opinione che "1 essere umano non dovrebbe essere degradato al d sotto del livello dell'umanità solo xché gli capita d nascere figlio d 1 re". I commissari dovrebbero "avere cura che non sia, come in passato, privato del necessario alla vita".

Mathieu mi ha chiesto a bruciapelo se ci fossi io dietro la spazzatura "calunniosa & monarchica". Ho risposto che ero medico, non giornalista. Mathieu mi ha fatto notare che ho amici nel 4° stato: 2 in particolare, o si sbagliava? Ho ribadito il mio giuramento d segretezza.

Mathieu non è soddisfatto. Messo in guardia contro "l'eccitante perfida pietà" x "gli ultimi residui della razza del nostro tiranno". (Parlava come se si rivolgesse alla Convenzione.) Detto figlio d capetingi non dovrebbe essere trattato meglio d qualsiasi altro bambino.

Non posso trattenermi dal rispondere che, secondo me, lo trattano molto peggio.

Mathieu: "Ci sono molti altri bambini che valgono molto + d lui che stanno peggio d salute. Ci sono molti che muoiono che sono + necessari al mondo."

Incontro decisamente spiacevole. Seguito subito dopo dall'incontro con il commissario Ducaze, che si è sentito in dovere d ricordarmi che complotti monarchici vengono fomentati da ogni parte... i nemici della Francia reinstallerebbero il bambino come re se loro cedessero... i bravi cittadini della Repubblica devono prendere tutte le precauzioni x respingere le "missioni di misericordia", che arrivano da dentro o da fuori.

Ho sottolineato: il Tempio è sorvegliato da 194 membri della Guardia Nazionale, 14 artiglieri, 4-5 gendarmi. Più di 200 uomini x salvaguardare 2 bambini. Sicuro non siano necessarie ulteriori precauzioni?

Sono stato ammonito d controllare meglio la mia lingua.

10 Frimaio

Questa mattina, io & Leblanc abbiamo sorpreso Charles in cella con 4 vasi d fiori. (Crisantemi, molto freschi.)

Mi sa che 1 tempo avevi 1 tuo giardino, ha detto Leblanc sorridendo.

La risposta del bambino è stata gratificante. All'inizio dubitava dell'evidenza dei sensi. Si librava sui vasi, osando toccarli a stento. Ha trascorso un bel po' d tempo ad annusarli, poi ha cominciato, con grande attenzione, a esaminarli. Esame effettuato in 10-15 minuti.

Grazie, ha detto.

Capitolo 18
In cui un grande uomo viene minacciato di estrema violenza

Se hai intenzione di costruirti un castello, potresti trovare posti di gran lunga peggiori della città di Saint-Cloud. A sole sei miglia dalla follia di Parigi, in alto rispetto alla Senna e portando con sé le nuvole. Una vista degna di un re, sì, e prima dei re ci furono duchi e banchieri fiorentini, e dopo i re ci fu un certo imperatore, che trasformò il Salon de Vénus nella sua sala del trono personale. E ora i reali sono tornati a Saint-Cloud, più ansiosi che mai di fuggire da Parigi. E i turisti, altrettanto entusiasti, seguono a ruota.

Avrò avuto non più di sette anni la prima volta che sono venuto qui, e l'unica cosa che riesco a rievocare adesso è l'acqua. Grandi chiuse d'acqua color smeraldo, che si riversavano attraverso le bocche inorridite dei gargoyle. E un fox terrier, che usciva dal bosco alla carica, alzandosi sulle zampe posteriori e inclinando il mento come un pugile. Da allora ho paura dei cani.

Dovevamo essere arrivati con una carrozza come questa, sotto svettanti campanili pieni di bauli e valigie, fango che volava dalle ruote di ferro e un grande mantello di polvere trascinato dietro. Ma quanto resterebbe scioccata nel vedere il mio cambiamento di abiti? Calzini grigi di lana grezza... pantaloni ampi in velluto di cotone... un vecchio gilet viola, strappato in ogni piega... e senza camicia! Vidocq è stato particolarmente insistente nel tenermi collo e braccia scoperti, a prescindere dal freddo, e prima di partire si è divertito moltissimo a disegnarmi un tatuaggio finto. Un dromedario che arranca sul mio bicipite destro.

"Perché?" gli ho chiesto.

"Perché i tatuaggi fanno sembrare un bastardo più grosso. E se c'è qualcuno che ha bisogno di una certa dimensione, è... Gesù, Hector, come se li è fatti quelli?"

"Che cosa?"

"Quella specie di graffi che ha lungo tutto il braccio. Ha strisciato tra le ortiche, vero?"

"Un piccolo incidente in laboratorio, tutto qui."

"Be', le dà un'aura di pericolo. Ehi, ma Cristo, lei è ancora pallido come un'imperatrice."

Dal cassetto della scrivania ha tirato fuori un portacipria in tartaruga. "Che cos'è?"

"Un po' di rosso," ha risposto allegramente. "Un tocco qui, un tocco là, sembrerà che abbia effettivamente incontrato il sole una o due volte nella sua vita. Ehi, ma le mani sono ancora troppo morbide. Tenga, le strofini con la carta vetrata. Non possiamo farla sembrare un parigino, vero?"

Tra la toilette dell'ultimo minuto e un'ultima raffica di ordini ai "ragazzi", sono le tre e mezza quando partiamo e poco dopo le cinque del pomeriggio quando la carrozza attraversa il ponte di pietra verso Saint-Cloud. Dall'altra parte della Senna, castagni e carpini si piegano in grappoli come uva. A intervalli irregolari, il timpano di una *folie* si insinua tra il fogliame.

"Siamo lavoratori a giornata," mi sta dicendo Vidocq. "Che sperano di andare d'accordo con i turisti. Oh, non si preoccupi dell'accento, Hector, lei è quello silenzioso. Un po' *sempliciotto*, ha capito il genere. Può farcela a interpretare il sempliciotto, no?"

La locanda si chiama Il Vello d'Oro. Cinque anni fa si chiamava l'Aquila Reale, ma tutti gli stemmi delle aquile – o dell'imperatore che le ha ispirate – sono stati cancellati da tempo (a eccezione della debole impronta di una N sulla porta che dà in strada). La proprietaria è Madame Prunaud, una vedova che dice un mucchio di parolacce con grandi chiazze di cuoio capelluto leso che si intravedono tra i ciuffi di capelli beige e un unico dente marrone, che penzola sul labbro inferiore come una tegola allentata.

"Non avrete letti da me," ringhia.

"Non siamo esigenti, Madame. La soffitta o la stalla andranno benissimo."

La cura di Vidocq non è stata inutile, perché i suoi occhi brillano di disprezzo mentre studia i nostri stracci.

"Non metterete una zampa dentro finché non avrò quaranta soldi. In anticipo."

La cena è una fetta di montone e una bottiglia di Romanée serviti davanti a uno di quei fuochi da taverna che non possono essere né spenti né accesi al massimo. Vidocq approfitta del freddo per presentarsi a un gruppo di carrettieri e cocchieri che, essendo privi di fagotti, danno segno di essere assidui bevitori della taverna Prunaud. Per raccomandarsi meglio a loro, Vidocq ruba due bottiglie di gin dalla cantina di Madame e le serve in boccali di peltro. Qualcun altro tira fuori i sigari. Un tributo musicale alle pudenda si protrae in dieci cori, la lampada di latta screziata trema al suono degli zoccoli, e la situazione è abbastanza fuori controllo perché Vidocq possa dire nell'istante stesso in cui il fumo di tabacco gli esce dalle narici:

"Qualcuno qui conosce un bastardo di nome Tepac?"

"Perché ti interessa?" arriva la risposta generale.

"Io e il mio amico," risponde Vidocq. "Abbiamo sentito dire che ha delle monete da spendere."

"Tepac?" grida un venditore ambulante di latta, che forse non è davvero un venditore ambulante di latta. "Da lui non ho mai avuto un soldo."

"E ti è andata bene," dice un carrettiere. "A me non ha mai concesso nemmeno la parola. Tu gli allunghi il cappello per la mancia, e lui ti guarda dall'alto al basso, no? Si sente un padreterno o chessò io."

"Conosco il tipo," dice Vidocq, facendo l'occhiolino. "Uno di quelli convinti di scoreggiare rose, no?"

"Anche peggio... è così altezzoso che si comporta come fosse il papa in persona."

"Fanculo." Vidocq abbassa la testa. "Allora non c'è alcuna possibilità di convincerlo a farci lavorare. Avrà di certo un esercito di domestici."

Ah, ma questo stesso Tepac, apprendiamo, ha solo due domestici: un cuoco e un tuttofare. È arrivato a Saint-Cloud tre mesi fa, in pieno inverno. Una certa altezzosità nella sua personalità ha portato molti a pensare che fosse affiliato alla famiglia reale, ma nessuno lo ha mai visto recarsi a corte. Mangia raramente fuori casa, non ha alcuna fonte di reddito risaputa e nessuno lo ha mai visto lavorare. Nessuno lo ha visto fare altro che passeggiare per le strade, due volte al giorno, con un bastone di quercia nodoso che scoraggerebbe anche il ladro più ardito.

"Bene, allora è tutto," dice Vidocq, alzando le mani. "Dovremo trovarci un altro pesce che abbocca."

"Aspetta un po'!"

Il più vecchio dei carrettieri ha appena finito di battezzare il fuoco con la riserva di urina di una giornata, e mentre se lo rimette nei pantaloni ringhia:

"Perché siete qui a Saint-Cloud? Ci sono molti più pesci che abboccano a Parigi, no?"

Vidocq mescola il suo gin con l'indice e mormora:

"Siamo stati cacciati dalla città."

"Ah sì, e da chi?"

"Da Vidocq."

La risposta è pura gratificazione poiché, uno dopo l'altro, gli spettatori ci chiedono di più, *di più*. È vero che Vidocq ha gli occhi dietro la testa? Io ho sentito dire che riesce a fiutare una bugia a dieci miglia di distanza. Cosa ho sentito io? Che è in combutta con il diavolo e una volta al mese deve bruciare vivo un povero ladro laborioso. No, è solo perché gli esce il fuoco dagli occhi. Giuro su Dio, l'ho visto incendiare il cappello di qualcuno semplicemente guardandolo di traverso...

L'unico che si rifiuta di trafficare con la mitografia generale è il carrettiere, che annuncia con una voce abbastanza forte perché tutta Saint-Cloud possa sentire:

“Non ho paura di nessun Vidocq. Se fosse seduto lì, proprio dove sei tu, fratello, lo concerei per bene, credici. Gli strapperei il cervello e gli cagherei nel cranio, ecco cosa farei. Ehi!” Dalla sua pira di rabbia, mi guarda torvo. “Tu che hai da sorridere?”

“Ve l’ho detto,” interviene Vidocq, picchiettandomi sulla tempia. “È un po’ sempliciotto, tutto qui.”

“Non venga nessuno nel nostro territorio a ridere di noi,” dice il carrettiere, stringendo in modo bellicoso la cintura. “Non è educato, no?”

Prima che tutto possa degenerare, arriva il richiamo acuto e sinuoso di Madame Prunaud:

“Ve lo dico io cosa non è educato!”

Un angelo vendicativo in camicia da notte, già pronta a prendere la cinghia di pelle di mucca sull’angolo del camino.

“Non sprecherò un bel fuoco con quelli come voi! Fuori tutti!”

All’inizio vorrebbe includere me e Vidocq nella diaspora. Ci vogliono altri dieci soldi e un po’ di parole dolci per placarla.

“Voi due in soffitta, allora.”

Niente letto, ovviamente, ma c’è un materasso. Paglia che trasuda.

“Lo prenda lei,” dice Vidocq. “Ancora non sono stanco.”

Per circa la ventesima volta oggi, rimpiango la mia camicia assente mentre l’aria si solidifica intorno a noi e le ragnatele, una dopo l’altra, lasciano venature di ghiaccio sulle mie braccia nude. Tremando nell’oscurità, osservo l’ampia sagoma di Vidocq disteso di fianco nella polvere. Si volta e si rivolta, finché alla fine, dice, in tono non scortese:

“Buonanotte, Hector.”

Molte ore dopo, mi sveglio in mezzo alle correnti d'aria, assolutamente convinto di stare annegando.

Le mie mani artigliano l'aria per mezzo minuto prima che la sensazione dell'acqua inizi a diminuire. E anche allora, anche dopo avere testato il pavimento, il muro e il materasso e avere trovato tutto ancora solido, non riesco a liberarmi della sensazione che l'oceano ruggisca su di me.

Con il passare dei minuti, questa sensazione si trasforma in un suono, e questo suono mi allontana dal relativo calore del mio materasso e mi fa strisciare sul pavimento della soffitta.

Lì, in uno spruzzo di luce stellare, si estende Vidocq in tutta la sua massa. Un'unica coperta di crine lo protegge dal suolo. Giace scoperto, completamente immobile… fatta eccezione per i muscoli che gli pulsano lungo la mascella.

Chi lo avrebbe mai detto che il semplice digrignamento dei denti di un uomo potesse produrre questo suono? Come l'acqua, sì, che precipita nella fessura di un masso e chiede a gran voce di essere nuovamente liberata.

Vidocq è leggendario, sia tra la polizia che tra i criminali, per lo sprezzo che ha del sonno. E nelle prossime settimane, quando ripenserò a questo momento, mi chiederò se è perché il sonno lo riporta in galera: il collare di ferro al collo, la catena alla caviglia. Per questo infuriano, questi denti, verso la libertà.

È sveglio prima dell'alba.

Capitolo 19
Il triste destino di un gabbiano

La colazione è a base di castagne bollite. Punizione sufficiente, ma Madame Prunaud, spinta da un istinto da torturatore, ha messo una marmotta, un'oca e una pernice a scoppiettare sul fuoco della cucina. La mia testa, di sua spontanea volontà, continua a deviare verso lo spiedo, ma Vidocq mastica con grazia silenziosa, si impegna persino a complimentarsi con Madame per il modo in cui ha condito il piatto. E quando lei dice che è ora di andare, lui le fa un piccolo inchino, prende lo zaino e mi invita a seguirlo.

Solo quando ci siamo lasciati la locanda alle spalle, Vidocq, con un grugnito di soddisfazione, infila la mano nello zaino e tira fuori tre strisce di pancetta grigiastra, un panino duro e una fetta di formaggio bianco.

"Glieli ho rubati dal piatto," canticchia.

Mangiamo camminando, asciugandoci la bocca con le mani e, per la prima volta, mi accorgo della libertà che può portare un travestimento. Non essere più me stesso! Il sole mi piove sul collo. Una brezza fluviale passa in mezzo, portando fili profumati di trifoglio, achillea, avena selvatica. Nel gelsomino i primi sonnellini delle api.

E dalla grande gola di rana di Vidocq, un canto in crescendo. Lo stesso motivo di Mozart che abbiamo sentito all'obitorio.

"Tepac," dico, un po' tra me e me. "È un nome curioso."

"Oh, per l'amor di... lo legga al contrario, le va, Hector? *C-a-p...*"

"*... e-t.*"

Capet.

Il nome di un antico proprietario terriero che generò una grande stirpe di re.

Il nome che le guardie del Tempio scagliavano contro il delfino come se fosse il più ripugnante degli epiteti.

"Sa," dice Vidocq, "quasi mi sento insultato da quel nome. Che volgarità! *Tepac.*" Colpisce un ramo basso di ontano. "Ecco cosa ottengo ad avere a che fare con dei dilettanti. Datemi solo dei professionisti. Con loro non hai mai sorprese del genere."

Dopo altri cinque minuti di cammino, arriviamo a un mucchio di tronchi di quercia, disposti a piramide, che si ergono come sentinelle in cima a una collina lunga e ripida. Vidocq rallenta il passo, per orientarsi, presumo, finché non lo vedo dare una rapida occhiata all'orizzonte e sporgersi sulla catasta di legna.

Dall'altro lato c'è un individuo lungo, magro, fasciato, con baffi rigogliosi e un paio di occhi da talpa ravvicinati, grigi per la stanchezza.

"Ah, Goury!" dice Vidocq. "Che piacere."

Sollevando le palpebre, Goury mi studia.

"Chi è?"

"Il mio buon amico dottor Carpentier. È un tipo silenzioso, come se non ci fosse. Mi dica, è andato e venuto qualcuno da ieri?"

"Nemmeno un'anima."

Appoggiato alla catasta di legna, sbircio giù dalla collina e vedo... diciamo due case. La prima è un cottage di quattro stanze, quadrato, con un tetto spiovente e tegole piatte in ardesia. Il genere di casa delirante che sporge sfacciatamente all'infuori, si lascia ricoprire di viti come capelli, accoglie ogni raggio di sole sulla sua pelle di intonaco e ospita un focolare eternamente acceso.

Lentamente, però, la nebbia mattutina sovrappone una seconda casa alla prima. Dal nulla vedo squarci di muro anneriti, attraversati da crepe. Vedo due finestre rotte, piene di balle di paglia. E inchiodato alla porta d'ingresso, un gabbiano, che allarga le ali in un'estasi tassidermica. Potrebbe essere il nascondiglio di un contrabbandiere di Ostenda.

"E a parte quello," dice Goury, "il suo uomo è uno di quei bacchettoni che stanno sempre a casa. Francamente, capo, non so cosa voglia da questo tizio qua. Non si ferma mai a bere qualcosa. Non fa mai l'occhiolino alle ragazze. Sembrerebbe che non abbia un solo vizio."

"Ho sentito dire che gli piace fare passeggiate."

"Due volte al giorno, sì. Nove e quaranta del mattino, quattro e quaranta del pomeriggio."

"Una creatura abitudinaria, eh?"

"Con lui riesci a seguire il sole e le stelle."

"Be', vediamo, questo ci dà... dodici minuti alla prossima orbita. Giusto il tempo per fare rifornimento, eh?"

Da una tasca interna dello zaino tira fuori una piccola borraccia, che Vidocq, dopo un sorso, passa a noi altri. Goury butta giù la sua porzione in mezzo secondo; io sputo la mia alla prima sorsata.

"Ricetta mia," spiega Vidocq. "Brandy, birra scura e un pizzico di assenzio. Toglie la ruggine, no? Attenti, però. Ne bevi troppo, e dormirai per intere ere, ve lo giuro. Aspettate un po'," dice, riavvitando il tappo. "Mi sa che è arrivato il nostro ragazzo."

Lo sentiamo prima ancora di vederlo: un cigolio di cardini, uno scatto della porta. Poi c'è un unico stivale, che si estende oltre il piano dello stipite della porta, alla maniera di una ballerina dell'Opéra-Comique che prepara il suo ingresso. L'attimo successivo, è lì nella sua interezza: Monsieur Tepac di Saint-Cloud, che osserva il pianeta.

A questa distanza non ha nulla di lontanamente dinastico, a meno che non si consideri l'aria di cittadino che gli spetta di diritto. Ha la corporatura squadrata e massiccia. I capelli sono del colore del grano di fine estate. I piedi si uniscono ai talloni e girano verso l'esterno alle punte.

"Bene, adesso," mormora Vidocq, premendo un binocolo sugli occhi. "Quantomeno sull'età ci hanno preso. Trenta, trentadue. I colori sono abbastanza simili. Non che sia difficile, intendiamoci, trovare un francese con gli occhi azzurri. Ma come si pavoneggia! Guardi lei stesso, Hector."

La prima cosa che vedo è il cappello a corona alta. Procedendo verso il basso: un colletto dandy e fuori misura, una cravatta ancora più grande. Tre gilet, indossati uno sopra l'altro, ognuno di una diversa tonalità di oliva. Un cappotto a coda di pesce a vita corta e una doppia fila di bottoni argentati che marciano dritti su un ventre piuttosto prosperoso.

"Mangia bene," dice Vidocq, acido. "Aspettate. Chi c'è dietro di lui, Hector?"

Un grembiule con il bordo rosa antico si gonfia nello stipite della porta, seguito da un'unica mano screpolata.

"È il cuoco, credo."

Tepac volta la testa all'indietro, alza la mano in segno di addio. Poi, dall'interno della casa, arriva un'altra figura: il tuttofare, che passa con un recipiente pieno di trucioli di legno. Inclina il mento verso Tepac e scompare dietro la fiancata della casa.

Il più breve dei tableau, sì, ma quanto basta per darmi un'idea di... suppongo sia una semplificazione... alleanze domestiche, vissute spensieratamente. Quest'uomo potrà pure darsi delle arie con i suoi concittadini, ma nel suo castello indossa le vesti del padrone con leggerezza.

Dando un giro di stocco al suo bastone di quercia, Monsieur Tepac si avvia lungo la strada, in direzione del fiume.

"Dopo di lei," sussurra Vidocq. "Dopo di lei, mia altezza."

Capitolo 20
In cui il turismo si dimostra pericoloso

Vidocq stabilisce rapidamente il da farsi. Due di noi seguiranno Tepac; il terzo farà il giro e si unirà al gruppo dopo cinque minuti; il primo uomo si staccherà e la rotazione continuerà.

Rimaniamo sempre in conversazione l'uno con l'altro. In nessun caso stabiliamo un contatto visivo con la preda. Periodicamente ci facciamo da parte per apportare piccole modifiche al nostro aspetto: aggiungere una sciarpa, eliminare una cravatta, rivoltare un gilet. Vidocq, durante un cambio, si mette un paio di ghette di cuoio e, poco dopo, Goury appare con un berretto frigio rosso che è stato visto l'ultima volta sui bastioni della Bastiglia.

Cosa penserebbe Monsieur Tepac, mi domando, se sapesse quanti sforzi si stanno facendo per lui? Ma lui non guarda mai indietro, non muove nemmeno la testa mentre procede dritto lungo le strade semideserte di Saint-Cloud. Alla gente che passa – uno stagnino, un venditore ambulante di ombrelli, una vecchia che chiede l'elemosina – non presta la minima attenzione.

"Anche Bonaparte avrebbe fatto loro un maledetto cenno del capo," brontola Vidocq.

Lo seguiamo sopra un ruscello, attraverso un boschetto di sicomori, sopra coperte di muschio e una zona erbosa fitta come la gorgiera di Enrico IV. Per interi intervalli, la figura robusta di Monsieur Tepac scompare del tutto dalla vista, per poi riapparire in qualche luogo inaspettato, come la fenditura di un tiglio.

Ancora mezz'ora e vira a sud. Nessuno zigzagare questa volta. Cammina con maggiore determinazione, come se all'improvviso gli fosse venuta in mente una destinazione. E mentre la Senna irrompe ancora una volta davanti ai nostri occhi e il ponte di pietra si impenna alla nostra sinistra, mi rendo conto, con una punta di ilarità, dove si sta dirigendo.

"Oh, il bastardo!" dice Vidocq.

Il parco del re di Francia è ancora un luogo maestoso da visitare in questi primi giorni della Restaurazione. La maggior parte delle persone ci va in estate, quando, ogni domenica, ventiquattro getti d'acqua prendono vita. C'è sempre un acquerellista con un cavalletto appoggiato sotto un vecchio castagno, e c'è sempre una banda che suona, e perfetti sconosciuti ballano insieme nell'erba alta e umida.

Un martedì di aprile, però... be', il castello è chiuso, e ci saranno all'incirca una ventina di persone che passeggiano tra l'erba e il convolvolo, la maggior parte sono missionarie inglesi con le cuffiette nere. L'acquedotto è fermo. I grandi *parterres de broderie* di Le Nôtre non sono altro che scheletri di bosso.

Gli uccelli sono qui, però, a trebbiare i prati. E anche l'*aria* è qui. Anche Monsieur Tepac si ferma accanto alla vasca delle carpe per respirare a pieni polmoni.

È questo il momento in cui ricordo? Che è la stessa aria cara a Maria Antonietta?

L'aveva respirata, sì, e aveva deciso che l'aria di Saint-Cloud era adatta a dei bambini reali. E così, per suo volere, il re aveva acquistato il castello dal cugino, e questo era diventato il rifugio della famiglia reale dai parigini che li guardavano torvi durante i lunghi giorni e le lunghe notti.

Era Saint-Cloud che stavano cercando di raggiungere prima che tutto crollasse. 18 aprile 1791: la berlina reale esce rombante dal cortile delle Tuileries, diretta verso il percorso consueto... ma questa volta la strada è stata bloccata da una folla di sanculotti così impossibile da calmare che persino il generale Lafayette non è riuscito a disperderla. Per più di un'ora hanno accerchiato la carrozza, lanciando raffiche di sputi, ogni sorta di invettiva parigina, chiedendo a gran voce la testa della cagna austriaca e del suo cornuto. E in mezzo a tutto questo sedevano il re e la regina di Francia, intrappolati dai loro stessi sudditi... sapendo nel profondo del cuore che non avrebbero mai più rivisto Saint-Cloud.

Ma forse, in quella lunga ora, si sono concessi una speranza. Che un giorno, non troppo lontano, loro figlio avrebbe respirato ancora una volta quell'aria.

E ancora una volta guardo questo gentiluomo borghese grassoccio con le sue scarpe dalla punta d'acciaio e i suoi tre gilet, che scende dalla Terrasse des Orangers, muovendosi con infallibile dirittura, come se uno strascico di seta si dispiegasse alle sue spalle.

È per questo che sei venuto qui? Per finire quel viaggio al posto loro?

E poi arriva la voce di Vidocq. "Gesù, la smetta di fissarlo, Hector!"

Il parco del re di Francia vanta un arbusto, recentemente arrivato dalle Indie. Un groviglio di rami, fini come capelli, cosparsi di milioni di minuscoli fiori bianchi. La sua posizione vicino alla Fontaine du Gros Bouillon gli conferisce un certo status, tanto che, se ti trovi nelle sue vicinanze, ti senti obbligato a rendergli omaggio. Le missionarie si fermano un po'. Anche un gitano con un turbante blu ricamato, e in quella stessa folla: un abate con la tonaca strappata; una coppia di marinai, un po' in difficoltà per la notte scorsa, che si abbracciano per tenersi eretti; e un branco di soldati russi, che inclinano i loro sciaccò nell'esatto angolo di sfida che mostravano quando tre anni fa hanno occupato Parigi.

Anche Monsieur Tepac si unisce alla folla. Dal binocolo di Vidocq, lo vedo incrociare le mani nei gilet e piegarsi leggermente in avanti. Un battito di palpebre, un movimento delle narici.

Un minuto è tutto ciò che concede a questa particolare pianta. Poi, impugnando il bastone come uno scettro, prosegue con la stessa maestosità verso la Grande Cascade, dove ancora adesso l'acqua color smeraldo che ricordo dall'infanzia si riversa da quelle bocche di gargoyle.

Non ha rivolto parola a nessuno tra la folla, ma la sua partenza in qualche modo allenta il tessuto sociale. Le missionarie si disperdono, i soldati russi si dirigono verso il ristorante più vicino, e quei due marinai aprono le braccia e sbandando procedono verso nord, in parabole sempre più ampie.

"Quei marinai..."

Ecco cosa sto per dire. *Quei marinai uccideranno qualcuno se non stanno attenti.*

E guardo Vidocq e vedo, stampato sul suo volto, lo stesso pensiero, che giunge a una conclusione diversa.

"Goury," dice. "È ora di interrompere la festa."

Come faceva a saperlo? Abbastanza curiosamente, è per via della cosa che più di ogni altra si è sforzato di correggere in me.

La loro pelle.

Non la crosta seccata al sole che Vidocq ricordava bene dalla sua breve carriera in mare, ma il candore linfatico così esclusivo di Parigi.

E una volta che quella discordanza viene registrata, ogni pretesa di essere uno spettatore svanisce, e Vidocq richiama Goury e avanza, come un carro merci che si libera dai finimenti, dirigendosi verso la Grande Cascade...

Ed è già troppo tardi.

I due marinai si sono scrollati di dosso la nebbia dell'ubriachezza e, d'un fiato, frugano nelle tasche e convergono verso Monsieur Tepac, muovendosi nella linea più dritta possibile con il minimo dispendio di energie.

Oh, che cattiveria.

Il bastone viene strappato dalle mani di Tepac. La prima lama lo colpisce al fianco sinistro. Un affondo profondo trenta centimetri che lo immobilizza sul posto per il secondo colpo, un lungo taglio sul collo.

Un istante, è tutto ciò che serve, e i marinai hanno scagliato via i pugnali e si sono allontanati in direzioni opposte, e Vidocq, con la faccia viola furiosa, sta abbaiando ordini a Goury e correndo giù per la terrazza del castello, e Goury si sta dirigendo dritto verso il bosco, e Monsieur Tepac è ancora, contro ogni possibilità, in piedi.

E poi, un attimo dopo, eccolo che si sgretola come un vecchio mortaio. Si rovescia nella vasca pronta della Grande Cascade con un tonfo soffocato.

Sento una donna gridare. Vedo un caos di lana e acciaio mentre le missionarie galoppano verso il fiume e i russi volteggiano in confuso allarme. E poi, dal nulla, i getti d'acqua prendono vita, settimane prima del previsto. Grandi pennacchi abbagliati dal sole, che volteggiano e si muovono a spirale intorno a noi, e intrecciano un bozzolo attorno alla figura vorticosa di Monsieur Tepac.

Più tardi, non riuscirò a ricordare di essere saltato in acqua. La mia memoria scatterà nel momento preciso in cui le mie mani si chiudono attorno alle spalle di Tepac. Il suo peso! Che è anche il peso dell'acqua, che inzuppa tutti quei gilet, e il peso di quella *faccia*. Pallida e tremante. Che tossisce colonne d'acqua.

"C'è un..."

Dottore... Ecco la parola che aleggia sulle mie labbra.

E che shock! Rendermi conto che sto cercando me stesso.

Con un forte sussulto, tiro il corpo fuori dalla vasca, lo piego sulla balaustra, e lo trascino verso l'erba. Mi guardo intorno. Il terreno è completamente deserto, e il suo respiro è ancora affannoso, con lunghi rantoli staccati, ma gli unici sintomi che riesco a leggere in questo momento sono i miei. Il crepitio magnetico dei peli sulle braccia. Il cuore che batte forte contro lo sterno…

E nei secondi che seguono, un arco di tre anni svanisce, e mi trovo nel laboratorio di dissezione dell'École de Médecine, e il dottor Duméril mi invita a…

"Rallenti, Monsieur. Analizzi sintomo per sintomo, per favore."

Contusione sulla fronte…

C'è.

… probabilmente legata alla caduta. Non si direbbe seria.

Continui.

Ferita alla gola: relativamente superficiale. Arteria carotidea…

Sì…?

… e la vena giugulare ancora intatta. Paziente ancora in grado di respirare, con difficoltà.

Continui.

Ferita laterale...

E qui… qui l'atto di enumerare per il dottor Duméril cede il passo all'atto di toccare – *palpare* – quel lembo di pelle cruda.

Possibile… possibile rottura della milza…

Ma non è della milza che ho consapevolezza, no, è dei suoi occhi. In qualche modo sembra che stia succedendo a qualcun altro.

Ho subito esercitato pressione sulla ferita.

Solo che tutto quello che ho per premere è la mia mano, e quanto è inadeguata. Il sangue scorre dalle fessure tra le dita, e la pelle attorno alla sua bocca diventa sempre più bianca, e…

“Si rimetterà,” sussurro.

Una freddezza, ben diversa dal gelo dell’acqua, si impadronisce di lui mentre il sangue gli torna al cuore e le estremità orfane tremano.

“No,” dico. “No. *Guardi.*”

Allungando l’indice, lo abbasso verso i suoi occhi mezzi ciechi. Lo tiro indietro. Lo abbasso ancora una volta.

“Segua il dito. È tutto quello che deve fare.”

Qualcosa scintilla nel profondo delle sue iridi. Le pupille si restringono lentamente fino a un punto.

“Solo questo,” dico. “Non pensi ad altro. Guardi solo il dito.”

E gradualmente, mentre mi mette a fuoco, il tremore comincia a diminuire, e una venatura di colore si rivela sulle guance, e anche il sangue – o lo sto immaginando? – anch’esso comincia a diminuire.

Con un grido soffocato, alzo lo sguardo e trovo Vidocq, proiettato in un’ombra così profonda dal sole che, sulle prime, penso si sia gettato una borsa sulle spalle. Ma poi la borsa si riconfigura in un uomo. In abito da marinaio.

L’uomo è cosciente, sì, ma è ancora in completa balia di una volontà più ampia. Vidocq lo scaglia sull’erba come se fosse un sacco di mangime. Mette un ginocchio sulla schiena dell’uomo, tira fuori un paio di manette e lega insieme i polsi in un unico colpo esperto.

“Prova a muoverti di un millimetro,” ringhia. “Provaci.”

Ansimando, si inginocchia accanto a me. I suoi occhi si fissano nei miei.

"Lui come sta?"

"Non so... è troppo..."

Con tetra meraviglia, alzo la mano verso la luce, ed è la mano di qualcun altro: paralizzata dallo sforzo, dipinta di sangue. Vidocq mi sta già aggirando... chinandosi sul moribondo... facendo le fusa rocamente nel suo orecchio.

"I soccorsi stanno arrivando. Ce la farà, sua... sua *regalità...*"

Non saprò mai con esattezza cosa intende con quel titolo. Posso solo testimoniare il cambiamento che produce nel moribondo. Una pulsazione violenta e scalciante che lo prende dalle scarpe alle scapole ma si concentra più intensamente nella testa, che gira da una parte all'altra, come il pendolo di un orologio, respingendo il titolo che Vidocq gli ha concesso.

E questa negazione, infine, è ciò che costa a Monsieur Tepac il suo ultimo sforzo. Gli occhi, dopo avere presentato le loro obiezioni, scorrono verso l'alto. La testa resta immobile. Il labbro inferiore rotola verso il basso.

"È andato," dice Vidocq.

Capitolo 21
Un giardino cresce a Saint-Cloud

Goury torna da solo. Niente da offrire se non le sue scuse.

"Mi dispiace, capo, era veloce per essere così alto... ha tirato dritto per i boschi... ho continuato a inseguirlo..."

Ma Vidocq è bloccato in un colloquio silenzioso con il morto. "Be', adesso," dice, rivolto a nessuno in particolare. "I bastardi hanno imparato la loro lezione, eh? Non volevano nessun discorso in punto di morte, come per il defunto Monsieur Leblanc. Così gli hanno tagliato la gola. Eh sì," dice, annuendo. "Ma non sono riusciti a impedirgli di parlare, vero, Hector?"

"Stava dicendo..."

"Stava dicendo *no*. Stava dicendo che hanno preso l'uomo sbagliato, mio caro."

Accigliato, si inginocchia ancora una volta accanto al morto. Circonda con il dito un laghetto color seppia vicino alle tempie.

"Iodio?" dico tirando a indovinare.

Vidocq scuote la testa. Affonda la mano nei riccioli del morto. Un singolo colpo brutale, e poi le dita riemergono nella luce del mattino, con un fantasmatico strato d'oro.

"Tinta per capelli," sussurra Goury.

"Mm," grugnisce Vidocq. "Un po' giovane per tingersi le radici, non trovate?" Si pulisce la mano sui pantaloni. "Qualcuno è stato preso in giro. Che io sia dannato se so chi è stato."

Per la prima volta il suono e lo spettacolo dell'acquedotto si impongono ai suoi sensi. Le sue narici si contraggono come quelle di una salamandra. Le palpebre tremano.

"Goury?"

"Sì, capo."

"Tenga d'occhio il nostro piccolo prigioniero laggiù. Hector?"

"Sì."

"Mi chiedo se le andrebbe di unirsi a me per un po' di esercizio..."

Quando Chateaubriand è stato presentato per la prima volta a corte nel 1785, ha ricevuto un sorriso dalla sua regina, Maria Antonietta. Deve averlo affascinato perché, vent'anni dopo, è riuscito ancora a riconoscerla dalle ossa riesumate dalla fossa comune vicino a La Madeleine. Un'occhiata a quegli strati smaltati, strabordanti da un teschio, ed è riuscito a dire con fede assoluta: *È lei.*

In quanto a me... be', nessuna regina mi ha mai sorriso. Come potrei dunque riconoscere un labbro asburgico quando lo vedo? Forse mi sono imbattuto in qualcosa del genere per caso in un libro di testo. (*Patologia: prognatismo mandibolare.*) Forse l'ho intravisto al Louvre. Ma quando vedo Vidocq allontanarsi di corsa dal morto, non ho bisogno di chiedergli dove si sta dirigendo. La mia mente sta già andando lì.

Allo strano cottage che abbiamo lasciato solo un'ora fa, dove un giovane – un tuttofare, o almeno così pensavamo – è uscito a grandi passi da una porta con un carico di trucioli di legno e ha rivolto il mento verso Monsieur Tepac.

Un mento già proteso in avanti.

Come se si fosse fatto strada, più o meno, attraverso generazioni di Asburgo. L'imperatrice Maria Teresa lo ha trasmesso alla figlia Maria Antonietta, che ha sposato un re di Francia e ha dato alla luce un maschio, e questo bambino è andato incontro al mondo alla stessa maniera dei suoi antenati: la mascella superiore si è ritirata, la mascella inferiore è strisciata fuori come un cantilever, producendo un labbro cadente che sembra combattivo o ottuso o timido, a seconda del contesto, e non assomiglia a nessun altro labbro al mondo.

Il cottage è immobile e sereno quando lo raggiungiamo. Dal camino esce il fumo della legna. A poca distanza, una mucca e un cavallo si corteggiano a vicenda…

Lo troviamo sul retro della casa, in ginocchio sull'umida terra primaverile, che suda copiosamente dalla camicia.

Non sa che siamo lì. Vidocq deve inserire la sua massiccia struttura tra il sole e la terra, *annegare* il tizio nell'ombra, come Alessandro che sovrasta Diogene. Solo a quel punto il giovane interrompe quel che sta facendo e alza lo sguardo.

"Buon giorno," dice.

I capelli sono biondo sporco, spettinati, sparsi fino a metà del collo. Gli occhi sono blu. La pelle è lentigginosa e rovinata dalla lunga esposizione al sole.

Le mani… graffiate, callose, incrostate di terra. Le mani di un operaio.

E cosa hanno fatto! I miei occhi non riescono nemmeno a sostenere lo sguardo. Gli austeri motivi in legno di bosso di Le Nôtre – ruote, spirali e motivi cachemire – ma brulicanti di vita. Viole del pensiero e tulipani, crochi e fiori di campo, boccioli di rose e tuberose, gelsomini e rosa. Il tutto in qualche modo racchiuso in una trama dodici per quindici.

"Come si chiama?" gli domanda.

Da quella mascella inferiore prominente emerge l'abbozzo di un sorriso… poi si ritrae. Tende una delle sue mani ricoperte di argilla e, come un bambino che legge un sillabario, dice:

"Mi chiamo Charles."

Seconda parte
Saint-Denis

7 Piovoso Anno III

Il tempo ieri sera è stato estremamente burrascoso. Il vento sferzava sui camini, riempiendo la stanza d Charles d fumo. Leblanc ha chiesto il xmesso d spegnere il fuoco nella stanza del bambino, x evitare che soffocasse. Il commissario Leroux è stato così gentile da domandare che Leblanc chiedesse se il bambino poteva mangiare con loro nella sala del consiglio. Leroux, essendo caldo x il vino, non ha avuto obiezioni.

Così, x la 1° volta da quando è stato rinchiuso, Charles ha mangiato in una stanza <u>diversa</u> dalla sua cella. Si è comportato, dice Leblanc, con grande compostezza & civiltà. Ciò ha suscitato molta perplessità nel commissario Leroux, che ha detto: Il dottor C. mi aveva detto che il bambino è molto malato. A me non sembra che stia morendo.

Leblanc: Sicuramente non sta bene, Cittadino. Ginocchia & polsi molto gonfi. Ancora sottopeso & in notevole sofferenza x il camminare.

Leroux: Sta abbastanza bene. Si prega d informare il dottor C. d smetterla d esagerare.

La depressione d Charles è tornata all'istante. Ha rifiutato d mangiare il dolce. Ha mordicchiato una crosta d pane.

Guardate che broncio, ha detto Leroux. Avremmo dovuto lasciarlo soffocare.

5 Ventoso

Charles è riuscito a fare durare i suoi crisantemi tutto l'inverno. 1 risultato notevole, data la mancanza d aria & luce solare in cella. Oggi gli ho chiesto il suo segreto. Dice d avere imparato molto tempo fa, nei giardini delle Tuileries, che bisogna parlare ai propri fiori.

Non mi crede pazzo? ha detto.

Al contrario, ho detto, la considero ingegnoso. Ma ai fiori piace giocare a picchetto?

Detto questo gli ho regalato 1 mazzo d carte. (Lo avevo tenuto da parte x questo momento.) I suoi occhi sono diventati piuttosto grandi & ha cominciato a strofinarli con i pugni. All'inizio pensavo che fosse arrabbiato, ma mi sono ricordato che è così quando cerca d non piangere. Devo ancora vedere una sua lacrima.

Sa come si gioca? ho chiesto. Ha annuito. Ma x diversi minuti non è riuscito nemmeno a toccare le carte. Come con i fiori, sembrava dubitare dell'evidenza dei sensi.

Se non le dispiace, ha detto, vorrei solo tenerle 1 po' in mano.

7 Ventoso

Ieri pomeriggio Leblanc & Charles sono stati fermati mentre giocavano a picchetto dal commissario Leroux, che li ha informati che erano coinvolti in atti illeciti.

Illeciti? ha detto Leblanc. È solo 1 giochino, cittadino.

Un giochino! ha urlato Leroux, afferrando le carte. Regina d cuori! Re d fiori! Non lo ha saputo, cittadino? La Francia si è liberata della monarchia ereditaria.

Leblanc ha ribadito che era "solo 1 po' d svago". Il commissario ha rifiutato d cedere. Ha detto che il bambino poteva giocare a carte solo se chiamava la "regina" "cittadina" e il "re" "tiranno". Al che Charles ha spinto via le sue carte, non volendo avere + niente a che fare con loro. Ora le carte sono state confiscate dallo stato. Confiscate dallo stato.

Nel sentirlo ho detto a Leblanc che domani porterò a Charles 2 nuovi mazzi d carte. Se il cittadino Leroux desidera confiscarli, dovrà prima confiscare me, cosa che non può fare senza il consenso esplicito del Generale Barras.

8 Ventoso

Stamattina, mentre mi dirigevo verso la cella d Charles, sono stato preso da parte dal commissario Leroux, che mi ha chiesto se fossi colpevole d avere restituito al detenuto i privilegi del gioco delle carte. Ho confessato che lo ero. Leroux mi ha detto che non gli piacciono le mie "presunzioni", che si è affrettato a definire "aristocratiche". Gli ho detto che a me non piacciono le sue maniere, che non migliorano con il bere. Credo che fosse pronto a colpirmi. Sono felice che non lo abbia fatto, xché non sarei stato responsabile della mia condotta.

12 Ventoso

Charles ha chiesto se poteva tornare d nuovo in cima alla torre. Era +ttosto preoccupato x la condizione dei suoi cavoli ornamentali & è stato sollevato nel vederli ancora in fiore. Durante la "conversazione" con le piante, mi ha chiesto se non fossi incorso in una grande sfuriata x causa sua.

Gli ho assicurato che non era x causa sua ma mia. Non mi sono mai crucciato dei prepotenti, indipendentemente dalla carica che ricoprono.

Per un po' ha continuato a prendersi cura delle piante, canticchiando loro d tanto in tanto. Poi mi ha chiesto se potevo indicargli casa mia.

Da qui? ho detto. Oh, non può vederla. C'è Notre-Dame in mezzo. Viviamo dall'altra parte dell'Ile de la Cité. Nel Quartiere Latino.

Noi, ha detto, piuttosto timidamente. Ha una moglie?

Sì.

Anche 1 bambino, forse?

Un bambino che si chiama Hector.

E ha la mia età?

No, ha solo 3 anni. Anche se (non ho potuto fare a – d aggiungere) sa già 200 parole.

Mi piacerebbe…

Qui Charles si è fermato.

Conoscerlo? ho ipotizzato. 1 giorno lo farà.

No, ha detto, mi piacerebbe prendermi <u>cura</u> d lui. Come lei fa con me. Se mi portasse a casa con lei, saremmo fratelli, lui & io, & lo terrei d'occhio molto attentamente, non avrebbe mai 1 attimo d preoccupazione.

A Dio piacendo, ho detto, godrà d maggiori comodità d quelle che le potrebbe offrire la mia umile casa.

No, ha detto. Casa sua andrebbe benissimo.

Capitolo 22
La volpe e il coniglio

L'interrogatorio dell'assassino di Tepac si svolge nel retrocucina del morto. Non sono invitato a entrare e così, come un bambino che fa di tutto per ascoltare i genitori, appoggio l'orecchio alla porta. Questo è ciò che sento.

NIENTE.

No, non è del tutto corretto. Una serie di piccole e morbide implosioni, di quelle che potrebbe produrre un bollitore su un piano cottura bagnato. A quel punto la porta si apre rivelando il nostro finto marinaio legato per i piedi a una vecchia sedia con lo schienale a stecche. Vidocq, con la cravatta allentata, gli sta di sopra; di lato gli si appoggia Goury, le cui mani, per ragioni misteriose, sono ricoperte di farina. Sull'assassino, nessun segno evidente di violenza, a parte il capo chino, appena fuori dall'asse normale, e un'eco torbida, come se l'aria stessa fosse stata bruciacchiata.

Più tardi scoprirò come ha fatto Vidocq.

Ricordare il nome dell'uomo è stata la parte facile. Basta frugare velocemente nei suoi archivi interni e salta fuori tutto.

"Monsieur Noël, giusto?"

Uno scatto è tutta la conferma di cui ha bisogno. Da lì ricostruisce la scheda del fascicolo su Noël, riga per riga.

"Rubato ventitré lampioni in Rue Fontaine-au-Roi… Cinquantotto pezzi di calicò dalla bottega di Trouflat… Ah, giusto, hai una madre. Artista illustre, con un affascinante appartamento in Rue Saint-Claude. Dà lezioni di piano, vero? Ooh, mi dispiacerebbe vederla perdere il suo sostentamento."

Sorprendente. Togli un mattone e cade l'intero muro. Un attimo dopo Noël ha sputato fuori il nome dell'altro assassino.

"Herbaux, eh? È buffo, pensavo che contasse ancora gli scarafaggi alla Force."

Si scopre che lo stesso Herbaux è riuscito a uscire di prigione due mesi fa, con indosso le sottogonne della sorella. ("Quel vecchio trucco," borbotta Vidocq.) Qualche settimana dopo, si è rivolto a Noël per proporgli un lavoro a Saint-Cloud.

"E chi c'era dietro a tutto questo?" chiede Vidocq.

Non lo so.

"Chi era la banca?"

Che Dio gli sia testimone, lui non lo sa. L'unico che avesse mai parlato con Monsieur era Herbaux.

"*Monsieur?*"

È così che gli è stato detto di chiamarlo. Nessun nome, nessun cognome. Solo un titolo.

"Herbaux lo ha mai descritto?"

Non avrebbe potuto. Monsieur era solo una voce, tutto qui.

"Herbaux non lo ha mai visto?"

Ha incontrato quell'uomo solo a Saint-Sulpice. Monsieur è rimasto seduto tutto il tempo in una cabina delle confessioni con le tende chiuse.

"È un prete?"

Non ne ha idea.

"Voce da vecchio? Voce da giovane?"

Herbaux non lo ha mai detto.

"Quanto vi ha promesso questo Monsieur?"

Cento franchi in anticipo. Duecento a fine lavoro.

"Ah! Conoscendo Herbaux, probabilmente era il doppio. Questo Monsieur... non ha mai spiegato il motivo per cui voleva che Tepac venisse fatto fuori?"

Niente che lui sapesse. La gente impara a non essere curiosa riguardo a queste cose.

"Quando hai avuto il via libera, allora?"

Ieri.

"Ieri?"

Herbaux era andato a casa di Noël nel pomeriggio. Gli aveva detto che avrebbero dovuto agire subito. Dovevano raggiungere Saint-Cloud quella notte e attendere Tepac nel parco del re di Francia. Non appena lo avessero avuto sotto tiro, avrebbero dovuto abbatterlo.

"E così hai fatto. Tu dovevi occuparti della gola o dell'intestino, Noël?"

La gola. Non fa un suono così stridulo.

Noël viene depositato presso la polizia locale. L'attenzione a quel punto si sposta sulla cameriera di Monsieur Tepac, un'alsaziana di nome Agatha, costruita sulla falsariga di un pino mugo, e secca fino alle radici. Non versa una lacrima a nome del suo defunto datore di lavoro… ma d'altronde lei non piange, ci racconta, da quando aveva tre anni. Comunque era un brav'uomo, Monsieur Tepac. Salari puntuali. Non portava mai a casa molta gente, non aveva mai da ridire sui pomeriggi liberi. Non sono situazioni di lavoro che trovi facilmente.

"Tepac ti ha detto da dove veniva?"

Dal suo accento, aveva creduto fosse svizzero.

"Ti ha detto quali affari aveva a Saint-Cloud?"

No. Non era compito suo chiederlo.

"E allora il giovane? Questo Charles."

Ehi, Charles abitava già nella casa.

"Era un servitore?"

Oh, no, assolutamente no. Il suo primo giorno qui, Tepac le aveva detto che avrebbe dovuto trattare Monsieur Charles da gentiluomo. Anche se non si vestiva affatto come tale.

"E cosa ti ha detto di questo Charles?"

Lei si era creduta fosse un parente di Tepac, ma non lo aveva mai confermato né smentito, e non era…

"Compito tuo chiederlo. Capisco."

Oh, ma è una gioia avere quel ragazzo intorno. Davvero. Sempre disposto a dare una mano con i piatti, adora stendere il bucato. Mangia qualunque cosa gli dai. In realtà l'unico problema sono le scarpe.

"Le scarpe…"

Be', non sa allacciarle… Che cosa strana.

"Ti sei mai chiesta perché?"

Immagino che non abbia mai imparato. E, sa, è un po' semplice, così non ci si può aspettare troppo.

La sua camera da letto non è diversa da quella di un contadino. Una brocca rotta, uno sgabello tarlato, uno specchio grande quanto una pantofola. E un letto… che è, in tutto e per tutto, una bara, largo meno di un metro, posato su due mezze botti.

È lì che lo troviamo, appollaiato sul paglericcio, le mani strette tra le cosce. Una nuvola di muschio e sudore gli si alza di dosso.

Fin dall'inizio, noto che Vidocq sta prendendo una strada differente: diversi metri di distanza, un minimo di contatto visivo. E un tono del tutto nuovo: non gentile, appunto, ma colloquiale, come se si fossero conosciuti giocando a scacchi.

"Charles, vero?"

"Sì."

"Questo è il dottor Carpentier. E io sono Vidocq. Ispettore Vidocq."

Se si aspetta che il nome faccia colpo… be', non mi sembra succeda. Sta già passando ad altro.

"Ha un cognome, Charles?"

"Sì."

"Magari ce lo può dire."

"Rapskeller."

Ha il capo chino. Non per il dolore, come penso inizialmente, ma per seguire meglio il volano che gli passa tra i piedi.

"Ha una madre, Charles Rapskeller? Un padre?"

"In paradiso," si limita a dire.

"Qualche altro parente? Qui sulla terra o… altrove?"

"Ecco…" Infila uno degli stivali sotto il volano e lo fa saltare per aria. "Immagino di sì, che ho una famiglia da qualche parte. Ma non li ho mai incontrati."

Sempre attento a mantenere le distanze, Vidocq si accomoda sul materasso, con così tanta cautela che la paglia quasi non si muove.

"Charles," dice. "Sa perché Monsieur Tepac l'ha portata qui?"

"Oh, perché non c'ero mai stato."

"Ha capito che Monsieur Tepac è morto?"

Un piccolo solco sulla fronte del giovane.

"Ah, capisco. Incontrerà mamma e papà."

E con ciò il solco svanisce e il volano continua a muoversi, avanti e indietro.

"Charles..."

Che sia per rassicurarlo o per rivendicarlo, non lo saprò mai, ma Vidocq sceglie questo momento per tendere la mano. Sta viaggiando verso le vicinanze della spalla di Charles, ma non ci arriva mai. Con un unico impulso galvanico il giovane scatta verso l'alto. Arretra di due passi e fa tre lunghi respiri. C'è un che di ritualizzato nell'intera sequenza, come se avesse appena concluso un sacramento.

"Non mi piace per niente. Essere toccato. Così all'improvviso."

"Mi dispiace."

"No, va tutto bene. Non poteva saperlo."

Vidocq infila le mani sotto le cosce. Lascia che il silenzio si espanda nuovamente.

"Allora, Charles. C'è qualcosa che voglio chiederle, se non le dispiace. Lei è il re di Francia?"

Il giovane lo fissa per un breve istante, poi inizia a ridacchiare.

"Non sia sciocco!" dice. "Abbiamo già un re. Anche se mi dicono che è molto grasso e ha difficoltà a camminare. Povero re."

Vidocq intreccia le mani dietro il collo. "È mai stato a Parigi, Charles?"

"Ogni tanto. Sono abbastanza sicuro che stavo sognando, però."

"Perché lo pensa?"

"Perché sono arrivato lì in volo."

"Ahh." Una minuscola risatina esce dalla gola di Vidocq.

"Bene, ora Charles, io e il dottor Carpentier vorremmo riportarla a Parigi con noi. Come nostro ospite."

"Quando?"

"Adesso."

La bocca gli si inclina verso il basso. "Mi servirà il cappotto."

"Ovviamente."

"E anche..."

"Sì?"

"Pensa che Agatha potrà prendersi cura dei fiori?"

"Glielo chiederemo, va bene?"

"Vanno fissati i bulbi, ecco. Dopo la prima fioritura."

"C'è nient'altro?"

Trascorre ancora qualche secondo seguendo il volano. Poi alza la testa e, ancora una volta, la mascella si inclina verso di noi.

"Pensa che potremmo visitare il Lussemburgo?"

"Il Palazzo? Possiamo provare a organizzare in qualche modo, sì."

"No, mi scusi. Intendevo i Giardini del Lussemburgo."

"Be', a dire il vero, io e il dottor Carpentier stavamo passeggiando nei giardini proprio l'altro giorno. Non è vero, Hector?"

"Eh sì."

È la prima volta che parlo da quando sono entrato nella stanza, e anche la prima volta che Charles fa davvero caso a me. Come per rimediare alla svista, passa il mezzo minuto successivo a guardarmi attentamente. In tutti i miei particolari.

"Eravate lì?" domanda. "I castagni erano in fiore?"

"I castagni..."

Come dirglielo? *Non lo so.* Da entrambe le parti c'è un banco di nebbia.

"Sì," dico. "Erano in fiore."

Mi studia ancora un po'.

"Dottore, lei somiglia a un coniglio che avevo."

"Un coniglio?"

"Era molto leale, ma qualcosa lo ha divorato. Una volpe, forse."

Capitolo 23
Una scena di una grande carneficina che ha che fare con i pistacchi

Partiamo per Parigi nel tardo pomeriggio. Non in una carrozza chiusa, come siamo venuti, ma in una semiaperta noleggiata personalmente da Vidocq. Come punizione, mette Goury al posto di guida, ma l'unica protesta che sentiamo tornando in città viene dal veicolo stesso, artritico lungo i cerchioni, che sputa sassi e pere marce – e anche una tartaruga che a un incrocio si ribalta sul guscio, salutando mentre svoltiamo l'angolo.

Accanto a me Charles Rapskeller dorme. Negli abiti del morto. Il cappello rotondo accuratamente spazzolato, il gilet vecchio stile, i pantaloni neri e le calze di lana nere… tutti provenienti direttamente dal guardaroba di Tepac. Gli unici articoli che appartengono inconfondibilmente a Charles sono le scarpe con la fibbia di rame e il cappotto, che è, provvidenzialmente, della stessa tonalità di giallo del fango. Si infila il cappotto e, non appena la carrozza si mette in movimento, si addormenta all'istante. L'unico segno che qualcosa vive dentro quel carapace giallo è il volto sporgente, morbido e arrossato dal sole.

"Dorme davvero?" ringhia Vidocq.

"Credo di sì."

"Forse potrebbe essere così gentile da controllare."

Cautamente, gli apro una palpebra.

"Dorme. Sì."

"Allora forse può dirmelo. Come siamo finiti in un simile maledetto pasticcio?"

Nella nostra breve frequentazione, non l'ho mai visto così cupo. Due uomini morti. Un killer ancora in libertà. Assassini in fila ai confessionali per ricevere istruzioni...

"E non dimentichiamo," dice Vidocq, come se stesse divinando il mio inventario. "Un presunto re. Che non sa che dovrebbe essere un re. Che diavolo dovrei fare con lui?"

"Non lo so..."

"Ahh." Vidocq inclina la testa con finta deferenza. "Il dottor Hector ha qualcosa in mente."

"No, è solo che..."

"Che cosa?"

"*Corrisponde.*"

"Cosa vuol dire con *corrisponde*?"

"Voglio dire che se Luigi XVII fosse stato davvero salvato, fatto scomparire, come dice la leggenda, allora potremmo aspettarci di trovarlo un po' danneggiato. Ancora oggi."

Mi aspetto che mi interrompa. Ma per una volta è tutto orecchi.

"Pensi," dico, "a tutto quello che ha sofferto quel bambino durante gli anni nel Tempio. Pensi agli abusi subiti dalla mente e dal corpo. È stato picchiato, è stato rinchiuso per mesi in una cella. Soffriva di una malattia dolorosa e devastante.

È stato separato dalla sorella. Ha visto trascinare via il proprio padre, è stato costretto a testimoniare contro la madre. Anche se fosse sopravvissuto a tutto, il trauma avrebbe potuto imporre una qualche... una qualche riorganizzazione..."

"*Riorganizzazione?*"

"Be', prenda la letteratura medica. Bidaut-Mauger ha scoperto che i bambini, picchiati regolarmente, possono manifestare tutti i sintomi di un danno cerebrale anche se il cervelletto e la corteccia cerebrale sono intatti. La lentezza, la disattenzione, tutti quei *sintomi* che associamo all'idiozia potrebbero essere semplicemente un modo per... distaccarsi da un ambiente ostile."

"Distaccarsi," dice, mettendosi in tasca una manciata di pistacchi. "Tanto da dimenticare cosa è successo loro?"

"Ipoteticamente."

"Quindi sta dicendo che Luigi XVII avrebbe sviluppato un'amnesia."

"Sto dicendo che avrebbe potuto sopravvivere solo escludendo alcune parti del suo passato dalla sua coscienza. Anche parti della sua identità."

Masticando, con un mezzo sorriso, Vidocq scuote la testa.

"Cristo in cielo."

"Che cosa?"

"Lei ci crede, Hector."

"No..."

"Glielo leggo sul viso. Pensa che sia proprio lui, vero?"

Un lieve sussulto nella mano di Charles, come se stesse per protestare contro la svolta presa dalla nostra conversazione.

"Non lo so chi è," dico.

E ancora una volta, sono pieno di un sorprendente desiderio per mio padre. Vorrei che fosse, sì, proprio in questa carrozza, per raccontarci tutto quello che è successo dietro le spesse mura di pietra del Tempio…

Vidocq frantuma un altro guscio di pistacchio e se lo mette in bocca.

"C'è una cosa che non ha ancora valutato," dice. "E se il nostro ragazzo qui inventasse i suoi sintomi?"

"Penso che ciò richiederebbe più raffinatezza di quella che ha."

"Ah! Se fosse mai stato truffato, saprebbe quanto possono essere complicate le persone semplici. Questo Monsieur, per esempio. È un genio o un idiota?" Allarga le mani in atteggiamento agnostico. "Un omicidio in pubblico. È un ottimo modo per attirare l'attenzione su di sé, non trova?"

"Be'…" Soffoco uno sbadiglio. "Forse lei gli ha forzato la mano."

"Ah sì? E come faceva a sapere che il vecchio Vidocq si stava dirigendo a Saint-Cloud? Glielo ha detto lei?"

"Nemmeno sapevo che sarei venuto io."

L'aria è fragrante di pistacchi, fango e pollini – e l'odore di Vidocq, inconfondibile, accelera la decomposizione di tutto ciò che lo circonda.

"Bene," dice, "abbiamo un vantaggio. Monsieur ha ucciso l'uomo sbagliato. E in più non sa di avere ucciso l'uomo sbagliato. E questo ci dà tempo."

"Per fare cosa?"

"Per trovare l'altro nostro assassino, Herbaux. È il mio lavoro. Il suo lavoro è scoprire cosa sapeva suo padre. Accidenti a lui che è morto," aggiunge sottovoce.

"Che dire..."

Spingo la testa verso quella figura addormentata.

"Di Monsieur Charles? Ha ragione, avrà bisogno di un posto dove stare. E ho la casa giusta per lui."

"Un appartamento, vuole dire?"

Annuisce. "In una bellissima palazzina nel Quartiere Latino. La Maison Carpentier."

Capitolo 24
Un visconte muore inaspettatamente

Dieci minuti prima che la carrozza raggiunga la Barrière du Maine, Charles esce dalla crisalide del suo cappotto. Allunga le braccia, si stropiccia gli occhi.

"Ci siamo?"

"Quasi."

Ai nostri lati non ci sono altro che campi di grano incolti e tratti abbandonati. Tra le lunghe distese ispide di erba tagliata si agitano alcuni papaveri selvatici e in lontananza si intravedono una cava di gesso e un mulino che ruota a scatti violenti.

"Non ne vedo nessuno," dice.

"Di cosa?"

"Di edifici. Parigi ne ha di così alti."

"Oh, ma siamo ancora fuori dalle mura della città. Una volta entrati, avrà tutti gli edifici che desidera. Guardi, anche da qui si vede l'Hôtel des Invalides."

"Non mi piacciono granché le chiese," dice. "Mi fanno starnutire e scoreggiare tutto in una volta."

Soffia un ovale di vapore sul vetro. Lo strofina via con il dito.

"Ah!" strilla. "Quella deve essere Parigi!"

Più avanti, un muro di arenaria, tre metri di altezza e ventiquattro chilometri di circonferenza, stringe Parigi come una cintura di castità. Qualunque altra città, credo, avrebbe costruito un muro del genere per tenere lontani i barbari. Parigi ha costruito il suo muro per trattenere i soldi.

"Cosa vogliono?" chiede Charles. "Quegli uomini."

"Sono doganieri. Devono controllarci."

"Perché?"

"Per essere sicuri che abbiamo pagato la tassa."

"Cos'è una tassa?"

"È il… è il denaro che paghi alla città. Ogni volta che introduci qualcosa."

"Che strano," dice Charles, inclinando il pollice verso ovest. "Paghi per comprare una cosa *lì*, e poi paghi di nuovo *qui*."

"E continui a pagare," borbotta Vidocq, proprio mentre il cappello nero a tesa larga e corona piatta scivola nell'intelaiatura del finestrino.

"Merci da dichiarare?"

"Niente," gli assicura Vidocq. "Nemmeno un filo di paglia."

"Bene, allora," dice, grattandosi il lobo dell'orecchio. "Forse potreste farmi la gentilezza di mostrarmi i vostri passaporti."

Dallo specchio dei suoi occhi, mi viene ricordato lo spettacolo che siamo: io e Vidocq, a braccia nude, con i nostri gilet vecchi e i pantaloni rattoppati.

"Monsieur," dice il *douanier*, avvicinandosi a Charles. "Mi pare di avere chiesto il suo passaporto."

Charles continua a guardare fuori dal finestrino.

"Monsieur," dice più esplicitamente il *douanier*.

"Temo non ne abbia uno," dice Vidocq. "Questo gentiluomo è stato mandato via dal paese per ragioni di polizia."

"È così?"

"Sarei felice di mostrarle i miei documenti. Io sono..."

"Tenga gentilmente le mani in bella vista."

Il funzionario della dogana, con una smorfia, china la testa sui nostri documenti. Poi fa un passo indietro. Dal nulla, un sorriso stupefatto gli spalanca il viso.

"È lei! Lo sapevo!"

Strappandosi il cappello nero dalla testa, se lo preme sul cuore. "Monsieur Vidocq... quale onore!"

"Troppo gentile, amico mio."

"Oh mio Dio! Oh, ma lei è... vede, Monsieur, ho un fratello. Ha avuto qualche problema con la moglie."

"È scomparsa, vero?"

"Più che altro girano delle voci su di lei. Pensavo che uno dei suoi ragazzi potrebbe pedinarla, beccarla con le mani nel sacco, non so se mi spiego..."

"Mm." Vidocq concede alla questione una pausa giuridica. "Le dirò cosa. Lo faccia venire la prossima settimana. Gli dica di chiedere di parlare con me in persona, eh?"

"Oh, Monsieur, tutta la mia famiglia è in debito con voi. In eterno." Con un grande sorriso, si batte le mani sulle guance. "Non vedo l'ora di dirlo a mia moglie! Il grande Vidocq!"

L'ardore del suo sguardo ci segue lungo tutto il percorso attraverso le porte della città, e lascia Vidocq con un'aria non tanto arrossata quanto *irritata*, come un toro che cerca di scacciare una mosca con la coda. Per un minuto intero si rifiuta di incrociare i nostri sguardi.

"Bene," dice alla fine. "Mi sono risparmiato trenta soldi di mazzette." Poi, picchiando distrattamente sul soffitto, si rivolge urlando a Goury.

"Al quartier generale!" Seguito dal ripensamento appena percettibile: "Per favore."

Mi esce sangue dalla mano, e la colpa è di uno spazzolino da denti (fornito da Coco-Lacour) e di una generosa applicazione di sapone Windsor. Monsieur Tepac non è facile da lavare via. Il ricordo, intendo, della sua pelle, che si apre come una bocca, il pulsare del suo sangue tra le fessure delle mie dita. La vita di un altro uomo, sì, che passa attraverso la mia...

"Mi stia a sentire, Hector."

Con uno schiaffo silenzioso alla mascella, Vidocq mi richiama al presente.

"La rimanderemo a casa in taxi, va bene? Ma prima che vada via, devo darle la nuova identità di Charles. Gliela dirò una volta, e ho bisogno che la incastri ben bene in quella sua zucca, può farlo?"

In un istante, la vecchia narrazione – Tepac, Agatha, Saint-Cloud – lascia il posto alla nuova. Charles Rapskeller è ora il figlio naturale del visconte di Saint-Amand de Faral (e di una cameriera la cui gonna prese fuoco un pomeriggio alla portata del visconte). Quel vecchio istrice infine è morto per un'infiammazione al cuore e, in mancanza di eredi legittimi, il suo patrimonio (se non il suo titolo) passa a Charles, che interrompe la sua istruzione religiosa a Strasburgo per correre a Parigi. Sulla carrozza diretta a ovest, incontra me, che ritorno in gloria dal mio...

"Simposio sulla scrofola," dice Vidocq. "A Reims."

Charles confessa di non avere un posto dove stare, e lo esorto a prendere una stanza da mia madre, dove l'affitto è basso ma il posto è dignitoso.

"Ma se sta ereditando dei soldi," dico, "non dovrebbe andare a stare in un posto..."

"Più bello? Sì, ma i soldi non sono ancora arrivati, no? Complicazioni dell'ultimo minuto, un nipote scomparso da tempo nel Massiccio Centrale, niente di grave. Gli avvocati risolveranno la questione nel giro di poche settimane."

Facendo schioccare la lingua, mi piazza contandole cinque monete da venti franchi sul palmo della mano.

"Spese di soggiorno, Hector. Per gentile concessione della prefettura. Le usi bene e annoti tutto, okay? Non voglio quei maledetti contabili addosso."

"Ma che mi dice di Charles?"

"Charles cosa?"

"Qualcuno finirà per fargli delle domande..."

"Be'," dice Vidocq, con un leggero sorrisetto, "sarebbe un problema solo se avesse un dannato cervello. Così com'è, l'unica cosa che gli ho sentito confessare è il suo nome. Starà bene. E se la gente si incuriosisce, dica loro che alla nascita è caduto dalle braccia dall'ostetrica."

Nel caso di mia madre, l'unica cosa che mi basta menzionare è il nome, del tutto fittizio, del visconte di Saint-Amand de Faral. Ciò produce dapprima un sussulto e poi una conclusione. Dopo che Charles le ha fatto un inchino e le ha lasciato cadere in mano tre monete d'oro – allegramente, come se fossero biglie – eccola che gli tende la mano nei suoi impeccabili modi da castellana.

"Ogni amico di Hector, Monsieur Rapskeller, è doppiamente benvenuto in questa casa. E che fortuna! È arrivato giusto in tempo per la cena. Charlotte, mia cara! Un posto in tavola per il nostro nuovo ospite, per favore. E magari del gelato per dessert..."

A nessuno frega niente di dove sono stato. Persino Charlotte, che di solito mi tempesta di domande se sto via anche solo un'ora, ha qualcos'altro in mente quando mi invita a raggiungerla poco prima di cena.

"Oh, Monsieur Hector! Che amore che è!"

"Chi?"

"Il suo amico! È venuto proprio adesso, caro, e mi ha chiesto se poteva aiutare ad apparecchiare la tavola. Quando non sa nemmeno dove va messa una forchetta! O un cucchiaio. Oh, era davvero senza speranza, ma ci ha provato lo stesso, no?" Mi fa un cenno di sconfinata sagacia. "Si riconosce sempre un gentiluomo, Monsieur Hector. Il sangue viene fuori."

Capitolo 25
Mamma Carpentier resiste

Il sangue, in effetti, è parecchio nei miei pensieri quando guardo i tre studenti di giurisprudenza allinearsi intorno alla tavola per la cena. Padre Tempo non è qui per distrarli, e c'è qualcosa di piuttosto agghiacciante nel modo in cui esaminano i punti deboli del nuovo ospite. Qualsiasi altro uomo avrebbe potuto essere avvertito. Charles può solo essere osservato, con impotenza, dall'altra parte del tavolo. Una distanza pari a quella tra la luna e il sole, o almeno così mi sembra quando Lapin, asciugandosi il vino rosso dalle labbra, si decide a parlare.

"Monsieur Charles, credo che la nostra ospite sia stata troppo modesta nell'elogiarla. Parla solo del fatto che lei ha accumulato una fortuna, quando sembra che lei abbia già intrapreso una formidabile carriera militare."

E quando Lapin riceve (come si aspettava) uno sguardo perplesso dalla sua preda, dice, nel modo più secco che osa:

"Quelli che vedo sui suoi stivali sono speroni?"

Alzando la gamba, Charles osserva i suoi piedi con sincera sorpresa (perché questi non sono i suoi stivali).

"Speroni! Ha ragione!"

"Immagino che lei sia probabilmente un corazziere," dice Lapin. "Forse un giorno ci intratterrà con storie di battaglie vinte."

Sorridendo come se fosse in perfetta sintonia, Charles risponde:

"Un tempo avevo un pony."

Una leggera pausa. Poi Rosbif avanza planando.

"È sicuro che fosse un pony, Monsieur? Il suo gilet sembra fatto interamente di pelle di capra."

"È così," dice Charles, nuovamente stupito.

"Mi chiedo, Monsieur, si è vestito al buio?"

Lungi dal risentirsi della domanda, la assorbe, come un involucro di ostrica che si richiude intorno a un granello di sabbia.

"Vestito al buio," dice meravigliato. "Che ridere! Domani dovremmo vestirci tutti quanti al buio!"

E mentre osservo un cipiglio che attraversa il volto di Rosbif, mi rendo conto della meraviglia che si è appena rivelata. Le stesse qualità che lasciano Charles vulnerabile lo rendono irreprensibile. Gli studenti soccombono a un silenzio irritato, che viene rotto solo dopo diversi minuti da Nanchino, il loro capo.

"Sa, Monsieur, trovo che la sua *mascella* sia di grande interesse."

Quel forte inspirare aria... è mio. Ma il destino ha voluto che abbia sopravvalutato la capacità di discernimento di Nanchino. Perché al respiro successivo, dice:

“Ho visto una mascella proprio come questa al manicomio di Bicêtre. Una signora adorabile. Non era più in grado di lavarsi o vestirsi, ma la mascella era molto utile a catturare la sua stessa bava.”

La fronte di Charles si aggrotta per un istante. Poi, inclinando all’ingiù la bocca, dice:

“Una volta ho avuto un cane a cui hanno sparato alla mascella. Si chiamava Troilo.”

Nanchino posa la forchetta, il segno più sicuro che si sta preparando per un’altra carica, e proprio mentre sto per intromettermi, qualcuno mi precede.

Mia madre.

Posando il tovagliolo, annuncia:

“Tutti gli ospiti a casa mia vanno trattati con gentilezza.”

Lo shock della sua stessa affermazione le fa gonfiare le guance, come una dea del vento. La testa le affonda sul piatto e, tra le domande che si intrecciano silenziosamente sul tavolo, la mia è quella che viene registrata con maggiore forza nel mio orecchio interiore:

Perché non lo ha mai fatto per me?

La precedente inquilina della stanza di Charles era la vedova di un generale che, nella fretta di fuggire, aveva lasciato un letto con un bel baldacchino di damasco antico, una valigetta d’argento per i trucchi e residui di talco. Questi ultimi giacciono sparsi per la stanza come polvere di gesso ed emanano un profumo così nettamente femminile che lotto contro l’impulso di fare l’inchino ogni volta che entro nella stanza.

"La stanza è un po'... mi dispiace, Charlotte se ne occuperà... al più tardi domani..."

Appoggio la sua borsa da viaggio sul letto e, dal momento che non si muove verso di essa, gli disfo io il bagaglio. Camicie, pantaloni, mutande di lino a righe e un grande berretto, di quelli che potrebbe indossare un bambino di sei anni per andare in slitta. Non più di tre giorni di vestiti, nell'insieme, e non un solo souvenir. Nemmeno l'accenno di qualcosa che rimandi alla sua famiglia.

"Bene, adesso," dico, dopo avere messo i vestiti nel comò. "Questo dovrebbe bastare."

"Ci sono scorpioni?" domanda lui.

"Ci sono... intende *qui*? Non che io sappia."

"Allora sono sicuro che mi piacerà."

Seduto sul bordo del letto, rimbalza un paio di volte sul materasso per testarlo.

"*Lei* dove dorme, Hector?"

È la prima volta che mi chiama per nome.

"Di sopra. In soffitta."

"Bene, va bene, allora. E io devo andare a letto adesso?"

"Può fare come crede. Non abbiamo regole sul sonno."

"Ah, capisco," dice, sorridendo timidamente. "Bene, allora, Hector, dovrebbe sapere che non vado mai a letto senza qualcuno seduto accanto. Ora, per favore, mi creda quando le dico che è facilissimo. Non ha bisogno di dire una parola. Di fatto, è meglio se non lo fa. E per favore non mi legga nulla perché è una cosa che tende a farmi agitare. Tutto quello che deve fare, in realtà, è sedersi lì e io mi addormenterò all'istante."

Non mi viene mai in mente di protestare con lui. La mia mano, di fatto, sta già avvicinando la sedia.

"Monsieur Tepac," dico, "si sedeva con lei?"

"Certo che sì. Anche Agatha, qualche volta, ma le sue ossa scricchiolavano, e non si può chiedere a un osso di stare zitto, non è possibile farlo."

"No, non credo sia possibile."

"Ma lei è ancora giovane," dice amabilmente. "Non credo proprio che lei scricchioli."

"No," dico, sedendomi con estrema cautela sulla sedia. "Cercherò di non farlo."

Rimaniamo seduti per qualche istante, osservandoci l'un l'altro.

"Forse le piacerebbe prepararsi per andare a letto," dico.

"Oh!" Abbassa lo sguardo sugli abiti del morto che indossa. "Ha perfettamente ragione. Vediamo come fare..."

Dà uno strattone gentile agli stivali. Tira ancora e poi va di nuovo in confusione. E quando ripenserò a questo momento, la cosa che più mi stupirà è l'assenza di esitazione da parte mia. Mi sto già muovendo verso di lui, ecco. Con il preciso scopo di inginocchiarmi davanti a lui e sfilargli via gli stivali. L'unica cosa che mi ferma è il tremolo spezzato che esce dalla porta.

"Eccola!" grida Padre Tempo.

Non sta andando a letto, no, è vestito per uscire. E pieno di prospettive. Persino la cravatta logora e il vecchio cappotto quadrato sembrano prepararsi a nuove possibilità.

Ci sono due aggiunte al suo guardaroba abituale. Una lanterna, ancora spenta. E una vanga.

"Mi chiedo se le piacerebbe unirsi a me," dice. "Vado al Bois de Boulogne."

"Professore, è... notte..."

"Sì, lo so. Ma mi sono appena ricordato dov'era l'archivio."

"L'archivio."

"Quello di cui mi chiedeva! Riguardo suo padre. Quando si prendeva cura di Lei-Sai-Chi al Lei-Sai-Dove. Oh, buonasera!" dice, includendo all'improvviso Charles nel suo raggio di attenzione. "Che scortese che sono. Le andrebbe di unirsi a noi, Monsicur?"

Capitolo 26
In cui viene riesumato un cadavere

“Si va a seppellire qualcuno, o mi sbaglio?”

Siamo all’angolo tra Rue d’Ulm e Rue des Postes, e dall’alto della sua postazione un cocchiere guarda accigliato lo spettacolo di Padre Tempo che accarezza la sua vanga come un agnello legato.

“Eh no,” risponde il vecchio. “Godiamo tutti di ottima salute, direi. Anche se con me non si può mai dire. Ora, se solo potesse portarci al Bois de Boulogne, saremo per sempre i suoi *vassalli* devoti.”

“Non ho bisogno di nessun vassallo,” dice il cocchiere. “Piuttosto, sarebbe carino se riusciste a pagarmi.”

Stordito dalla richiesta, Padre Tempo si gira lentamente per guardarmi in faccia. “Ehi, ragazzo mio, lei...”

E prima che possa equivocare, Charles interviene: “Ah, sì! Quell’uomo puzzolente gli ha dato tutta una pila di monete d’oro.”

Una di queste monete a quel punto viene presa dalla mia borsa e lasciata cadere nel palmo incallito dalle redini del cocchiere. Le presta la massima attenzione, poi se la lascia scivolare dentro ai pantaloni, direttamente in qualche ricettacolo in attesa, da cui emerge un debole clangore, come un suono di un campanello lontano.

"Be', signori," dice. "A questa tariffa, potete pure seppellire dieci cadaveri."

La primavera ha preso piede nel Bois de Boulogne. Bastano pochi rintocchi prima della mezzanotte e la vita pulsa da tutte le parti. Fanelli, passeri… una farfalla solitaria, del colore del formaggio giovane… e *amanti*, che si spogliano presi dalla foga: un paio di zoccoli, una giacca di canezou, una calza di pizzo. Attraverso gli arbusti riusciamo a sentirli, frusciare e gemere, mentre seguiamo Padre Tempo dalle mura della città al Lac Inférieur.

Circa trecento metri a est del Parc de Bagatelle, si ferma all'improvviso. Arriccia il naso e si guarda intorno.

"Voi signori, sapete che aspetto ha un tiglio?"

"*Tilia cordata*," risponde Charles, con una punta di indignazione.

"Oh, mio Dio! Un seguace di Linneo! Molto bene, mio encomiabile ragazzo, dica a Hector cosa dovrebbe cercare."

"Be', i tigli non lasciano cadere fiori fino a giugno. Ma ho sempre trovato che profumino d'aprile. Deve immaginare un rospo, Hector. Sdraiato nel fieno per diversi giorni, nessuna preoccupazione al mondo. È questo l'odore. Troverà anche fori molto distinti nella corteccia del tiglio, per gentile concessione della *Chrysoclista linneella*. Potrei evidenziarli per lei, se…"

"La prego," dico, mettendo avanti la mano. "So che aspetto hanno i tigli. Ma ce ne sono centinaia solo in queste vicinanze. Quale dobbiamo cercare, Monsieur?"

"Oh." La bocca di Padre Tempo si apre, poi scatta velocemente. "Be', quello con sopra la X, ovviamente."

Adesso camminiamo in cerchi che si restringono lentamente, e la luce della lanterna di Padre Tempo procede davanti a noi, facendo sussultare i boccioli degli alberi. Per la prima volta stasera mi accorgo del freddo. Onde di vento che arrivano da est. Alla fine una raffica afferra Padre Tempo per il braccio e gli fa cadere la lanterna di mano. Il cono si spegne, le ombre si dissolvono… e piove la luce della luna.

Una luna piena. Ci ho messo tutto questo tempo ad accorgermene.

Padre Tempo prende dalla tasca un fiammifero di zolfo e lo strofina sull'albero più vicino. D'istinto mi giro a cercare Charles… e lo trovo a una decina di metri di distanza, ritto davanti a un tiglio. Sta tracciando lentamente una lunga croce.

La ferita iniziale di quella X è stata guarita così tante volte che avrei potuto passarci accanto centinaia di volte senza notare nulla che non andasse. Ma è comunque lì.

Dalla bocca molle di Padre Tempo sboccia un sorriso giallo. "Ce l'ha fatta!" grida. "Adesso dobbiamo solo guardare *in alto*. Trovare Giove. Ah, eccolo! E adesso… camminare verso *nord*…"

Fa un passo… due… tre. Con lo stivale scava un cerchio nel terreno.

"Iniziamo?" domanda.

"Iniziamo *cosa*, Monsieur?"

"A scavare!"

Mi tolgo il cappotto. Prendo la vanga e la oriento verso il basso. Il suolo, ancora compattato dal lungo inverno, risponde con un tetro tintinnio. "Quanto a fondo dobbiamo arrivare?"

"Oh, non più di un metro, un metro e mezzo," dice Padre Tempo senza esitazione. "Faccia in fretta, ragazzo mio. Fa un po' freddo."

Al suo primo tentativo, la vanga strappa fuori solo qualche granello di terra. Passano ancora diversi minuti prima che lo strato superficiale venga rimosso. Da lì il terreno diventa più cedevole ma solo per poco, finché non raggiungo lo strato di argilla.

E adesso grondo di sudore... il respiro si fa affannoso... sento:

"Posso provare, Hector?"

Se qualcun altro me lo avesse chiesto, avrei risposto subito sì. Cosa mi fa esitare con lui?

"La prego," dice Charles. "Sono molto bravo in questo genere di cose."

In effetti, è un talento naturale. Facendo la metà dello sforzo che facevo io, lavora a un ritmo tre volte superiore. Ogni tanto si ferma per togliersi una ciocca di capelli dagli occhi, ma soprattutto scava, con una fissità di intenti che spezza l'ultima resistenza della terra.

Osservo, abbagliato, le zolle di terreno che mi volano accanto. L'unica cosa che alla fine lo ferma è un suono – lo sente? – un colpo sordo, come...

Uoc.

"Oh oh," dice Charles.

“Che cos’è?” grida Padre Tempo. “Che cosa è successo?”

“Abbiamo colpito qualcosa,” rispondo. “Una pietra. Una radice, probabilmente.”

“Nessuna radice,” dice Charles.

Uoc, grida ancora una volta la vanga. Alla fine Charles si china ed estrae il suo premio.

Una semplice scatola in legno per la scuola. Di quelle che, da bambino, avrei potuto avere usato per riporre le mie matite e penne.

“Cosa c’è dentro?” domanda Charles.

“Ehi, è l’archivio!” risponde Padre Tempo.

Guardo quella strana scatola, con il suo cigno scolpito, il suo verde sfaldato e il fogliame dorato, i suoi tulipani dipinti che spuntano da un campo rosso ruggine. *Un archivio*.

“Ma perché lo ha seppellito?” domando.

“Oh oh! Voi lo avreste forse lasciato a casa? Così che il Comitato potesse trovarlo? Povero me, mi ero dimenticato della serratura. Hector, potrebbe...?”

Afferro la vanga e la abbasso. Tre colpi e il coperchio si apre di scatto, come una bocca che inghiotte aria. E lì giace un piccolo album da disegno, rilegato in pelle di vitello verde e cinto da un cordone di lino. Apro le sue pagine spesse e calcificate. Leggo:

13 Termidoro Anno II

1° incontro con il Prigioniero: poco dopo l’una d notte. Il Prigioniero da solo in cella. La cena non è stata consumata. Né la colazione.

“Ma questo di chi è?” domando.

“Suvvia,” dice Padre Tempo, piegando la sua struttura a mantide verso di me. “Dovrà pur riconoscere la grafia. È di suo padre!”

Capitolo 27
Un bambino di nome Hector

Con una dimostrazione di riluttanza, Vidocq prende l'album da disegno in pelle di vitello verde dalla scrivania. Dà un colpo alla costa, ispeziona i residui sul dito. Poi esamina la visione ancora più sporca di Padre Tempo, sicuramente il visitatore più improbabile che il suo ufficio abbia visto da anni.

"Il professor Corneille, giusto?"

Il vecchio sta studiando così attentamente un'acquaforte di François Villon che il suono della voce di Vidocq lo fa sobbalzare come una marionetta.

"Oh mio Dio! Sì. Esattamente."

"Voglio essere sicuro di avere capito bene. Ventitré anni fa, lei e il padre di Hector avete deciso di... seppellire questo diario in mezzo al bosco."

"Esatto."

"Ora forse può dirmi perché."

"*Perché?* Perché non volevamo che le autorità lo trovassero! Se qualcuno dei giacobini fosse venuto a conoscenza della portata delle simpatie del dottor Carpentier per la famiglia reale, avrebbe potuto essere arrestato. Come minimo! Per non parlare di Monsieur Leblanc, che è stato *in tutto e per tutto* complice."

"Allora perché non avete semplicemente distrutto quel dannato coso?"

Adesso gli occhi del vecchio sfiorano il diario. Quanto sembra piccolo nello spazio della scrivania di Vidocq.

"Credo che il dottor Carpentier volesse che la gente sapesse cosa è successo in quella torre. Quando sarebbero stati pronti a sentirlo."

Vidocq a quel punto si volta completamente dall'altra parte. Riempie il telaio della finestra con la sua mole e porta con sé la luce del sole.

"E non lo ha mai detto a nessun altro? Sua moglie? Suo figlio? Sembra strano che abbia affidato un'aggiunta così preziosa alla Storia nelle mani di..."

Un vecchio che non si regge in piedi. È il mio pensiero, non quello di Vidocq. Ma adesso una nota di scusa traspare nella sua voce, come se lo stesso pensiero gli avesse attraversato la mente.

"Dovrà ammettere," dice ancora Vidocq, "che non è stata una cosa molto razionale da fare."

"Erano tempi assai poco razionali, Monsieur."

"*Strani giorni*," dico, facendo eco alle parole di Vidocq.

Lui alza il mento verso di me. Lo riporta indietro verso Padre Tempo.

"Presumo, professore, che lei conosca il contenuto del diario."

"Santo cielo, sì."

"Ha qualcosa da aggiungere a quanto scritto qui dentro?"

"Non credo proprio." Le mani gli si uniscono ad angoli rigidi come un santo gotico. "Certo, è successo molto tempo fa. Ma se mi verrà in mente qualcosa, verrò... verrò sicuramente a dirglielo, Monsieur... oh, mi dispiace, ho dimenticato il nome."

"Non si preoccupi. Se le verrà in mente qualcosa, lo dica a Hector, che è un bravo ragazzo. Nel frattempo la ringraziamo per il suo aiuto. Vuole che uno dei miei uomini la accompagni a casa?"

"Oh, no, sono perfettamente in grado di camminare, grazie." Una sfumatura di lattiginosa speranza gli illumina gli occhi. "A meno che qui da voi non abbiate una bellezza mozzafiato. No? Bene, allora me ne vado. Ci si rivede a casa, Hector!"

Vidocq chiude delicatamente la porta dietro di sé. Emette un fischio sommesso.

"Ebbene, che cosa sa?" dice, lasciandosi cadere pesantemente sulla sedia. "Le parole di suo padre. Sbucano fuori dalla terra proprio quando ne abbiamo bisogno. Una bella coincidenza."

"Niente affatto," gli ricordo. "Avevo già... avevo sollevato l'argomento con il vecchio, ricorda? Prima ancora di andare a Saint-Cloud. Gli ci è voluto del tempo per... mettere insieme i pezzi."

"E lei crede che, solo perché un balordo ripesca alcune pagine dal Bois de Boulogne, il nostro re consegnerà la sua corona a un *giardiniere* svizzero?"

Strano a dirsi, le parole hanno un effetto fisico su di me.

Mi piegano su me stesso, fanno sì che dica ciò che ho da dire rivolto al pavimento.

"Charles non ha dichiarato di essere... *uno qualunque.*"

"Non ancora, non lo ha fatto."

Ancora una volta, si mette ad accarezzare la rilegatura del diario. "È sicuro che questa sia la grafia di suo padre?" domanda.

"Lo sono come sono certo della mia."

Molto lentamente, comincia a sfogliare quelle pagine inspessite dagli anni.

"Per quanto vanno avanti le annotazioni?"

"Più di un anno. Sto ancora traslando dal vecchio calendario rivoluzionario, ma da quel che mi risulta, l'ultima pagina è stata scritta il primo giugno 1795."

Inarca un sopracciglio. "Una settimana prima che il principe morisse."

"Sì."

La sua voce resta calma, ma le mani si perdono nell'atto di sfogliare quelle pagine. Giungendo infine all'ultima annotazione, legge:

"*Basta per il momento.*" Alza lo sguardo. "Cosa dovrebbe significare?"

"Non lo so," rispondo. "Ho il diario solo da poche ore. Ne ho letto appena qualche parola..."

Di fatto ho iniziato a leggerlo nell'attimo stesso in cui me lo sono ritrovato in mano. All'inizio ero solo vagamente consapevole delle parole. Ero troppo perso nel ripercorrere la grafia di mio padre. Come mi aveva affascinato da bambino. Ricopiavo quelle vocali e consonanti ancora e ancora finché non hanno cominciato a insinuarsi nella mia grafia, tanto che mia madre, un giorno, dando un'occhiata distratta al mio quaderno, è rimasta scioccata nel trovare la firma del marito che la fissava.

E di fatto, mentre ero seduto a letto ieri sera, l'atto di rivedere quelle vecchie lettere al lume di candela è sembrato per certi versi come rievocarlo. Avidamente, ho setacciato quelle voci di diario cercando un qualche riferimento non al re ma a... *me stesso.* E quando l'ho trovato, era quasi più di quanto potessi sopportare.

Un bambino che si chiama Hector.

Le stesse parole di mio padre che mi fissano.

E ha la mia età?

No, ha solo 3 anni. Anche se (non posso fare a – d aggiungere) sa già 200 parole…

Il diario si è chiuso, e per circa un'altra ora sono rimasto lì seduto, bruciando di meraviglia per il fatto che un tempo mio padre, in un momento che non sono in grado ricordare, sia stato fiero di me.

Ebbene, tutto questo non viene detto entro le mura del Numero Sei. Oppure viene detto tutto senza che io proferisca parola.

"Guardi un po'!" dice Vidocq, danzando con le dita sul diario di papà. "La settimana su cui voglio delle informazioni è l'ultima, l'unica che non è presente. E a quanto pare, le uniche due persone che possono parlarcene sono nella tomba." Spinge il diario verso di me. "Va bene, Hector, voglio che rivolga al diario la massima attenzione, d'accordo? Scrolli ogni riga in cerca di una prova."

"Una prova di cosa?"

"*Di qualsiasi cosa*. Una cospirazione, un complotto. Scopra con chi ha parlato suo padre, cosa ha visto. Guardi anche il testo. Ci sono alcune *parole* che continuano a saltare fuori? Qualcosa che possa indicare un codice?"

"Un codice..."

"Sì, dannazione! Se qualcuno stava cercando di fare uscire il delfino dalla sua cella, voglio saperlo."

Prendo il volume tra le braccia. E proprio mentre sto per prendere anche i guanti, Vidocq dice:

"Un'altra cosa. Voglio che porti il suo nuovo amico Charles in giro per la città. È un *turista*, no? Gli mostri i monumenti, per l'amor del cielo. Guardi cosa viene fuori."

"Pensa che si ricorderà chi è?"

Il viso di Vidocq è così vicino adesso che riesco a sentirgli il sapore dell'aringa nell'alito.

"Hector, glielo dico per l'ultima volta, non ha nulla da ricordare. Luigi XVII è morto. Ciò significa che il nostro Charles deve essere qualcun altro. L'unica domanda è chi. Adesso voglio che lo porti in giro per la città finché non spiffera qualcosa... o qualcuno lo faccia per lui."

Lo guardo. Poi guardo in basso.

"Così potrà arrestarlo per frode," dico. "O mi sbaglio? Spedirlo alla Force con tutti i suoi preziosi ladri e assassini?

Credo che avrebbe più possibilità di sopravvivere nel Bois de Boulogne."

La voce di Vidocq mi raggiunge.

"Non spetta a me decidere, Hector. Né a lei."

E poi la sua voce cambia registro.

"Naturalmente, se non ha lo stomaco per questo lavoro..."

"Ce l'ho lo stomaco," rispondo, alzando il viso verso il suo. "È guarda caso ho anche un cuore."

"Oh, sì," dice con disinvoltura. "Ne ho uno anch'io. Lo tengo in una scatola da qualche parte."

Capitolo 28
Una scomparsa risolta

L'ultima cosa che Vidocq mi dice è questa:

"Non perda mai di vista Charles, d'accordo? Anche se dovesse infilarsi nel suo buco del culo e restarvi fino alla prossima Pasqua."

Bene, potete immaginare il mio stato d'animo quando torno a casa e non trovo Charles da nessuna parte.

Corro dalla soffitta alla cantina. Strizzo gli occhi sotto i letti, sbircio negli armadi e nelle dispense. Apro le finestre a battente. Percorro quella casa vuota come un uccello in un camino.

È perso.

Non lo dirò, non posso, e a un certo punto non ha più importanza, perché un altro suono è arrivato furtivamente dal retro della casa.

Perché non mi è mai venuto in mente di ispezionare il cortile sul retro? Posso solo dire che sono passati così tanti mesi dall'ultima volta che sono stato lì – mamma lo riserva agli inquilini più facoltosi – che è scomparso da tempo dalla mia mappa della casa. Ma Charles è lì, sta bene. Nella stessa posizione in cui l'ho visto la prima volta: carponi, con le mani affondate nella terra.

In piedi sopra di lui c'è mia madre. La sua cuffietta di tulle è stata sostituita da un cappellino di calicò blu. Tiene in mano un parasole cinese con un manico d'avorio – non avevo idea che possedesse un oggetto del genere – e qualcuno (Charles?) le ha intrecciato un viticcio di caprifoglio intorno all'orecchio. Si è tolta le pantofole e lascia i piedi vagare nudi e bianchi, come nuvole cadute.

E anche questo: c'è un sorriso sul suo viso. Che non può essere sminuito nemmeno dalla mia apparizione.

"Ciao, Hector! Eri al laboratorio, vero?"

"Esatto," dico esitante.

"Oh, che peccato che tu non sia potuto venire con noi! Abbiamo passato una bellissima mattinata, non è vero, Monsieur Rapskeller? Santa misericordia, quante ne sa il tuo amico sui giardini, Hector! Ti ricordi i miei poveri gigli piantaggine, vero?"

"Mmm..."

"Ogni estate si bruciano anche se sono sempre all'ombra! Monsieur Rapskeller ha scoperto che ricevono la luce del sole per *rifrazione*. Rimbalzando proprio sulla finestra della cucina, vedi? Per quanto riguarda i *crochi*... be', li hanno mangiati gli scoiattoli, come al solito, ma il tuo amico conosce una salsa... di dove, Monsieur?"

"Della Martinica."

"Ci sono peperoni, aglio e non so cos'altro. Metti a bagno i bulbi prima di piantarli e quelle piccole bestie non vogliono più avere niente a che fare con loro."

Lo shock di trovare mia madre in queste condizioni lascia il posto a uno stupore più grande. Il sole, l'aria. Il giardino stesso: bacche di biancospino; garofani che si estendono sul muro di mattoni muschioso; una squadra di foglie che sembra uscita a esplorare i rami dei platani.

"E sai cos'altro ho imparato?" dice mamma. "Le azalee adorano il caffè! Chi lo avrebbe mai detto? Sa, non posso fare a meno di pensare, Monsieur, che quando entrerà in possesso del patrimonio del visconte, avrà un intero seguito di giardinieri che faranno questo per lei."

Charles non sa nulla di nessun visconte, ma risponde senza un attimo di esitazione.

"Oh no, Madame. Non lo lascerò fare a nessuno tranne me. Le piante ti riconoscono sempre, no? Conoscono il tuo tocco e anche la tua voce, credo. Se qualcun altro parlasse con loro, potrebbero non comportarsi così bene."

"Piante con i timpani!" grida mia madre. "Ah ah!"

Proprio così. Ride.

Vale a dire che i suoi denti, marroni perché nascosti, si sollevano verso la luce, scostando le labbra che avevano pensato di contenerli. Nessuno è più sbalordito di mia madre. Lascia cadere il parasole e si dà un buffetto su ciascun lato della testa, come per assicurarsi di essere ancora tutta intera.

E con la stessa rapidità con cui quella risata si impadronisce di lei, un nuovo umore si diffonde. Vede i suoi piedi nudi, sente il solletico del viticcio di caprifoglio intorno all'orecchio. I suoi occhi si rabbuiano e un istante dopo sta metà camminando a grandi passi e metà correndo verso la casa.

"Temo di... mi scuserete... ho delle commissioni..."

Ho una commissione anch'io. Per il resto del pomeriggio mi sdraio sulla panca sotto la finestra che dà sul cortile e leggo il diario di mio padre. E ogni volta che mi stanco, mi basta dare un'occhiata fuori dalle finestre per trovare Charles. Che sparge del pacciame. Che semina i melograni. Che pianta un oleandro in un vaso di porcellana blu. Che scava, diserba, irriga, pota.

Con il passare del pomeriggio, il suo collo diventa più rosa, e grandi rivoli di sudore gli scorrono sulla camicia, e continua a lavorare, e continua a colorare tutto ciò che leggo.

Questa mattina, io & Leblanc abbiamo sorpreso Charles in cella con 4 vasi d fiori…

Ha detto d avere imparato molto tempo fa, nei giardini delle Tuileries, che bisogna parlare con i propri fiori…

L'avversione a essere toccato. La paura di andare a dormire al buio. Riga dopo riga, le congruenze si rivelano.

Quando arriva la sera, Charles è troppo esausto per cenare. Va dritto in camera sua e, dopo che l'ho aiutato a togliersi gli stivali, si butta direttamente sul letto.

"Non credo che mi cambierò stasera…"

"Bene, non c'è problema," gli dico. "Ha avuto una giornata lunga."

"Sì…"

"Domani la porto a vedere la città, le fa piacere?"

"Mm." Fissa il soffitto. "Adesso credo che dormirò."

Accosto la sedia alla porta. Respiro il borotalco della vedova del generale. Ascolto il battito dell'orologio a pendolo al piano di sotto.

"Forse dovrebbe aspettare dieci minuti," dice Charles debolmente. "Solo per essere sicuro che dorma davvero."

"Le dispiace se leggo un po'? A me stesso?"

"Affatto." Sbadigliando, alza la testa strizzando gli occhi nella mia direzione. "È quello il libro? Sembra vecchio."

"Lo è, sì."

La sua testa resta lì per altri due secondi, poi cade sul cuscino.

"Buonanotte, Hector."

"Buonanotte."

La pagina che apro è la stessa che mi ha consumato ieri sera. Quella scena (così le concepisco: scene) in cui un giovane re sente parlare per la prima volta del figlio del suo dottore.

Se mi portasse a casa con lei, saremmo fratelli, lui & io, & lo terrei d'occhio molto attentamente, non avrebbe mai 1 attimo d preoccupazione.

Adesso lo leggo ancora una volta e i miei pensieri corrono dritti a quella figura addormentata nel letto. Il mio nuovo *amico*, a cui piace che io stia a vegliare su di lui ogni notte e che potrebbe, nello stesso istante, vegliare su di me.

Un'ora dopo, sono di nuovo nella mia soffitta, chino sulla candela, quando la mia attenzione viene attratta da qualcosa nella strada sottostante.

Per diversi minuti guardo le sporgenze familiari, cercando

di ricatturare cosa è stato. Un lampo scarlatto, come la cresta di un gallo. Nessun volto, nessun corpo a cui collegarlo… eppure questa parte è in qualche modo più grande di qualsiasi insieme.

Monsieur ha ucciso l'uomo sbagliato, ha detto Vidocq. *E in più non sa di avere ucciso l'uomo sbagliato. E questo ci dà tempo.*

Ma se questo è vero, allora chi è là fuori a osservarci? E quando smetterà di osservarci?

Capitolo 29
Il re di Francia è tenuto in ostaggio

La Sûreté ha un armadio di costumi che farebbero onore all'Opéra-Comique, ma Vidocq ha deciso che, se io e Charles vogliamo vagare per Parigi inosservati, abbiamo bisogno di qualcosa di un po' più "vissuto". C'è in Rue Beautrellis un mercante ebreo conosciuto come "il Cambiatore", che si dedica a trasformare i mascalzoni in uomini onesti, per il prezzo speciale di trenta soldi al giorno.

"Monsieur Jules!" intona, ricorrendo a uno dei vecchi alias di Vidocq.

"E buongiorno a lei. Ecco i due furfanti di cui le ho parlato."

"Mm," dice il Cambiatore. "Guardandoli non si direbbe, no? Tutti latte materno."

"*Cagliato*," risponde Vidocq.

"Bene, vediamo un po'." Infila il braccio tra le pile di indumenti. "Abbiamo un magistrato, appena lavato... curato... un soldato russo, il più popolare di questi tempi... gli inglesi non tanto... questo è di un poeta. C'è dell'inchiostro sul jabot, vede? Due da mendicante... E qui, mi sa che trovate un lebbroso molto credibile. Le piaghe costano un po' di più."

"Ero più orientato verso uno statista," dice Vidocq.

"Be', se è quello che aveva in mente, è fortunato, amico mio. Ne ho un paio abbinati, restituiti ieri. Cappotti di stoffa neri, vede? I pantaloni sono spigati in lana a doppia fresatura. Gilet di seta. E visto che da queste parti le vogliamo bene, Monsieur Jules, le metterò anche gli stivali."

Con uno sguardo accigliato, Vidocq tiene uno dei cappotti neri accanto a me.

"Cosa dovrebbe essere? Ambasciatore?"

"*Emeritus*, può ben dirlo."

"Accessori inclusi?"

"Parrucche spidocchiate di recente. Occhiali verdi, con lenti da sole opzionali legate a un cordino di seta. Catena per orologi, oltre a ninnoli da appenderci." Le labbra gli si fondono lentamente alle gengive. "I ninnoli può tenerli. Un regalo per lei da parte mia, Monsieur."

"Bene, allora," dice Vidocq. "Cosa state aspettando, ragazzi? Provateli, per l'amor di Dio."

"La solita tariffa settimanale, Monsieur?"

"Li segni a nome nostro per due settimane. Non di più."

"Molto bene. E per favore ricordi che la tariffa è doppia per ogni giorno di ritardo. E non mangiate aglio. Entra nelle fibre."

Mettiamo alla prova le nostre nuove identità quello stesso pomeriggio, sugli ampi sentieri sabbiosi dei Giardini del Lussemburgo. I miei stivali stringono molto più di quanto facessero in negozio, e la parrucca ospita qualcosa di piccolo, mobile e latentemente ostile, e ogni cucitura usurata, ogni filo penzolante sembra gridare: "Impostore!"

Ma poi una ragazza carina ci passa davanti, il suo sorriso che si riversa su di noi come acqua. Uno scottish terrier addormentato russa da solo. Uno dei cigni si gratta il dorso sulla roccia. Vidocq aveva indovinato. Per quanto io e Charles sembriamo ridicoli, siamo stati assorbiti, senza alcuna difficoltà evidente, nell'ordito e nella trama di Parigi. (Dove tutti sono impostori.)

"Hector!"

Con la voce che gli trema, Charles mi prende per il braccio.

"Che cosa c'è?"

"I castagni," sussurra, indicando un lungo ramo con vistosi boccioli vaporosi e bianchi. "Aveva ragione. Sono in fiore."

È quello che aspettava da sempre. La cosa che gli era stata promessa a Saint-Cloud.

E ora sembra perfettamente naturale pretendere qualcosa in cambio.

Guardare quegli occhi azzurri e pacifici e dire...

"Mi parli dei suoi genitori."

Non resiste attivamente alle mie domande, si limita ad aggirarle. Non riuscendo a dire niente, le rimbalza. Passiamo molto più tempo a parlare dei miei genitori che dei suoi, e ogni volta che provo a riportare la conversazione su di lui, i suoi occhi vanno altrove, come se stesse cercando di ricordare una vecchia poesia. Tutto quello che riesce a dire con certezza è che i suoi genitori sono morti.

"Quando ero molto giovane," aggiunge.

“Ricorda qualcosa di loro?”

“Mi amavano.”

“Le hanno lasciato qualcosa di cui vivere?”

“Suppongo che debbano averlo fatto. Ho sempre avuto persone che si sono prese cura di me.”

“Come Monsieur Tepac”

“Sì.”

“C’era qualcuno prima di lui?”

“Ohhh...”

Spalanca la bocca come gli si fosse paralizzata la mascella, la parrucca trema.

“Che cos’è?” domanda, indicando.

“Il Palazzo del Lussemburgo.”

“Dove vive il re?”

“No, lì c’è la Camera dei Pari.”

“E chi sono?”

Dei vecchi. Mi vengono in mente le parole di Chateaubriand: *I detriti rinsecchiti dell’Antica Monarchia, della Rivoluzione e dell’Impero...*

“Dei gentiluomini,” dico con cautela. “A cui sono stati assegnati titoli. Marchesi e baroni e così via. Si riuniscono nel palazzo, si siedono e parlano.”

“Pensa un po’,” dice Charles. “Non fare altro tutto il giorno che parlare.”

E, come se fossimo stati rimproverati, la nostra conversazione si affievolisce. Ci lasciamo il giardino alle spalle, ci incamminiamo verso nord lungo Rue de Seine, acquistando velocità a mano a mano che procediamo, e siamo quasi su Pont des Arts quando veniamo fermati da un’ondata di corpi che arretrano. I parigini, del tutto indifferenti alla maggior parte dei veicoli, fanno un'eccezione per uno. Una carrozza dorata di proporzioni ridicole, circondata da guardie del corpo armate di sciabola e rifinita in argento.

"Oh, guardi," dice Charles. "Ci sono dei gigli dipinti sopra. Venga, Hector!"

Negli anni a venire, lo confesso, non riuscirò più a fidarmi della mia ricostruzione di questo momento. Come è potuto accadere così facilmente? Il nostro primo giorno in giro?

Ma la carrozza del re è uno spettacolo abbastanza comune in questi primi giorni della Restaurazione. Invalidato dalla gotta e dall'obesità, Luigi XVIII compensa liberando la sua carrozza per le strade di Parigi a velocità sempre più elevate. Più di uno dei suoi sudditi ha provato la sensazione di scampare per un pelo all'avanzata della cavalcata reale e di essere ricompensato con lo sguardo freddo e privo di curiosità di Sua Maestà mentre la carrozza sfreccia oltre.

Oggi, tuttavia, quel viaggio viene sventato da un gruppo di maiali in avanscoperta, che guadano la strada e immobilizzano la carrozza reale.

"È il re?" sussurra Charles.

Chi altri? vorrei rispondere. Chi altri se ne starebbe seduto in una posizione di così eretta indolenza? Con una carrozza piena di cuscini di raso bianco per proteggerlo da qualsiasi collisione?

Di fronte al re siede il capitano delle guardie, e accanto a lui, appoggiato al telaio della finestra e registrando, nella curva della sua bocca, un intreccio di risentimento e spasso…

Là siede Vidocq.

No. La figura si ricompone lentamente. *No, non Vidocq*. Vidocq come potrebbe apparire tra vent'anni. Le riserve di carne disfatte dal decoro, un'espressione di concentrazione animale racchiusa dentro occhi grandi e avvolgenti.

"Quell'uomo deve essere un ottimo amico del re," dice Charles, "per stargli seduto così vicino."

"Non sono affatto amici. Sono semplicemente imparentati."

"Imparentati come?"

"Be', quell'uomo è il conte d'Artois. Il fratello più giovane del re."

"Che strano." Charles infila una mano sotto la parrucca e si dà una bella grattata al cuoio capelluto. "Non penso mai che i re abbiano fratelli o sorelle, ma invece suppongo che debbano averne. Ce ne sono altri?"

"Fratelli, vuole dire? Ce n'era uno più vecchio."

Uno sfortunato gentiluomo, di corporatura robusta, ben corazzato. Ha ceduto le chiavi del maniero proprio mentre i servi stavano sfondando la porta. Ha sposato una principessa austriaca e ha avuto un figlio che è stato gettato in una grande torre nera e non ne è mai uscito vivo.

Lo sappiamo tutti. Sappiamo cosa è possibile, e questo non è possibile: che quel bambino possa essere ancora vivo, un uomo adulto, schiacciato in mezzo a una folla di parigini, che guarda passare i suoi due zii senza nemmeno riconoscerli. Queste cose non accadono.

Ma quando alzo lo sguardo e sento su di me gli occhi del conte d'Artois, è come se lo spazio tra noi si fosse ridotto. Sento una voce alle mie spalle che dice:

"Marie! Guarda da questa parte."

E un'altra voce:

"Ooh, che bell'uomo. Un cavaliere a tutti gli effetti. Dicono tutti che Monsieur sia la persona più beneducata del mondo."

MONSIEUR.

È giusto precisare che non c'è niente di strano in quell'appellativo. *Monsieur* è semplicemente il titolo onorifico conferito al fratello minore di un re. Ma il Monsieur su cui sto ragionando in questo momento è quell'*altro* individuo, la mente menzionata per la prima volta dall'assassino di Tepac. Il Monsieur che si è rivelato solo come voce e titolo. Che sedeva dietro un paravento confessionale e ha mandato Herbaux a Saint-Cloud con quella missione di morte. Lo ha mandato a uccidere un re.

E perché mi ci è voluto così tanto tempo per capirlo? Per capire che c'è, in tutta Parigi, un particolare *Monsieur* che detesterebbe la prospettiva che sovrani scomparsi da tempo rivendichino pretese sulla corona che un giorno sarà sua.

"Charles," sussurro. "Si allontani."

"Che cosa?"

"*Si allontani.*"

E mentre lo prendo sotto braccio e lo trascino via, un fatto nuovo, netto e chiaro, mi salta addosso.

Ci siamo appena offerti al suo sguardo.

Capitolo 30
Vidocq mostra un eccessivo interesse per l'arte

"Mi faccia essere sicuro di avere capito bene, Hector."

Sono tornato nell'ufficio di Vidocq e lui è di nuovo sdraiato nella sua poltrona di pelle nera, con le scarpe incuneate sul bordo della scrivania di mogano.

"Il fratello del re," dice, "il conte d'Artois, ha deciso che un certo giovane di nome Charles Rapskeller è in realtà il perduto Luigi XVII. Piuttosto che lasciare che questo giovane rivendichi il trono che gli spetta, ingaggia una coppia di assassini. Farabutti della malavita parigina che riescono, essendo farabutti, a prendere l'uomo sbagliato. Artois non lo sa, però, fino a ieri pomeriggio, quando gli capita di passare in carrozza e di vedere Charles Rapskeller in persona che lo fissa da sotto la parrucca di un ambasciatore..."

Ecco cosa è cambiato tra di noi. Non tremo più davanti al suo scetticismo.

"Che Charles sia il re o no," dico, "*qualcuno* crede che lo sia. *Qualcuno* ha fatto uccidere Leblanc e Tepac. E se lo fosse, chi avrebbe più da perderci se Luigi XVII tornasse in vita?"

"Prima di tutto Luigi XVIII."

"No." Scuoto vigorosamente la testa. "Il re è vecchio, è malato, non ha figli, non ha niente da guadagnare. È il conte d'Artois ad avere la posta in gioco più alta qui. Se dovesse apparire un altro re, un re capace di avere figli propri, la stirpe di Artois sarebbe diseredata in un batter d'occhio. E se Artois non se ne andasse senza proferire parola, la Francia sarebbe costretta a scegliere tra due sovrani. Cosa impedirebbe alla situazione di degenerare in una guerra civile? Il che quasi certamente metterebbe fine a ciò che la Rivoluzione ha iniziato. La fine della monarchia, ora e per sempre. Le chiedo..." E qui alzo gli occhi verso i suoi. "Il conte d'Artois è il genere d'uomo che accetterebbe di buon occhio questa prospettiva?"

All'inizio Vidocq non dice nulla. Si limita a mettere le mani attorno alla tazza di caffè vuota, a farla girare di un quarto di giro.

"Sono accuse gravi, Hector."

"Lo so."

L'attimo dopo spinge via la tazza del caffè e batte le mani sulla scrivania.

"Mi piace, Hector!"

"Vuole dire che è d'accordo?"

"No, sta dicendo solo stronzate, ma che importa? Sta ragionando come un poliziotto. Quando ricordo che timido idiota era solo un paio di settimane fa, spaventato dalla sua stessa voce, e ora la guardo, con le sue grandiose, magnifiche teorie! Non potrei essere più orgoglioso se... be', l'ho elogiata abbastanza. Mi dica dove ha lasciato Monsieur Charles."

"A letto."

"Ohh, dorme bene, vero? Be', gli faccia sapere da parte mia che domani ci si alza presto. È arrivato il momento della prima prova."

Faccio attenzione a non usare la parola prova con Charles. In seguito, però, non ricorderò come l'ho chiamata. *Gita*, forse. *Burla... avventura...*

Be', perlomeno è questo lo spirito con cui entra nelle cose. Non è affatto un problema accompagnarlo nell'ufficio del segretario di Vidocq, Coco-Lacour, e lasciarlo lì con nient'altro che un mazzo di carte e una pallina rossa per intrattenersi. Mi infilo nell'ufficio adiacente di Vidocq, dove l'acquaforte di François Villon è stata rimossa rivelando uno spioncino, inciso a forma di occhio.

Questo particolare orifizio è costruito a dimensione dell'altezza di Vidocq, il che significa che la baronessa de Préval ha bisogno di uno sgabello per raggiungere lo spioncino, e anche in quel caso, per vedere attraverso, deve alzarsi di un paio di centimetri in più sulle punte delle pantofole.

"E allora, Madame?" dice Vidocq, riportandola sulla terra.

Si avvicina lentamente alla finestra, fissa la Sainte-Chapelle, d'avorio per il sole. Infine dice:

"Che cosa volete che dica, Monsieur?"

"Non più di quanto voglia dire."

Le sue spalle si alzano delicatamente. "Sono riluttante a deluderla," dice, "ma deve capire. È passato un quarto di secolo da quando ho posato gli occhi sul delfino, e all'epoca era solo un bambino. Di sicuro un uomo con la vostra indole *in-*

stancabile, Monsieur, potrebbe trovare qualcuno più adatto di me a questo compito."

"Ah, Madame, lei rende un cattivo servizio a se stessa. Non era forse l'amica intima della principessa de Lamballe?"

Lei gli si rivolge con un colpo di ventaglio. "Non pensavo che lei fosse uno studente di storia antica."

Sorridendo, Vidocq si porta le mani al petto. "Noi bruti abbiamo bisogno di influenze civilizzatrici, Madame. A tal fine, ho iniziato ad acquistare opere d'arte."

"Il mestiere della polizia è più redditizio di quanto pensassi."

"La lealtà ha i suoi vantaggi, sì. Si dà il caso che il mio acquisto più recente provenga dalla Galerie Barrault. Le piacerebbe dare un'occhiata?"

Chinandosi sotto la scrivania, tira fuori una tela, avvolta in un tessuto da imballaggio, e la appoggia sulla scrivania.

Un trio di giovani donne, catturate nel pieno della maturità della loro bellezza. I loro corpi sono avvolti in un prato di cotone. I colli e le spalle bruciano di un bianco falena. Le viole giacciono sparse sui cappelli di paglia con lascivia bohémien.

"Può vedere il nome dell'artista proprio lì," dice Vidocq. "Madame Vigée-Lebrun. Non è un originale, ovviamente – Barrault lo avrebbe fatto pagare molto di più – ma è comunque interessante. La figura davanti, ovviamente, è la principessa de Lamballe. Adorabile, no? Ma forse, come me, sarà più colpita dalla donna che si trova sopra la spalla sinistra della principessa. Come può vedere, l'artista le ha fatto l'evidente favore di ritrarre ogni iride nel suo vero colore. Uno blu, uno marrone."

La mano della baronessa trema, sì, ma quanto più si avvicina alla tela, tanto più diventa ferma. Fino a fermarsi, infine, non sulla sua stessa immagine di tanto tempo fa, ma sulla figura seduta della principessa de Lamballe.

"I dipinti non le hanno mai reso giustizia," dice la baronessa.

La sua mano si allontana lentamente.

"Ha ragione, Monsieur. Era una mia cara amica. È rimasta a Parigi quando noi tutti siamo andati via, per la sola ragione che la regina aveva bisogno di lei. Forse ricorderà come è stata premiata la sua lealtà."

Vidocq china la testa e borbotta sul tappeto. "È stato un episodio terribile..."

"Sì, la folla è stata insolitamente scrupolosa nel suo caso. Prima l'hanno violentata. Poi hanno iniziato a smembrarla, un pezzo dopo l'altro. La testa, la sua bellissima testa, è stata tagliata e conficcata su una picca. L'hanno fatta sfilare sotto la finestra della regina al Tempio."

"Che tragedia," dice Vidocq, lasciando che ci sia un momento di silenzio prima di riprendere ancora una volta il filo. "Credo... di non sbagliare nel dire che la principessa era sovrintendente della casa reale?"

"Lo era."

"Nella qual veste vedeva spesso i figli reali."

"Ovviamente."

"E lei, in qualità di intima della principessa..."

"... non c'era membro della corte di cui gradissi l'arrivo più del delfino." Accigliandosi, si stringe lo scialle intorno al collo. "Davvero, Monsieur, se vuole che le dica che Luigi XVII è nella sua anticamera, temo di non poterla accontentare."

"Forse," dice Vidocq, "potrebbe onorare la memoria di Monsieur Leblanc."

I suoi occhi si assottigliano leggermente. Si mette un dito intorno alla bocca, poi lo lascia andare lentamente.

"C'è qualcosa," ammette. "Il suo giovanotto... ho notato che ha l'abitudine di fare *passare* oggetti tra i piedi. Palle e cose simili."

"Sì," dice Vidocq. "E allora?"

"Ne parlo perché era una vecchia abitudine del delfino. Sua madre lo rimproverava. *Se continui così, Charles, diventerai strabico!* Di certo ne era lei stessa convinta. La regina è sempre stata un'anima credulona." Fa una pausa, sorpresa di ritrovarsi a sorridere. "Be', non è un'abitudine insolita. Qualsiasi bambino avrebbe potuto fare una cosa del genere."

C'è una nota di sincere scuse nella sua voce mentre aggiunge:

"Temo di non avere altro da dirle."

Risistema lo scialle, i guanti, la linea della gonna. Fa un cenno nella nostra direzione. Va dritta verso la porta.

Questo perlomeno è il suo intento, ma poi le sue sottogonne le tremano intorno, e comincia a vacillare, come un elegante pioppo.

Ci muoviamo all'unisono, io e Vidocq, afferrandola da entrambi i lati e accompagnandola dolcemente alla poltrona più vicina.

"Devo prendere dell'aceto, Madame?"

"No. Grazie."

Abbassa lo sguardo e trova il suo ventaglio, ancora miracolosamente incastonato tra le dita.

"Mi dispiace," sussurra. "Tutto è tornato alla memoria. Parlando della regina, intendo. La principessa. Tutti quei tempi andati." Un minuscolo rivolo di sudore le cola sulla fronte incipriata. "Le donne tutte vestite di bianco e gli uomini con il loro... il loro taffetà fiorentino. Le meravigliose fontane in marmo. L'acqua profumata. Ogni sera, un concerto *spirituel*. Gluck, Piccinni..."

Proprio come aveva fatto nel suo squallido appartamento di Rue Férou, la baronessa allarga le braccia e comincia a suonare una tastiera invisibile.

"Vorrei sapervelo descrivere," dice. "Com'era bello tutto."

"Non per tutti," risponde Vidocq, nel più mite dei toni.

Le dita della baronessa si immobilizzano gradualmente. Dice:

"Mi dispiace di non poterle essere più utile di così, Monsieur."

"La sua collaborazione è stata molto apprezzata, Madame. Il prefetto ne verrà debitamente informato."

"Ahh."

Le sfugge una piccola risata mentre afferra i braccioli della sedia e si alza con un secco fruscio.

"Monsieur," dice. "Vuole davvero sapere chi è quel giovane?"

"Naturalmente."

"Allora c'è solo una persona viva che può dirglielo."

"Proprio così," risponde Vidocq, abbassando la testa di appena mezzo centimetro. "La duchessa d'Angoulême, sorella del delfino. Devo portarle i suoi rispetti, Madame?"

Adesso, sul volto della baronessa c'è un'eco inquietante del sorriso conservato su quella tela, a meno di un metro di distanza. Quanti uomini devono essere crollati davanti a una simile visione.

"Devo pregarla di lasciarmi nella mia oscurità," dice.

Esita un'ultima volta, proprio mentre raggiunge la porta dell'ufficio.

"Mi dispiace, Monsieur. Le dispiacerebbe fare uscire prima il giovane? Temo che un altro incontro con il mio passato sarebbe la mia morte."

Capitolo 31
Ossa morte

Charles viene accompagnato in una stanza attigua, la baronessa di Préval viene trascinata fuori in un soffice turbine di lana, io ho il compito di rimettere l'incisione di Villon sopra lo spioncino, e Vidocq… be', appoggia i piedi sul bordo della scrivania, inclina le spalle all'indietro e dice:

"Il problema, Hector, il vero problema è che non c'è nessun corpo."

"Cosa intende?"

"I resti di Maria Antonietta, quelli sono stati ritrovati. Lo stesso vale per il re. Ma non hanno mai trovato il corpo di Louis-Charles. E senza un corpo…" Strizza gli occhi. "Senza un corpo, non possiamo dire con certezza che il delfino sia morto tanti anni fa. Non possiamo dire nulla con certezza."

Si gira sulla sedia e contempla la penombra rosa intorno alla Sainte Chapelle.

"La baronessa ha ragione," dice infine. "La duchessa è l'unica donna che può dirci se il nostro ragazzo è quello vero. Ed è l'ultima a cui oserei avvicinarmi."

Per un altro minuto resta seduto lì, soppesando tutti gli elementi. Poi, con un ringhio sempre più lento, dice:

"Dica a Charles che domani farà un altro viaggetto. Questa volta *verso nord*."

"Posso dirgli dove?"

"L'abbazia di Saint-Denis. Veda se la cosa gli farà tremare le palle."

Non posso parlare per Charles, ma di sicuro qualcosa in me trema. Come potrebbe non farlo? La città di Saint-Denis è l'ultima dimora dei sovrani francesi. Carlo Martello, Enrico II, Luigi XIV... uno dopo l'altro, i gusci mummificati dei nostri re sono stati depositati in quelle cripte grondanti.

È vero che per un certo periodo i rivoluzionari hanno trasformato la basilica in un Tempio della Ragione, poi in un municipio, poi in un ospedale militare. Sui suoi pavimenti veniva trebbiato il grano. Ma una chiesa gotica non può mai sfuggire del tutto alle proprie origini, e i Borbone hanno avuto il buon senso di farne ancora una volta il mausoleo che tanto devotamente desidera essere.

Saint-Denis è a sole sei miglia da Parigi, ma il viaggio, nelle sue fasi iniziali, è tutto salite e discese. Il cavallo di Vidocq non c'è abituato. Geme nei finimenti, barcolla e scivola, beve oceani d'acqua. A circa duecento metri dalle colline di Montmartre dobbiamo scendere dalla carrozza e camminare. La strada si svuota mentre attraversiamo Porte Saint-Denis, gli edifici scompaiono, e Charles riesce finalmente ad appisolarsi, con la stessa resa incondizionata che ha mostrato durante il viaggio da Saint-Cloud.

"Cristo," dice Vidocq. "Non fa altro che dormire?"

Poco dopo le dieci, la Senna curva verso ovest, e davanti a noi si estende una pianura, che vortica attorno a una città murata. Dall'interno delle mura giungono le grida dei venditori, il suono pungente di una frusta, i lamenti delle mucche. E poi, quando meno te lo aspetti, suonano le campane dell'abbazia, facendo tremare tutto il resto nel nulla.

"È ora di mettersi al lavoro," dice Vidocq.

Allunga un braccio sotto il sedile e tira fuori un tubo di cartone, dal quale estrae una mappa, segnata a intervalli con il carboncino.

"La necropoli è lì," dice, allargando la mappa tra noi. "Non si può entrare direttamente, bisogna passare dall'abbazia. Dunque, questa *particolare* cripta ha un cancello che conduce fuori dalla Cappella della Madonna... ecco, vede? Il cancello è chiuso, di solito, ma oggi il sagrestano ha l'ordine di lasciarlo aperto, dalle undici alle dodici."

"Perché non la aprono e basta quando arriva?"

"Odia attirare l'attenzione su di sé. È per questo che si veste in modo così sciatto, vuole passare senza che nessuno se ne accorga. Adesso mi ascolti. In nessun caso dovrà seguirla. Il suo compito è semplicemente restare qui finché non uscirà di nuovo."

"E poi cosa?"

"Prenderà Charles sotto braccio e farà una piccola passeggiata. Proprio davanti a lei, il più velocemente possibile. Dica 'Buongiorno, Madame', se vuole, ma non menzioni il suo nome o il suo titolo. Si inchini, sorrida, cammini. È chiaro?"

Nel muschio mattutino, le mura della città si fanno più nitide. Sembrano ritagliate da un vecchio manoscritto.

"E se qualcosa va storto?" domando.

"Sarò lì nella navata con lei. Se succede qualcosa che non riesce a gestire, mi faccia un segnale."

"Quale segnale?"

"E che diamine ne so? Si dia una pacca sulla testa, un pizzicotto sul sedere... può andare bene, Monsieur mi-faccia-un-segnale?"

"Deve esserci un modo più semplice," mormoro.

Accigliato, tira su la mappa e la rimette nel tubo.

"Se lo riconosce, Hector, il nostro lavoro sarà molto più facile. E se *non* lo riconosce... be', ci penseremo a tempo debito."

La prima creatura ad accoglierci all'interno delle mura della città è una pecora dell'Île-de-France che cerca di arrampicarsi su un lato della carrozza, emettendo un belato di benvenuto così schietto da svegliare Charles di colpo.

"Dove siamo?" esclama.

"Nel cimitero dei re," dice Vidocq. "Le piacerà, glielo prometto."

Dieci minuti dopo, Charles mi tira per la manica.

"Possiamo andare adesso?"

Perché non c'è niente da vedere, sul serio. Grazie alla violenza sacrilega della Rivoluzione, le nicchie sono vuote, i pavimenti sono sfregiati, nel coro mancano le pietre. Non c'è altare, organo o paravento. Penso che sia questo il motivo per cui mi piace questo posto. Riesci a vedere le cose con occhi nuovi.

"Be', ancora non possiamo andare," dico. "C'è una signora che voglio che lei veda."

"Parla di quella vecchia? Che dice tutti quegli Agnus Deis?"

"Un'*altra* signora. Non è ancora arrivata."

"Allora come fa a sapere che verrà?"

In circostanze normali, lascerei che a rispondere fosse Vidocq, ma si è già separato da noi. E a questa distanza sembra esattamente il banchiere tedesco che finge di essere. Capelli biondo fragola, baffi come cespugli di bosso... si è persino concesso una nuova andatura. L'unico segno che si tratta di Vidocq sotto quella camicia di cambric e il gilet di piqué bianco è il piede destro, che trascina leggermente dopo il sinistro.

"Ha promesso di venire alle undici in punto," dico. "Mancano solo dieci minuti."

Per fare passare il tempo, gli racconto dei grandi uomini che in passato sono stati sepolti qui. Parlo di Carlo Martello e Ugo Capeto... Enrico II e Luigi XIV. Potrebbero essere tranquillamente dati di un censimento.

"Sono già le undici?" domanda.

"Presto."

"Ma quando?"

Adesso riesco a sentire l'irritazione nella mia voce. "Si comportava così con Monsieur Tepac? Sono sicuro che l'ha portata in giro."

"Non nelle *cattedrali,*" risponde Charles, imbronciato. "Una volta siamo andati a pescare, ma era quasi altrettanto noioso. Credo che anche i pesci fossero annoiati. Penso che ingoiassero gli ami solo per... aspetti! È lei?"

A stupirmi in seguito sarebbe stato il fatto che sapesse che era una donna. I cinque personaggi che sfilano lungo la navata laterale si distinguono per il loro abito sobrio e informe, e la piccola figura curva al centro è praticamente nascosta sotto una mantiglia nera. Vidocq aveva comunque ragione su questo punto: viaggia leggera.

"Sì," dico. "È lei."

"E allora cosa stiamo aspettando?"

È pronto a correre dietro di loro, ma lo afferro per un braccio.

"Non ancora. Deve prima rendere omaggio ai suoi genitori."

"E dove sono loro?"

"Lì sotto."

Mi fissa senza capire.

"Sono *sepolti* lì sotto," spiego.

"E quanto tempo ci vuole per rendere omaggio?"

"Dipende," dico, "da quanto uno si sente rispettoso."

Mentre il gruppo in lutto entra nella Cappella della Madonna, la retroguardia si volta a osservare, e sposto lo sguardo verso l'immenso rosone che si affaccia sul transetto. Faccio finta di studiarli, ma in realtà sto solo scandendo i secondi: uno... due... tre...

Non arrivo nemmeno al dieci, perché all'improvviso mi viene in mente che ho dimenticato qualcosa.

Charles.

Faccio un passo verso la porta ovest. Non c'è. Un altro passo verso il triforio. Non c'è.

Scruto i banchi e le navate, scruto l'abside... e poi mi rivolgo verso l'unico posto che ho evitato. Ed è esattamente dove lo trovo: che corre nella Cappella della Madonna.

Inutile accelerare. I passi lunghi sono il massimo che posso permettermi e, mentre mi muovo verso l'altare maggiore, agito le braccia in direzione di Vidocq, ma lui sta contemplando il lucernario, e vedo Charles aprire il cancello di ferro e scomparire nell'oscurità, e quasi grido, ma tutto quello che riesco a fare è continuare a muovermi.

Il cancello è ancora socchiuso quando arrivo. Respirando muffa e umidità, e la stessa sensazione di marciume che mi ha travolto durante il mio primo giro in carrozza con Vidocq. Faccio un solo passo avanti. L'oscurità mi cresce intorno.

"Charles," sussurro.

Come vorrei essermi fermato a prendere una candela! Non c'è una sola torcia qui dentro. Mi muovo un passo alla volta e, nonostante ciò, quasi faccio una brutta fine quando, dal nulla, appare una scala che scende. Afferrandomi al muro, mi tengo in piedi. Una pozza d'aria fredda e pungente sale dal basso, mi sigilla su quell'ultimo gradino, come se mi marmorizzasse.

"Charles..."

Dall'oscurità, forme spettrali appaiono e svaniscono, ed è con un brivido più profondo che realizzo cosa sono. Sepolcri. Contenenti i morti illustri della Francia.

È qui che sono venuti i rivoluzionari, quindici anni fa, sventrando tombe, trasformando effigi in briciole a colpi di martello, svuotando cuori e viscere reali da secchi di piombo, gettando in grandi fosse aperte gli scheletri osso dopo osso. Cancellando più di mille anni di storia in tredici giorni.

Perché, allora, mi sento come se fossi io a essere stato cancellato? Potrei martellare questa oscurità e mi assorbirebbe, una cellula dopo l'altra.

"Hector?"

Parla solo una volta, ma mi aggrappo a quel suono e mi trascino verso di esso, una pietra alla volta. Lo stridore dei miei stivali ha un suono liquido, tanto che, mentre scendo, ho la sensazione di essere una pioggia torrenziale, che si riversa sempre verso il basso, in attesa di un ricettacolo.

Che non è altro che una mano tremante. E una voce tremante.

"È così buio qui. Lo odio."

"Lo so. Vediamo se..."

Frugando nelle tasche, le mie dita si chiudono attorno a un fiammifero di zolfo. Lo faccio scorrere, due volte, contro il muro di pietra, e la luce squarcia l'oscurità, e mi ritrovo a fissare un'iscrizione: QUI GIACCIONO LE SPOGLIE MORTALI DI...

L'istante successivo, spengo la luce, ma non è Charles a saltare fuori, bensì uno sconosciuto. Distinguibile solo come un ovale bianco, con un abisso in bocca.

Vedo l'urlo prima di sentirlo. L'ugola vibra, il palato molle si ritira.

Da dietro di noi giungono grida confuse. Un paio di mani ruvide mi scaraventano a terra; un altro paio di mani schiacciano Charles. Sento la pressione della pietra fredda e di una lama sul collo e, sopra di me, una voce insolitamente colta.

"Muoviti di un altro centimetro e sei morto."

Capitolo 32
La Germania in soccorso

Così inizia la mia prima udienza con la duchessa d'Angoulême.

Anche se, se devo essere preciso, la mia prima udienza aveva avuto luogo quattro anni prima: il 3 maggio 1814.

Per una cifra elevata, io e mia madre avevamo rimediato un posto vicino alla finestra in una piccola taverna affacciata su Rue Saint-Denis, dove c'eravamo ripromessi di accogliere, insieme ad alcuni milioni di nostri concittadini, re Luigi XVIII.

Il più felice dei giorni. Il corso era stato mandato all'Elba, l'esilio borbonico era finito. Che l'oblio avesse inizio! Da ogni finestra sventolavano una bandiera bianca o dei fiori bianchi... tende bianche, tappeti, lenzuola. Come se le case di Parigi si aprissero dalla gioia.

Alle dieci in punto la carrozza del re aveva attraversato l'arco di trionfo della Porte Saint-Denis, trainata da otto cavalli bianchi. *Lunga vita al re!* era arrivato dalla folla. *Lunga vita ai Borbone!*

I nostri occhi a quel punto si erano rivolti, di comune accordo, alla donna piccola e minuta nella carrozza del re. L'ultima volta che mi ero imbattuto in così tanti parigini, la stavano trascinando al Tempio. Adesso spalancavano le braccia. Era sopravvissuta al Direttorio, al Consolato e all'Impero. Era la nostra Antigone, la nostra Clio, la nostra nuova Marianne.

Eppure, mentre percorreva Rue Saint-Denis, stringendo il parasole bianco e voltando la testa, lasciava dietro di sé solo un mormorio pruriginoso. Mia madre, alla fine, aveva trovato qualcosa da dire a proposito della duchessa d'Angoulême…

"Che cuffietta!"

Ebbene, avendo trascorso gli otto anni precedenti nel Buckinghamshire, la duchessa indossava il piccolo copricapo preferito dagli inglesi. Nessuno le aveva detto che le donne parigine preferivano cappelli grandi come urne funerarie.

La cuffietta, ovviamente, non avrebbe avuto alcuna importanza se sotto ci fosse stato il viso della nostra immaginazione. Questo è invece ciò che abbiamo visto: una donna severa, assetata dal dolore, ancora sulla trentina ma già chiusa alla luce. Madame Royale (come era conosciuta dalla nascita) poteva avere lasciato il Tempio, ma il Tempio non aveva mai lasciato lei.

Il suo matrimonio con il cugino, figlio del conte d'Artois, è stato sterile sotto ogni aspetto e, dal suo ritorno in Francia, la duchessa si è astenuta praticamente da tutte le funzioni sociali, preferendo dedicarsi a opere di carità. Visita ospedali e ospizi, prega per le anime e due volte al mese fa il pellegrinaggio dalle Tuileries a Saint-Denis – sempre con il minor seguito possibile – per rendere omaggio ai suoi genitori.

In questo particolare giorno, però, le sue devozioni vengono interrotte dall'arrivo di due uomini, a lei sconosciuti, che vengono ripagati della loro presunzione venendo gettati a terra.

"Per favore," balbetto. "Le mie scuse. Non intendevo fare del male."

Ma la mia voce viene registrata a malapena in mezzo alla nuvola di suoni e alla fine viene sovrastata dall'uomo che sta direttamente sopra di me, l'uomo che ha appena minacciato le nostre vite.

"Chi siete?" vuole sapere.

Non si può negare l'autorità di quel timbro. *La voce della civiltà francese*, mi pare.

"Come siete entrati qui?" domanda.

Dall'oscurità arriva una risposta:

"Mi chiamo Charles Rapskeller."

Quanto sembra vicino! Strizzando gli occhi, riesco appena a distinguerne la testa, schiacciato sulla pietra ammuffita.

"E lui è Hector," dice. "Non deve prendersela con lui, stava solo cercando di aiutare. A volte ho la tendenza a perdermi, e non riesco a farci niente."

"Perdersi è una cosa," dice la voce della civiltà. "Scendere una rampa di scale nella completa oscurità puzza di *intenzione*."

Alla fine, a salvarci è un'altra voce ancora che ci chiama.

"Eccovi!"

Un suono acuto e fragile, soffuso dall'acqua del Reno. Un tale perfetto simulacro di un banchiere tedesco che solo quando Vidocq mi sta effettivamente addosso capisco chi è.

"Ah! Giro un attimo le spalle e voi scappate come due banditi! Aspettate solo che vostra madre lo venga a sapere."

"E lei chi è?" domanda la voce della civiltà francese.

"Alois Herrhausen. Della banca Schaaffenhausen."

"E questi sono i suoi figli?"

"Mio Dio, no! *Nipoti*, Monsieur. La mia cara sorella, dopo avere appreso che avevo degli affari a Parigi, mi ha pregato di portarli a Saint-Denis, affinché si potesse offrire una preghiera per la loro guarigione."

"E da cosa stanno guarendo, Monsieur?"

"Oh, è... è un po'..." Una coltre di silenzio imbarazzato, perforata da un sussurro scenico. "Sono caduti di testa, tutti e due. Per colpa della stessa ostetrica. E con lo stesso risultato."

"Mi sembrano del tutto razionali."

"È questa la tragedia, Monsieur. All'esterno, va tutto bene. Ma *dentro*..." Un fischio sommesso. "Non hanno nulla in zucca tranne i pipistrelli."

E ora emerge un'altra voce. Femminile e titubante e, allo stesso tempo, dura. Come un corvo che chiama i suoi piccoli.

"Sono sicura che non sia stato fatto alcun danno."

È uno dei pericoli meno segnalati della lettura. Incontri persone così spesso sui giornali che credi di conoscerle davvero. Lo stesso vale per me e Madame Royale. Mi sento come se fossi entrato nella sua vita per errore, come ci si imbatte in uno sgabuzzino, scambiandolo per un salotto.

E così, quando la guardia lascia la presa e mi permette di alzarmi – quando il viso pallido e fasciato della duchessa nuota ancora una volta verso di me mi ritrovo ad abbassare gli occhi, per paura di ciò che potrebbe trovarvi.

"Di fatto," dice, "non avrei dovuto gridare a quel modo. Sono rimasta semplicemente sorpresa."

"E chi può biasimarla, Madame?" Vidocq dà un potente colpo di tacchi. "In un posto del genere ci si aspettano solo fantasmi e folletti, non un paio di *taugenichts* pasticcioni. Mi scuso. Non intendevano fare del male."

E ora, per la prima volta, la voce della civiltà francese si fa carne e sangue. Vale a dire che un uomo di una cinquantina di anni esce alla luce. Carnagione scura e labbra carnose. Il busto si tira leggermente indietro, come a negare la violenza promessa dalla gamba destra, che è spinta in avanti. È teso, in un modo che non ci si aspetta più dagli aristocratici, con abbastanza riccioli tra i capelli da evocare *sauciers* e sarti.

"La prego," dice, "di vigilare più da vicino sui suoi nipoti in futuro."

"Non abbia paura, Monsieur. Domani mattina saranno caricati sulla prima diligenza per Strasburgo e non vi daranno mai più fastidio, lo giuro su Dio. Avete sentito, mascalzoni? Adesso venite, abbiamo appena il tempo di salire in carrozza..."

Nessuna carrozza ci aspetta, se non il catorcio di Vidocq che è fermo proprio dove lo abbiamo lasciato e da lì seguiamo un percorso dritto fino alle porte della città. È solo quando siamo a cinque minuti da Saint-Denis che Vidocq bussa sul tetto e ordina al cocchiere di fermarsi.

"Charles. Vai a giocare."

E lui esegue. Si tuffa nel prato circostante con l'aria di uno studente di medicina esentato dall'ultimo esame.

"Bene," dice Vidocq, guardandolo cupamente. "Il nostro ragazzo è un po' più complicato di quello che sembra."

"Perché dice così?"

"Perché, a differenza di lei, io lo stavo osservando. E le sto dicendo che ha aspettato il suo momento. Le sto dicendo che ha aspettato finché lei non ha girato la testa, e si è diretto dritto verso la duchessa."

"Non vedeva l'ora di andarsene, tutto qui. Gli ho detto che non potevamo andare finché non l'avessimo vista. Stava... stava accorciando i tempi."

"Oh, è tutto?"

Per un altro minuto lo guardiamo muoversi in mezzo alla segale, interrogando ogni fiore di campo.

"Non mi è sembrato l'abbia riconosciuta," azzardo.

"Vero."

"E nemmeno sembra aver riconosciuto lui."

"Anche questo è vero. L'unico volto che la consumava davvero era il *suo*, Hector."

Chinandosi, coglie un fiore di trifoglio e lo fa roteare tra l'indice e il medio.

"Suo padre conosceva Madame Royale, o mi sbaglio?"

Annuisco.

"E quanto gli somiglia, Hector?"

"Be'... un bel... un bel po', mi hanno detto."

"Molto bene. Ora forse potrà spiegare perché la vista di suo padre dovrebbe fare venire una lacrima agli occhi della duchessa."

3 Anno Germinale III

Charles ha ripetutamente chiesto della sorella. Ho spiegato che il benessere d Madame Royale non rientra nella mia sfera d responsabilità, ma ultimamente le sue domande sono diventate sempre + urgenti. Mi viene in mente che la buona novella d sua sorella potrebbe essere d *grande* utilità x migliorare morale & salute.

Stamattina ho chiesto a Leblanc se potevamo ottenere udienza con la principessa. Impossibile, ha detto, senza il consenso esplicito del Com d Sic Gen. Forse potrei presentare una petizione direttamente a loro? Essendo le mie precedenti esxienze con il Comm (specialmente il Cit Mathieu) spiacevoli, ho deciso d portare la questione direttamente al Generale Barras, che ha spesso guardato favorevolmente alle mie petizioni.

Proprio oggi sono andato a trovarlo nel suo alloggio. Mi ha sorpreso ottenere udienza immediata e trovare il Generale ben disposto verso la mia richiesta. Mi ha chiesto se potevo unirmi a lui x cenare nei suoi appartamenti privati, domani sera, allo scopo d discutere ulteriormente la questione. Ho prontamente acconsentito.

5 Germinale

Ora ho qualche motivo x pentirmi dell'invito d Barras. Dettagli del nostro incontro troppo volgari x riportarli. Basti dire che le sue proteste hanno suscitato in me non poco disgusto. x tenermi in silenzio, tuttavia, ora ho 1 lettera, firmata xsonalmente, che mi xmette d visitare Madame Royale su base regolare.

A che prezzo farsi scrupoli! È vero quello che dice il mio amico Junius: viviamo in tempi flessibili.

6 Germinale

La 1° intervista con la principessa ha avuto luogo immediatamente dopo la visita con Charles. Vive al 3° piano della torre, appartamento condiviso con madre & zia. Io & Leblanc l'abbiamo trovata seduta sul divano accanto alla finestra, a ricamare. Questo, mi dicono, è 1 dei passatempi che le sono consentiti.

Madame Royale ora ha 16 anni, secondo i nostri calcoli – è ancora molto giovane. I suoi capelli sono portati senza cipria, legati in 1 nodo. Copricapo = fazzoletto, annodato a rosetta. Ha 1 solo vestito, d seta color pulce. Non le è xmesso alcun cappello.

In buona salute, in generale, ma la sua espressione è estremamente seria. Vedendoci, non ha fatto alcun segno né parola d benvenuto. Alle nostre ripetute domande non ha dato risposta.

Come mi ha ricordato Leblanc, la principessa è stata imprigionata x + di 2 anni, senza fuoco né luce... dieta quotidiana d abusi verbali da parte delle guardie... xquisizioni 3 volte al giorno, spesso nel cuore della notte... nessun conforto. Le carte & persino i libri vengono trattenuti, x paura che si cimenti in comunicazioni in codice, assorba la propaganda monarchica, ecc.

Queste riflessioni mi hanno mosso a discreta pietà. Quando mi sono ritirato dalla sua stanza, ho fatto in modo d inchinarmi a fondo. Leblanc, senza esitazione, ha seguito il mio esempio. Questo, mi sono accorto, l'ha stupita. Sono passati molti mesi dall'ultima volta che qualcuno le ha reso questo onore.

7 Germinale

Anche la 2ª intervista con la principessa è stata senza parole. Da certi movimenti degli occhi, tuttavia, ho concluso che il suo silenzio ha una causa prossima: teme d essere ascoltata dalle guardie (che hanno l'ordine d ascoltare tutte le conversazioni). Ho approfittato dunque della nostra partenza x sussurrarle all'orecchio:

Forse può dirci se ha bisogno d qualcosa?

Dalle tasche ho tirato fuori carta & matita. Ha valutato questi articoli x 1 po'. Poi, prendendoli, ha scarabocchiato d fretta...

Qualche camicia & qualche libro.

9 Germinale

I commissari non sborseranno fondi x nuovi vestiti. Così ho preso in prestito 2 camicie da mia moglie Béatrice. La principessa sembrava abbastanza soddisfatta. Un po' d imbarazzo riguardo al libro. *Micromega* di Voltaire: uno dei miei preferiti & in linea con l'attuale clima politico. Con palese rammarico, ha scosso la testa & lo ha restituito (educatamente).

Mi sono scusato x la mia sconsideratezza, ho promesso d portare domani un volume + adatto. (Chiederò suggerimenti a Junius.)

11 Germinale

Al termine dell'intervista d oggi, Madame Royale ci ha rivolto le sue prime parole:

Come sta mio fratello?

19 Germinale

Leblanc (xsona eccellente!) ha fatto 1 scoperta significativa. Il quadrante NE della cella della principessa, x via d una qualche concatenazione di mobili & pareti, è acusticamente "null", cioè possiamo parlare lì, a bassa voce, senza essere ascoltati dalle guardie. Ciò ha avuto effetti molto benefici sulle nostre conversazioni. La principessa ora parla axtamente. È molto grata d avere 1 pubblico.

Io & Leblanc restiamo seriamente vincolati a ciò che possiamo dirle. Nessun dettaglio sulle condizioni d Charles. Nessuna notizia dal mondo esterno. Non possiamo nemmeno dirle che sua madre & sua zia sono morte!

Questa mattina Madame Royale mi ha detto che desiderava occuparsi d suo fratello. Ho detto che sarei stato troppo felice d accontentarla, ma mi è stato espressamente vietato d riunirli. I commissari non xmettono loro nemmeno d vedersi quando vengono portati fuori a fare una passeggiata.

La principessa ha insistito. Sua madre, sua zia Élisabeth l'hanno pregata d prendersi cura d Charles, ha detto.

Non si aspetteranno che lei scavi attraverso i muri d pietra, no?

Non ha risposto. Ma non è rimasta x niente scoraggiata dal suo progetto.

28 Germinale

Questa mattina Madame Royale mi ha attirato nel nostro solito angolo. Senza preliminari né saluti, ha sussurrato: dobbiamo portare Charles fuori d qui.

Cercando d stare calmo, le ho spiegato xché 1 cosa del genere non può accadere. Centinaia d soldati, morte certa x chiunque aiuti la famiglia reale, ecc. Ho espresso la speranza che i negoziati con i governi stranieri possano ancora garantire il suo rilascio se ci saranno certe condizioni…

Con discreta *brusquerie*, mi ha interrotto. Non abbiamo tempo x le trattative, ha detto. È molto malato, dottore. No, non lo neghi, i suoi occhi mi dicono tutto. Se non lo tiriamo fuori da questo posto infernale, morirà. Mi dica allora. Cosa dobbiamo fare?

Una bella domanda, ahimè. Cosa dobbiamo fare?

Non possiamo più dipendere dalle autorità affinché facciano la cosa giusta. Sta a noi trovare la linea d condotta. A questo ci sono arrivato, & Leblanc mi ha assecondato. Dio ci aiuti tutti.

Capitolo 33
Un lillà cresce nei giardini delle Tuileries

La mattina dopo, io e Charles riprendiamo quella che è diventata la nostra routine quotidiana. Ci svegliamo alle otto. Facciamo una colazione leggera. Usciamo dal cortile sul retro, indossiamo i nostri costumi e iniziamo a camminare.

Quella prima mattina, mentre percorriamo Quai des Augustins, veniamo assaliti da un gabbiano, che ruggisce dal fiume e, con un grido di pura oscenità, strappa i riccioli incipriati direttamente dalla testa di Charles. Stordito, Charles guarda la sua parrucca scomparire sul Pont Neuf. Si mette una mano sui riccioli nudi.

"Sa che forse preferisco senza?"

"Anch'io."

Viene via la mia parrucca. Via i suoi occhiali. Al successivo venditore di vestiti, spendiamo i fondi del nostro Ministero della Giustizia in nuovi stivali. E adesso, per la prima volta, una nota di giocosità aleggia nella nostra impresa. Camminiamo più velocemente, ridiamo più volentieri. Facciamo un cenno con la testa alle signore e facciamo i complimenti ai vecchi gentiluomini per i loro cappelli a tricorno e perdiamo la sensazione di dovere essere ovunque, in qualsiasi ordine e allo stesso tempo.

Le Tuileries, il Louvre, la Conciergerie... non suscitano in lui il minimo sussurro di riconoscimento, per cui abbandono ben presto qualsiasi itinerario, e semplicemente camminiamo. Dall'Hôtel de Ville a Faubourg Saint-Honoré, dalla Barrière du Maine al Quartier Saint-Antoine, da Place Louis XV a Place Vendôme. Giorno dopo giorno, miglia e miglia in ogni direzione, immergendo i nostri cappotti spinati nella polvere di carbone, imbrattando i nostri stivali nuovi nel fango e nel terreno notturno – e muovendoci sempre secondo la bussola più contraria. A nord su Pont Notre-Dame... a sud su Pont-au-Change... ancora a nord su Pont d'Iéna...

Parigi si rimpicciolisce davanti a noi, e Charles la accoglie come un uomo mandato a vagare per i regni perduti della luna. Considera il *visconte* in calze di seta allo stesso modo in cui considera l'operaio della fabbrica chimica con la faccia annerita. Osserva l'arco semifinito di Napoleone sugli Champs-Élysées e decide che dovrebbe essere lasciato "proprio così". Dichiara di non avere mai visto niente di così bello come l'elefante di gesso marcio e infestato dai topi in Place de la Bastille.

"Ma di chi è stata l'idea?" domanda.

"Di un tizio. Che non c'è più."

"Vuole dire Monsieur Bonaparte," dice inaspettatamente.

"Proprio lui."

"L'ho visto una volta."

"Ah sì?"

"Su uno scudo da cinque franchi. Era di profilo."

Nell'istante successivo, mi giro di lato e vedo un lampo scarlatto, che scompare dietro Rue de Charenton. Non più concreto dell'altra notte, quando l'ho intravisto dalla finestra della mia soffitta, ma in qualche modo più vivido proprio perché così fugace.

"Andiamo," dico.

"Ma dove stiamo andando?"

"Sui boulevard."

È il posto più sicuro a cui riesco a pensare. Sui boulevard il confine tra inseguitore e inseguito crolla perché nulla sta al suo posto. La ragazza col turbante che suona la ghironda diventa, un passo dopo, una mangiatrice di spade. Il pantomimo diventa un cantante di ballate o un attore che recita una tragedia di Racine o una donna che fila silenziosamente in una vasca piena d'acqua – o semplicemente una modista, che passeggia con un carillon.

Dalla Madeleine alla Bastiglia passeggiamo, io e Charles, davanti a un milione di caffetterie, davanti a bagni, ristoranti e *pâtisseries*, davanti a teatri e sale da biliardo, mantenendo il polso costante contro tutte quelle contropulsazioni, fermandoci solo per rinfrescarci o ripararci da un acquazzone passeggero.

E se, di tanto in tanto, un lampo scarlatto familiare si registra ai margini della mia retina, prendo semplicemente Charles per il braccio e scompaio in una folla di venditori.

Mele, Monsieur!... Ah, Monsieur, comprate le mie patate!... Abiti usati!... Pelli di coniglio!... Panini al latte! Caldi! Caldi!

Un pomeriggio veniamo fermati su Boulevard de la Madeleine da un corteo di grande solennità. La strada stessa tace davanti allo spettacolo. Sette carri. E in ogni carro, ventiquattro uomini, seduti schiena contro schiena, i piedi in zoccoli di legno, il collo assicurato da collari di ferro, le braccia legate, come vertebre, da un'unica catena.

Al loro passaggio si sente un tintinnio simile a una zucca e lo schiocco delle fruste, e gli uomini stessi, tremando al sole, emettono un ronzio simile a un canto gregoriano, in cui si riescono a sentire frammenti di oscene canzoni da taverna.

"Quelli chi sono?" sussurra Charles.

"Detenuti."

"Dove stanno andando?"

"In galera."

I fortunati, aggiungerei. Gli altri...

Be', basterebbe osservare gli uomini che giacciono nell'ultimo carro: imballati come fieno, lucidi di febbre. *Loro* non dureranno un altro giorno. Più della metà di quella compagnia morirà prima che il viaggio sia terminato; quelli che sopravviveranno desidereranno non esserlo. Incatenati alle caviglie dall'alba al tramonto... messi a sgobbare nel caldo pestilenziale... fustigati, sputati, picchiati, sodomizzati. E la loro ricompensa alla fine della giornata? Una tavola di legno su cui appoggiare le teste rasate e la prospettiva sempre più lontana della libertà.

"Hector!"

Le narici di Charles si ritraggono, come se una mano invisibile le stesse premendo.

"Quell'odore," dice. "È proprio come l'odore del suo amico."

E ha ragione.

Incredibile pensare che un odore possa rimanere ancora attaccato a un uomo quindici anni dopo che ha lasciato la galera. Il mio sguardo, senza vincoli, vaga da un carro all'altro finché non si posa su un individuo smunto, sdentato e magrissimo, che entra ed esce dal sonno e alla fine cede del tutto così che un attimo dopo precipita fuori dal carro e si porta con sé il resto dei suoi compagni in catene. Uno dopo l'altro cadono sull'acciottolato, come passeri che piovono dai camini.

All'istante i marescialli e le guardie si scagliano contro di loro con bastoni, frustini e spade di piatto. Con grande sforzo, i condannati legati barcollano in piedi e tornano traballanti verso il carro, strascicando i piedi, perché sebbene le loro caviglie siano state lasciate libere per il viaggio, il solo ricordo di quelle catene fa sì che ciascuno di loro si trascini dietro il piede destro.

Proprio come Vidocq, penso, colpito.

E ora, mossi da un istinto comune, io e Charles prendiamo il volo. Lasciamo i carcerati, lasciamo i boulevard e ci precipitiamo via, senza una meta particolare, seguendo semplicemente il declivio della città.

Intorno a noi l'aria comincia a ribollire e scoppiettare, ma continuiamo a camminare, ed è il fiume che alla fine ci ferma.

Ci guardiamo attorno stupiti e ci ritroviamo sotto le fronde scure dei castagni, affacciati su una lunga passeggiata.

I giardini delle Tuileries.

Un forte vento da nordovest sferza gli aranci, piega i globi realizzati in arte topiaria, raccoglie l'acqua direttamente dalle fontane. A sud, la Senna ribolle come risacca, e a est, le candele scintillano a ogni finestra, mentre il palazzo si comprime per la batosta imminente.

Tutti i pedoni a spasso se ne sono andati da tempo – le loro sedie in affitto sono ribaltate, i loro giornali abbandonati si sollevano come vele – ma Charles si rifiuta di muoversi. E non appena le prime pesanti gocce di pioggia gli colpiscono la testa nuda, sbatte le palpebre due volte e dice: "Aspetti."

Cammina, molto lentamente, verso un cespuglio di lillà.

Si inginocchia. Armeggia tra i rami più bassi del cespuglio, brancola fino alle radici. Poi, dopo alcuni secondi di sforzo concentrato, tira fuori il suo trofeo. Me lo tende sul palmo della mano.

Un nastro. Del bianco borbonico.

Sporco, strappato e mezzo sfilacciato, e ancora luminoso, come se la pioggia stesse lavando via gli anni. E stesse lavando Charles trasformandolo in... qualcun altro. Qualcuno che non ho mai visto prima.

Mi inginocchio accanto a lui. Gli parlo direttamente nell'orecchio. "Sapeva che quel nastro era lì?"

Dopo diversi secondi, annuisce, molto lentamente.

"Lo ha messo lei stesso lì?"

Un'altra pausa. Un altro cenno di assenso.

"È successo molto tempo fa?"

Ci separa solo un metro, ma devo alzare la voce, semplicemente per essere sentito al di sopra del vento e della pioggia.

"Era un bambino quando è successo?"

A questo non dà alcuna risposta, se non quella di chiudere ancora una volta le mani sul nastro, come se potesse spremerne il ricordo.

"Perché lo ha nascosto, Charles?"

"Così non lo avrebbero trovato," risponde alzando la voce.

"Chi?"

"Gli uomini cattivi."

Adesso la pioggia gli scorre lungo il viso.

"Loro..." Si pulisce la bocca con l'avambraccio. "Hanno portato via il mio giardino. Hanno detto che non potevo tenere nessuno dei miei fiori. Allora ho preso i miei lillà e li ho piantati qui e ho messo il nastro dove... dove..."

Si porta una mano al viso.

"No," dice. "Era un sogno."

Con molta delicatezza, gli metto una mano sotto la mascella. Non si tira indietro. Metto l'altra mano accanto alla tempia. A poco a poco, inclino la sua testa verso il lato ovest del palazzo delle Tuileries, l'unico scorcio che non avevo mai pensato di offrirgli, l'unico angolo che Luigi XVII avrebbe visto ogni giorno, tornando dalle sue gite. Quello che avrebbe ricordato meglio. Se fosse stato ancora vivo.

Per quella che sembra un'eternità, Charles studia quei tetti dei padiglioni e io studio... *lui.* Ciò significa che lo sto osservando nel momento esatto in cui si apre.

Sì, è la parola migliore, credo. Un mondo di luce irrompe da dentro di lui. Il cespuglio di lillà... il nastro... i cornicioni e le colonne di quel brutto palazzo... ogni cosa assume un significato. Con una forza tale che viene letteralmente sbalzato all'indietro.

"A volte faccio questo sogno," geme. "Sogno che ero..."

"Lo era," dico, sorpreso dalla sicurezza nella mia stessa voce. "Lo *è.*"

I suoi occhi brillano di bianco in mezzo alla pioggia e alla nebbia. La sua bocca si apre…

"Che cosa?" dico. "Non riesco a sentirla."

"*È troppo tardi?*"

"*Troppo tardi per cosa?*"

"*Tornare indietro?*"

Ora potrebbe essere che voglia semplicemente ripararsi dalla pioggia. Ma quando ripenso a questo momento, vedrò i nostri destini intrecciarsi più strettamente attorno a noi, come una vite abbraccia un traliccio. Altrimenti perché rispondo così velocemente, senza pensare ad altre cose da dire?

"*È TROPPO TARDI.*"

Capitolo 34
Non da Waterloo

La tempesta passa abbastanza in fretta, ma siamo così bagnati che non possiamo fare altro che tornare a casa. Lì troviamo dei vestiti e un fuoco già acceso e una baguette e due tazze di caffè caldo e amaro e perfino un bonario rimprovero di mia madre.

"Per l'amor del cielo. I signori dovrebbero sempre portare con sé gli ombrelli."

Ormai, la consueta buona natura di Charles è stata trasformata in qualcosa di pesante e riservato. Ogni domanda invoca solo il silenzio, e Charlotte, nell'atto di mettergli il cavolo nel piatto, si sente in dovere di chiedergli della sua salute.

"Sembra un po' silenzioso, tutto qui," aggiunge.

"Forse il patrimonio del visconte ha trovato nuovi eredi," suggerisce Nanchino.

Charles, non sapendone nulla di visconti o patrimoni, non riesce ad abboccare. I suoi movimenti, le sue espressioni diventano sempre più svogliate, finché alla fine posa del tutto coltello e forchetta.

“È un grande rompicapo,” dice Rosbif. “Grazie al buon Dio abbiamo in mezzo a noi uno stimato *medico*. La sua diagnosi, Monsieur Hector?”

Per diversi lunghi secondi studio il mio piatto. Poi, con tono di ritrovata autorità:

“Monsieur Charles ha solo bisogno di scrollarsi di dosso le sue preoccupazioni. Propongo di aiutarlo.”

“Come?”

“Portandolo al Palais-Royal,” annuncio. “Partiremo tra due ore.”

A tarda notte, l’ex palazzo del duca d’Orléans brilla come una pira. Fiumi di luce, che fuoriescono dalle fondamenta, travolgono un esercito di parigini, colti nell’atto di scegliere i peccati. Scenderanno in cantina per vedere la gente ballare e il cantastorie cieco? Oppure cammineranno lungo i portici del pianterreno, tastando tabacchiere, casse di orologi di alabastro e incisioni oscene di fanciulle che mungono?

Oppure andranno ancora più in alto, nel regno scintillante delle sale da pranzo? Si dice che trent’anni fa Camille Desmoulins sia saltato su uno dei tavolini di un bar e abbia dichiarato la rivoluzione. Al giorno d’oggi, è raro trovare qualcuno che si alzi dalla sedia. Le mogli si siedono a pochi centimetri dalle prostitute; i mercanti pagano da bere agli avventurieri; ladri e truffatori si abbracciano come amanti.

E il vino scorre, anche se qui l’ebbrezza è qualcosa di più generale. Qualcosa che ha che fare con l’essere vivi, credo.

E al Café des Milles Colonnes scorre lo champagne.

"Mm," dice Charles, aspirando i fumi. "Solletica e brucia allo stesso tempo..."

Richiamo il cameriere e ordino un'altra magnum e, per non farci mancare nulla, *pâté de foie aux pruneaux* e *boulettes* fredde e due crostate di mele e... ho dimenticato cos'altro. Mangiamo e beviamo nel bagliore di tutte quelle colonne di vetro, guardando le storie d'amore sbocciare e morire, finché non ci si avvicinano due donne in abiti da ballo di seta scollati, che ci guardano come se fossimo interessanti come ciò che stiamo guardando noi.

"Pensavamo che voi signori avreste voluto avere compagnia."

"Certo," borbotta Charles, alzandosi a metà dal suo posto e poi crollando di nuovo seduto.

La mia compagna designata avrà all'incirca ventidue anni, mani ruvide e lentigginose e occhi castani che brillano su una bocca sottile e in salamoia.

"Virginie," mi dice.

"Stavo per indovinarlo."

La donna che abborda Charles si chiama Berthe. Ha una testa di granito e un'aria di operosità interrotta, come se avesse lasciato un mucchio di biancheria sporca nella sala da caffè.

"No, grazie," dice, spingendo via il bicchiere. "Lo champagne mi fa ruttare."

Se un essere umano ha mai detto qualcosa di più divertente di così... be', Charles deve ancora sentirlo.

"Ruttare," ansima. "*Ruttare.*"

Le dita di Virginie mi scivolano sul braccio.

"Mio Dio, che bello che sei!"

"Monsieur," dico, alzandomi in piedi barcollante. "Ci disperdiamo?"

Sono assolutamente certo che andremo di sopra in una delle case di tolleranza, ma Virginie ci porta dritto in giardino e fuori dal cancello. "Non andiamo...?"

"Abbiamo avuto un piccolo problema con le licenze," risponde. "Ma non importa, abbiamo delle belle stanze a meno di quattro isolati di distanza."

Alla mia destra vedo Charles che si inclina da una parte e dall'altra, con solo il braccio robusto di Berthe a mantenerlo verticale. Quando raggiungiamo l'angolo di Rue Droit-Mur, lui appoggia quasi tutto il peso su di lei, e una canzone gli esce dalla gola, alta e roca:

"*C'è una chérie che conosco*
e remerò sulla sua barca
avanti e indietro
in qualunque direzione andrà..."

"Basta," gli sussurro all'orecchio.

"*Ed è dentro... fuori...*
Oddio, come grida!
Dentro fuori..."

"Stia zitto!" sibila Berthe. "Ci metteremo i gendarmi alle calcagna!"

"Mi ricorda una capra che avevo," dice Charles.

"Grazie mille, non ho dubbi."

“Si gioca a carte dove vive?”

“Immagino di sì,” risponde lei tenendosi sul vago.

“A birilli?”

“Oh, i birilli.”

Scendiamo lungo la Petite Rue Picpus e arriviamo a una bianca crepitante facciata di una casa intonacata, avvolta nell’edera, con un’unica lampada per la notte accesa alla finestra.

“Solo tre piani da salire,” dice Virginie.

Con Charles che barcolla e inciampa, sembra che ci voglia quasi mezza giornata. Non appena gli viene mostrata la sua stanza, cade sulla branda con il peso di cento uomini e si addormenta all’istante.

“Non è un gran bevitore, vero?” dice Berthe.

Scrollando le spalle, avvicina una sedia all’unica candela della stanza e prende un ricamo quadrato, blu e increspato.

“Ehi,” dico. “Starà bene, no?”

“Pensa che lo sveglierò? È la prima pausa che faccio in tutta la giornata.”

“Ma non gli piace essere lasciato solo. Gli piace avere compagnia quando dorme.”

“Tesoro, sta bene,” mormora Virginie, tirandomi il braccio.

Vidocq una volta ha teorizzato che io non scopi dai tempi di Waterloo. Di fatto ho avuto abbastanza esperienze recenti con le prostitute per riconoscere i vantaggi di Virginie. Tanto per cominciare ha i denti. Il suo viso non si rabbuia nel momento in cui la tocchi. Nonostante tutto, conserva la stessa aria di benevolo incoraggiamento che aveva quando si è seduta al tavolo del nostro bar.

Una cosa l'ho dimenticata: quanto può essere emozionante l'umidità di una donna. Un intero continente in attesa di essere rivendicato, sì, e posso solo essere grato che il mio piccolo esploratore si scrolli di dosso il sonno che si è impadronito del resto di me. Nella stanchezza che segue c'è una punta di soddisfazione, come quando togli i rami secchi dai cespugli.

"Quanto devo...?"

"Oh, non c'è fretta," dice Virginie.

A un certo punto, mi rendo conto che non sto abbracciando lei ma le lenzuola dove era sdraiata. Dato che sono altrettanto morbide, mi addormento subito. E in men che non si dica sono di nuovo a Saint-Cloud. Ancora una volta la Grande Cascade ha preso vita e Monsieur Tepac giace pallido e pesante davanti a me, con il sangue che gli scorre a fiotti da un fianco.

Raccolti intorno a noi, in un trittico disordinato, ci sono altri osservatori: Vidocq, nei suoi abiti migliori, Charles, che indossa un cappello sbilenco, e l'assassino di Tepac, Herbaux. C'è in tutti loro una sorta di esitazione – vorrebbero aiutare ma non sanno come – e il sangue scorre dal lembo della pelle di Tepac, sgorga dalla Grande Cascade e cade dal cielo.

Mi sveglio, con brandelli di Saint-Cloud che mi seguono. Prendo la candela accanto al letto e la spingo nell'oscurità. Sulla soglia è incorniciata un'alta figura oscura.

L'uomo alza la sua di candela e, nello specchio della nostra luce congiunta, lo vedo. Nessun sogno, infine. È Herbaux, in carne e ossa.

Capitolo 35
In cui è chiaramente dimostrata la vulnerabilità del tendine del ginocchio

Il fatto è che, se mi aveste chiesto prima che aspetto aveva Herbaux, dubito che avrei potuto dirvelo. In qualche modo, senza che me ne accorgessi, quei lineamenti si sono impressi in me. La mascella importante, che si assottiglia in una fessura sul mento. Il naso da pugile (rotto almeno due volte nella sua carriera) e gli occhi da satiro, troppo distanziati per metterti a tuo agio, che ti vengono incontro da ogni angolazione possibile.

Una cosa che non ricordavo da Saint-Cloud: le sue *dimensioni*. Anche lo stipite della porta si solleva per accoglierlo.

"Si alzi," dice.

Questo è più difficile da fare di quanto avrei immaginato. Lo champagne mi ha fatto marcire la testa dall'interno.

"Posso... mettermi i vestiti?"

"I pantaloni," dice. "È tutto ciò di cui avrà bisogno."

Mi muovo lentamente, non per strategia ma semplicemente per rallentare il cuore.

Per diversi secondi, il mio sguardo indugia sulla finestra, finché non sento il tono misurato di Herbaux:

"Non lo farei. È una caduta di quattro piani. Ora andiamo a svegliare il suo amico, va bene?"

"Ma sono venuto da solo."

"Sì, come no."

Mi afferra per la nuca e, con pochissimo sforzo, mi lancia lungo il corridoio. Atterro a circa un metro dalla porta di Charles.

"Lo vada a prendere," dice Herbaux.

Niente di tutto ciò che accadrà dopo era previsto. Con una mano giro la maniglia della porta. Con l'altra... afferro la candela di Herbaux e gliela avvicino al viso. Un grugnito di dolore, poi la candela cade a terra e Herbaux barcolla all'indietro. Gli pianto un piede sul torace e lo faccio cadere di schiena. Poi apro la porta e me la sbatto alle spalle.

"Charles!"

I miei occhi, adattandosi lentamente all'oscurità, lo trovano esattamente dove lo avevo lasciato: sul lettino, che fa respiri lunghi e lenti.

Ormai Herbaux si è ripreso quanto basta da scagliarsi con la sua mole contro la porta. Si avventa più volte, e mentre oppongo resistenza, sembra che la porta si avvizzisca, come se stesse invecchiando davanti ai nostri occhi.

"*Charles! Per l'amor di Dio, si svegli!*"

I miei piedi, nel tentativo di fare presa sul pavimento, urtano contro una brocca di porcellana bianca. Con un solo movimento del braccio, faccio volare il suo contenuto verso di lui.

La stanza si riempie all'istante di un fetore acre e Charles si alza di scatto sul letto.

"Mi sono pisciato addosso?" urla.

"Va tutto bene. Adesso mi stia a sentire..." Come sembra calmo il suono della mia voce! "Ho bisogno che lei faccia qualcosa per me, va bene? Ho bisogno che si alzi all'istante e porti qui quella cassettiera. Può farlo?"

Le sue facoltà sono ancora più confuse delle mie, ma dopo diversi secondi di gemiti, riesce a trascinare la cassettiera sul pavimento di legno. E con il suo aiuto riesco a incastrarla dietro la porta.

"Ora ho bisogno che spinga. Può farlo?"

"Così?" domanda.

"Più forte. Più forte che può."

Si appoggia alla porta, ed è sbalordito nel sentirla resistere.

"C'è qualcuno là fuori," dice.

"Sì, esatto. Stiamo facendo un *gioco*. Se riusciamo a impedire che l'uomo dall'altra parte entri qui dentro, lui" (un secondo o due di brancoli selvaggi) "ci preparerà la colazione."

Nuvole di nausea passano sul viso di Charles. "Un po' presto per mangiare, no?"

"Lei continui solo a spingere."

E lo fa. Anche dopo che la porta inizia a scheggiarsi sotto il peso di Herbaux, lui applica ostinatamente la controforza. Riesco a sentire il suono dei suoi sforzi mentre corro alla finestra e chiamo nell'oscurità di sotto...

"*Aiuto!*"

Nessun grido di risposta, solo l'eco della mia voce, che

rimbalza sulle fogne, sui cumuli di spazzatura e sugli scarichi di grasso.

Poi vedo, a spalliera sulla facciata dell'edificio sotto di me, una rete di tubi di scarico di piombo, che si ramificano in cento gomiti, come una vecchia vite.

"Penso... che perderemo," ansima Charles.

"Ancora qualche secondo!"

Adesso mi arrampico, allontano il lettino dalla parete trascinandolo e lo incastro alla cassettiera.

"Va bene," gli dico. "Contiamo fino a tre e corriamo alla finestra. Uno... due..."

La cassettiera cede all'istante, ma il lettino regge saldamente. Per adesso. "Questa è la parte più divertente di tutte," dico. "Scenderemo giù."

"*Giù?*"

"Sì, fa tutto parte del gioco. Il primo che arriva a terra riceve un premio speciale."

"Non sono sicuro..."

Dietro di noi, un'altra sezione del pannello della porta si spacca.

"Vado io per primo," dico. "Così può seguirmi..."

"Oh no, non lo farà!"

Senza un secondo in più di esitazione, mette il piede sul primo tratto di tubo e, trovandolo sicuro, si abbassa al livello successivo. Tre secondi dopo, è scomparso.

Lo seguo a ruota. Non c'è altro che uno spicchio di luna a illuminare la strada, ho le gambe pesanti e non sento più le mani. È come se qualcuno mi stesse premendo un pollice sulle orbite. E alzando lo sguardo, riesco a vedere la candela di Herbaux, accesa ancora una volta, che tesse cerchi nella notte.

Faccio un lungo respiro. Abbasso la gamba e un altro pezzo di tubo è miracolosamente lì che mi aspetta.

Ormai ho perso ogni idea di dove sia Charles. Potrei quasi immaginare di essere solo al mondo, finché il mio piede nudo non finisce in una strana nicchia, che non fa parte dell'architettura originale. C'è uno strillo in risposta, poi del trambusto ai miei piedi. E poi mi sono addosso.

Un oceano di topi, con gli occhi rossi per l'indignazione. Mi si infilano tra i capelli, mi stridono nelle orecchie e si attaccano alle mie membra. Gemendo, li scrollo di dosso, ma ne arrivano altri da ogni parte: pelliccia di seta, denti che stridono. E mentre scivolo lungo la facciata dell'edificio, dondolandomi da un tubo all'altro, mi seguono come mille rimproveri.

Può darsi che io stia percorrendo quest'ultimo tratto saltando, ma mi sembra più come se stessi *cavalcando* quei topi, come si potrebbe cavalcare un'onda. Facciamo irruzione insieme nel vicolo sottostante e rimaniamo lì per un po', storditi ed esausti.

Mi alzo. Da dietro di me arriva un miagolio leggero e acuto.

"Ohh," dice Charles, premendo le ginocchia al mento. "Oddio, i topi... Dio..."

"Non si preoccupi," gli dico. "Se ne sono andati."

Non un rumore nel vicolo, nemmeno un soffio di vento. A malapena noto un cane dal pelo maculato… una matassa di lische di pesce… un mucchietto di spazzatura in fermentazione, che esala vapore… e da qualche parte in lontananza, un pennacchio di luce ambrata.

E poi, dal nulla, una figura si frappone tra noi e la luce. “Scusate, Monsieur!” urla Charles. “Pensa che potrebbe...”

“Eccovi,” dice Herbaux.

Non un briciolo di civiltà nella sua voce adesso.

“Ascolti,” dico. “Possiamo pagarla. Detto tra noi, abbiamo un bel po’ di soldi.”

“Sono pagato abbastanza bene.”

“Allora lasci andare il mio amico,” dico. “Non ha fatto nulla.”

“Oh, ma è proprio questo il problema, dottore. Ha fatto eccome.”

E poi, dalle pieghe del suo giaccone, Herbaux estrae una pistola.

“Anche questo fa parte del gioco?” chiede Charles mentre lo spingo dietro di me.

“Non mi importa chi di voi sarà per primo,” grida Herbaux. “Tutti i gatti sono grigi di notte.”

Molto lentamente, con molta attenzione, punta la canna direttamente in direzione del mio cuore. Carica la pistola. Chiude un occhio…

E poi, stranamente, uno dei ginocchi gli cede.

E l’altro.

Con un grande ruggito, cade su un fianco.

Qualcosa si muove nell’ombra alle sue spalle. Una figura accovacciata: informe, fatta eccezione per un luminoso pezzo di rasoio. Questa figura adesso si alza, inghiottendo lo spazio che Herbaux ha appena liberato.

“Chi va là?” urlo.

Con calma, la figura rinfodera la lama e gira attorno al corpo contorto dell'uomo caduto.

"Ho detto chi va là!"

"Che cosa?" arriva come secca risposta. "Nessun *grazie*?"

La voce di una donna. Il che in sé basta a sbalordirmi e zittirmi. Charles, invece, ne è solo incoraggiato. Scruta la forma accartocciata di Herbaux e domanda:

"Cosa gli ha fatto?"

"Il tendine del ginocchio," risponde, alzando le spalle. "L'ho visto fare a un cavallo da corsa una volta."

"Stronza," sibila Herbaux, tentando di alzarsi.

Lei lo ributta giù a calci. "Zitto! Oppure dirò ai suoi amici che è stato messo KO da una ragazza."

"È arrabbiato solo perché ha perso," spiega Charles. "Adesso deve prepararci la colazione."

La donna, ridacchiando, si toglie il mantello e, con un gesto sorprendente, me lo offre. Per la prima volta sono consapevole del mio torso nudo, punteggiato di tagli, lividi e morsi. Sono cosciente anche di qualcos'altro: della fodera del suo mantello. È di uno scarlatto brillante. Il colore della cresta di un gallo.

"*Lei*," dico frastornato. "Ci ha seguiti in giro per la città. Ci segue da giorni."

"E anche se fosse? Non pensavate davvero che vi avrebbe lasciati scorrazzare per Parigi da soli?"

Non c'è bisogno di chiedere di chi parla. Vidocq, come Dio, non richiede antecedenti.

"Non è un idiota, dopotutto," dice la donna. "Qualunque altra cosa sia. Ma non credo che lei mi abbia riconosciuta, dottore."

Confuso, scuoto la testa.

"Sono Jeanne-Victoire. La ragazza di Arnaud Poulain."

Rapidamente, le coordinate si ricompongono. Il ladro che ha derubato Leblanc. Quell'orribile appartamento nel Marais. Stracci dappertutto, scarpe rubate e assi rotte... e lì, appoggiata su uno scaldavivande...

"La *neonata*," esclamo.

È troppo buio per vederle gli occhi, ma il leggero rimbalzo della sua testa... questo lo vedo.

"Adesso è con mio fratello. A Issy. Lì le piace."

Da sotto il mantello scarlatto estrae un fischietto d'argento e se lo porta alle labbra. Sentiamo immediatamente il rombo degli stivali che fanno eco.

"I gendarmi saranno qui tra un minuto," dice. "Vada con loro al posto di guardia, dottore, e magari le procureranno dei vestiti nuovi, eh? Quanto a me, andrò a fare un sonnellino. Voi ragazzi mi avete fatto faticare abbastanza per quest'oggi."

È già a metà del vicolo quando mi viene in mente di urlarle.

"Aspetti! Mademoiselle! Cosa dovremmo dire..."

Si arrotola su se stessa.

"Dite al vostro padrone che Jeanne-Victoire ha rispettato la sua parte dell'accordo. Ora tocca a lui."

Capitolo 36
Il confessionale di Vidocq

"Ha detto *così*?" chiede Vidocq.

Annuisco.

"Oh, quella piccola puzzola," mormora. "Ma aspetti un attimo, Herbaux l'ha chiamata sul serio dottore?"

"Sapeva chi ero, ne sono certo. Sapeva anche chi era Charles."

"Mm."

Le rughe gli rabbuiano la fronte e non dice nulla per un bel po'. Poi, con un tono quasi follemente allegro, dice:

"Andiamo a scuotere qualche frutto dall'albero di Herbaux, va bene? Sa, non sono molti i civili che possono assistere a un interrogatorio. Dovrei farle pagare il biglietto d'ingresso, Hector."

E così imparo cosa significa essere un sospettato. Vidocq mi accompagna attraverso la cella del Numero Sei e in un'anticamera, dove trovo, sparsi su un tavolo, gli strumenti del mestiere del torturatore – ceppi, fruste di cuoio, manette di ferro

– e, appeso alle pareti, un dipinto di un cadavere che pende da una forca, un altro di una ghigliottina che taglia un collo. Quando entriamo nella stanza degli interrogatori, sono pronto a confessare tutti i peccati che ho commesso e alcuni che non ho commesso.

Herbaux, al contrario, sembra essersi rassegnato alla morte. Dal momento in cui entriamo, ha il capo chino e non risponde a nessuna domanda, finché, alzando di scatto la testa, ci mostra i denti.

"Finirò comunque impiccato. Che ci guadagno a parlare con lei?"

Vidocq appoggia leggermente le mani sulle spalle da bue di Herbaux.

"Ha un *amico*, no?"

Una minima contrazione nella mascella del prigioniero.

"Se non sbaglio lo ha conosciuto alla Force. Ehi, come si chiama il ragazzo? *Wettu*, ecco come si chiama. Un bel tipetto. Da quello che ho sentito dire, ne è uscito vivo solo perché aveva un tizio grande e grosso che lo proteggeva. Ora, se per qualche motivo dovesse ritrovare la strada per tornare lì, senza la sua protezione, be', io tremerei, Herbaux, tremerei davvero."

Vidocq fa scorrere le dita lungo la nuca del prigioniero. La sua voce diventa leggera come un petalo.

"Che pelle morbida che ha questo Wettu. Una gola così bianca."

I ceppi intorno ai piedi di Herbaux tintinnano come un salvadanaio. Fa per alzarsi, ma Vidocq lo spinge indietro.

"Anche se suppongo potrebbe sempre trovarsi un altro protettore..."

E a quel punto Herbaux si accascia sulla sedia, come se fosse stato bastonato mille volte.

"Cosa vuole sapere?" dice.

Vidocq si appoggia allo schienale della sedia. "Mi parli di questo *Monsieur*," dice.

Tutto è iniziato, dice Herbaux, nemmeno due giorni dopo la sua fuga dalla Force. Era rintanato nell'appartamento di Wettu in Rue Jacquelet quando è arrivato un fattorino con un biglietto indirizzato a lui.

"Un fattorino? Lo conosceva?"

No.

"Non si è insospettito?"

Certo che sì. Ma non avrebbe corso alcun pericolo a farselo leggere da Wettu.

"Che cosa diceva?"

Incontriamoci alle tre e mezzo, nel confessionale di Saint-Sulpice, quello più vicino al battistero. Riceverà due luigi se si presenterà, e molti di più dopo. Firmato, Monsieur.

"Non crede di avere conservato il biglietto, giusto?"

Lo ha bruciato.

"Così si è presentato come le era stato detto?"

Certo che sì. Crede facciano la fila per offrire un lavoro a un detenuto evaso?

"E quei soldi la stavano aspettando."

Esatto. Sarebbe stato sciocco pensare che Herbaux dicesse no a quelle monete d'oro.

"Può descrivere questo Monsieur?"

Mai visto. Lo ha incontrato tutti i giorni, stesso posto e

ora, ma la tenda era sempre chiusa. Ha visto solo le mani e portava i guanti.

"Descriva la voce, allora."

Strana. Bisbigliante. Probabilmente stava camuffando la sua vera voce. "Vecchio? Giovane?"

Una via di mezzo tra le due.

"Sembrava educato?"

Oh, sì, proprio colto.

"E cosa le ha chiesto di fare questo Monsieur?"

Leblanc è stato il primo lavoro. Herbaux e il suo amico Desfosseux lo hanno seguito dal suo appartamento e gli hanno dato una bella strigliata.

"Gli avete dato una bella strigliata? Tutto qui?"

Dovevano fargli una domanda. *Dov'è?*

"Dov'è chi?"

Monsieur non lo ha mai detto. Ha detto che Leblanc avrebbe saputo di chi parlavano.

"E Leblanc non ve lo ha mai detto?"

No, il bastardo. Si è beccato anche un sacco di legnate. Ma quantomeno gli hanno trovato una lettera in tasca. Veniva da Saint-Cloud.

"Come fa a saperlo, se non sa leggere?"

Glielo ha detto Monsieur.

"E questo l'ha portata al suo prossimo lavoro?"

Sicuro. Solo che a quel punto Desfosseux è stato beccato per una storia di contraffazione, così Herbaux ha chiesto a Noël di accompagnarlo.

"E Monsieur le ha detto esattamente che fare?"

Ha fornito tutto: la descrizione di Tepac, il suo indirizzo, i posti che frequentava di solito. Aveva studiato e pianificato tutto nei dettagli.

"Così ha portato a termine il lavoro ed è tornato a Parigi. E ha continuato a incontrare Monsieur tutti i giorni a Saint-Sulpice? Anche se sapeva che la polizia le stava dando la caccia?"

Pensava fosse sicuro, visto che nessuno si aspettava di trovare uno come *lui* in una chiesa. E Monsieur è stato fedele alla sua parola. Lo ha pagato ogni volta per intero.

"E dopo qualche settimana, ha detto... cosa?... che aveva un altro lavoro per lei."

Sì.

"E il lavoro consisteva nel seguire il dottor Carpentier e il suo amico?" Esatto. Monsieur ha dato a Herbaux l'indirizzo del dottore, così avrebbe saputo che aspetto avevano i due uomini. Herbaux doveva seguirli dovunque andassero e aspettare che fossero soli. Ebbene, quella stessa notte li ha seguiti fino al Palais-Royal, loro si sono allontanati con le due prostitute, e Herbaux ha continuato a seguirli. Ha aspettato un po', poi è andato dritto da loro. Ha detto alle donne che se non volevano problemi, era meglio che se ne andassero subito.

"Così sarebbe stato solo l'ennesimo rapido omicidio, giusto?"

Oh no. Monsieur era di umore misericordioso. Ha detto che se Charles avesse accettato di lasciare la città con la prossima diligenza, la sua vita avrebbe potuto essere risparmiata. Herbaux voleva solo spaventarli un po'.

"Andiamo, si aspetta che ci crediamo? Stava puntando la pistola contro il buon dottore qui. Era pronto a sparare."

Be', lo hanno fatto arrabbiare, tutto qui. Resistere a quel modo. Non è stato da gentiluomini.

"Così le sue istruzioni erano di *spaventarli*?"

E metterli sulla carrozza successiva, e il suo lavoro sarebbe finito lì. E poi è arrivata quella stronza e ha rovinato tutto. Ancora due giorni e Herbaux e Wettu sarebbero stati via dalla città e più ricchi di altri cinquanta franchi. Ci fai parecchie cose con cinquanta franchi.

"Non c'è dubbio."

Alla fine Vidocq si alza. Infila la sedia sotto il tavolo e mi fa cenno di seguirlo. La sua mano è quasi sulla maniglia quando si volta.

"Oh, quasi dimenticavo! Mi dica delle unghie, Herbaux."

Di cosa?

"Monsieur Leblanc. Lo ha separato dalle sue unghie, ricorda? Mi stavo solo chiedendo da dove le sia venuta l'idea."

Herbaux alza le spalle. Lo ha visto fare a uno strillone una volta a Tolone. Non si era mai sentito un grido simile.

Quindici minuti dopo, io e Vidocq siamo nel cortile sul retro del Numero Sei, a guardare la carrozza del personale avanzare verso di noi lungo l'acciottolato.

"Dovete andare direttamente a casa, ha capito?" dice. "E restare lì. Né lei né Charles dovete mettere piede fuori finché non ve lo dico io. È chiaro?" Facendo segno al cocchiere di partire, Vidocq apre lui stesso lo sportello.

"Nel frattempo proveremo a scoprire qualcosa di più sul nostro Monsieur. Se sapeva dove trovare Herbaux, ci sono buone probabilità che abbia fatto altre domande nei dintorni.

Non mi sorprenderei se... oh, per l'amor di Dio, Hector! Se ha qualcosa in mente, lo dica."

Ecco la parte divertente. Quasi glielo dico. Accumulo quelle parole da così tanto tempo che, con la minima pressione, potrebbero cadere...

Charles adesso lo *sa*. *Sa chi è.*

Ma so qualcosa anch'io. Se voglio convincere Vidocq, dovrò fare di meglio delle epifanie nei giardini delle Tuileries.

"Mi sono appena ricordato," dico. "Non ho mai restituito a Jeanne-Victoire il suo mantello."

Capitolo 37
Il corretto smaltimento dei vermi

Quella notte me ne sto seduto sulla sedia accanto alla porta di Charles, lo guardo sistemare i cuscini... e prima ancora di rendermene conto, mi sono appisolato, e sono di nuovo in quel vicolo, e Herbaux mi sta puntando la pistola, e il cuore mi si ferma davvero in attesa della fine in arrivo, e poi sento...

"*Hector?*"

Charles è seduto sul letto.

"Posso chiederle una cosa?" dice.

"Certo," mormoro, strofinandomi gli occhi per svegliarmi.

"La notte scorsa, quando quell'uomo ci stava inseguendo, non era veramente un gioco, giusto?"

"No. No, non lo era."

"Quindi lei mi stava proteggendo."

"Be', sì."

"Perché non voleva che avessi paura."

"Qualcosa del genere."

Accigliato, traccia una mezzaluna sul copriletto.

"È stato molto gentile da parte sua, Hector, ma non credo che dovrebbe farlo. Non posso più essere trattato come un bambino. Se devo essere *quello*, voglio dire..."

È il massimo che riesce a fare per dare un nome a ciò che aleggia su di noi. E Dio mi benedica, anch'io non riesco a spingermi molto oltre.

"Be'," dico, "se vuole essere *quello*, allora può essere la persona che vuole essere. E tutti gli altri dovranno semplicemente assecondarla."

Non sembra convinto. E del resto, non lo sono nemmeno io. Niente del suo futuro è convincente, men che meno il posto che ha in esso. Ancora una volta la domanda sorge spontanea:

Quest'uomo è pronto per diventare re di Francia?

E non per l'ultima volta rispondo:

No.

"Hector?"

"Sì."

"Mi stavo solo chiedendo, quando tutto questo sarà finito, pensa che potrei restare con lei?"

"Può restare quanto le pare. E anche se dovesse andare via, potremo comunque essere amici."

Ci pensa un po'.

"Avrò bisogno di un medico, no?"

"Credo di sì."

"Be', fantastico. Potrà essere il mio medico, e così potrà continuare a mettermi a letto ogni notte. A meno che non mi sposi, ovviamente. Crede che qualcuno vorrà sposarmi, Hector?"

"Oh, sì."

Ancora qualche secondo di riflessione.

“In quel caso potrà mettere a letto entrambi,” dice. “Sarà divertente, no? Spero che lei non russi…”

Passano altri venti minuti prima che si addormenti, e a quel punto sono così sveglio che il mio letto non ha più alcun fascino su di me. Vado di sotto con l’idea di immergermi nel cognac, ma vengo fermato dalla vista di mamma, curva sul tavolo della sala da pranzo.

Ecco uno dei risultati dei miei vagabondaggi con Charles: hanno distrutto il mio senso del tempo. Non ho mai idea di che giorno sia. Ci vuole l’immagine di mamma nelle sue maniche foderate di mussola, che ridà vita ai suoi argenti lucidandoli, per ricordarmelo… È venerdì.

Solo che questo non è mai successo in nessun venerdì precedente. Mia madre non mi ha mai chiamato prima.

“Hector!”

“Sì, mamma?”

“Va tutto bene?” domanda.

Va tutto… va tutto…

Faccio due lunghi passi indietro finché non mi trovo sulla soglia.

“Va tutto bene,” dico.

Annuisce. Prende un cucchiaio da dessert e lo rimette giù.

“Vorresti… forse ti andrebbe di sederti?”

Tiro fuori una sedia. Passa un buon minuto prima che parli di nuovo. “Hector…” Si rivolge direttamente al cucchiaio. “Spero non ti dispiaccia se ti chiedo una cosa. Se preferisci non rispondere, lo capirò.”

"Non mi dispiace."

"Ti manca ancora?" chiede.

"Mmm." Rimetto a posto la sedia. "Mi manca *chi*, esattamente?"

"Quella donna. Quella tua ballerina."

"Ah. Vuoi dire..."

Vuole dire Eulalie. L'artefice della mia rovina. La compagna di ogni mio pensiero da sveglio.

"Non mi manca," dico, sorpreso nello scoprire che è vero. "Non così tanto. Quello che voglio dire è che... mi dispiace di avere fatto tutti quegli errori. Per lei. Mi pento di averti fatta soffrire..."

Ogni parola è sputata fuori come una nuvola di incenso. Mia madre allunga la mano e, con voce bassa e tesa, dice:

"No, Hector. Non scusarti. Sono io che mi scuso con te."

E poi fa qualcosa che non le ho mai visto fare prima in nessuno dei suoi venerdì. Spinge i suoi argenti da una parte.

"So che troverai difficile crederlo," dice, asciugandosi i resti di schiuma dalla mussola sulle maniche. "Ma l'unica speranza che nutrivo riguardo a questo posto era che qualche giovane ragazza da marito potesse venire ad alloggiare qui, e voi due sareste andati d'accordo e... be', ecco qua." Si volta. "Qualcosa di buono sarebbe potuto venire fuori da tutto questo."

E lì, al culmine del sentimento, esplode in una risata, così forte da fermarmi il cuore.

"Che sciocco da parte mia," dice. "Le uniche inquiline che abbiamo mai avuto hanno superato da tempo l'età del matrimonio. Donne anziane, sì. E giovani uomini."

Prende uno straccio dal tavolo, si asciuga l'allegria dagli occhi.

"Ricordi l'altra mattina in giardino?" domanda a bassa voce. "Con Charles?"

"Te ne sei andata di fretta. Me lo ricordo."

"Non so se riesco a spiegarlo. Ero lì, che guardavo Charles e pensavo: Oh, è proprio un *bambino*. E poi io..." Fa un lungo respiro, che si interrompe proprio alla fine. "Mi sono ricordata che ero solita stare in quella stessa posizione quando *tu* eri un bambino. A guardarti mentre facevi la stessa identica cosa. Solo che all'epoca tu cercavi i vermi. Te lo ricordi?"

"Certo."

"E io ti osservavo, e ogni volta che trovavi un verme, dicevo: 'Ooh, questo sì che è *succoso*!' E tu ridevi sempre. E rimettevi sempre a posto i vermi. Io dicevo: 'Non vuoi metterli in un barattolo o portarteli a pesca?' Ma no, tu volevi sempre che... andassero a *casa*, dicevi così."

È evidente. Ognuna delle lacrime che adesso sgorgano dagli occhi di mia madre viene estratta a un costo enorme.

"Incredibile," dice. "Ricordarsi di tutte queste cose. È così dolce e così terribile. La risata nella tua voce... l'espressione che avevi. Ti *fidavi* di noi, Hector, e noi..." Si fa una sbavatura sugli occhi. "Be', non ti abbiamo reso la vita molto felice, vero?"

"Avete fatto del vostro meglio."

"Il nostro *meglio*," fa eco.

Un nuovo profumo nella sua voce adesso: bruciante, amaro. E dietro c'è nascosto uno scopo.

"Non molto tempo fa," dice, "mi hai chiesto di tuo padre. Di quando era medico. Non so perché sono stata così scortese.

Tu volevi solo sapere, e chi potrebbe biasimarti? Immagino… oh, Hector, ogni volta che ripenso a quel periodo, tutto quello che vedo è... che tutto *finisce*, ecco cosa vedo. Perché dopo tuo padre non è più stato lo stesso."

"Dopo cosa?"

"Dopo che quel bambino è morto," dice. "Il bambino nella torre."

Capitolo 38
Un caso di spionaggio interno

"Be', perché non avrei dovuto saperlo?" dice mamma, sorridendo cupamente. "Pensi che non abbia un cervello in testa?"

"Ma pensavo che papà avesse ordini severi..."

"Quando ti sposerai, Hector, capirai. Un uomo può eseguire gli ordini, ma nessuno lo capirà mai meglio di sua moglie. Ogni esitazione, ogni piccola cosa tenuta per sé, lei la sente. Ovviamente immagina sempre il peggio. Poi scopre... scopre che, dopotutto, non aveva immaginato il peggio."

"Oh, Hector," sussurra. "C'è così tanto da dire."

22 maggio 1795. L'indomani del mio terzo compleanno, e all'inizio un giorno come tutti gli altri. Clothilde (la nostra ex domestica) che raschia il grasso dai fornelli; io che costruisco una torre di vecchi gusci d'uovo; mamma che strappa i fiori morti dai gerani.

"Il dovere chiama," dice papà, mandando giù l'ultimo sorso di caffè. Prendendo il cappotto e la borsa, la bacia nel solito modo: tre rapide collisioni di labbra.

"Vado in ospedale," aggiunge.

E con quel briciolo di superfluo tradisce ancora una volta se stesso. Perché un uomo dovrebbe annunciare che andrà nel posto in cui va tutte le mattine? A meno che non stia andando davvero lì?

"Arrivederci," si sente dire.

Lei sta per voltarsi quando nota che lui non ha ancora chiuso la porta dietro di sé. Lei mette la mano sulla maniglia e, con sua sorpresa, scopre che la mano non si muove. Per diversi lunghi secondi si interroga. Poi grida a Clothilde:

"Mi sono appena ricordata. Monsieur Beaucaire vuole che vada a ritirare quella spilla. La vecchia spilla di mia madre. Quella che doveva essere aggiustata. Sono solo pochi isolati, dovrei tornare entro mezz'ora. Non più di un'ora..."

Le fa male ammettere che è altrettanto pessima nel mentire quanto suo marito. Mi bacia sulla fronte. Annuncia (di nuovo!) che tornerà entro un'ora. Uscendo prende uno scialle. Non perché la mattina sia fresca, ma perché ha già cominciato a vedere la saggezza del nascondersi.

E mentre segue quella figura familiare in cappotto lungo Rue Neuve-Sainte-Geneviève, si ritrova, senza alcun consiglio da parte di Vidocq, a osservare i principi della sorveglianza: mantenere una distanza di sicurezza dalla preda, evitare il contatto visivo diretto, riorganizzare il proprio aspetto. Tante precauzioni e nessuna necessaria. Dopo tutti quei mesi, al dottor Carpentier non importa più se qualcuno lo sta seguendo. Lo segue lungo la Vieille Estrapade, lungo Rue d'Ulm, proprio su Rue des Ursulines… e poi, all'angolo di Rue Saint-Jacques, osserva sgomenta mentre lui ferma una carrozza di passaggio. Prima che possa pianificare la prossima mossa, lui si è rannicchiato dentro e si è chiuso lo sportello alle spalle. Girando su se stessa, trova, come per un incantesimo in una favola, un'altra carrozza, più piccola, più squallida, con il cocchiere stravaccato sul suo cassone, che si incide la cuticola con un coltello da mela. Infilando una mano nel grembiule, tira fuori tre monete d'argento: i soldi che aveva messo da parte per il venditore di vino.

"Dove vuole andare, Madame?"

Madame. Fissa l'anello nuziale che ha al dito.

"Stavo..."

Alla fine non può che indicare la carrozza che adesso sfreccia verso nord su Rue Saint-Jacques. Il conducente non necessita di ulteriori istruzioni. Fa schioccare tre volte la frusta e mette il cavallo al galoppo. All'incrocio successivo, le sta urlando:

"Li ho raggiunti!"

Anche lui comprende i principi dell'inseguimento. Non lasciare mai che l'altro sappia che è seguito. A tratti rallenta il cavallo fino a un galoppo così tranquillo che lei si sente obbligata a interrogarlo.

"Li vede? Sono sempre lì?"

E lui grida, senza perdere un colpo:

"Sempre lì, Madame."

Dopotutto è contenta di non doverlo guardare. Se si mette d'impegno, può fare finta che si tratti solo di una gita, senza destinazione e senza scopo, se non il piacere di essere trasportata. Il veicolo attraversa Pont Notre-Dame, gira a destra su Rue Saint-Antoine, e lei cerca di affollare la sua mente con la prospettiva di negozi e caffè, tutti quei piaceri dimenticati.

Cinque minuti dopo, senza preavviso, la carrozza si ferma all'improvviso.

"Che succede?" urla.

"Si sono fermati, Madame."

All'inizio vede solo un enorme muro di pietra, con un cancello oltre il quale il marito adesso viene accompagnato. Il cancello si chiude alle sue spalle e gli occhi di lei, alzandosi, contemplano lo spettacolo di quella brutta torre quadrata nera, eretta molti secoli prima dai Cavalieri Templari… le croci appoggiate in cima alle torrette come alberi di navi… un'atmosfera da antico litigio.

Il Tempio.

Le implicazioni del suo atto si irradiano improvvisamente verso l'esterno. Ha spiato il marito, che è, a quanto pare, un agente del Direttorio. Il che la rende colpevole di tradimento. Per il quale, in questi tempi altrimenti confusi, c'è una sola punizione.

"Mi dispiace," dice al cocchiere. "Ho commesso un errore. Doveva essere un'altra carrozza."

Gli chiede di riportarla indietro. Subito. Non a casa sua, no, all'angolo dove lo aveva ingaggiato. Una volta lì, consegna tutte le sue monete e corre a casa, tormentata per tutto il percorso dal ricordo della fortezza. Come si può, si chiede, entrare in un posto del genere e uscirne vivo?

Ma lui lo fa. Varca la porta di casa alla solita ora, mezz'ora prima di mezzogiorno, con lo stesso aspetto di quando è uscito. Lei riesce a malapena a fidarsi dei propri sensi.

"Ehi, stai tremando," dice, prendendole la mano in quella sua stretta vigorosa. "Hai preso freddo?"

Il tremore passa dopo pochi minuti… solo per raggiungerla di nuovo quattro anni dopo, quando il suo giovane figlio, per un capriccio di fine estate, devia lungo Boulevard du Temple. Inseguendolo, si ritrova a essere fermata ancora una volta dalla vista di quella torre che sembra carbonizzata. Sente ancora una volta il freddo, che le si arrampica addosso costola dopo costola.

"Vieni, Hector."

Lo trascina lungo la strada e dietro l'angolo, rifiutandosi di guardarsi indietro.

Passano altri diciotto anni. Il bambino è cresciuto, la madre ha raggiunto una certa età, e il brivido è ancora lì, a fare colare la candela di sego che sta tra loro questo venerdì sera, ad agitare le falene dentro il paralume d'avorio.

"Ma lo hai solo visto entrare," dico. "Come facevi a sapere cosa stava facendo lì?"

"Non poteva essere nient'altro. Tutti sapevano che il delfino viveva lì dentro. Tutti sapevano quanto fosse malato. Qualcuno doveva prendersi cura di lui. Chi meglio di tuo padre?"

"E non glielo hai mai detto."

Lei scuote lentamente la testa. "Sarebbe stato tradimento, suppongo. O almeno così mi sembrava. *Ora*, ovviamente... be', ora mi chiedo se le cose sarebbero andate diversamente se glielo avessi detto."

Dal corridoio l'orologio suona la decima ora. Intorno a noi, la luce delle candele ha il colore del cognac. Di sopra, tutti gli altri dormono: Charlotte, Padre Tempo e gli studenti di giurisprudenza. E Charles, girato come al solito sul fianco sinistro, morto per il mondo.

"Il ventidue maggio," dico.

"Sì," dice, alzando improvvisamente gli occhi verso i miei. "Diciotto giorni prima che quel ragazzo morisse. C'è del vino, Hector. Sul tavolo." Una bottiglia di Beaune, che ancora respira. L'atto di metterglielo davanti mi riporta al mio primo incontro con Vidocq. Era seduto proprio su quella sedia, che tracannava vino e patate crude e, con tutta la sua maleducazione, faceva sembrare la stanza più squallida di lui.

"La sera prima che quel ragazzo morisse," dice mamma, "tuo padre è venuto da me. È successo subito dopo cena. È stato molto semplice, molto breve. Mi ha detto che aveva degli affari da sbrigare quella sera stessa. Una faccenda molto importante, ha detto, di cui non poteva rivelare la natura se non dicendo – com'è che ha detto? – che *non era priva di pericolo.* Oh, e che c'erano buone possibilità che non tornasse, e se non fosse tornato entro la mattina, allora avrei dovuto prenderti e partire immediatamente per casa di mio zio a Grenoble. *Non restare nemmeno per fare le valigie*, ha detto. *Parti all'istante."*

Avvicina il bicchiere al labbro e lo appoggia lì per qualche secondo.

"Mi ha dato anche i soldi per il viaggio: una borsa d'argento! Poi mi ha dato un bacio d'addio. E se n'è andato. Sospetto che non volesse trascinare le cose più a lungo del necessario. Nel caso in cui la sua determinazione fosse venuta meno.

"Ebbene, ti chiedo, come avrei potuto dormire dopo quello spettacolo? E come se non bastasse, quella stessa notte ti è venuta la febbre. Rovente com'eri, non avevi nemmeno la forza di piangere. Così ti ho tenuto in braccio e..." Gli occhi le si spalancano al ricordo. "Ti ho cullato mentre dormivi. Sì, e ti ho messo nella tua culla, e non volevo lasciarti, così mi...

mi sono sdraiata sul pavimento accanto a te. E penso che devo essermi addormentata anch'io perché non l'ho sentito tornare.

"Era sulla soglia. Dovevano essere circa le tre del mattino. L'ho visto, io… non riuscivo a fare nulla. Non riuscivo nemmeno ad alzarmi dal pavimento. E poi ha parlato, erano solo tre parole. *Va tutto bene*, ha detto. Ti ha guardato, addormentato nella tua culla. Ti ha toccato la fronte. E poi è andato a letto.

"Quanto a me, be', non mi sono mai nemmeno alzata dal pavimento. Sono rimasta lì fino al mattino."

Fa scorrere il dito sul bordo del bicchiere di vino.

"Be'," dice, "sono passati due giorni e la notizia della morte del delfino era su tutti i giornali. L'ho letta a tuo padre a colazione e, ovviamente, l'ho tenuto d'occhio per vedere come reagiva. Ma non ha mai battuto ciglio. Non ha mai detto una parola. Eppure… non so come esattamente… ma potevo *sentirlo*, il cambiamento in lui. Il cambiamento in tutto.

"Aveva investito così tanto, ecco, nel mantenere in vita quel bambino. E quando non ha più potuto farlo... oh, nulla sembrava più importargli. Ha iniziato a mollare i suoi pazienti, uno dopo l'altro. Prima i più ricchi. Prima della fine dell'anno aveva rassegnato le dimissioni dal suo incarico in ospedale. A quel punto mi ha detto che desiderava diventare un *molatore di vetro*."

Scuote la testa, come se la notizia fosse vecchia di un minuto.

"Una carriera insolita. Be', a quel punto ho capito quale sarebbe stata la mia di carriera. Dovevo diventare una di quelle donne inutili e tristi. Le notavo da giovane. Mi sembrava che le loro vite fossero scivolate via mentre erano distratte, e l'unica cosa che potevano fare era" – contempla le sue posate, sparse sul tavolo – "lucidare".

Prende un cucchiaio forato da portata. Osserva la sua immagine danzare dentro e fuori la luce.

"C'è una cosa che devi sapere, Hector. Quando tuo padre è venuto da me, la sera prima che quel bambino morisse, mi ha lasciato una lettera."

Bene, ecco come stanno le cose. Le cose che le persone ti dicono sono fragili in maniera proporzionale alla loro vitalità. Così è adesso. Appena sento parlare di questa lettera, non oso dire più una parola. Tutto tranne il silenzio potrebbe uccidere il momento.

Per un altro minuto, anche mamma resta in silenzio, facendo roteare il vino.

"Ha detto che dovevo aprirla solo se non fosse tornato. Altrimenti avrei dovuto bruciarla senza leggerla."

"Lo hai fatto?"

"Ovviamente. Ho fatto esattamente come mi aveva chiesto. L'ho gettata direttamente nel fuoco della cucina."

Devi sporgerti verso la candela per cogliere il barlume nella sua iride.

"Ho gettato la busta," dice. "La lettera invece..."

E che meraviglia è questa. L'oggetto su cui tutto si stava concentrando era sempre stato sul tavolo, a meno di due centimetri da una pila di cucchiaini. Un rettangolo di pergamena macchiata di unto: avrebbe potuto essere un vecchio menù o un volantino.

"Prendila, Hector. Che altro posso farne io?"

E ancora non riesco a toccarla. Non più di quanto riesca a distogliere lo sguardo. "Ha rinunciato a tutto," dice. "Tutto ciò su cui avevamo lavorato, e non ha mai..."

La sua mano vola alla bocca. Rimane lì un buon mezzo minuto prima che riacquisti la fiducia in se stessa necessaria a riprendere a parlare.

"Così anch'io ho rinunciato. Ho rinunciato a compiacerlo. A cercare di conoscerlo."

Guardando quel foglio un'ultima volta, lo prende dalla superficie del tavolo e lo lascia cadere nella mia mano. Gli chiudo le dita intorno.

"Spero che tu abbia più fortuna di me," dice.

La candela che ha accanto al gomito si è ridotta a un mozzicone. Nessuno di noi si muove per sostituirla e, a poco a poco, la luce si contrae in un rigido cerchio di luce, e l'aria intorno palpita come un cuore.

"Non avrei mai pensato che sarei finita così," dice mamma. "No, sicuramente avevo in mente qualcos'altro. Non riesco proprio a ricordare cosa fosse."

Molto lentamente mi alzo dalla sedia. Rimango lì per un po', decidendo se darle o meno il bacio della buonanotte. Ed ecco cosa faccio: appoggio la mia mano sulla sua spalla per un istante prima di ritrarla di nuovo.

La sua voce mi segue fuori dalla stanza. La *vecchia* voce, che si riafferma brevemente.

"Hector, sono settimane che ti cerco per quel corrimano. Non si aggiusterà da solo. Non so perché non riesci..."

E poi, mentre risalgo le scale, sento: "Non importa."

Capitolo 39
Il terribile destino delle galline di Charlotte

Non la leggo subito. Per prima cosa mi sistemo a letto, metto la candela sul comodino. Per diversi lunghi minuti tengo la lettera tra le mani, chiusa. Alla fine, un po' prima della mezzanotte, apro il foglio e trovo...

Mia cara Béatrice,

Se stai leggendo questa, ho fallito nel mio compito.

Non divulgherò la natura precisa di questo compito, per paura di incriminarti ulteriormente. Dirò solo questo. C'era una creatura che aveva bisogno del mio aiuto.

Se fosse il nostro caro figlio a essere in pericolo, potrei solo sperare che il padre di qualcun altro faccia come sto facendo io. E quando Hector sarà egli stesso un uomo, so con certezza che sarà pronto a fare lo stesso.

Molto mi sarà imputato, Béatrice. Diranno che sono un diavolo, un agente monarchico, un nemico del popolo, ecc. Non sono nessuna di queste cose. Sono un medico, la cui vocazione più alta (o almeno così ho sempre creduto) è guarire, confortare, e non starsene seduto a guardare una Vita che si spegne.

Il pensiero di mettere te e il piccolo Hector in pericolo mi addolora oltre misura. Come avrei voluto risparmiarvi! Per favore sappilo, per favore credici, se avessi potuto trovare un altro modo, avrei fatto altrimenti. Sappi anche questo, mia cara moglie. Ti amo, più di quanto sia salutare a chiunque. Sarai una buona madre per nostro figlio, e se mai dovesse chiederti di me, digli che fino all'ultimo istante della mia vita, ho pensato a lui.

Addio,
Hector

L'ho letta una buona dozzina di volte, forse di più, lottando per riconciliare l'uomo che conoscevo con la grandezza di questa lettera e con l'avventatezza di quel gesto. Fare uscire di nascosto un bambino da una fortezza sorvegliata da duecento uomini! Quale combinazione di correttezza, coraggio e pura follia richiederebbe?

E ci è riuscito?

Va tutto bene, ha detto a mia madre. Significava forse che era riuscito a portare a termine la sua improbabile impresa? Che proprio in quel momento il delfino veniva portato in Svizzera? E che dire della notizia della sua morte? I commissari del Tempio stavano semplicemente cercando di nascondere la scomparsa del bambino? Quella notte era stato davvero sepolto qualcuno nel cimitero della Madeleine?

Domande, una tempesta di domande. E nascosta lì sotto, una missione. Ora capisco che c'è una ragione per cui Charles è finito nel mio mondo. C'è una ragione per cui questa lettera è stata risparmiata dall'incendio. Per la prima volta nella mia vita, mio padre mi parla direttamente.

E quando Hector sarà egli stesso un uomo, so con certezza che sarà pronto a fare lo stesso...

Continuo a rileggere quella riga. E nel mio cuore dico: sono pronto. A finire il lavoro che hai iniziato.

Non c'è da stupirsi: quella notte sogno mio padre. Solo che parla con la voce di Charles Rapskeller. Sta giocando al lancio dell'anello con Chrétien Leblanc, e nessuno riesce a mettersi d'accordo su come chiamare il re, e mentre discutono, iniziano a dissolversi, finché una voce dal mondo della veglia non irrompe.

"Dottore!"

Apro gli occhi.

"Deve svegliarsi!"

L'immagine di Jeanne-Victoire. Ansante e decisa. Mi scuote per il colletto.

"Che cosa sta..."

"La sto tenendo d'occhio," ribatte lei. "Come al solito. Venga, non abbiamo un momento da perdere!"

Mi afferra il braccio e mi guida giù per le scale come un'infermiera che guida un convalescente.

"Charles," mormoro.

"Ci ha pensato il vecchio. Adesso venga con me!"

Ma perché? vorrei chiedere. *Perché dovrei andare con lei?*

E poi arrivo al pianterreno e capisco perché.

Il fuoco.

Lo sento dapprima come una ventata di calore che emana dal cortile sul retro, trasformando l'aria in qualcosa di solido e liquido. Il legno crepita e stride sopra le nostre teste. I resti del soffitto della cucina si riversano verso di noi in una pioggia di coriandoli, e l'aria è soffocata da un aroma strano e intenso.

Le galline, me ne rendo conto mentre Jeanne-Victoire mi trascina fuori dalla porta. Le galline che Charlotte tiene nel cortile sul retro. Stanno arrostendo vive.

Charlotte è la prima a venirmi incontro. Il suo viso è ancora più irritato del solito, i suoi occhi neri e insondabili.

"Monsieur Hector," esclama con la voce rotta.

Faccio velocemente un inventario mentale del nostro gruppo. C'è Padre Tempo, stretto nella sua coperta. Gli studenti di giurisprudenza, tutti e tre, e in mezzo a loro una giovane donna avvolta in una trapunta, con le spalle nude e dei bei capelli ramati. La conquista di quella sera, anche se non è chiaro quale studente l'abbia conquistata.

Da quella folla disordinata emerge una piccola figura scarmigliata. Mamma: la cuffietta di tulle slegata, i riccioli sbilenchi.

"Oh," dice.

Le sue ossa di uccellino tremano mentre mi abbraccia.

"Sei vivo," dice.

"Certo che sono vivo."

"Be', allora." Mi lascia con un cenno. "Va bene."

Dietro la sua spalla intravedo all'improvviso Charles. Così perso nell'estasi da non vedermi avvicinare. Devo agitargli la mano davanti.

"Lei sta bene?" domando.

"Oh, sì. Ma che grosso incendio."

Le fiamme non si accontentano più della parte posteriore dell'edificio. Lingue gialle e arancioni divorano le tende. I travetti del pavimento scricchiolano e si sollevano. Il fumo si diffonde attraverso le fessure nei muri e nelle porte, come se le furie più profonde dell'edificio fossero state liberate. Sì, è un grosso incendio.

"Oh!" grida Charles. "Ha dimenticato il suo libro."

Il diario di mio padre mi scivola di nuovo in mano. Guardo la pelle di vitello verde.

"Lo ha..."

Lo ha letto? È quello che vorrei chiedergli. Ma l'unica cosa che riesco a dire è...

"Grazie."

Notte dopo notte, gli occupanti della Maison Carpentier si sono dati guerra da un lato all'altro del tavolo. In extremis troviamo un po' di fraternità. I vicini si affollano intorno a noi – Monsieur Sénard l'usuraio, Madame Fleuriais, la sua anziana zia e il loro volpino – pieni di domande e commiserazioni. Voltiamo loro le spalle. Questa è la nostra calamità.

E quando la finestra anteriore si spalanca e un getto di fiamme bianche fuoriesce, tagliando in due l'aria intorno a noi, gridiamo all'unisono. Un'altra finestra va in pezzi. Il rombo dei bassi dell'edificio diventa baritonale e proprio in quel momento sento Charlotte dire:

"Dov'è Madame?"

È alla luce del fuoco che la trovo: una figura fasciata che si avvicina furtivamente alla casa come un ladro.

"Mamma!"

Charlotte e Padre Tempo cercano entrambi di trattenermi, ma sono troppo veloce per loro. Sono troppo veloce per tutta Parigi, sto facendo correre tutta la popolazione verso quella porta principale, ma il fuoco vuole solo me, perché il caldo che mi accoglie mentre varco la soglia sembra tagliato sulla mia forma esatta. Vi sprofondo e per un istante tutto diventa nero, poi mi ritrovo a strisciare tra i resti della nostra sala da pranzo, sento lo scricchiolio del vetro, sento l'odore del contenuto della dispensa di Charlotte: farina bruciata, zucchero caramellato. La gola mi si blocca, i polmoni si stringono. E il mio cervello si annebbia, per questo mi ci vogliono diversi secondi per riconoscere mia madre nell'ostacolo davanti a me.

La stringo tra le braccia e provo a sollevarla, ma la sua massa mi sconfigge. Facendola girare, trovo, premuta contro il suo seno, la sua cassa dell'argenteria.

Invano cerco di strappargliela. Devo sollevare lei e la cassa e portarli entrambi alla porta, con il fuoco che ruggisce dietro di noi. Nel giro di pochi secondi, il tavolo rettangolare in legno di albero da frutto, le porcellane fabbricate in carcere e il paralume in avorio sono stati avvolti dalle fiamme. E mentre corro fuori dalla porta principale, sento il fuoco che mi insegue, pungendomi i talloni e tirandomi i capelli.

È solo quando raggiungo la strada che mi rendo conto che la mia camicia da notte è in fiamme. È Jeanne-Victoire a togliermela di dosso, a spegnere le fiamme nel silenzio. Quasi rido, ritrovandomi di nuovo seminudo in sua presenza, ma non c'è aria per ridere, e cado in ginocchio e mi chino sulla figura semicosciente di mamma.

La sua pelle è diventata leggermente blu e la sua bocca è imbrattata di nero, e gli spasmi delle corde vocali producono una musica strana, alta e sottile, come quella di un flauto dolce.

"Non preoccuparti," sussurro. "Sei al sicuro."

Il suono si ferma. Le dita incatramate della sua mano destra raggiungono le mie, e il calore della casa sembra unirci insieme. A poco a poco, però, il calore evapora e le sue dita diventano fredde, dalla punta fino alla radice. Poi diventa freddo il palmo. Poi il braccio.

Prendo l'altro braccio, ancora piegato attorno alla cassa dell'argenteria. È altrettanto freddo. Altrettanto immobile.

All'inizio nessuno mi dice una parola. Poi Charles si fa avanti. Le sue braccia formano una specie di quadrato agitato intorno a me. Più tardi mi renderò conto che sta cercando di toccarmi.

"So com'è, Hector. Anch'io ho perso mia madre."

Terza parte
Place de Grève

17 Fiorile Anno III

Mia madre è viva?

Charles me lo ha chiesto oggi. Gli ho ricordato che non ero nelle condizioni d dirglielo. Mi è vietato parlare degli avvenimenti esterni, a rischio d... ecc. ecc.

Molto bene, ha detto. Non ha bisogno d dire una parola. Se mia madre è viva, allora semplicemente annuisca, che ne dice?

Dopo 1 attimo, ha detto: Non sta annuendo.

19 Fiorile

Questa mattina, sulla piattaforma della torre, Charles ha deciso d raccogliere fiori & d deporli fuori dalla porta della cella d sua madre.

26 Fiorile

I sintomi d Charles sono diventati molto allarmanti. I tumori hanno proliferato nel ginocchio destro & nel polso sinistro. Gli svenimenti si verificano sempre + spesso. Debolezza eccessiva. Piedi troppo doloranti x xmettere d camminare molto. Questa mattina sono stato obbligato a portarlo sugli ultimi gradini della piattaforma.

Anche l'umore è precipitato. Xsino la vista dei "suoi passeri" non lo rallegrava. L'ho supplicato d tirarsi su. Non tutto è xduto. Sua sorella, in buona salute, ha chiesto d lui ogni giorno. Molte xsone, me compreso, desiderano vederlo stare meglio...

Non capisce, mi ha interrotto. Mia madre è morta a causa mia.

Il Cit Simon, ha detto, lo aveva costretto a dire cose terribili su sua madre & sua zia. Di come lo avevano toccato in luoghi privati & gli avevano fatto cose indicibili, & lui sapeva che erano bugie, ma Simon continuava a tormentarlo & non lo lasciavano dormire, & alla fine è arrivato a credere che fosse vero, & è quello su cui ha firmato con il suo nome, sapeva a malapena cosa stava facendo. E poi hanno usato quelle bugie contro sua madre, & è per questo che è morta, & come potrà mai xdonarsi?

Nessun argomento lo avrebbe dissuaso. Ancora e ancora si è rimproverato. Ha detto che adesso temeva ancora d + la morte xché era sicuro che Dio lo avrebbe giudicato + severamente.

Ho risposto che, al contrario, Dio avrebbe disapprovato gli uomini che avevano usato così crudelmente 1 bambino x soddisfare la loro sete d sangue.

Non era abituato a sentirmi parlare così francamente. Come sembra arrabbiato, ha detto.

1 Pratile

Charles sta vivendo episodi prolungati & estremi d mal d gola & febbre, accompagnati da delirio. Leblanc riferisce che il bambino ha affermato d sentire la voce d sua madre. Insiste che è nella "torre accanto".

6 Pratile

Questa mattina Madame Royale mi ha chiesto ancora 1 volta d suo fratello. Ho detto che le sue condizioni non stavano migliorando così rapidamente come avrei voluto.

Ha capito subito le mie evasioni. Sta morendo, ha detto.

Poi qualcosa d inspiegabile. La mia padronanza d me stesso ha ceduto. Mi sono girato da un lato, spiegando che avevo della sabbia in bocca.

"Ha fatto del suo meglio, dottore," ha detto.

7 Pratile

Il Generale Barras ha dato ordine d non ricevermi. Il suo addetto mi ha informato che se avessi domande relative ai miei doveri ufficiali, le avrei affrontate con il Com d Sic Gen.
Ho ingoiato il mio orgoglio & ho avvicinato il Cit Mathieu. Mi sono scusato x le mie osservazioni intemperanti nella riunione precedente. Ho detto che ero venuto a parlare con lui d una questione della massima urgenza.

Sì? ha detto. (Con l'aria molto stanca.)

Louis-Charles, ho detto, deve essere allontanato dal Tempio. L'aria velenosa della cella distrugge le sue forze. Nel sano clima d montagna – in Svizzera, x esempio – potrebbe recuxare le forze & invertire la progressione della malattia. Lasciarlo dov'è sarebbe una <u>condanna a morte</u>. D certo una società civilizzata lo desidera. D certo Charles x loro vale + da vivo che da morto.

Ho assicurato a Mathieu che sarei stato fin troppo felice d accompagnare il bambino, con tutte le guardie armate che il Com avesse ritenuto opportune. Ho detto che avrei accettato qualsiasi restrizione – lavoro senza compenso – se il Com avesse accettato d rimuoverlo dalla cella.

Si è accigliato & è rimasto in silenzio x 1 po'.

Non capisco, ha detto. xché si preoccupa così tanto x questo bambino?

Perché potrebbe essere mio figlio, ho detto. E se lo fosse, allora vorrei che qualcuno si preoccupasse, come mi preoccupo io.

Mi aspettavo che ridesse. Invece ha detto, in tono quasi gentile: Dottore, quel bambino non può andarsene. Lo sappiamo entrambi, lei & io. Se può rendere + facili i suoi ultimi giorni, così sia. In caso contrario, ha fatto quello che poteva. La Repubblica non può chiederle d +.

Credo si aspettasse che fosse 1 conforto.

10 Pratile

Charles riesce a mangiare solo 1 po' d zuppa + qualche ciliegia. Il tempo stringe.

11 Pratile

Junius saprà cosa fare.

13 Pratile

X ora basta.

Capitolo 40
La rinascita di Junius

Mia madre è sepolta accanto a mio padre sotto un vecchio tasso. Il cimitero di Vaugirard è ammuffito e fuori moda, e le persone in lutto sono poche: Charlotte, Charles, io e Vidocq, con un cappello a fascia nera. È lo stesso Vidocq a dare la mancia ai portatori, al becchino e al prete e, dopo aver pagato la carrozza di Charlotte e avere spedito Charles al quartier generale della Sûreté, mi offre una bottiglia di Argenteuil al Buon melo. Mi scolo due bicchieri in rapida successione.

"Come va?" mi domanda.

Mi interrogo come se fossi il medico di me stesso. Polso: regolare. Respirazione: regolare. Mano: ferma.

"Mi sembra bene."

"Non direi," dice. "Credo che dovrebbe riposarsi per qualche giorno, Hector."

L'abito nero che indosso è uno di quelli che Vidocq ha scartato, troppo largo nelle gambe e nelle spalle e stretto a forza intorno alla vita. Il vino ha suscitato un sordo farfuglio nella mia testa, e l'aria della taverna è densa di escrementi di topo, e oltre la massiccia spalla di Vidocq riesco a vedere il sole, relativamente gracile, che tramonta sulla cupola degli Invalides.

"Tre persone sono morte," dico. "Avrei potuto essere uno di loro. È un motivo sufficiente per restare sveglio, non crede?"

Fissando il bicchiere, scopro che la mia impronta digitale mi si rinfaccia splendente. Cerco di ricordare cosa diceva Vidocq sulle impronte digitali… nessuna è uguale a quella di un altro…

E poi mi viene in mente qualcos'altro. L'ultimo bicchiere di vino che ho bevuto con mamma. Il modo in cui la luce si avvolgeva intorno a noi.

"Scoperto qualcosa?" domando.

"Da quel che ne sappiamo, l'incendio è scoppiato nello scarico del grasso tra la legnaia e la finestra della cucina. Sembra che da lì si sia diffuso alla dispensa della carne. Riguardo all'origine di tutto ciò, non abbiamo trovato alcun ordigno incendiario, ma abbiamo trovato i resti di una bottiglia fosforica."

La notizia mi filtra lentamente nel cranio.

"Incendio doloso," dico, annuendo.

"È probabile. Naturalmente non sappiamo ancora se è collegato a Charles."

E per la prima volta da che ne ho memoria, non riesce a sostenere il mio sguardo. Si ostina a spazzolarsi la sommità del cappello.

"Ricorda cosa ha detto Monsieur a Herbaux?" chiedo, spingendo la sedia fuori dal tavolo. "'Non li uccida,' ha detto. 'Li spaventi e basta.'"

"Me lo ricordo."

"Allora perché dovrebbe cercare di bruciarci tutti vivi? Una casa piena di persone per arrivare a un solo uomo..."

Vidocq alza le spalle. "Solo perché fai partire una carrozza non significa che puoi fermarla."

"E cosa significa?"

"Significa che Monsieur potrebbe non essere più padrone di se stesso. O dei suoi piani."

Vidocq svuota il resto della bottiglia nel mio bicchiere. Osserva con aria di rammarico l'ultima goccia che cade.

"Dove pensate di alloggiare lei e Charles, Hector?"

È una bella domanda. Padre Tempo è ospite di amici in Rue Gracieuse. Charlotte è sistemata con la numerosa covata di sua sorella nel Marché Lenoir. Fino a questo momento, non mi era mai venuto in mente di avere bisogno di un riparo anch'io.

"Deve esserci un posto," dico.

"C'è," dice Vidocq.

A dieci passi da Notre-Dame, a un solo isolato dal fiume, proprio dietro l'angolo di Place Saint-Michel... eppure è molto probabile passare davanti a Rue de l'Hirondelle senza saperlo. È proprio il genere di cosa che piace a Vidocq. Poche persone vengono in questa stretta strada acciottolata, nemmeno la squadra di Vidocq, così è con una certa sensazione di non esserne degno che mi fermo davanti all'imponente e alta facciata del numero 111.

Charles non ha tali inibizioni. Sta già salendo su per i gradini di marmo.

"Aspetti! Hanno delle salamandre scolpite sopra la porta."

"Adesso mi stia a sentire," ringhia Vidocq. "Quando entra, si tolga gli stivali. È un tappeto Aubusson, ha capito?"

Di fatto, lo è. E c'è una consolle Impero e una scala in marmo. E soffitti alti e pavimenti in parquet brunito e due cameriere. Il ragazzo di Arras ne ha fatta di strada.

Senza lasciarsi Arras alle spalle. È ancora molto presente nella persona rotonda della madre di Vidocq: terra contadina in mezzo a maniche bordate e cipria lilla.

"I miei ragazzi!" grida, attirandoci verso di sé. "Quello che avete passato! Non importa, sotto il nostro tetto dormirete al sicuro, ve lo prometto. E potete restare finché ne avrete bisogno, non è vero, François?"

"Tutto quello che vuoi," risponde Vidocq, alzando le mani in segno di resa.

"Adesso potete indossare i vestiti di François finché non ritrovate i vostri. Sono un po' grandi, sì, lo vedo, dottore, ma Catherine ve li stringerà, è una meraviglia con l'ago. Mi hanno detto che condividerete la stanza, ma non si preoccupi, il letto è così grande che potrebbe dormirci un esercito. Luigi XVI, ha presente lo stile. In ogni caso, dormite quanto vi pare. Nessuno qui vi sveglierà mai prima che siate pronti..."

D'improvviso mi mette la mano intorno all'orecchio e sussurra:

"Dorme con gli angeli, sa. Proprio come il mio caro marito. Il Signore si prende cura di entrambi."

Quella notte, per ragioni che non esamino con troppa attenzione, scelgo di dormire sul pavimento, con delle lenzuola piegate come materasso. Charles, per ragioni che anche lui si guarda bene dall'analizzare da vicino, me lo lascia fare. Per un'ora buona rimango lì sdraiato, ed è come se il fuoco della notte scorsa infuriasse ancora. Sento l'odore del fumo sulle mani, sento le vesciche sulla schiena. Vedo mamma rannicchiata come un fagotto nero sul pavimento della sala da pranzo.

Subito dopo l'alba, mi sveglio con i respiri lunghi e ininterrotti di Charles. Con indosso l'abito nero di Vidocq, scendo in punta di piedi le scale di marmo. Giro la chiave nella serratura della porta d'ingresso, sono sulla soglia.

"Dottor Carpentier?"

Dalla strada di sotto un gendarme mi guarda fisso.

"Sto solo andando a fare una passeggiata," spiego.

"Allora deve portarmi con lei. Ordini del capo."

Dopotutto, non è un tragitto molto lungo fino a Rue Neuve-Sainte-Geneviève. L'odore del fumo si sente ancora a un isolato di distanza e, nella luce del primo mattino, la Maison Carpentier ha l'aspetto di qualcuno coinvolto in una rissa da taverna. Finestre con gli occhi neri, denti della porta mancanti... interiora cauterizzate e brandelli di tende che penzolano come capelli strappati. Dai buchi nel tetto una mezza dozzina di corvi roteano e si tuffano. Colonizzando l'unica casa che abbia mai conosciuto.

"Hector!"

Padre Tempo scende dalla collina verso di me, con indosso gli stessi vestiti logori che aveva uscendo di casa. Alla luce dell'alba sembra qualcuno che si è risvegliato dalla morte.

"Sono così felice di avere potuto... ehi, dico," esclama al gendarme che gli blocca la strada. "È un suo amico, Hector?"

"Va tutto bene!" urlo. "Il professor Corneille viene in pace."

Il gendarme si fa da parte a malincuore. Stringendo il cappotto, Padre Tempo mi si avvicina, un sorriso gli apre le labbra grigie.

"Mille scuse per essermi perso il funerale, ragazzo mio. Una faccenda così... così terribile. Ho sempre pensato che i suoi genitori mi avrebbero seppellito, sa, e non il contrario..."

Viene fermato dalla vista di quell'edificio, vuoto e selvaggio. "Sono così... così..."

E per diversi minuti non diciamo assolutamente nulla. Osserviamo i corvi, sentiamo l'odore dei fumi. E poi, con voce bassa ed elegiaca, Padre Tempo dice:

"Come avrei voluto che lei conoscesse sua madre, ragazzo mio. Fintanto che era giovane, intendo. Che fuoco aveva! Davvero un'oratrice straordinaria."

"Oratrice?"

"Oh sì! Era una figura di spicco nella... Società Fraterna per i Patrioti di Entrambi i Sessi. Ricordo la prima volta che l'ho sentita parlare. 'Verso la *Prossima* Illuminazione', era questo l'argomento. Uomini e donne, fianco a fianco, in cammino verso il paradiso. Roba da urlo. Ero pronto a buttare via la civiltà e ricominciare da zero."

"Ma perché non ha..."

"Oh, be', perché è arrivato lei, no? Non sarebbe stato il caso di trascinare i bambini alle riunioni di mezzanotte, come una pescivendola. No, alla fine ha fatto la buona *bourgeoise*. È rimasta a casa con il suo bambino."

Ed è diventata... com'è che ha detto mia madre? Una di quelle donne inutili e tristi. Il cui atto finale è stato quello di reclamare la sua dote. La cassa con l'argenteria che anche adesso giace sepolta con lei.

"Lei sta bene, ragazzo mio?"

All'inizio non rispondo. Continuo a massaggiarmi la faccia finché l'unica cosa che sento è l'attrito sulla pelle.

"Sto bene," dico alla fine. "E lei, Monsieur? Dove andrà?"

"Oh, riguardo a *questo.*" Un rossore violaceo sulle sue guance rilassate. "Conosce l'espressione, tempi disperati richiedono... quello che voglio dire è che ho contattato una mia vecchia amica... possiede un delizioso cottage a Vernon e... be', senza girarci troppo intorno, le ho chiesto la mano."

"E lei... ha acconsentito?"

"Oh mio Dio, sì. Mi dava la caccia da anni. Ma io insistevo nel volere restare scapolo."

La sua risatina sembra separare la mascella dal resto del cranio.

"Ah, be', era inevitabile," dice. "Niente più libri sulle orchidee da vendere."

Abbassa lo sguardo sui suoi miserabili stivali, lucidati con il tuorlo d'uovo, e provo una fitta acuta pensando a quello che ha perso lui nell'incendio. Quel barile pieno di artefatti della Rivoluzione. Le tabacchiere tricolori e il guanto di Rousseau. Risme e risme del passato…

Vecchi diari…

"Lei è Junius," dico.

Lo dico nell'attimo stesso in cui lo penso. E il suono di quel nome apre la bocca di Padre Tempo e gli fa sferzare la mano sul petto.

"Be', sì. In un'altra vita, quello era..."

"Il suo pseudonimo. Quando scriveva per il *Courrier Universel.* Era lei a informarli delle condizioni del delfino." Faccio una pausa per lasciare che le parole penetrino di nuovo. "*Ju-*

nius saprà cosa fare. È quello che ha scritto papà nel suo diario. Pochi giorni prima che Luigi XVII morisse. Sarebbe andato a parlare con lei."

"Sì. In effetti, lo ha fatto."

"Di cosa?"

"Ecco, deve essere stato della fuga."

Lo fisso a lungo e intensamente, ed è solo allora che capisce cosa ha appena detto. La confusione si diffonde nelle macchie grigie dei suoi occhi.

"Be', ecco, era... era inutile tenere il ragazzo dov'era. Quel posto orribile! Dovevamo... dovevamo *liberarlo*, ecco. Non c'era altra scelta."

"Ma perché non mi ha detto che ha partecipato alla cosa?"

Ma so già cosa dirà. Prima ancora che gli esca dalla bocca.

"Per il suo benedetto padre, ovviamente! Mi ha fatto giurare di mantenere il segreto. Nessuno doveva saperlo, *nessuno*, e dopotutto io sono un uomo di parola, Hector. Qualunque altra cosa si possa dire di me..."

Fissa ancora una volta l'interno in rovina della casa. Segue i movimenti dei corvi finché non riesce più a farlo.

"E adesso?" azzardo.

"Adesso? Oh, non sembra più avere molto senso, vero? Mantenere i segreti." Sospira così piano che riesco a malapena a sentirlo. "Se mai abbia avuto senso farlo."

Capitolo 41
Il cavallo di Troia

Il loro piano aveva un autore, e il suo nome era Virgilio.

Come tanti rivoluzionari francesi, il professor Corneille venerava gli antichi romani, e quando mio padre era andato da lui, stava leggendo il secondo libro dell'*Eneide*: "Come presero la città." Il grande cavallo di legno, trascinato all'interno delle mura di Troia con il suo carico di greci. La città invasa… le mura in fiamme… Ecuba che piange… Perché non usare lo stesso trucco su scala più piccola?

E così il professor Corneille aveva comprato un cavalluccio di cedro, un metro e venti di altezza, uno e mezzo di lunghezza, e lo aveva scavato fino a farlo diventare abbastanza capiente da contenere un bambino. Vi aveva messo le rotelle, aveva usato un punteruolo per fare i fori per l'aria, aveva installato un pannello con un fermo segreto sopra la cavità… e, dopo due giorni di lavoro, aveva dichiarato che era pronto.

"Pronto per cosa?" domando.

"Per essere portato al Tempio. Suo padre è venuto a prenderlo quella sera stessa. Era il sette di giugno."

Il sette di giugno. La stessa sera in cui ha lasciato quella lettera a mia madre. *Una faccenda importante... non priva di pericolo... potrei non tornare...*

Ed ecco la sua missione: andare al Tempio su un carro a noleggio con il professor Corneille e un cavalluccio cavo.

"Oh, sono rimasti sorpresi nel vedere suo padre, non ne dubito. Ancora più sorpresi nel vederlo trascinare un cavallo di legno! Ma lui ha spiegato la situazione con molta calma. Ha detto che era stato incaricato dal Comitato di presentare questa... cosa ci siamo inventati?... sì, un'offerta di pace. Dalla Prussia."

"Perché avrebbero dovuto crederci?"

"Be', ovviamente abbiamo dovuto falsificare alcuni documenti."

E qui il professor Corneille aveva dato prova di possedere un talento fino a quel momento insospettabile. Usando come modello i visti d'ingresso di mio padre, e con nient'altro che un rotolo di pergamena, una candela e un paio di calamai, aveva ricreato la firma del Cittadino Mathieu e il timbro inconfondibile del Comitato di Sicurezza Generale, fino alla sfumatura di burro rancido della cera.

Le carte erano ineccepibili e la sera era troppo tardi per verificare personalmente gli ordini. Così avevano lasciato passare il cavallo.

"E poi?"

"Suo padre l'ha portato personalmente nella cella di Louis-Charles."

"Perché?"

"Non è ovvio? Per mettere dentro il bambino."

"Ma come avrebbe fatto a riportare giù il cavallo? Senza destare sospetti?"

Per farlo si erano serviti di un altro documento, arrivato tre ore dopo. Anch'esso del "Comitato", anch'esso forgiato. Che annunciava che il cavalluccio in questione andava immediatamente portato via.

"Dopo sole tre ore?"

"Deve capire, ragazzo mio, avevamo un fattore molto importante dalla nostra parte. L'assoluta capricciosità del Comitato. Tutti sapevano che qualunque cosa benedicessero al tramonto poteva essere illegale all'alba. Così è stato con il cavallo di legno. 'Dopo un secondo esame, il Comitato ha deciso che a nessun figlio di un tiranno sarà concesso un divertimento ozioso mentre i bambini francesi piangono per il pane...' oh, non ricordo le parole esatte, ma sembrava assolutamente plausibile.

"Comunque sia, ha funzionato. Hanno fatto entrare suo padre. Gli hanno perfino assegnato un paio di guardie per aiutarlo a riportare giù il giocattolo."

"Ma non hanno ispezionato la cella dopo che papà se ne è andato?" domando. "Ha detto che le guardie controllavano Louis-Charles più volte durante la notte. E per prima cosa al mattino."

"Certo che lo hanno fatto," dice Padre Tempo, imperturbabile. "Ecco perché abbiamo portato l'*altro* bambino."

E qui rientra in scena Leblanc.

Attraverso indagini discrete, era riuscito a rintracciare una donna, una lavandaia ed ex prostituta che si chiamava Félicité Neveu, che era stata alla Conciergerie durante gli ultimi giorni di Maria Antonietta e che era diventata, mettendo a repentaglio la sua sicurezza, uno dei più ardenti difensori della regina. La idolatrava e non le importava che si venisse a sapere. Nessun altro era stato così gentile con lei, diceva, così garbato, così (in mancanza di una parola più accettabile) *cristiano*.

A Félicité piaceva soprattutto raccontare del giorno in cui suo figlio era andato a trovarla. La regina aveva tenuto particolarmente a dire quanto fosse incantevole il bambino. E quanto... immaginatela mentre si asciuga una lacrima dalla sua nobile guancia... quanto fosse incredibilmente somigliante al suo stesso Louis-Charles. Félicité era stata così commossa dal dolore della regina che aveva deciso, una volta rilasciata, di abbandonare i suoi espedienti criminali e di dedicare la sua vita alla memoria di Maria Antonietta.

Leblanc l'aveva corteggiata durante un giro di bevute da Thicoteau, e poi aveva fatto la mossa pericolosa di raccontarle il piano che aveva in mente. Prima che la serata finisse, la donna aveva accettato.

"Accettato cosa?"

"Be' sì," dice Padre Tempo, sbattendo leggermente le palpebre. "Il suo bambino sarebbe andato alla Torre, e Louis-Charles sarebbe stato libero."

"Ma che razza di madre accetterebbe una cosa simile?"

"Una madre disperata. Suo figlio stava morendo, ecco. In grande squallore, senza speranza di guarigione. Deve avere ragionato: be', quantomeno al Tempio suo figlio avrebbe avuto il dottor Carpentier a visitarlo ogni mattina, e Leblanc per il resto della giornata. Esercizio, giochi. Aria fresca sulla piattaforma della torre. Oh, e una sepoltura dignitosa, quella era la cosa più importante. Non poteva permettersi di seppellirlo da sola e voleva che avesse una lapide. Anche se con il nome sbagliato."

Ed essendo una simpatizzante monarchica, non poteva immaginare che Louis-Charles non avrebbe mai ricevuto una lapide. Che sarebbe stato gettato in una tomba anonima, coperto di calce, lasciato a marcire...

"Così quest'altro bambino era dentro il cavallo di legno che mio padre trainava."

"Esatto. Terribilmente debole, poveretto, ma prima che chiudessimo il pannello, lui... lui è riuscito a dirci quanto era comodo dentro. Dei modi davvero incantevoli."

Tre ore dopo, mio padre era tornato al Tempio con i suoi documenti falsi per reclamare il cavallo di legno. Il professor Corneille aspettava il suo momento a due isolati di distanza nel carro merci. La notte era silenziosa e umida, i grilli cantavano, le pietre sonnecchiavano al caldo...

Ma il professore non si era mai addormentato. Come avrebbe potuto? Il tempo passava come un'agonia. Un'ora. Due ore. Ancora nessun segno di papà.

"Confesso di avere perso più di una volta le speranze che tornasse. Doveva essere successo qualcosa, era l'unica spiegazione, e non sapevo cosa fare. Tutto quello a cui riuscivo a pensare era che avrei dovuto dare la notizia alla sua povera madre.

"E poi... oh, doveva essere passata l'una di notte... è arrivato! Portandosi dietro quello stupido cavallo.

"Be', l'abbiamo sistemato sul retro del carro, poi siamo risaliti tutti e due e siamo ripartiti... oh, è stato un bel viaggetto, sì. Suo padre dava indicazioni per tutto il percorso. *Giri a destra all'angolo... E adesso sinistra... Tenga di nuovo la destra.*

Io, ovviamente, non avevo la minima idea di dove stessimo andando. Supponevo che avessero organizzato... oh, una specie di rifugio, immagino, suo padre e Leblanc. Non avrei mai creduto che saremmo finiti dove siamo finiti."

"E dove sarebbe?"

"Nell'appartamento di Félicité Neveu."

"La lavandaia?"

"Oh sì! Ricordo che abitava in... sì, era Rue des Couture-Saint-Gervais. Un posto dove non nessuno vorrebbe ritrovarsi da solo la notte, glielo posso garantire."

"E poi cosa è successo?"

"Be', suo padre ha fatto scattare il fermo del cavalluccio. Ha fatto uscire fuori il bambino, con molta delicatezza. E poi... lo ha portato di sopra da mademoiselle Neveu."

"Ma quale bambino era?" Adesso riesco a malapena a trattenermi. "Il delfino o il sostituto?"

"Non ne ho idea!" grida il vecchio, alzando le spalle al cielo. "Sono dovuto restare con il carro, quindi non ho mai visto la faccia. E, naturalmente, i due bambini si somigliavano. Avresti dovuto studiarli piuttosto attentamente per... per distinguerli. Be', può immaginare… quando suo padre è tornato, stavo... oh, esplodendo di domande... ma lui mi ha interrotto. Piuttosto brusco al riguardo. *Va tutto bene*, ha detto."

Le stesse parole che aveva usato con mia madre.

"Naturalmente, io... gli ho chiesto cosa intendesse. È rimasto in silenzio per un bel po', e poi semplicemente… lo ha ripetuto. *Va tutto bene*. E nient'altro."

"E non ha mai più parlato di quella sera?"

"Oh no. E non pensi che non abbia provato a cavargli fuori qualcosa."

Fisso ancora una volta il volto del vecchio. Il sorriso annebbiato, il cervello annebbiato. Immaginarlo mentre compie una follia così grandiosa e pericolosa. E senza mai parlarne fino a questo preciso istante.

Anche se poi, cosa mi ha detto? Il mistero non è stato tanto risolto quanto piuttosto incastonato: in quell'arco di due ore tra quando mio padre era entrato nel Tempio e quando era tornato. Da qualche parte in quell'interstizio si trova la risposta. Al destino di Louis-Charles. Al destino di papà. A tutto.

E non sono più vicino a una risposta ora di quanto lo fossi prima… e Padre Tempo sta scivolando sempre più nella sua nuvola. La bocca è piegata verso il basso, gli occhi vanno altrove… il tempo delle domande volge al termine.

"Cosa ha pensato," domando, "quando ha saputo che Louis-Charles era morto quello stesso giorno?"

"Be', io... non sapevo cosa pensare. Il bambino nella torre... lui poteva essere morto. Ma quale bambino era?" Fa una pausa per lasciare che la prospettiva si sviluppi davanti a sé. "Eppure, non mi sorprenderebbe sapere che il delfino fosse vivo oggi. Anche se... immagino che lo avremmo saputo, no?

"Oh, ma mi sono appena ricordato di un'altra cosa che mi ha detto suo padre. È accaduto molti mesi dopo. A quel punto aveva già abbandonato la professione e stavamo prendendo, sì, giusto, il solito caffè al Sage Athénien. Era terribilmente silenzioso. Tremendamente cupo... be', a quel punto era sempre cupo.

"*Lo sa*, ha detto – ricordo che fissava la tazza – *c'è una cosa per cui non potrò mai perdonarmi davvero*. Gli ho chiesto di cosa si trattasse e lui ha detto: *Credevo davvero che la vita di un bambino valesse più di quella di un altro.* E prima che ci separassimo quella mattina, ha detto ancora una cosa. Ha detto: *È vero quello che mi diceva, Junius. Non sono un repubblicano.*"

La luce del lampione all'angolo si sta lentamente dissolvendo nella luce del mattino. Il pozzo abbandonato dove sedeva Bardou è vuoto, tranne che per una coppia di piccioni che becchettano gli onischi. Si sentono in lontananza le prime grida degli spazzacamini e sul selciato arriva il carro di un minatore.

È l'ultima conversazione che avrò con Padre Tempo. È l'ultima volta che guarderò questa casa. Eppure l'argomento che più mi pesa è tutt'altro.

"Cosa ne è stato di Félicité Neveu?" domando.

"Non ne ho idea. Ho deciso di andarla a trovare qualche giorno dopo, ma di lei non c'era traccia. Né di suo figlio. I vicini sembravano dell'idea che fosse fuggita dalla città per evitare di essere arrestata. Non era una buona cosa, sa, essere un monarchico a quei tempi."

"E suo figlio. Com'è che si chiamava?"

"Si chiamava," dice Padre Tempo. "Si chiamava..."

La luce svanisce dai suoi occhi, le guance si afflosciano... poi dal nulla scoppia una scintilla, e il vecchio ridacchia al cielo:

"Ah! Virgil! Ecco come si chiama! Quale segno migliore del fatto che era stato mandato dal cielo? Be' adesso, Hector, prima che vada via, non vorrei scomodarla ma non avrebbe una... una moneta o due? Per la diligenza verso Vernon? Oh, è molto gentile da parte sua. Per quanto riguarda il matrimonio, be', sono desolato di non poterla invitare, ma lei preferisce una piccola cerimonia, la mia fidanzata. Una ragazza semplice. Spero che capisca..."

Capitolo 42
Il neo

"No," dice Vidocq. "È troppo da credere."

Torno proprio mentre è seduto a fare colazione. Che scena serena. La caffettiera di Sèvres, la tazza di Sèvres... la nuvola di vapore... profumi di limone e arancia che entrano dalle porte-finestre... lo stesso Vidocq – addolcito dal sonno, calmato dalla notte – con una vestaglia aperta, una camicia con i fregi e pantaloni rossi.

Ed ecco che arriva Hector. Contrariato e insistente, irto di novità. Le fantasticherie sono finite.

"Un bambino sosia?" grida Vidocq. "Fatto passare di nascosto davanti a duecento guardie? *Dentro a un cavallo di legno?*"

"Così ha detto il professore."

"E perché diavolo dovremmo fidarci di lui?"

"Be', lei... lei lo ha conosciuto. Non ha alcun motivo per mentire. Ed è l'ultimo testimone oculare vivente."

"Ah sì? E di cosa sarebbe testimone, Hector? Ha mai visto davvero Louis-Charles? Ovviamente no. Se ho intenzione di sottoporre la questione al ministro della Giustizia, mi servirà qualcosa di più della parola di un vecchio bacucco."

Vidocq infilza una brioche con un coltello da burro, la ingoia in tre bocconi. Un attimo dopo, le campane di Saint-Séverin risuonano luccicanti. Sono seguite da una catena di campanelli che rispondono, guadando avanti e indietro il fiume.

Domenica.

Che potrebbe essere il motivo per cui Vidocq sceglie questo momento per invocare la divinità.

"Signore lassù in cielo! È troppo chiedere una piccola prova? Qualcosa che non mi faccia ridere a crepapelle?"

"Non so cos'altro può chiedermi," dico. "Le ho fornito una testimonianza oculare..."

"Per sentito dire."

"Le ho dato il resoconto personale di mio padre..."

"Il che ci lascia esattamente al punto di partenza, accidenti a lui."

Qualcosa nella mia espressione, forse, lo addolcisce fino al silenzio. Poi, con un basso brontolio, dice:

"Molto bene. Mi porti il diario."

Non c'è un briciolo di attenzione nelle sue dita adesso mentre fa avanti e indietro lungo quelle pagine calcificate.

"Ecco cosa mi preoccupa, Hector. Quella riga finale. *Per ora basta.* Non le sembra che ci sia altro in arrivo?"

"Non c'è. Ho guardato."

"Ma non ha senso. Sappiamo che suo padre non è stato interrotto. Sappiamo che non aveva bisogno di seppellire quel coso in fretta: nessuno sapeva nemmeno che esistesse. E allora perché non ha continuato a scrivere un vero resoconto?"

Nella brezza che entra dalle porte-finestre, le pagine fluttuano davanti ai suoi occhi, come un prato. Vidocq sta per chiuderle quando qualcosa gli colpisce l'occhio.

"Si fermi un attimo," mormora.

Solleva il libro alla luce del sole. Nel risvolto interno posteriore viene rivelata una piccola fessura, una violazione nel tessuto del diario.

"Cristo santo," mormora Vidocq. "Non posso crederci..."

Il suo dito scompare nell'apertura... e riemerge pochi secondi dopo con un fagotto ben ripiegato. Lo dispone davanti a noi sul tavolo della colazione, accanto alle confetture e al miele.

A chi di competenza:

Potrete verificare la merce tramite il seguente particolare: un neo, marrone-nero, di 1 centimetro e mezzo di diametro, situato tra il 4° e il 5° dito del piede destro.

Vostro,
Dottor Hector Carpentier

Gli occhi di Vidocq sono duri. La sua bocca è una sottile linea nera.

"È la grafia di suo padre?" domanda.

"Sì."

"La riconosce con certezza?"

"Sì."

Sbatte i pugni sul tavolo della colazione. Così forte che il diario salta verso il soffitto e i cucchiaini da caffè strillano e la cameriera arriva correndo, inamidata dal terrore.

"Dov'è Monsieur Charles?" le urla.

"Ancora a letto."

"Meglio così."

È proprio come l'ho lasciato. La testa che fluttua sui cuscini, il respiro che esce fuori. Spalanchiamo le tende e la luce che penetra fa intravedere sottili delta di saliva agli angoli della bocca.

"Dorme come un maledetto angelo, non trova?" borbotta Vidocq, strappando via le coperte.

I piedi nudi si contraggono, come storditi dalla luce, poi si immobilizzano di nuovo.

Vidocq cade su un ginocchio. Con la stessa delicatezza che ha mostrato al cadavere di Leblanc all'obitorio, separa il quarto e il quinto dito del piede.

"Hector," sussurra. "Porti la lampada."

Ma è già visibile alla luce del mattino. Un neo marrone e nero, di proporzioni irregolari, di circa mezzo pollice di diametro.

Le lenzuola frusciano; il materasso scricchiola. Dall'altopiano dei suoi cuscini, Charles Rapskeller ci guarda attraverso le palpebre semiaperte: perfettamente compiaciuto, come se fosse il modo in cui inizia tutte le sue giornate.

Per diversi secondi, Vidocq si ritrova davanti a un bivio. E alla fine decide di restare in ginocchio. E inclinare la testa verso il pavimento. L'immagine stessa della sottomissione.

"Non la chiamerò *Maestà*," dice. "Non ancora. Ma se tutto andrà bene, spero che avrà occasione di ricordare il mio umile servizio."

Adesso alza la testa. Ogni traccia di sudditanza è scomparsa.

"Abbiamo più cose in comune di quanto crede, Monsieur Charles. Hanno rinchiuso anche me. Hanno cercato di estinguermi, proprio come hanno provato a fare con lei. E non ci sono riusciti. E non ci riusciranno."

Come descrivere il momento successivo? Con molta cura e pazienza, rimette la coperta e le lenzuola sopra Charles, le rimbocca in modo che solo la testa arruffata di sudore sia ancora visibile. Non ho mai visto Vidocq così tenero, o così strategico.

"Domani mattina," annuncia, "faremo visita al ministro della Giustizia. Che il cielo ci aiuti tutti."

Capitolo 43
La falena testa di morto

Vidocq è fedele alla sua parola. Prima che siano trascorse ventiquattr'ore, si è assicurato la promessa di un'udienza con la duchessa d'Angoulême. Il giorno dopo, ha un orario.

"Giovedì pomeriggio," annuncia. "All'una in punto. All'hôtel del marchese de Monfort."

"Di chi?"

"Lo ha già incontrato, Hector. Nella cripta di Saint-Denis. Era il tizio che ha minacciato di ucciderla."

Me ne ricordo all'istante: la voce della civiltà. *Muoviti di un altro centimetro e sei morto.*

"Il marchese è l'amico del cuore del ministro della Giustizia," aggiunge Vidocq. "E un feroce difensore della duchessa. E nel caso se lo stesse domandando, un acerrimo nemico del conte d'Artois. Oh, non pensi che abbia dimenticato la sua grande teoria del complotto. Ora dovremo trovare dei bei vestiti per il nostro Charles. Niente di troppo sontuoso, non vogliamo che sembri arrogante. Ma non vogliamo nemmeno che sembri un contadino. Forse potrebbe dare una sistemata a quelle unghie. E per l'amor di Dio, Hector, gli faccia fare un bagno, le va?"

I fondi della prefettura vengono stanziati per il nuovo vestito di Charles, gli stivali lucidi e i guanti di daino. In quanto a me… be', uno dei vecchi abiti neri di Vidocq si è rapidamente adattato alla mia corporatura, ma senza il peso del proprietario originale a cui aggrapparsi, il tessuto cade in sacche di protesta. Sono profondamente consapevole di queste sacche mentre la carrozza varca il passo carraio dell'Hôtel de Monfort. Ne ho ancora più consapevolezza quando un servitore in livrea grigio tortora ci introduce in un appartamento interno, rivestito di arazzi di Gobelin e Beauvais. Una poltrona tappezzata, un divano di velluto. Tende voluttuose, piegate con eleganza come abiti da donna. Accanto al camino, un paravento a nove pannelli dipinto con epiche della guerra attica.

"È un museo?" domanda Charles.

"Si potrebbe dire," dice Vidocq.

Proprio in quell'istante si gira e trova il custode del museo in persona, con un fresco gilet di piqué bianco e due spille di diamanti sulla balza. Se il marchese riconosce Vidocq dal loro precedente incontro, non lo lascia trasparire. Nessun segno di nulla, a dire il vero, a parte il disgusto. Che tiene a bada per senso del dovere.

"Prima di cominciare, Monsieur," dice il marchese, "devo chiederle una parola in privato."

"Può parlare liberamente davanti a questi signori," risponde Vidocq. "Sono preoccupati per la questione quanto lo sono io."

Nessun segno nemmeno che si ricordi di noi. O che desideri farlo.

"Se questa faccenda fosse stata lasciata nelle mie mani," intona, "nessuno di voi sarebbe qui oggi. Le ho aperto la mia casa esclusivamente come favore personale al ministro. Le consiglio di tenerlo a mente."

"Debitamente annotato, Monsieur il marchese. A mia volta, vorrei invitarla a ricordare che tre persone sono state uccise per impedire questo incontro. Il loro sacrificio non vale forse un po' del suo tempo? E di quello della duchessa?"

Come nella cripta, la gamba destra del marchese avanza nella posa del duellante. La sua voce, però, si ritira solo di una frazione.

"Monsieur Vidocq," dice, "deve capire. Conosco la duchessa da quando era una bambina. Ha superato tre vite di sofferenze. Desidero solo risparmiargliene di nuove."

"E io spero soltanto di procurarle gioia, Monsieur."

Un piccolo lampo di valutazione scintilla negli occhi castani del marchese.

"Quindici minuti," dice. "Non di più. E la duchessa ha il diritto di interrompere il colloquio in qualsiasi momento. E anche io."

"D'accordo," dice Vidocq.

Come appare sicuro. Vorrei avere un decimo della sua sicurezza, ma non riesco a immaginare un lieto fine per tutto questo. Vedo il marchese, fulvo e inviolabile. Vedo Charles che fa passare qualcosa tra i piedi. (Una pallina da tennis! Dove l'ha presa?) E poi, un minuto dopo, ecco che irrompe come una tempesta invernale la duchessa d'Angoulême.

Nipote dell'attuale re, nuora del conte d'Artois. Una visione più completa di quella che ci ha concesso nelle cripte di Saint-Denis, ma anche più piccola e più scontrosa. Niente cashmere bianco o velluto scarlatto per lei. Indossa corsetti e crêpe nero, grazie tante, e come credete che sprecherò il prossimo pezzo della mia vita?

"Buon pomeriggio, Madame. Sono l'ispettore capo Vidocq della Brigade de Sûreté."

"Ho sentito parlare di lei," dice, con una voce fredda quanto la sua mano tesa.

"Mi lusinga oltre ogni misura. Posso presentarle il gentiluomo che mi ha così prontamente assistito in queste indagini?" Una pausa concertata, durante la quale i pantaloni mi cascano in dieci punti. "Il dottor Hector Carpentier."

"Carpentier," mormora lei.

Non sapendo cos'altro fare, mi inchino in avanti.

"È un grandissimo onore rivolgermi a lei, Madame. Credo abbia avuto occasione di conoscere mio padre. In tempi meno felici."

"Sì," dice. Il passato e il presente la travolgono, offuscandone i tratti. "Ricordo suo padre, ovviamente, con grande affetto. È stato molto gentile con me e con mio..." Una delle sue dita guantate armeggia con la croce d'oro che porta al collo. "Con me e con mio..."

"In effetti," dice Vidocq, intromettendosi. "Ci ha appena gentilmente portato al tema della nostra indagine, Madame. Come ho informato il ministro, gli eventi recenti hanno sollevato la possibilità – e intendo solo la *possibilità* – che il giovane che vedete davanti a voi *possa* – una parola che non potrò mai sottolineare abbastanza, Madame – *possa*, dico, essere qualcuno che non le è sconosciuto."

“È ciò che lui vorrebbe farle credere?”

“No, Madame. Della sua infanzia ricorda ben poco. Non ha mai dichiarato di essere nessun altro se non Charles Rapskeller. La richiesta è stata avanzata solo a suo nome.”

“E da parte di chi?”

“Sciaguratamente, i richiedenti hanno avuto la... la singolare sfortuna di morire, Madame. In modo piuttosto prematuro. Uno di loro era Monsieur Chrétien Leblanc, che forse ricorderà.”

Un altro nome che torna dal passato. Abbassa la testa, come se potesse davvero schivarlo.

“Giacché anche questo giovane sembra essere in pericolo, Madame, abbiamo ritenuto opportuno portarlo al suo cospetto. Per il solo motivo della sua sicurezza. Se riterrà opportuno negare assolutamente e categoricamente che si tratti di Louis-Charles, duca di Normandia… ebbene, allora potrebbe rendergli il non trascurabile servizio di salvargli la vita.”

Fare appello alla sua risaputa vena di carità. Una mossa astuta, solo che adesso non c’è una goccia di carità sul volto della duchessa.

“Mi sembra inutile, Monsieur, negare una cosa così evidente. Forse ricorderà che mio fratello è morto.”

“Ebbene sì,” ammette Vidocq. “Questa è la nozione generalmente accettata. Tuttavia, in assenza di… di un vero e proprio corpo…”

Il marchese si alza dalla sedia, la sua bocca si curva in un gesto di ammonimento. Ma la duchessa è molto più avanti di lui.

“Anche questa insolenza,” dice con voce che ribolle lentamente, “è troppo da tollerare. Lei mi dice che mio fratello è vivo. Io le dico che non lo è. Dal momento che mi sembra impossibile essere d'accordo su questo punto, Monsieur, propongo quindi di concludere subito il nostro colloquio."

E qui si intromette l'unica persona nella stanza a cui nessuno ha prestato molta attenzione.

"Ha dei capelli meravigliosi," dice Charles. "Da quello che riesco a vedere."

Nello shock del momento, la mano della duchessa vola verso la sua piccola cuffia inglese. Macchie paonazze affiorano sulle guance.

"Le mie scuse," interviene Vidocq. "Il giovane non è sempre... la sua mente sembra essere..."

"Vile," bisbiglia lei. "Vile creatura."

Con uno sguardo di sdegnosa attrazione, avanza verso Charles.

"Ne ho già allontanati molti come lei," sibila. "Affermavano tutti di essere il mio amato fratello. Sarà per me un grande piacere allontanare anche lei."

"Spero di no," dice Charles. "Siamo appena arrivati, ecco."

E ormai la questione non è più se riuscirà a conquistarla. La questione è se uscirà vivo da questa stanza.

"Mi dica," dice, alzando la voce fino a raggiungere un registro da corvo. "Mi dica, Monsieur Pretendente. Che giorno è morto mio padre?"

La domanda non lo scompone più di tanto mentre vola nella sua direzione. Con un accenno di sorriso, si gira verso di me, poi verso Vidocq, poi di nuovo verso di lei.

"Ah, se ne è dimenticato, vero?" dice la duchessa. "Ventuno gennaio. Qualunque studente di storia sarebbe stato in grado di dirlo. Ma forse ricorda lo sparo del cannone che seguì immediatamente la sua morte. Sì? Ricorda come ha reagito? Ricorda cosa ha detto nostra zia?"

Il marchese le mette una mano sul gomito. "Bambina mia," mormora. "Per favore…"

"Ricorda cosa hanno fatto per lei la zia e la mamma quella notte? Di straordinario?" Il suo viso si contrae in linee rette e dure. "Forse ricorda il giorno in cui ha messo via la mia corrispondenza per me. In che stanza l'ha lasciata? In che modo?"

Per la prima volta, c'è un'espressione di paura negli occhi di Charles. Tende le mani, come se si stesse preparando a schivare un colpo di fioretto.

"Oh, e la prego, mi dica cosa mi ha fatto il giorno di Capodanno del 1793? Come lo ha fatto? In quale stanza lo ha fatto?"

Un lungo, lunghissimo silenzio, mentre si spengono le ultime braci di speranza. Il volto della duchessa? Ebbene, posso solo descriverlo come estaticamente cupo.

"A me sembra che il silenzio di Monsieur Rapskeller sia l'unica conferma di cui si potrebbe avere bisogno. Mio fratello, se fosse vivo, avrebbe avuto una risposta a ciascuna di queste domande."

Vidocq comincia a grattarsi il cuoio capelluto.

"Soffre... non credo di averlo menzionato, Madame... di amnesia. Il dottor Carpentier qui potrà confermare..."

"Devo augurarle con rammarico il buon pomeriggio."

Chiude di scatto il ventaglio nero nella nostra direzione, prende il campanello per chiamare la cameriera. Un movimento volutamente lento e pesante: sa che nessuno può fermarla.

Nessuno tranne Charles.

"Era una falena," dice.

Lei lo guarda socchiudendo gli occhi.

"Cosa ha detto?"

"Ho trovato una falena. Una falena testa di morto. È così strano trovarne una a gennaio. L'ho messa in un barattolo."

È la stessa alba a cui ho assistito nei giardini delle Tuileries. La sua faccia, la sua persona è squarciata; la luce penetra dentro.

"E mentre stavi sonnecchiando," dice, "sono entrato di nascosto nella tua stanza... dormivi sul letto della mamma perché aveva una trapunta marsigliese, e io ti ho messo la falena sul camice. E ti sei svegliata urlando. E la falena, sì, ti è volata dentro i vestiti. Era morta quando l'abbiamo tirata fuori, poveretta. Ricordo che ti ha lasciato un po' della polvere delle sue ali sulla pelle. E tu hai detto: 'Non importa, la seppelliremo e andrà dritta in paradiso.' E l'abbiamo seppellita nella legnaia."

Muovendo silenziosamente le labbra, la duchessa si lascia cadere su un divano.

"E le tue lettere," dice Charles. "Le ho avvolte con un nastro bianco, e dentro ho infilato una rosa, e ho scritto: *Queste appartengono a Madame la Sérieuse*, perché così ti chiamava la mamma. *Pena di morte per chi le apre*, ho scritto. E te le ho lasciate su quella scaletta a chiocciola che portava dall'armadio alla soffitta. E non ho riflettuto sulla faccenda della morte. Cercavo solo di farti ridere.

"E quando i cannoni hanno tuonato quel giorno, io..."

Agita la mano davanti al viso.

"Ho iniziato a ridere. Stavo piangendo, di fatto, ma mi è venuto fuori male. Zia Élisabeth non si è affatto arrabbiata. Ha detto: 'Sì, bambino mio. Anche tuo padre sta ridendo, perché è con gli angeli in paradiso, dove c'è una gioia infinita.' E quando ho pensato a papà che era con gli angeli, ho pianto davvero, non riuscivo a fermarmi. E mamma e zia Élisabeth mi hanno lasciato stare sveglio più a lungo del solito, e mi hanno lasciato giocare a backgammon, anche se non ci sono riuscito. E mi hanno preparato un sonnifero con vino e acqua gassata, e mamma mi ha tenuto tra le braccia finché non sono andato a dormire.

"E quando mi sono svegliato la mattina dopo, tu eri lì. In piedi proprio sopra di me. E avevi una pianta di senna, non so dove l'avevi trovata. E hai detto: 'Dobbiamo piantarla insieme. Per papà. Così ogni volta che la guardiamo, possiamo pensare a lui.'"

La duchessa d'Angoulême si mette le braccia intorno alle orecchie. Abbassa la testa in grembo.

Lentamente, teneramente, senza incontrare l'opposizione di nessun altro nella stanza, Charles Rapskeller si inginocchia davanti a lei. Appoggia la fronte sopra la sua cuffietta.

"Marie," dice. "Sono tornato a casa. Proprio come avevo detto che avrei fatto. Te lo ricordi? La nostra ultima notte insieme?"

E poi, con il ventaglio, lei lo colpisce in faccia.

Il secondo colpo è sulla spalla. Al quarto colpo, ha gettato via il ventaglio e usa solo il pugno guantato.

Il suo rango è tale che nessuno fa una mossa per fermarla. Charles men che meno. Non è più contrario al contatto, subisce semplicemente i colpi che piovono, uno dopo l'altro. Un duro colpo per ogni anno di assenza. Alla fine le prende la mano e se la preme sulle labbra.

"Il Signore è misericordioso," mormora cadendo tra le sue braccia. "Contempla le sue opere. Il Signore è misericordioso."

Capitolo 44
Una rottura dell'etichetta

Qualcosa che ricorderò per sempre: il volto della duchessa che riemerge da quel primo abbraccio. Radioso di terrore, non di gioia. Le sue dita tremano visibilmente mentre accarezzano il viso di Charles.

"Sei tu," dice.

E rasserenatasi, tutto quello che teneva dentro appare in superficie, e lei si lascia andare in un torrente di lacrime. Mai prima d'ora, credo, Madame la Sérieuse aveva pianto o gioito così liberamente.

"Vi prego di scusarmi," balbetta.

Il marchese le posa la mano sul capo chino.

"Non ce n'è bisogno, figlia mia. Anch'io ho pregato per questo giorno."

Ufficialmente approvate ora, le sue lacrime escono calde e veloci, formando una membrana tra lei e il mondo, trasformando quel viso rosso e tirato in una sorta di approssimazione del suo fiorire giovanile. Alla fine, stordita e prosciugata, si alza barcollando. Prende il fazzoletto offerto da Vidocq.

"Bene," dice. "Questo cambia le cose."

"Certo che sì," concorda Vidocq.

"Devo..." I suoi occhi vagano da un arazzo all'altro. "Devo dirlo ai miei zii, no?"

"Al re, sì," risponde il marchese. "Ti prego di lasciare a me il piacere di informare il conte d'Artois."

Il significato nascosto dietro al suo sorriso gelido le sfugge, perché non c'è ironia nel suo mondo adesso. E nessun altro oggetto se non questo giovane, accovacciato sul pavimento dove lo ha lasciato.

"Vieni," dice, tendendo la mano. "Devi venire subito con me."

Lui le prende la mano. Si alza.

"Se per te è lo stesso, mi piacerebbe restare con Hector."

Se avesse dichiarato che stava nuotando verso la luna, avrebbe potuto imbattersi nello stesso sconcerto. All'inizio non capisce nemmeno a chi si riferisce.

"Vuoi dire..." Le sue dita si muovono nella mia direzione. "Con lui?"

"Solo per stasera," dice Charles. "Io e Hector ne abbiamo passate tante, sai. E sta seduto con me finché non vado a dormire e le sue ossa non scricchiolano mai, e solo per stasera, penso, è il posto a cui appartengo. E poi domani... sarò tuo."

"Abbiamo così tanto di cui parlare," protesta. "Anni e anni..."

"E molti altri anni per farlo," dice il marchese facendosi avanti. "Ma, mia cara, prima di assegnare un letto a palazzo a questo giovane, dobbiamo essere sicuri che sia il benvenuto."

"Il *benvenuto*? Come potrebbe non essere benvenuto il legittimo re di Francia?"

"Temo che non tutti la vedranno come te, bambina mia. Non esattamente," aggiunge rivolgendoci uno sguardo significativo, "non tutti. Per il momento dobbiamo procedere con grande cautela. Ora il qui presente Monsieur Vidocq e il buon dottore hanno vegliato su Charles in tutte queste settimane. Penso che possiamo fidarci di loro affinché lo ospitino un'altra notte."

Vidocq concorda rapidamente sul punto e su entrambi i loro argomenti, lei ha solo la sua stessa volontà a cui opporsi. Che non si rivela così formidabile quanto la sua abitudine all'obbedienza, anche verso le persone socialmente inferiori. (Il Tempio l'ha istruita bene.) È quasi mozzafiato l'umiltà con cui finalmente si rivolge a me.

"Pensa che potrei venire a trovarvi domani mattina?"

"Ma certo, Madame!" interviene Vidocq. "Potrà considerare la mia casa il suo personale pied-à-terre."

Una condizione che pone prima di andare via: deve toccare suo fratello un'ultima volta.

Le sue mani gli sfioravano il viso, ricercando i vecchi lineamenti. Cosa a cui Charles si sottomette volentieri.

"Dobbiamo ringraziare Dio per questo," sussurra. "Non c'è niente che Egli non possa fare. A domani," dice, liberandolo sotto una lenta costrizione.

"A domani," risponde.

E così la duchessa d'Angoulême esce dalla stanza molto diversa da quando è entrata. Il marchese la accompagna alla carrozza e, non appena la porta si chiude alle sue spalle, Vidocq lancia il cappello dritto al soffitto. Non ritorna mai. Alziamo lo sguardo e lo troviamo avvolto attorno ai cristalli a goccia del lampadario del marchese.

"Missione compiuta, e siamo stati noi," dice.

Un bel pronome, quel *noi*. Solo che per i minuti successivi parla solo di se stesso. Del grande futuro che lo attende. Premi e ricompense, ricevimenti alle Tuileries, inviti nel salotto del barone Pozzo. Di lì a poco il suo stesso dipartimento. (Stia attento, ispettore Yvrier!) E se otterrà il titolo che certamente si aspetta, cosa gli impedirà di rivendicare la prefettura stessa?

Questo destino gli fluttua davanti ancora per qualche secondo. Poi si dirige verso la porta.

"Dove sta andando?" domando.

"A festeggiare, maledetto idiota. Si dà il caso che ho una giovane puledra a casa. In attesa di essere montata, se capisce cosa intendo. Oh, ha un campo di trifoglio che farebbe..."

"Anch'io amo i cavalli," dice Charles.

"Sì," dice Vidocq dopo una pausa. "Begli animali. Adesso vedrete se il marchese non vi inviterà a cena e a bere un paio di bottiglie di vino. Il minimo che può fare. E non lasciate la canonica da soli. Mandate a chiamare dei gendarmi, c'è una stazione di polizia a meno di due isolati da qui. Fate il mio nome, se è necessario. E vediamoci alla Maison Vidocq, va bene? Prima di ritirarci stasera, brinderemo al nostro trionfo."

"Ha dello champagne?" chiede Charles speranzoso.

"Le mosche mangiano la merda?" urla in risposta, spalancando le porte. Come al solito, porta con sé buona parte dell'ossigeno. L'aria è decisamente più rarefatta, sì, e le pareti stesse sembrano chiudersi attorno a noi mentre Charles dice in tono sommesso:

"Non sono pronto."

"Lo so."

Si lascia cadere sul divano. Tiene la testa tra le mani.

"Non credo che sarò mai pronto."

"Be', immagino che ogni re si senta così. Quando inizia. E poi trova la sua strada, no?"

I contorni del suo nuovo vestito crollano, centimetro dopo centimetro.

"A volte vorrei..."

"Che cosa?"

"Vorrei che mi aveste lasciato a Saint-Cloud."

Con più tempo, potrei riuscire a sezionare la fitta che mi prende al torace. Potrei anche chiedermi se non abbia ragione. Ma un attimo dopo le enormi porte del salone si spalancano e quattro gendarmi irrompono.

Ci deve essere un errore, vorrei dire. *Non vi ho ancora mandati a chiamare.*

"Nel nome di Sua Maestà Luigi XVIII, con la presente la arrestiamo, Charles Rapskeller..."

Stordito, Charles si alza dal divano.

"... per il crimine di cospirazione contro la vita del nostro amato monarca..."

"L'amato chi?" sussurra.

"... e lei, Hector Carpentier, in quanto complice dell'atto suddetto."

Inciampano nelle parole, questo è il primo segno. E le loro uniformi non vestono meglio di quanto l'abito di Vidocq vesta me. Monsieur può avere dato una ripulita ai suoi lacchè, ma odorano ancora inconfondibilmente di barricate.

"Come osate?" La voce della civiltà arriva loro da dietro. "Andate subito via!"

È sufficiente una sola bastonata per fare tacere il marchese. Crolla sul corridore di seta, come un carretto di legna.

Dopo di che... be', la battaglia è persa, tutto qui. Per quanto possa lottare, vengo bloccato arto dopo arto. Alla mia sinistra vedo uno stivale che colpisce Charles sulla tempia. Lo vedo accartocciarsi e cadere. Una mano mi si chiude intorno alla gola...

La cosa strana è che non ho mai chiesto aiuto. (D'altronde, chi sarebbe venuto?) Ma proprio mentre mi mettono il sacco di tela sulla testa, riesco a dire:

"Lo verrà a sapere."

Nessuna premessa, ovviamente. Potrebbero pensare tranquillamente che stia parlando di Dio. In verità, non commettono un simile errore.

"Il suo Vidocq sarà morto prima che il sole tramonti," dicono. E poi, quasi a mo' di ripensamento:

"Anche lei."

Capitolo 45
Il destino dei parricidi

In seguito, a stupirmi maggiormente sarà la velocità di tutto questo. Eccoci che salutiamo la duchessa d'Angoulême, e l'attimo dopo ci ritroviamo all'Hôtel de Ville.

Tutte le fasi intermedie vengono saltate. Nessun processo, nessun appello. Nessuna cella nella Conciergerie. Due uomini di nome Cornevin e Husson vengono fatti uscire da un recinto; io e Charles veniamo fatti entrare; la serratura scatta. Tutto viene portato a termine con il minimo sforzo.

Alla fine, immagino, non era necessario corrompere più di una manciata di funzionari. Gli altri si limitano a includerci nei loro turni prestabiliti. Allo scoccare delle tre del pomeriggio, per esempio, viene una guardia a dirci:

"È l'ora."

"Per cosa?" borbotta Charles, ancora alla deriva dentro e fuori dai sensi.

L'uomo non resta a rispondere. E quando arriva la guardia successiva, si limita a dire:

"Da questa parte."

Un lungo corridoio pieno di spifferi… una rampa di scale… ci fermiamo in una buia camera a volta.

“Sedetevi,” dice la guardia.

La consapevolezza avviene in tre fasi. La prima: un suono di schizzi, come se la Senna avesse oltrepassato gli argini, interrotto a intervalli da risate umane. Si sta radunando una folla. All’esterno. In Place de Grève.

Il secondo indizio: il prete dai capelli bianchi vicino alla porta. Si chiama padre Montès ed è cappellano capo delle carceri di Parigi.

E infine: quel tipo corpulento, grassoccio, dall’aspetto gradevole, con la redingote e il cappello a tricorno spiegazzato. Lui si chiama Charles Henri Sanson ed è pubblico boia di Parigi. È l’uomo che ha mostrato alla folla urlante le teste di Luigi XVI e di Maria Antonietta. Sta per fare lo stesso con noi.

“Buon pomeriggio,” dice, con un sorriso timido.

Qualcuno mi toglie la giacca. Qualcun altro mi lega i polsi dietro la schiena e mi slaccia la camicia. Il metallo freddo mi sfiora il collo; ciocche di capelli cominciano a cadere sulla mia spalla.

“Ha gli uomini sbagliati,” dico.

“Sì, certo.”

“Non siamo Cornevin e Husson. Il mio nome è dottor Hector Carpentier…”

“Capisco.”

“… e questo è Charles Rapskeller. Fratello della duchessa d’Angoulême.”

“Mm.”

"Il delfino scomparso, ne ha sentito parlare? Se gli toccherà un solo capello, sarà colpevole di regicidio. Sa cosa significa?"

E per un secondo, la parola sembra davvero mandare in frantumi il suo autocontrollo. I suoi occhi si spalancano per la sorpresa e, con un'alzata di spalle in segno di scusa, dice:

"Ehi, a che stavo pensando? Abbiamo una cosa da fare prima di partire."

Annuisce e due dei suoi assistenti afferrano Charles e lo distendono su una piattaforma di pietra.

"Aspetti," dico. "Aspetti."

Gli srotolano la manica della camicia. ("Bel tessuto," sento mormorare uno di loro.) Gli bloccano l'avambraccio destro. Gli allargano le dita che stringe a pugno.

"Che state facendo?" urlo.

"Solo una piccola formalità," risponde Sanson.

Come un bambino con il naso sepolto in un sillabario, comincia a recitare con voce cantilenante.

"Per ordine della disposizione 23-A, comma 9 del codice penale..."

"Per favore," dico. "Avete preso l'uomo sbagliato."

"... qualsiasi persona ritenuta realmente colpevole di cospirazione contro la vita del re è, agli occhi dello stato, colpevole di parricidio..."

La sua mano brancola verso una mannaia da macellaio. La solleva verso il soffitto.

"... e riceve una punizione proporzionata alla stessa."

Per un secondo o due, la lama resta sospesa lì, incastonata in un prisma di luce. Poi piomba giù.

"*No!*"

Nello stesso istante in cui grido, la lama taglia in due il punto esatto in cui il braccio di Charles incontra la sua mano.

Un grido… una raffica di rosso… e Charles cade a terra, il sangue che scorre a fiotti.

Con un movimento professionale, Sanson infila la mano mozzata in un sacco di patate e lo lega con calma. Poi, vedendo il mio viso, dice:

"Non si preoccupi, Monsieur. Può tenersela."

"Per l'amor di Dio," sussulto. "Non potete... non potete fasciare la ferita? Non potete..."

Le parole volano via prima che io ne veda l'assurdità.

"*Morirà dissanguato!*"

"Date a quell'uomo una coperta," ordina Sanson. "E non si preoccupi troppo di svegliarlo. È meglio per lui se non si sveglia."

Adesso tutta la loro attenzione è rivolta a me. Gli assistenti mi legano i piedi. Mi mettono una giacca sulle spalle e mi annodano le maniche sotto il mento. Un sudore freddo mi scorre sulla fronte. Il mio cervello si sta schiantando contro le pareti del cranio.

"Venga, figlio mio," dice padre Montès.

Piove. Inaspettatamente nell'ultima ora il sole si è nascosto e sono apparse le nuvole, e tutto ciò non fa la minima differenza per i mille spettatori che si sono radunati in Place de Grève. Molti di loro sono qui fin dalle prime ore del mattino (prima ancora che io stesso sapessi che sarei stato il loro intrattenimento), e ora, mentre si avvicinano le quattro, giacciono ammucchiati l'uno sull'altro con forza geologica, come strati di scisto. Si contendono la vista sui gradini del Palazzo di Giustizia, penzolano dai balconi delle birrerie, fanno tremare persino i ponti sotto il loro peso.

Un gruppo di gendarmi mi accompagna verso la soglia del gabbiotto d'ingresso, trascinandosi dietro Charles. Alla nostra vista il ruggito si abbatte come una tempesta. Barcollo all'indietro, ma una mano mi tiene eretto. Un'altra mi guida verso il carro in attesa.

Sanson esce per primo. Poi arriva Charles, ancora privo di sensi, ancora avvolto in quell'asciugamano inzuppato di sangue. Poi arrivo io.

Intorno a noi, una sola parola viene ripetuta di continuo, un milione di volte.

"Due! Due! Due!"

Le esecuzioni tramite ghigliottina sono abbastanza rare in questi primi giorni della Restaurazione, e vedere due condannati nello stesso pomeriggio è un piacere inaudito. *Proprio come ai vecchi tempi*, leggi nei pensieri della gente. *Prima che la forca diventasse una faccenda disdicevole.*

Un ufficiale dà l'ordine e il carro scatta in avanti, come spinto dal frastuono degli spettatori. Ciottolo dopo ciottolo procediamo, la folla si separa solo per richiudersi intorno a noi – attraverso Quai aux Fleurs (un odore sconcertante di rose), su Pont-au-Change, lungo Quai de Gesvres.

Strano che in questo momento mi venga in mente soltanto il pensiero delle teste degli altri. Spuntano da porte e finestre. Sbirciando da dietro i lampioni e le vetrine dei negozi. Guardandoci dall'alto con una lussuria furiosa.

Accanto a me, padre Montès solleva il suo crocifisso e intona... qualcosa... potrebbe essere latino, potrebbe essere carpatico. Il frastuono sovrasta tutti gli altri suoni, e l'unica cosa che mi arriva, alla fine, è un sobbalzo: la testa di Charles, che sbatte contro la mia spalla.

Fisso il suo viso bianco, bianchissimo. Un piccolo tremolio intorno alle palpebre. Una palpitazione del labbro inferiore. Non molto di più. *Morirà*, penso. *Prima ancora che riescano a ucciderlo.*

E ancora una volta mi ritrovo a desiderare che mio padre sia qui. Oppure Vidocq. Ma il primo dei due è morto da tempo, e l'altro lo sarà presto. E tra altri dieci minuti mi unirò a loro.

"Charles."

Ho le mani e le gambe legate. L'unica cosa che può tenerlo sveglio è la mia voce.

"*Charles, riesce a sentirmi?*"

Lo percepisco più che udirlo: il respiro che passa attraverso le sue labbra.

"Ho bisogno che mi guardi. Dritto nei miei occhi, riesce a farlo?"

Le palpebre si dilatano, le pupille danzano nelle loro orbite.

"Andiamo a fare una gita," gli dico. "Sarà molto divertente."

"No," mormora. "Piove..."

La pioggia, sì, gli abbassa le palpebre, gli gocciola lungo il mento come bava.

"Dimentichi la pioggia," dico. "Dimentichi tutto, riesce a farlo? Mi guardi solo negli occhi. Charles, deve farlo per me."

Passano ancora diversi secondi prima che le sue pupille si mettano a fuoco. "Bene. Va bene. Ora continui a guardare. Non deve fare altro."

Il carro continua ad avanzare, supera file di negozi, supera muri di volti. Risate e scherni... stivali che pestano nel fango... bambini che dondolano dalle insegne dei negozi... non notiamo nulla di tutto ciò. C'è una fortissima intimità tra di noi adesso, come se fossimo soldati in un fortino accerchiato.

Alla fine, una certa sfumatura di colore gli ritorna sul viso. Il respiro comincia a fluire a intervalli regolari. La parte posteriore degli occhi pulsa di luce.

E poi il carro si ferma.

"Abbiate coraggio," dice padre Montès spingendomi il crocifisso. Spera che lo baci prima di andare, ma sono troppo preso dalla vista di Charles, trascinato giù da una scala a pioli. E dalla vista di questa impalcatura: ferro, legno e corde. E incombente sopra di esso, quel familiare triangolo d'acciaio. La forca. La fabbrica-vedove.

"Hanno passato la cera proprio stamattina," ci rassicura Sanson.

Lancio uno sguardo verso il grande quadrante dell'orologio sulla facciata dell'Hôtel de Ville. Mancano due minuti alle quattro e ogni postazione buona è stata occupata. Per l'occasione sono stati affittati tavoli e sedie. Ci sono bambini che sbucano dai camini e tra le sbarre delle finestre, lanciando insulti. Appena sotto la piattaforma, due uomini si sono posizionati con delle ciotole per raccogliere il sangue.

Ecco per cosa ho salvato Charles.

Deve essere trascinato su per la scala, ma una volta in cima al patibolo riesce in qualche modo a percorrere gli ultimi gradini senza aiuto, e con una serenità abbastanza sorprendente date le circostanze. Gli spettatori ruggiscono la loro approvazione.

"Quello sì che un uomo! Non un solo tremito!"

"Un bastardo coraggioso, no?"

Una donna, piuttosto giovane e bionda, manda baci a Charles. La sua faccia è contorta dal pianto. *Scriverà un romanzo su di lui*, immagino. *Un brutto romanzo*.

"Mandate me per primo!" grido a Sanson. "Voglio andare per primo!"

"Le regole sono regole."

Due gendarmi adagiano Charles sull'asse oscillante, di piatto sullo stomaco. Dalla folla, un basso e lamentoso ronzio di piacere inizia a risuonare, aumentando di tono e volume a ogni fase del rituale: gamba destra legata, gamba sinistra legata. *Mmmm... Mmmmmmmmm...*

"Ho una dichiarazione da fare!" urlo. "Ho una confessione! Per favore! Voglio confessare tutto!"

"Allora mi lasci finire il mio lavoro qui," grida Sanson, con il primo accenno di risentimento nella sua voce. "Poi potrò occuparmi di lei, Monsieur."

Le ultime corde vengono legate. L'asse viene ruotata verso l'esterno, portando Charles direttamente sulla traiettoria della lama. Tutto ciò che Sanson deve fare ora è tirare la corda.

"C'è una grazia in arrivo!" strillo. "Arriverà prestissimo! Dal re in persona!"

"Non che io sappia," dice Sanson.

"C'è una grazia, glielo dico io!"

Ma alimento solo la folla. Prima che passino venti secondi, la parola mi risuona indietro da ogni angolo di Place de Grève.

"*Grazia! Grazia! Grazia!*"

Cosa che, in effetti, è l'ultimo dei loro desideri. Perché nulla li deluderebbe più di un ripensamento dell'ultimo minuto.

E niente sembra meno probabile adesso. Charles è perfettamente disteso, perfettamente immobile. Sanson si sta dirigendo, con grande determinazione, verso la corda. Tutto è perduto.

E poi, al di sopra del crescente brusio della folla, arriva un grido stridulo da corvo, così diverso nel carattere e nell'intento da creare attorno a sé un muro di silenzio.

"*Fermo!*"

Guardo l'oceano umano. Dal nulla è apparso un piccolo vortice. Due guardie reali, che si fanno strada tra la folla con il piatto delle loro spade, e a seguire nella loro scia, vestita come una vendicatrice, la duchessa d'Angoulême.

"Dovete desistere!" urla. "Questi uomini sono innocenti!"

In questo momento, scommetto che nessuno in Place de Grève è più terrorizzato di lei. Qui, da ogni parte, c'è la folla dei suoi terrori più profondi e privati. Che non le mostra alcun accenno di riverenza.

"Lasciatela perdere!"

"Non vogliamo mica rovinarle il divertimento, vero?"

"Rimandatela a palazzo!"

Imperterrita, si dirige dritta verso il patibolo, urlando mentre avanza.

"Vi dico che sono innocenti!"

Un mormorio di scontento si leva dal popolo, e ai piedi del patibolo, Sanson confabula accigliato con uno dei suoi assistenti.

“Penso che dovremmo darci una mossa...”

“Siamo in ritardo rispetto al programma...”

“La pioggia arrugginirà l’attrezzo...”

Ma questo scambio lascia il posto a un suono molto più ampio.

“*Ha sentito mia nuora, Monsieur Sanson!*”

Sui parapetti del Palazzo di Giustizia si erge una figura di inattaccabile dignità. Inghirlandato di nastri e medaglie. Vestito con tutti i prerequisiti della dinastia.

La sola vista di lui produce un suono completamente diverso nella folla. Di fatto, anche se molti di loro non hanno mai visto la duchessa d’Angoulême nemmeno di sfuggita, quest’uomo lo conoscono.

E adesso, con grande sorpresa di tutti quelli che mi circondano, comincio a ridere. Perché se avessi dovuto scegliere personalmente un salvatore, di certo non avrei scelto il conte d’Artois.

“*Questi uomini devono essere liberati!*” ruggisce, dispiegando un lungo documento. “*Per ordine del re!*”

Segue un momento di sospensione, durante il quale si riesce a vedere Sanson che soppesa attivamente le pretese dei suoi due padroni: folla e monarchia. Gli ci vuole mezzo minuto buono per schierarsi dalla parte di quest’ultima.

“Slegateli, ragazzi,” dice in tono rassegnato.

E quando l’ultima corda mi viene tagliata dai polsi, mi rivolge il suo più grazioso inchino.

“Nessun rancore, spero, Monsieur.”

Quando il conte raggiunge il nostro carro, la pioggia ha già cominciato a dissolvere il suo volto nei lineamenti familiari di Eugène François Vidocq. La duchessa, fradicia e ansimante, mi afferra per l'orlo strappato della camicia e grida:

"Può salvarlo?"

E proprio in quell'istante ci arriva il sussurro di Charles:

"*No.*"

Ma Vidocq si è già voltato verso la folla e, con la sua voce più imperiosa, sta urlando:

"Trovatemi un vaso di catrame!"

La sua capacità di restare nel personaggio è tale che una buona dozzina di persone si mettono a correre in altrettante direzioni, gridando: "Sì, Monsieur!" mentre vanno. Il primo a tornare è un commerciante di pesce, che è riuscito a trovare un costruttore di tetti, che porta con sé un vaso di melma nera, grondante vapore.

"Molte grazie," dice il finto conte d'Artois, usando la sua giacca per prendere il vaso. "Hector, dia la mano a Charles. Avrà bisogno di qualcosa da stringere."

Gli occhi del delfino perduto sono ancora vitrei e opachi quando Vidocq gli toglie l'asciugamano insanguinato dal braccio e fissa quelle frange penzolanti di vene e arterie.

"Mi dispiace molto, Sua Maestà," dice, facendo una rapida genuflessione. "È così che facevamo in mare."

E poi immerge il braccio di Charles nel catrame.

Anche Sanson sussulta davanti alla confluenza di carne e calore. Lo sfrigolio si sente a venti metri di distanza, l'odore molto più lontano. Quanto all'urlo, be', la duchessa dovrà tapparsi le orecchie per ben tre minuti prima che si spenga.

È così struggente il dolore di Charles, che solo molto più tardi, la sera, penso di guardarmi la mano, e mi accorgo che ho due dita gonfie e violacee. Rotte dalla pura forza della sua presa.

Capitolo 46
Speranze sventate

Molto più tardi quella notte – dopo che Charles si è finalmente addormentato, dopo che la duchessa ci ha lasciati con la promessa di tornare la mattina successiva – solo a quel punto io e Vidocq ci sentiamo a nostro agio nel raccontarci le rispettive storie.

"Quattro uomini?" grida nel suo bicchiere di vino. "È bastato questo per metterla KO? Ah! Per me ne sono serviti otto."

Stava entrando nel portico del marchese quando lo avevano assalito. Con tutto quello che avevano, ha detto. Punteruolo da sella. Mazzapicchio. Coltello da caccia. Ascia da carpentiere.

Aveva capito subito che stavano cercando di metterlo fuori gioco, non di ucciderlo, così aveva reso loro il compito il più difficile possibile. Uno era stato disarmato con un calcio tempestivo. Ne aveva colpito un altro con il gomito. Aveva fatto uscire una o due rotule e aveva rotto una trachea. Sarebbe stato ancora lì se non lo avessero assalito con un martello da muratore.

"Almeno penso che fosse uno di quei cosi. Troppo tardi per schivarlo."

Approfittando del suo stordimento, lo avevano legato come un cavallo con una corda e una martingala, lo avevano trascinato giù per le scale e lo avevano chiuso nella cantina del marchese.

"È stato il colpo più crudele di tutti, Hector. Lasciarmi a un passo da tutte quelle annate e senza la possibilità di berle."

Il vino, però, era stato la sua salvezza. Con i piedi legati era riuscito a prendere una delle bottiglie dagli scaffali e a frantumarla contro il pavimento di pietra. Con i frammenti di vetro aveva tagliato le corde.

Davanti a sé e alla libertà c'era solo una porta chiusa a chiave. Davvero una piccola barriera, una volta individuato un cavatappi. Dopo avere rianimato il suo spirito con una bottiglia del migliore Borgogna del marchese de Monfort, era riuscito ad avere la meglio sull'uomo incaricato di proteggerlo. Presto ne erano seguiti altri due, e a quel punto Vidocq aveva afferrato il martello facendolo oscillare. Altri tre avevano alzato i tacchi e se l'erano data a gambe.

"E poi mi volto... ed ecco lì il nostro Monsieur, reale come la vita. Un paio di mascalzoni ai suoi lati. E in ciascuna delle mani, una pistola con manico tirapugni, avvolta in un fazzoletto con il monogramma. Be', ero ubriaco, non mi faccio problemi a dirlo. Per quanto potessi essere calmo, ho detto: 'Si è dato un bel daffare, Monsieur.'

"E lui ha detto: 'Oh, speravo di evitare tutto questo pasticcio, ma non posso permettervi di appropriarvi del legittimo trono di qualcun altro. Non accadrà mai, lo sa anche lei.'"

“E poi cosa è successo?”

“Be’, ho pensato che la mia unica possibilità fosse pungere la vanità di quel bastardo. ‘Suvvia adesso,’ ho detto. ‘Sparare a un uomo non le si addice. Non è forse uno dei migliori spadaccini del paese? Perché non risolviamo questa cosa, solo noi due? Tiriamo fuori le spade e facciamolo.’”

“Lo ha sfidato a duello?”

“Be’, ciò che non ho menzionato è che anch’io sono un po’ esperto con il fioretto. Ho imparato da ragazzo, facendo baldoria con i giovani soldati ad Arras. Il primo uomo che abbia mai ucciso era un istruttore di scherma.”

Comunque sia, Monsieur ha accettato subito l’offerta e ha fissato l’ora e il luogo. Subito. Nel cortile.

Strano tipo di duello. Niente pistole all’alba ma lame a metà pomeriggio. Nessun secondo presente, a meno che non si contino i due furfanti assoldati che incitavano Monsieur, minacciando addirittura di ribaltare le sorti della gara a suo favore.

Vidocq aveva il vantaggio di essere più giovane e più grosso. Monsieur, dal canto suo, era arzillo e, avendo tirato di scherma più recentemente, possedeva la tecnica più smagliante. (“Il gioco di gambe è stato una gioia, Hector.”) Giravano in tondo sui parterre, alla pari come due lottatori. Ogni parata portava alla sua naturale risposta. Alla controparata seguiva la controrisposta. Il rumore delle lame risuonava contro le pareti intonacate di bianco, le cornacchie gracchiavano dal bordo del tetto, i furfanti di Monsieur applaudivano e fischiavano… e Vidocq si è reso presto conto che il tempo a sua disposizione stava per scadere.

“Oh, respiravo con l’affanno, amico mio. Poi, dal nulla, Monsieur esce con la *rose couverte*. Mi ferisce al fianco, mi colpisce alla schiena. L'attimo dopo mi accorgo che ho il suo fioretto conficcato nel collo. Può vedere la crosta proprio lì."

"Che cosa ha fatto?"

"Ebbene, la cosa che mi ha salvato è questa: non sono un gentiluomo. Molti anni fa, nelle galere, Goupil mi ha insegnato una piccola mossa di boxe francese che si chiama tartaruga azzannatrice. Mi è tornata in mente in un batter d'occhio. E quando ho sentito la gamba di Monsieur andare, improvvisamente mi sono ricordato: '*Ecco* come si arriva al momento in cui si spezza.'

"Così eccolo per terra, povero diavolo. Gamba rotta di netto. Gemiti e ansimi. 'Potrebbe uccidermi tranquillamente', dice."

"E lo ha fatto?"

"Non è stato necessario. Uno dei suoi uomini si è avvicinato e gli ha piantato un coltello nella gola. E poi parlano di lealtà. Il bastardo pensava che anche lui ne avrebbe ricavato una ricompensa. Ho detto che l'unica ricompensa che avrebbe ottenuto sarebbe stato un soggiorno gratuito in un penitenziario di mia scelta. A meno che non mi dicesse dove avevano portato i miei amici.

"Bene, l'intero piano è venuto fuori. Il capobanda di quegli idioti si chiama Cornevin. Oh, lo conosco bene. Quando è arrivato Monsieur chiedendo i suoi servizi, Cornevin gli ha detto: 'Lo farò gratuitamente se può aiutare mio fratello. Lo manderanno alla forca proprio questa settimana.' Ebbene, Monsieur ha visto la sua occasione. Se fosse riuscito a scambiare Charles con Cornevin – non troppo difficile per un uomo con le sue conoscenze – e poi scambiare *lei* con l'altro uomo... be', questo avrebbe risolto tutti i suoi problemi in due colpi di lama."

Al ricordo di quella lama chiudo gli occhi. È a quel punto che mi rendo conto di quanto sia secca la mia bocca. Non riesco a salivare dalle quattro di questo pomeriggio.

"*Ah gli scambi*," dico, mandando giù un altro sorso di vino.

"Non so se Monsieur abbia colto appieno il simbolismo, ma sì. Così eccola lì, Hector! Non era rimasto molto tempo, eh? Ho chiuso Cornevin e i suoi amici nella cantina, e a quel punto, chi è che viene a bussare se non la duchessa? Aveva un medaglione speciale che voleva regalare a suo fratello, così avrebbe potuto metterlo sotto il cuscino stasera. Ho detto: 'Suo fratello non avrà più bisogno di cuscini a meno che lei non arrivi a Place de Grève il più presto possibile.'"

"Non è andato con lei?"

"No, avevo già in mente un altro piano. Ecco, non potevo in alcun modo annullare l'esecuzione e, francamente, dubitavo che qualcuno avrebbe dato retta alla duchessa (non incute molto timore, non trova?) ma avrebbero ascoltato il fratello minore del re. E si dà il caso che io somigli al gentiluomo in questione."

"L'ho notato," dico, richiamando l'immagine di Vidocq (o almeno così pensavo) che ci guardava dalla carrozza del re.

"Be', certo, non avevo i miei soliti vestiti, così ho dovuto accontentarmi di quelli del marchese. Ho dovuto redigere un atto falso. Ed essendo stato conciato per le feste, ho dovuto ripulirmi un po'. Oh, ma avreste dovuto vedere la faccia del mio cocchiere quando sono salito sulla carrozza!"

"Così si è travestito da Artois mentre il vero conte giaceva morto nel cortile?"

"Il vero… oh, Cristo, Hector, non lo ha ancora capito? Non era Monsieur Artois."

"Chi era, allora?"

Un momento di pura esasperazione adesso, come se mi fossi perso il punto centrale di una battuta epica.

"Il nostro ospite! Il caro amico della duchessa. *Il marchese de Monfort.*"

Ci sono davvero dei vantaggi nell'essere un intimo amico del ministro della Giustizia. Quando muori in circostanze vergognose, il tuo amico si assicura che non rimanga nulla a macchiare la tua memoria. Vidocq viene debitamente incaricato di modificare il suo rapporto sulla morte del marchese de Monfort; tutti i complici noti vengono spediti in cella; e il giorno successivo, i giornali parigini danno notizia dello scioccante e inspiegabile omicidio di un pari del regno da parte di ignoti. Il palazzo si dichiara rattristato, e il marchese viene sepolto con ogni dovuta cerimonia. I suoi elogi lodano la sua fedeltà ai Borbone durante il loro lungo esilio, e la Camera dei Pari vota per erigere una lapide in suo onore.

"A me non la daranno mai una lapide," brontola Vidocq, lanciando disgustato il giornale.

Ci sediamo a fare colazione. È stata una lunga notte per Charles, e una mattinata cupa per me. Sono alla terza tazza di caffè e sto ancora aspettando che la nebbia se ne vada dal mio cervello.

"Quello che non capisco," dico "è perché il marchese ha simulato il proprio attacco. Avrei giurato di averlo visto sbattuto a terra."

"Era tutto uno stratagemma, Hector. Se il suo piano fosse fallito, se per caso lei fosse scappato, avrebbe potuto fare finta di non essere lui il responsabile. Probabilmente è per questo che non mi ha fatto uccidere. Ha pensato che avrei raccontato a tutti dei criminali che hanno fatto irruzione in casa sua."

"E si è preso tutto questo disturbo per garantire la successione di Artois? Mi aveva detto che erano nemici mortali."

"Lo erano."

Vidocq si copre la bocca, ma non riesce a nascondere il movimento del sopracciglio.

"Oh, andiamo," dico. "Dopo tutto questo, non possiamo più avere segreti."

"Be', sembra che ieri mattina i miei ragazzi stessero frugando tra gli effetti personali del marchese e abbiano fatto una scoperta interessante."

Dietro un falso pannello, nascosto da un panciuto cassettone nella camera da letto del marchese, gli uomini del Numero Sei hanno trovato un piccolo tempietto. Reliquie su reliquie, ben ripiegati come fossero ventagli femminili. All'inizio l'oggetto della devozione non era chiaro, finché qualcuno non ha tirato fuori una bandiera tricolore. Poi è arrivata una manciata di tovaglioli con le api ricamate sopra. Opuscoli e cartelloni. Mappe di Austerlitz e Jena.

E, in una nicchia interna, tutta una serie di effigi. Piatti di Napoleone. Tazze da tè di Napoleone. Busti di Napoleone. Monete, incisioni, cammei in avorio, ritratti a olio arrotolati. I totem di un salvatore, pazientemente atteso.

Ulteriori indagini avevano accertato che in passato il marchese aveva espresso sentimenti di natura inquietante e antimonarchica. Più di un ospite del salotto era rimasto sorpreso nel sentirlo dire che Napoleone aveva insegnato alla Francia a essere grande e che i Borbone erano ancora degli sfaticati. Waterloo era stata perduta, amava dire il marchese, perché quel contadino di Lacoste non sapeva della strada infossata dello *chemin d'Ohain*. Con una guida più informata, Napoleone non avrebbe mai ordinato la carica dei corazzieri di Milhaud... un terzo della brigata di Dubois non sarebbe mai precipitato nella scarpata... la Francia sarebbe ancora l'invidia del mondo.

Una delle amanti del marchese aveva confessato arrossendo che una volta si era assicurato un'udienza privata con Bonaparte in persona e se ne era andato con un sigillo d'argento, un piccolo segno dell'affetto dell'imperatore che aveva appeso a una catena e portava al collo. Lo aveva indossato fino alla sua morte e, per sua volontà, era stato sepolto con esso.

Ora mi sembra che nessuna quantità di caffè mi renderà lucido.

"Ha fatto tutto questo, ha ucciso tutte queste persone, solo per mantenere caldo il trono per Napoleone?"

"Be'," dice Vidocq, "la veda dal suo punto di vista. Luigi XVII, se dovesse tornare, sarebbe molto più difficile da destituire di Luigi XVIII. A nessuno importa di un vecchio con le ghette, ma l'orfano del Tempio? Risuscitato in vita? Lo ricopriremo di grani del rosario. E non lo lasceremmo più andare."

"E il marchese credeva davvero che Napoleone sarebbe tornato? E la Francia lo avrebbe riaccolto?"

"Ognuno sceglie il proprio messia," dice Vidocq, alzando le spalle. "Non c'è mai una spiegazione per la fede delle persone. Non è vero, Hector?"

Capitolo 47
In cui viene rivelata la natura delle ricerche di Hector

L'unica assenza rilevante al funerale del marchese è quella della duchessa d'Angoulême. Tra le persone in lutto circola la voce che sia malata, ma nel momento esatto della sepoltura del suo vecchio amico, di fatto è seduta in una camera da letto in Rue de l'Hirondelle, e strappa le lenzuola di lino di mamma Vidocq per farne delle bende.

Davanti a lei giace l'uomo che chiama fratello. Non più appoggiato sui cuscini. Piatto, immobile e pallido.

"Si è mai svegliato da ieri notte?" domanda.

"No," dico. "Ma il polso è costante e il respiro è libero. Al momento possiamo solo continuare a medicare la ferita e farlo stare il più comodo possibile."

Lei annuisce e continua a strappare le lenzuola. Che forza sorprendente hanno quelle dita bianche e trasparenti.

"Se ha obblighi urgenti, Madame, sarò lieto di aggiornarla sulle sue condizioni."

"A dire il vero preferirei restare. Se non le dispiace."

Resta tutto il giorno. E niente della ferita di Charles o della sua medicazione suscita in lei la minima repulsione. Svolge il suo lavoro in modo così silenzioso e metodico che mi ritrovo più di una volta a pensare che abbia mancato la sua vera vocazione.

E poi ricordo che questo era stato il suo obiettivo in tutti quei mesi al Tempio: prendersi cura del fratello. E ora, finalmente, qualcuno glielo permette.

Non ha mai chiesto un medico di corte.

Alle quattro del pomeriggio arriva mamma Vidocq con un vassoio grande quasi quanto lei.

"Ecco, Madame la duchessa. Le ho portato dei biscotti e una bella tazza di tè al crisantemo. Proprio quello che ci vuole per mantenere le forze. Ecco un po' d'acqua da fare sorseggiare al nostro paziente quando si sveglia. E per il dottore, un bel bicchiere di cassis. Bevete, miei cari. Ho portato anche altre lenzuola. Potete pure farle a brandelli, per quanto mi riguarda, a un corpo non serve più di un lenzuolo alla volta..."

Pochi minuti dopo, entra Jeanne-Victoire, annuendo freddamente in segno di rispetto.

"Dovrebbe aprirgli la camicia," dice. "Respirerà meglio."

Dopo avere espresso il suo consiglio, se ne va. Memore, però, della donna vestita di seta nera, si ferma sulla soglia e all'improvviso fa un inchino.

Non è il suo imbarazzo a farmi sorridere. È la situazione: una duchessa, la moglie di un fornaio e l'amante di un ladro che si ritrovano nella stessa stanza per prendersi cura di un re scomparso. Non è una cosa che vedi tutti i giorni a Parigi.

La mattina dopo, i primi segni di suppurazione compaiono da sotto la crosta della ferita di Charles. Faccio tutto quello che mi viene in mente. Lozioni clorurate, nitrato d'argento. Sanguinamento, sanguisughe. L'infezione continua a diffondersi.

Diversi giorni dopo, la duchessa, togliendo la fasciatura al fratello, vacilla all'odore della ferita. Prendendo un fazzoletto, abbassa lo sguardo sulla pelle appena annerita, che trasuda umori.

"Cancrena," dice.

Per mezzo secondo penso di mentire, ma poi lei mi guarda negli occhi e dice:

"Che cosa propone di fare?"

Non so se riesco a trasmetterlo, il tono della sua voce. Nessuna indignazione, nessuna altezzosità. Vuole sinceramente saperlo e pensa che io sia l'uomo giusto per dirglielo. Non mi soffermo nemmeno a chiedermi cosa avrebbe fatto mio padre.

"Secondo me, dovremmo rimuovere un altro pezzo di osso."

"Un altro..."

Si volta a guardare per vedere se il paziente ha sentito.

"La necrosi si è estesa troppo," spiego. "Rimuovendone ancora circa cinque centimetri, credo che potremo asportare il tessuto in suppurazione e, con un po' di fortuna, salvare il resto del braccio."

"E lui?" Sostiene il mio sguardo. "Salverà anche lui?"

"Penso che possiamo aumentare le sue possibilità di... farcela."

Fa un lungo respiro e poi, mentre studia la forma di Charles che si dimena sotto le coperte, butta fuori l'aria.

"Come desidera," dice.

Operiamo quello stesso pomeriggio. Jeanne-Victoire sorregge le gambe di Charles. Vidocq afferra il busto e sua madre regge la lanterna. La duchessa si offre volontaria, contro ogni tentativo di dissuaderla, per tenere il forcipe.

Ho somministrato a Charles laudano in abbondanza, ma una volta che la sega ad arco inizia a funzionare e la carne morta lascia il posto alle ossa vive, gli effetti del farmaco evaporano all'istante. Il corpo comincia a dimenarsi. Il sangue gli riempie la gola, la mascella si apre rivelando tutta l'estensione del palato molle e le urla emergono in una sequenza ininterrotta.

"Hector," mormora Vidocq, sudando per lo sforzo del trattenerlo. "Vuole darsi una mossa?"

Questa volta, quantomeno, ci risparmiamo il catrame. Un laccio emostatico rallenta l'emorragia a sufficienza da consentire l'applicazione delle legature, e Charles, con l'aiuto di un'altra dose di laudano, alla fine cade in un sonno agitato.

Per quasi due giorni la febbre aumenta, scendendo per poi risalire. Altro sanguinamento, altre sanguisughe. La duchessa strappa altre lenzuola per la garza, cambia più medicazioni. Tiene un asciugamano umido sulla fronte di Charles e soddisfa i suoi deliri più sfrenati con un tubare roco. Non sussulta nemmeno quando, alla fine del secondo giorno, lui canta, per tre volte, la canzoncina con cui ha rallegrato le nostre prostitute del Palais-Royal.

Principalmente, però, il suo repertorio è costituito da gemiti e lamenti. Una notte, un grido particolarmente forte mi strappa dal letto, mi fa volare verso il suo, dove mi stupisco nel trovarlo, per una volta, addormentato. Un attimo dopo, un grido ancora più forte squarcia le tenebre.

Accendo una lampada, mi infilo in corridoio. La porta della camera da letto di Vidocq è aperta di circa trenta centimetri, e nell'apertura vedo il volto sazio di Jeanne-Victoire, distesa nuda sul letto. A prenderla da dietro: il grande Vidocq, dal petto muschioso e onnivoro, una divinità in forma umana.

Sono troppo stupito per distogliere lo sguardo o persino per nascondermi. Con una voce decisamente soave, Vidocq strascica:

"Che ne dice di chiudere la porta, vecchio mio?"

La mattina dopo, scende e mi trova che mangio una frittata con erba cipollina e formaggio. Quando mi chiede come sta il paziente, rispondo in due parole, e mi rifiuto di incrociare il suo sguardo.

"Ohh," dice. "Siamo imbronciati, vero? Non avevo realizzato di aver bisogno del suo consenso per scopare una donna nel mio letto."

"Non è una donna qualsiasi."

"Ecco la verità," risponde, esplodendo in un sorriso.

Gli passo una ciotola di panna per il caffè. Gli lancio un tovagliolo.

"Mi prometta solo una cosa," dico.

"Mi dica."

"Si comporti bene con la bambina."

"La bambina?"

"La *bambina*. Quella che abbiamo trovato nell'appartamento di Poulain."

Mi fissa. "La bambina è morta di vaiolo, Hector. Nemmeno dieci giorni dopo che l'abbiamo vista."

"Ma lei... no, Jeanne-Victoire ha detto che la bambina era con suo fratello. A Issy."

"Be' sì, è lì che sono sepolti entrambi. Lo saprò bene, ho pagato io le spese. Oh, andiamo, non faccia quella faccia. Jeanne-Victoire è fatta di una stoffa più dura della nostra. Ce la farà."

Adesso capisco: il suo viso quando l'ho visto quella notte nel vicolo, in piedi sopra la figura accartocciata di Herbaux. Piccoli denti bianchi che brillavano al chiaro di luna. Una bellezza selvaggia. Ancora perfettamente viva.

"La domanda è," dice Vidocq, lasciando cadere la testa tra le mani, "*io* ce la farò?"

Quella sera, invece di ritirarmi nel mio letto, mi addormento sulla sedia. Un sonno completo, senza sogni, senza tracce. La mattina dopo, mamma Vidocq deve scuotermi per cinque minuti buoni prima di riuscire a svegliarmi.

"Dottore," dice. "La febbre è passata."

Un'ora dopo, quando arriva la duchessa, Charles è, per la prima volta nella sua convalescenza, seduto sul letto. Sul suo grembo riposa un geranio in vaso. Polpa arancione brilla dalle fessure dei suoi denti. I suoi occhi sono di un blu persiano.

"Buongiorno, Marie."

Lei si china sul letto. Gli prende il palmo e lo preme contro la fronte.

"Quasi non riesco a crederci," mi dice più tardi quella mattina. "È tornato a essere quello di prima..."

Come suona strana la frase sulle sue labbra. *Quello di prima.* Un uomo che conosce solo da due settimane. Un ragazzo che ha visto l'ultima volta ventiquattro anni fa.

Io e lei siamo seduti nel salone di Vidocq e prendiamo il caffè, che il suo stato d'animo la rende incapace di bere. Alza la tazza... la lascia cadere. Ancora e ancora, il suo Tantalo.

"Curioso," dice. "Mio fratello non ricorda praticamente nulla del patibolo o della ghigliottina, ma ricorda quello che è accaduto lungo il cammino. Ha detto che è stato lei a costringerlo ad addormentarsi in qualche modo. Senza dormire davvero. Oh, era molto confuso al riguardo, ma su un punto è stato abbastanza chiaro."

"Sì?"

"Lei gli ha salvato la vita."

Vorrei dirle che non ho nessun merito, tutt'altro, le parole mi si formano in gola... ma lei mi libera dal bisogno di pronunciarle.

"Mi dica cosa ha fatto," dice.

Ho resistito per tutto questo tempo senza parlare della mia ricerca, con chiunque. Ma ora, con molta cautela, pronuncio il nome di Mesmer. Un medico viennese arrivato a Parigi quarant'anni fa circondato dallo scandalo, esponendo una teoria chiamata "magnetismo animale". Lavorando con i casi medici più disperati, Mesmer attaccava dei magneti ai loro corpi, agitava una bacchetta davanti a loro e in qualche modo otteneva cure straordinarie.

I medici tradizionali lo detestavano e, dopo che la Facoltà di Medicina lo ha dichiarato un impostore, Mesmer se ne è tornato al suo paese. Le guarigioni in sé erano difficili da ignorare, e così si è formato un gruppo di scienziati parigini convinti che le terapie di Mesmer potessero essere separate dalla sua dubbia scienza medica.

Io ero uno di loro. Avendo assistito agli effetti di una coscienza alterata in un contesto clinico, sono arrivato a credere che queste stesse tecniche potessero essere utilizzate per ridurre il flusso vascolare. Se è così, allora le pratiche di Mesmer, un tempo screditate, potrebbero un giorno avere un impatto rivoluzionario sulla chirurgia e sul trattamento delle lesioni traumatiche.

La duchessa, questo glielo concedo, ascolta tutta la faccenda senza sbadigliare né abbassare le palpebre. Solo quando è sicura che ho finito di parlare mi domanda:

"Come si può dimostrare una teoria del genere, dottore? Se non ci sono uomini in fin di vita a portata di mano."

"Be', gli studi sugli animali sono stati inconcludenti." È un modo di metterla. "Potrei solo dedurre che l'amministratore, cioè io, deve essere in grado di dare istruzioni al soggetto. Ciò, a sua volta, richiede un certo grado di fiducia da entrambe le parti. Qualcosa che può essere difficile da realizzare con un topo."

"Con un altro umano, allora?"

"No. Non con un altro."

E come un ragazzo sorpreso a rubare le more, mi rimbocco la manica e mostro l'ormai debole scala di tagli, notata per la prima volta da Vidocq a Saint-Cloud.

“Ha testato la teoria su se stesso,” dice.

“Cinque mattine a settimana. Guardando da uno specchio.”

“Si è davvero causato da solo i sanguinamenti?”

“Be’, sì,” dico, arrossendo mentre tiro nuovamente giù la manica. “Ma non li ho mai lasciati andare avanti troppo a lungo.”

Ecco quello che non le dirò mai: che l’atto di far uscire il sangue sembrava una punizione adeguata per lo spreco che avevo fatto della mia vita.

Ecco quello che sto realizzando solo adesso: non voglio farlo più.

“Dottore,” dice. “Lei è un uomo molto interessante.”

“Madame, spero che mi perdonerà se oso farle io una domanda?”

“Chieda pure.”

“Le chiedo scusa, ma la gente a palazzo dove pensa che lei vada di giorno?”

“Dico loro che prego.”

“E questo li soddisfa?”

Un sorriso snervato le appare sulle labbra. “Hanno smesso da tempo di interessarsi a me. Mio marito, in particolare.”

“Bene, allora,” dico. “Peggio per lui, Madame.”

“Sono d’accordo con lei.”

Più tardi quel pomeriggio, sto passando davanti alla stanza di Charles quando lo sento svegliarsi con un sussulto. Sto per aprire la porta quando sento la voce di sua sorella che lo chiama.

"Marie," dice. "Sei tu?"

"Sì."

"Ti posso dire una cosa?"

"Certo."

"Non voglio essere re."

Una lunga pausa prima che la sua voce ritorni.

"Lo so."

Capitolo 48
Una confessione

Con Charles in via di guarigione, sono libero di dormire quanto voglio, eppure ogni mattina mi sveglio appena dopo l'alba, e Vidocq è ancora almeno dieci minuti avanti a me. Sempre seduto a fare colazione quando scendo, con il giornale che inghiotte per metà il tavolo, la tazza di caffè macchiata lungo tutto il bordo. Spinge verso di me la caffettiera.

"Dormito bene?" domanda, senza aspettarsi alcuna risposta.

Certe mattine c'è anche Jeanne-Victoire, ma il rituale rimane lo stesso e, nei momenti di sonnolenza, potrei credere che io e lui ci incontriamo così da anni. Per cui diventa ancora più sorprendente quando una mattina Vidocq rompe il consueto silenzio per annunciare:

"Abbiamo un ospite."

Sento lo stridore degli stivali sui gradini di marmo fuori dalla porta. Il fruscio della gonna di una donna.

"Chi è?" domando.

"Una vecchia amica."

E poi la possente porta si apre per rivelare la baronessa de Préval.

Vestita proprio come quando l'ho incontrata in Rue Férou. Un abito di damasco nero, un fisciù ben rammendato, guanti di daino ingialliti. Ma con questa aggiunta: un velo d'invidia. I suoi occhi abbracciano i tappeti Aubusson di Vidocq, la console Empire, i gradini di marmo... tutto nelle mani di un ex detenuto. Oh, è abbastanza per affinarne il viso.

"Il gendarme mi ha detto che desiderava vedermi, Monsieur."

"È così. Posso offrirle una tazza di tè, Madame?"

"Lei è molto gentile. Sarebbe tuttavia per me una gentilezza più grande, se lei volesse dirmi subito di che si tratta."

"Ottimo." Con uno svolazzo si asciuga le labbra e getta via il tovagliolo. "Prima della fine della mattinata, Madame, sarò del tutto pronto per arrestarla. Come complice di un delitto capitale."

La testa le si sposta indietro di un centimetro. Gli occhi lampeggiano divertiti.

"Complice?" domanda. "Di chi?"

"Del defunto marchese de Monfort."

"Per quale crimine?"

"Omicidio," risponde Vidocq disinvolto. "Tanto per cominciare."

Si annoda lo scialle intorno. Lo guarda dall'alto.

"Posso solo immaginare che sia uno scherzo, Monsieur."

"Su queste cose non scherzo mai. Il suo amico marchese ha provato a uccidere il dottor Carpentier qui presente. E Monsieur Charles, il giovane che ha intravisto nel mio ufficio. Entrambi sono riusciti a salvarsi, ma minimo altri tre omicidi potrebbero essere imputati al marchese." Fa una pausa. "Uno dei tre è quello del suo vecchio amico Leblanc."

Questo le toglie quasi completamente il fiato, come Vidocq deve avere previsto, perché la sta già guidando verso il divano.

"Leblanc?" sussurra, sprofondando nei cuscini.

"Oh, sì, Madame. Ormai abbiamo tutte le confessioni che ci servono. Per impedire a Monsieur Charles di reclamare la sua corona, non c'era niente che il marchese non avrebbe fatto. Ma c'è una cosa che non *avrebbe potuto* fare," aggiunge Vidocq, con voce più tranquilla. "Non avrebbe potuto sapere di Charles fin dall'inizio, a meno che qualcuno non glielo avesse detto."

Lei lo fissa. "Crede che sia stata io il suo informatore?"

"Lei era l'unica, Madame, a conoscere tutte le persone coinvolte. L'unica a potere fare sempre da tramite."

"Ma è scandaloso!"

"Dunque lo nega?"

Il suo viso, le si dia credito, rimane del tutto impassibile. È la sua voce che comincia a rompersi.

"Potrei avere... *menzionato* alcune cose... di sfuggita..."

Ma non riesce a fingere troppo a lungo. Perché il ricordo di ciò che ha fatto la travolge, uno sguardo di paura si insinua nei suoi occhi e grida:

"Ma non intendevo fare del male a nessuno! Dovete credermi, signori!"

"Questo dipenderà," dice Vidocq, "da quanto lei stessa sarà credibile. Forse potrebbe cominciare raccontandoci come ha conosciuto il marchese."

Si studia a lungo i guanti. Poi, con voce decisamente più debole:

"Se proprio vuole saperlo, era un mio vecchio ammiratore. Non molto tempo dopo il mio ritorno a Parigi, in un momento di debolezza, sono andata a trovarlo al suo hôtel."

"Perché, Madame?"

"Confesso che mi aggrappavo ancora alla... speranza del tutto assurda, lo so, che avrei potuto…" scuote violentemente la testa. "Avrei potuto riottenere la mia precedente posizione. In quella che chiamiamo società. Il marchese mi sembrava un utile sostenitore della causa."

"E come l'ha accolta?"

"Con freddezza. Credo che in passato potrei avere ferito la sua vanità. Ma mi ha chiamata due giorni dopo, e ha continuato a chiamarmi, nell'ordine di una o due volte alla settimana. Naturalmente non mi ha mai promesso nulla. Non è stato mai proferito alcun invito, né sono mai stata presentata a nessuno. Ma si impegnava comunque a non deludere mai le mie speranze."

"Certo che no," dice Vidocq. "Gli serviva. Quando gli ha parlato per la prima volta del delfino?"

"Era…" Le sue mani interrogano l'aria. "Credo sia stato nel corso della nostra primissima conversazione. Sì, stavamo parlando della famiglia reale, e ho lasciato intendere che il mio caro amico Monsieur Leblanc era stato… avvicinato da qualcuno… riguardo a Luigi XVII. Non riesco a ricordare cosa ho detto esattamente, io... be', lo consideravo niente più che un modo per intrattenerlo."

"E il marchese ha apprezzato?"

"Se ricordo bene, non ha mostrato alcun interesse, anche quando gli ho mostrato l'anello da dentizione. Ma lui... sì, nelle conversazioni successive faceva sempre in modo di tornare sull'argomento. A dire il vero, non è mai apparso più che moderatamente curioso. Non avevo motivo di sospettarlo di qualcosa."

E ora, in ultimo, le implicazioni dei suoi atti trovano la via di casa. Con un tono di nudo stupore, mormora:

"Gli ho detto..."

"Tutto," interviene Vidocq. "Gli ha parlato di me. Del dottor Carpentier, qui presente. Gli ha detto che Monsieur Charles, contrariamente alle sue supposizioni, era vivo e vegeto a Parigi. Sì, Madame, grazie alle informazioni che ha fornito, adesso possiamo aggiungere ai crimini del marchese la distruzione della casa del dottor Carpentier."

La testa le cade sotto il peso di ogni colpo... finché non si ritrova a fissare il pavimento.

"Stavo solo facendo conversazione," sussurra.

"Come fanno i parigini," dice Vidocq.

Respirando pesantemente, inizia a massaggiarsi le tempie. Per un attimo mi aspetto che svenga di nuovo.

"Oddio," sussurra. "Ho mandato Leblanc a morire."

"Per non parlare di Monsieur Tepac di Saint-Cloud," dice Vidocq. "Per non parlare della madre del dottor Carpentier."

C'è qualcosa nei suoi modi che previene ogni idea di clemenza. Molto sensatamente, quindi, la donna si rivolge a me.

"Dottore," dice. "Per favore mi creda. Non avevo idea che il marchese lo avrebbe fatto: era un caro amico della duchessa, come potevo immaginare che avrebbe... fatto del male a qualcuno che forse era suo fratello. Se lo avessi saputo, Monsieur, mi sarei tagliata la lingua prima di..."

Be', non mi vergogno di ammetterlo. Quando una donna di alto lignaggio si abbassa a supplicare, ti si spezza un po' il cuore, a prescindere da quanto ci si consideri democratici. E tuttavia, ignoro cos'è che dirò finché non sento me stesso che lo dice.

"Le credo, Madame."

Qualunque consolazione le dia, però, viene dissipata dalla sinistra leggerezza della voce di Vidocq.

"Se la duchessa la penserà allo stesso modo," dice, "be', quella è un'altra questione. Posso correre a chiederglielo, però, se vuole."

La baronessa lo guarda selvaggiamente.

"La duchessa è qui?" domanda.

"Ha passato la notte proprio in questa casa. A prendersi cura di suo *fratello*."

Negli occhi della baronessa si accende l'ultimo lampo di comprensione. "Fratello," gli fa eco.

E qui finiscono tutti i tentativi di autocontrollo. La testa le cade dietro le mani, e le lacrime arrivano a frotte.

"Oh, sono finita," geme nel suo fazzoletto tre volte rammendato. "Sono finita."

Dato il suo stato d'animo, la baronessa potrebbe facilmente supporre che la figura che ora scende i gradini è caduta direttamente dal cielo, schierata in giudizio. Ed è vero che la duchessa è stranamente raggiante per un'ora così mattutina. Di tutti noi, è quella che ha dormito meno, eppure c'è in lei uno splendore che scommetto lo stesso marito non ha mai visto.

Con una grazia compressa, percorre il resto di quelle scale e, con voce tranquilla, dice:

"La baronessa di Préval, o mi sbaglio?"

Il disordine emotivo della donna anziana e lo stato dei suoi vestiti la lasciano quasi incapace di parlare. Alla fine, oltrepassando i limiti del decoro, balza in piedi ed esclama:

"La conoscevo, Madame. Quando era bambina. Ero una cara amica della..."

"Della principessa de Lamballe, sì. La ricordo molto bene. E con piacere."

La scintilla di rassicurazione negli occhi della donna anziana si spegne con la stessa rapidità con cui si accende.

"Temo che non possa più essere così," dice.

La duchessa la guarda fissamente. Poi, stringendo insieme le mani della donna più anziana, la trascina verso il divano.

"Non deve essere troppo severa con se stessa," dice. "Molti di noi sono stati ingannati dal marchese de Monfort. Faccio anch'io parte di quella triste confraternita, e quindi sembra che io richieda lo stesso perdono di cui necessita lei, se non di più." Avvicinandosi, aggiunge, con voce bassa e chiara: "Non deve temere alcuna accusa da parte mia. O dalla Francia."

Ritirando delicatamente le mani, la baronessa asciuga le sue lacrime. "Madame..." Fa un respiro lungo e lento. "Mi ha davvero sopraffatta. E mi ha fatto il... il regalo d'addio più bello che potessi immaginare."

"Addio?" dico.

"Sì," risponde, facendomi un pesante cenno del capo. "Temo che sia stato un errore tornare a Parigi. L'ho fatto per compiacere Leblanc, e ora che è…" Un'ultima lacrima, grassa e ingombrante, portata via con le dita. "Bene, alla luce di tutto quello che è successo, credo che dovrei ridurre le mie perdite, come si suol dire. Prima che danneggi qualcun altro."

"Ma dove andrà?" chiede la duchessa.

Adesso ride, la baronessa. Un suono stranamente vertiginoso, che risale da un lungo passato.

"Non ne ho idea," dice. "Ma le donne come me trovano sempre una soluzione. E con un po' di fortuna, con la benedizione di Dio, un giorno potrei riuscire a perdonarmi per quello che ho fatto. Se una cosa del genere può essere concepita."

Concentrando ora le sue forze, si alza con un unico movimento rapido.

Tende la mano alla duchessa.

"Mi permetta di ringraziarla, Madame, per la sua abbondante gentilezza. Dal profondo del mio cuore, la ringrazio."

In circostanze normali, una simile affermazione farebbe emergere tutto l'imbarazzo della duchessa. È notoriamente timida e sospettosa dell'affetto. La serenità che la avvolge adesso è il primo segno che ha le sue idee sul futuro.

"No," dice. "Sono io che devo ringraziare lei, Madame. In anticipo. Perché sto per chiederle un grandissimo servizio. E non riesco a pensare a nessuno più adatto a realizzarlo."

Capitolo 49
Il sacchetto di mussola

È proprio la duchessa a tirare in ballo l'America.

Molti anni fa, al culmine del Terrore, una nobile famiglia di nome Lioncourt partì da Bordeaux, un passo avanti rispetto ai rivoluzionari dai berretti frigi. Attraversando l'Atlantico, prima verso Boston, poi nella Valle dell'Hudson, i Lioncourt riuscirono, dopo molti anni in affitto da un proprietario olandese, ad acquisire la propria terra. Quarantasei acri di gloria primordiale.

Nonostante tutto ciò, sono rimasti fedeli corrispondenti della duchessa e, nelle loro lettere, l'hanno sempre supplicata di fargli visita. Finora aveva rifiutato, ma infine ha trovato qualcuno da mandare al suo posto.

"Oh, dottore, riesce a immaginare quanto sarebbe felice Charles in un posto del genere? Tutta quella natura selvaggia. Non una città nel raggio di chilometri, e nemmeno un solo partigiano francese. Non dovrà più occuparsi degli affari di stato..."

"Ma cosa farà lì?" protesto. "Di cosa vivrà?"

"Del suo sostentamento è affar mio. Quanto a cosa farà..." La sua bocca si solleva leggermente da una parte. "Non è forse vero che ogni maniero ha bisogno di un giardiniere? Anche nel Nuovo Mondo?"

È così che una sera di fine maggio illuminata dalla luna, una curiosa comitiva si riunisce su Quai Malaquais. Tre uomini infagottati di nero, di varie dimensioni, e due donne in pizzo nero. Niente in questa assemblea suggerisce che includa due membri della famiglia reale e il poliziotto più famoso del paese. O che qualcosa di storico – la più silenziosa delle abdicazioni – sia in procinto di svolgersi.

Sì, tra pochi minuti un'anziana baronessa e un uomo di nome Charles Rapskeller saliranno su una stretta imbarcazione a chiglia piatta, presidiata dai servi della duchessa d'Angoulême. Saranno traghettati a valle fino a Le Havre. Da lì verranno imbarcati su una nave a tre alberi diretta a New York, con lettere di presentazione a ogni personalità di rilievo.

Per questo viaggio la baronessa si è ridotta all'essenziale. Un ciuffo di radi capelli grigi dove altrimenti ci sarebbe stata la parrucca. Un viso bianco e rilassato, disadorno di cipria o rossetto. Eppure qualcosa della sua vecchia posizione le è rimasto impresso anche adesso. Ne è un segno la colonna vertebrale rigida che mantiene mentre scende i gradini fino all'approdo. Da notare il suo sorriso, ancora smagliante, e la naturale dignità con cui accetta la mano della duchessa.

"Madame," dice la baronessa. "Può stare certa che veglierò su suo fratello. Come se fosse mio figlio."

"So che lo farà," risponde la duchessa.

La baronessa viene consegnata con cura ai barcaioli... e ora non c'è più nulla che impedisca a Charles di vivere la sua nuova vita. Nulla a parte se stesso.

"Forse non dovrei andare, Marie."

Avvicinandosi a lui adesso, parla con cadenze sommesse e raziocinanti, come una priora.

"Mio caro, non saresti al sicuro qui, lo sai. Se qualcuno scoprisse chi sei, non potresti mai più essere felice o soddisfatto. E nemmeno io potrei."

Con uno spasmo di impazienza, fruga nelle pieghe del mantello e ne tira fuori un sacchetto di mussola indiana. Grosso quanto un cavolo, bitorzoluto e sporgente.

"Ecco," dice, porgendoglielo con cupa soddisfazione.

"Ma cos'è?"

"Gioielli."

Tenendo il sacchetto contro la pancia con il braccio destro, usa la mano sinistra per allentare il cordoncino. Anche di notte non ci sono dubbi sul contenuto.

"Ma, Marie," dice a bassa voce. "Cosa devo farci con tutta questa roba?"

"Venderla," risponde semplicemente. "Un pezzo alla volta, quando ne avrai bisogno." Con un colpo del dito stringe il cordoncino.

"Ce n'è abbastanza per mantenerti per tutta la vita, Charles. Per tutti i giardini che..." i suoi occhi sfiorano il vuoto bendato all'estremità del braccio del fratello, "che vorrai".

A parte lo sciabordio del fiume contro la banchina, tutto è tranquillo e tutto è buio, non un solo lume acceso sulle chiatte vicine. Ciò significa che il tremore di Charles viene registrato come una vibrazione nella nostra pelle.

"Non posso," sta dicendo. "Non ho diritto a tutto questo."

"Chi ha più diritto di te?" ribatte la duchessa. "E a cosa mi servono i gioielli? Chiedi a chiunque, sono la donna meno alla moda di Francia. La chincaglieria è sprecata con me. Ne trarrai molto più beneficio di quanto potrei fare io."

"Ma potresti venire con noi!" grida, balzando in punta di piedi. "Potremmo attraversare l'oceano tutti insieme. Potremmo anche portare Hector. Non sarebbe splendido?"

Lo studia molto attentamente. E questa è la prima (e ultima) volta che aggiungo il predicato *ride* al soggetto *la duchessa*. Ma anche questo richiede una riserva, perché è il tipo di risata che si trascina dietro il dolore.

"Perdonami," dice. "Stavo solo immaginando cosa avrei scritto nel mio biglietto per il duca. *Mi spiace molto. Sono diretta in America. La prego, inizi il whist senza di me. Oh, e dica al re che l'anno prossimo gli manderò un paio di calze ricamate.* No," dice, dandogli un buffetto sulla guancia. "Ho paura che non vada bene, mio caro. Tu nel tuo mondo, io nel mio."

"E sarai felice nel tuo mondo?"

"Più di quanto non lo sia da molto tempo. Ancora di più sapendo che stai bene e che ti prendi cura di te."

La sua compostezza l'ha seguita fino a qui. Quanto deve essere sorpresa nel vedere che di colpo l'abbandona.

"Marie," dice lui, sventolando le mani intorno a lei. "Cosa c'è che non va?"

"Oh, è... hanno detto che dovevo prendermi cura di te.

Mamma e zia Élizabeth. Prima che venissero portate via, hanno detto… che questo era il mio incarico… di…" Si porta i pugni agli occhi.

"Ma lo hai fatto," dice. "Tutta la mia vita la devo a te."

Dalle cornee bordate di rosso, lei lo fissa. Non più di venti secondi, oserei dire, ma sembra un tempo molto più lungo.

"E pensare che devo perderti due volte," dice.

"Non mi perdi. Quello mai."

Senza una parola, lei annuisce.

"Ti scriverò quando approderemo," dice. "Ti va?"

Un altro cenno di assenso. Poi gli fa un rapido segno della croce sulla fronte e la suggella con un bacio, e con un rauco sussurro dice:

"Che Dio viaggi sempre con te."

Ogni fibra della sua volontà è coinvolta nell'atto di voltare le spalle. Ma una volta fatto, non torna più indietro. Né si accorge di Vidocq che balza in avanti.

"Bene, allora, giovanotto!" dice con una risatina da preside. "Non mi dispiace dire che la invidio. Anch'io ho sempre desiderato sperimentare l'America."

"Oh, allora può venire anche lei. Potrebbe travestirsi da gabbiano."

Quest'ultima cosa viene proposta con la massima serietà, ed è così che Vidocq la riceve.

"La prossima primavera," suggerisce. "Verrò come una rondine."

La sera volge al termine, è giunta l'ora della partenza e gli addii sono ultimati. Tranne uno.

"Hector…"

Charles mi cerca nel buio, ma io mi ostino a restare dove sono, con le braccia incrociate.

"Si copra bene," grido. "Fa freddo là fuori nell'oceano, e abbiamo tutti lavorato troppo duramente per perderla per una polmonite."

Ormai, ovviamente, è abituato a passare di proprietario in proprietario. Ha preso la notizia della morte di Monsieur Tepac come si potrebbe prendere quella di una deviazione su una strada. Ed è troppo dire che sia commosso da quest'ultima separazione. Disordinato rende più l'idea. Uno spostamento delle placche interne, solo appena un po' sismico.

"Addio," dice.

Prende posto accanto alla baronessa nella piroga che dondola. Lascia cadere il sacchetto di mussola nello spazio tra gli stivali, lo fa passare avanti e indietro, due volte, e poi lo stringe fino a farlo stare immobile. Il barcaiolo spinge la pala del remo verso la riva, l'acqua nera si piega attorno allo scafo, la marea prende il sopravvento. E mentre la barca si allontana, gli occhi di Charles, d'istinto, tornano al pontile. Dove l'unico paio di occhi che aspettano di incontrarli è il mio.

E nell'istante in cui la barca scompare oltre l'ansa del fiume, sento mio padre accanto a me. Perché le parole che mi vengono in mente sono rivolte direttamente a lui.

Lo abbiamo fatto. Abbiamo portato a termine il lavoro.

Capitolo 50
La creazione di un falsario

Be', a un certo punto, un medico ha bisogno di un alloggio proprio.

È vero, mamma Vidocq mi lascerebbe restare quanto voglio, ma non posso imporre la mia presenza ulteriormente, e suo figlio non lo permetterebbe. Così fa richiesta al Ministero della Giustizia di concedermi una ricompensa per i miei servizi alla corona. La risposta è rapida: duecento franchi, in una bella busta. Prima che trascorra un'altra settimana, sono in possesso di tre stanze, due abiti, una catena d'oro e un nuovo paio di stivali al polpaccio.

E, cosa di cui vado più orgoglioso, guanti da sera gialli.

L'unica cosa che mi manca è un futuro. Ma il presente, tutto sommato, è gradevole. Per diverse ore di fila, vago per le mie stanze, osservandone ogni aspetto. Legno dipinto, modanature dorate. Un tavolo da lavoro intarsiato di madreperla. Nella sala da pranzo c'è un vecchio tappeto persiano, comprato da mamma Gaucher in Rue du Figuier-Saint-Paul. Rinuncio a un'intera mattinata per studiarlo, ogni arabesco e palmetta, indugiando con particolare gusto sulla porpora di Tiro del medaglione.

All'inizio penso che sia la novità dei miei possedimenti ad attrarmi. Poi mi rendo conto che è la loro novità a preoccuparmi. Non rischiano forse di svanire tutti con la stessa rapidità con cui sono arrivati?

Un pomeriggio di inizio giugno, sto ammirando la mia toeletta in porcellana giapponese quando ricevo una visita a sorpresa da Vidocq. Ha messo a frutto il denaro della sua ricompensa: un abito estivo grigio di stoffa inglese leggera; un bastone dal pomello d'argento. L'acqua di colonia tiene a freno il suo odore di muschio naturale. E c'è dell'altro in lui: chiamiamola convinzione. Si comporta come un uomo che *appartiene* a queste cose.

Con un lieve cipiglio, fa il giro del mio alloggio, frugando la merce spietatamente come un macellaio di maiali.

"Non male," ammette. "Le pareti sono un po' spoglie. Non importa, ho alcuni mercanti d'arte con cui posso metterla in contatto."

Sorridendo gli passo un brandy.

"Perché non mi vende semplicemente il ritratto della baronessa?" gli domando.

E con mia sorpresa, non incontro un sorriso in risposta ma un ghigno.

"Non ancora," mormora. "Potrei ancora averne bisogno come prova."

"Prova?"

Sedendosi al mio nuovo tavolo da pranzo, beve un sorso di brandy, lo tiene qualche secondo in bocca, poi lo manda giù tutto d'un fiato.

"Ho svolto alcune indagini, Hector."

"Riguardo alla baronessa?"

"No, non esattamente. Félicité Neveu."

Lo guardo. "La lavandaia?"

"Con il bambino malaticcio, sì. Virgil, non era così che si chiamava? Be', non mi faccio problemi a dire che ci abbiamo messo un bel po' a rintracciarla. Quando ha lasciato Parigi nel '95, è riuscita a scomparire dalla mappa. Anche il bambino. Ma abbiamo appreso qualcosa di piuttosto interessante sulla sua carriera precedente. Sembra che, prima di fare la lavandaia, fosse impiegata come domestica. Da una famiglia molto distinta. Le va di indovinare chi? No?" Mi fa un sorriso interrogativo. "Il barone e la baronessa de Préval."

La mia prima reazione è ridere. La seconda è piangere.

"È impossibile," dico.

"Lo pensavo anch'io. Ma ci sono vecchi servitori dei Préval che ricordano abbastanza bene Félicité. Una donna graziosa. Naturalmente ha lasciato presto il servizio della baronessa. Nessuno sembra ricordare le circostanze, ma questo lo ricordano. Quando se n'è andata si è portata con sé un bambino."

Fissa il bicchiere con un mezzo sorriso.

"Ora chi fosse il padre, non lo sapremo mai. Ma del resto..." Alza le spalle. "Non siamo nemmeno sicuri di chi fosse la madre. Nessuno ricorda di avere visto Félicité incinta."

Voltandomi adesso, guardo fuori dalla finestra. La prima ondata di caldo dell'anno ha lasciato un vuoto nelle strade. Due apprendisti fornai lanciano secchi d'acqua fredda contro la vetrina del negozio per rinfrescare l'intonaco, e un vecchio, con la camicia striata di sudore, vende patate fritte con un grido crepitante e affamato.

"Non può credere che fosse il figlio della baronessa," dico.

"Non so cosa credere."

"Anche se... anche se si potesse concepire una cosa del genere... una donna della sua posizione che partorisce un figlio fuori dal matrimonio..."

"È già successo prima."

"... non si può immaginare che abbandoni il bambino. Lasciandolo in assoluta povertà. Sarebbe l'atto di un mostro."

"Ah, ma lei presume che abbia avuto una scelta. Nel frattempo è arrivata la Rivoluzione, ricorda? Ha dovuto fuggire dal paese. Le sue terre sono state sequestrate, i suoi gioielli sono andati perduti. Non avrebbe avuto modo di mandare dei soldi, anche se avesse voluto farlo."

"È assurdo," dico, scuotendo la testa enfaticamente. "*Chiunque* avrebbe potuto essere la madre di quel bambino. *Chiunque* avrebbe potuto averlo..."

E poi rimango ammutolito da un ricordo. Le ultime parole della baronessa, proprio mentre veniva fatta salire su quella barca.

Mi prenderò cura di lui, ha detto. *Come se fosse mio figlio.*

Come se lo fosse...

"No," dico, con voce bassa e sibilante. "No, è tutta solo una bizzarra coincidenza. Niente di più."

Vidocq si limita a schioccare la lingua. Fa roteare il suo brandy.

"Bene, dirò solo questo. Mi piacerebbe davvero tanto fare un altro tentativo con quella nostra baronessa."

"E cosa le chiederebbe?"

"Inizierei da questo. Come faceva il suo vecchio amico Leblanc a conoscere Charles? Glielo ha detto lei? E se sì, come faceva a sapere di Charles? E, a pensarci bene, perché ne ha parlato al marchese? Solo per passare il tempo? O sperava di procurargli un'udienza con la duchessa? Era sempre stato questo l'obiettivo?"

Ogni enfasi nella sua voce ora ha un'intensità sensuale. Quanto la desidera! Mi fa rabbrividire immaginare la baronessa in quella stanza senza finestre nel seminterrato del Numero Sei. Nessuna duchessa o dottore a salvarla. Solo Vidocq, in tutta la sua ferocia, che si abbatte su di lei.

E che insegue una fantasia, mi dico. Le nobildonne non affidano i propri figli alle lavandaie. E poi provano a piazzarli sul trono di Francia.

Ma poi dentro di me si alza una voce: *Perché sarebbe più una fantasia questa rispetto alla sua sul giardiniere svizzero?*

Sì, Vidocq avrebbe potuto insistere con la baronessa quanto voleva, ma alla fine sarebbe arrivato a una domanda alla quale nessuno, nessuno in vita, può rispondere. Chi era il ragazzo che mio padre ha portato via dalla torre quella notte? E cosa gli è successo?

Prendo dall'armadio una bottiglia di Borgogna schietto. Mi verso un bicchiere alto. Dietro di me sento il sospiro strascicato di Vidocq e quando mi giro lo vedo che estrae una pipa dalla tasca.

"Ha dei fiammiferi, Hector?"

Il modo in cui riempie la pipa adesso è così meticoloso. Misurato e freddo, come un cecchino che prende la mira.

"Il fatto è," dice, "che non possiamo attribuire tutto alla baronessa, per quanto ci proviamo. Dopotutto, la prova che ha davvero risolto tutto... be', non ha niente a che fare con lei."

"Che intende?"

"Quel biglietto di suo padre! Quello che abbiamo trovato in fondo al suo diario. Tutta quella faccenda del neo... voglio dire, è questo che ci ha portato alla duchessa, no? È questo che ha messo in moto tutto."

"Suppongo di sì."

Ormai il fumo ha formato un'aureola sopra la sua testa, e i vapori avanzano rotolando verso di me, strisciano nelle cavità della mia testa.

E poi, dal nulla, Vidocq posa la pipa e prende una borsa di pelle. Apre uno scomparto e tira fuori quel vecchio pezzo di carta, ancora con le pieghe. Ancora con quelle parole familiari...

A chi di competenza:

Potrete verificare la merce tramite il seguente particolare: un neo, marrone-nero...

"Che strano," dice Vidocq, tracciando i contorni delle lettere. "La carta da lettere è di Bromet. Sono sicuro che conosce il negozio, Hector. *Venerabile* azienda, molto vicina alla facoltà di medicina. Ma vede, quando ho mostrato a Monsieur Bromet questo particolare esempio della sua opera, non è riuscito a capirci niente."

"Perché no?"

"*Oh, mio Dio*, ha detto. *Un pezzo di carta così vecchio, ma quella particolare filigrana: be', quella la stiamo realizzando da meno di un anno*. Oh sì, ne era assolutamente certo. È stato lui stesso a registrare la filigrana lo scorso settembre."

Vidocq appoggia il dito sul bordo del foglio, lo spinge via delicatamente.

"Be', che mi venga un accidente, Hector. Suo padre è morto più di un anno e mezzo fa, non è vero? Ora, forse mi sfugge qualcosa, ma credo che questo renda il nostro documento... be', odio essere volgare, ma la maggior parte della gente lo definirebbe un falso." Annuisce, molto lentamente. "Sì, in effetti, qualcuno ci ha giocato un bello scherzo, si direbbe. E, naturalmente, essendo il tipo di persona che sono, sono stato costretto a chiedermi: *Chi?*"

Si batte lo scovolino per pulire la pipa sul naso. Una volta, due volte.

"Be', la notte scorsa," dice, "non sono riuscito a dormire, la cosa non mi sorprende. Così, per passare il tempo, ho iniziato a delineare nella mia testa un piccolo profilo. Ho pensato che, chiunque fosse il nostro falsario, doveva essere qualcuno con... diciamo, molta pratica nell'imitare la scrittura di suo padre. Persino *anni* di pratica. Qualcuno capace di farlo praticamente nel sonno. E chiunque fosse, immagino che credesse davvero che Charles fosse il delfino perduto e sapesse che avevamo bisogno solo di una prova in più per chiudere il caso.

"Così questo tizio, immagino che si sia seduto e si sia chiesto: Qual è l'unico segno identificativo su Charles Rapskeller? Il neo tra le dita dei piedi, no? Immagino che se ne sia accorto mentre..." qui si schiarisce leggermente la gola, "mentre aiutava Charles con gli stivali. Così adesso non gli restava che inserire quel piccolo dettaglio in un documento falso. Poi se ne sta buono e lascia che faccia il suo lavoro.

"E nonostante tutto, ne sono convinto, Hector, quell'uomo ha agito in perfetta buona fede. Con le migliori intenzioni, sì. Voleva solo vedere fatta giustizia."

Tocco la piccola crosta di sedimento che si è depositata sul fondo del mio bicchiere. La infilo in bocca e sento le labbra contrarsi.

"È una teoria interessante," dico.

"Sì, oggi sono pieno zeppo di teorie. E nessuna di loro è dimostrabile, è un vero peccato. Oh, Cristo! Stavo per dimenticare il motivo per cui in primo luogo sono venuto qui."

Frugando ancora una volta nella cartella, tira fuori un altro documento. Lo posa sul tavolo davanti a me.

"Che cos'è?" domando.

"Solo il mio piccolo resoconto dell'intera faccenda. Tutto quello che è successo dalla... mm... dalla morte di Leblanc in avanti. Non per uso pubblico, capisca, ma esclusivamente per i miei archivi. Ho pensato che, visto che lei è stato una parte così importante di tutto, Hector, potrebbe controllare la cosa per me, e se tutto corrisponde, allora..." con la mano rivestita da un guanto sfiora il fondo dell'ultima pagina, "firmare semplicemente con il suo nome lì, le andrebbe?"

Prendo il primo foglio e lo giro, ma le parole si spezzano nel momento in cui provo a leggerle.

"Sembra tutto proprio come lo ricordavo," dico.

"Ne è sicuro? Mi dispiacerebbe se firmasse con il suo nome qualcosa che non è accaduto."

Potrebbero mettere un centinaio di ascoltatori nella stanza: nessuno attribuirebbe un significato diverso a quelle parole. Nessuno tranne me.

"Ne sono sicuro," gli dico.

"Bene, allora, grazie mille. Non è che ha una penna d'oca da qualche parte?"

"Sulla scrivania."

"Ah! Ecco qui. Anche il calamaio nuovo! È tutto così nuovo qui."

Mi mette davanti penna e calamaio e poi... chi lo sa perché?... si volta dall'altra parte. Potrebbe darsi che si senta misericordioso, eppure la sua schiena è in qualche modo una visione peggiore della sua faccia. E mentre muovo la mano sul foglio, lo sento ancora – oh, sì – in ogni grazia e linea.

"Tutto fatto?" canta.

Fissa la firma con un'espressione imperturbabile. Poi vi affianca il biglietto di papà. Studia entrambi i documenti ancora per qualche istante. Poi, annuendo, li rimette nella borsa.

"Questo è tutto," dice tranquillamente.

È quasi arrivato alla porta prima che riesca a chiamarlo.

"Capo!"

E quell'unica parola crea una sorta di involucro intorno a noi. Perché è la prima volta che mi rivolgo a lui con quel titolo.

"Perché mi ha portato con sé?" domando.

"Portato dove?"

"A Saint-Cloud. Non aveva bisogno di me lì. Sarei stato solo un impiccio. In primo luogo, perché si è preso la briga di portarmi lì?"

Non c'è modo di analizzare l'espressione nei suoi occhi adesso. Con un po' di impegno, potrei riconoscere note di rimpianto, divertimento, nostalgia. Ma non c'è il minimo accenno di ira.

"Be', è come ogni viaggio, Hector. Con un po' di compagnia tutto va più veloce." Punta il cappello in avanti. "Penso che il viaggio sia finito adesso, non è vero?"

Ma continua a indugiare su quella porta. E nei secondi che seguono, per un istante è cancellato dalla prima immagine che ho di lui: vestito di stracci come Bardou, irto di sospetti. E poi ritorna il Vidocq del presente, un essere molto più gentile, e i suoi occhi, contro ogni aspettativa, maturano nell'allegria. Getta indietro la sua testa massiccia e scoppia a ridere.

"Grazie a Dio non è così innocente come sembra!"

E poi è via.

Capitolo 51
Postludio

Due giorni dopo la partenza di Vidocq, ricevo una convocazione da parte della moglie del generale-brigadiere Beauséant. Ormai sono diventato diffidente nei confronti degli inviti che arrivano dalle signore dell'alta società, e non mi sento più rassicurato quando la Madame in questione, una vedova di sessant'anni, si lamenta a lungo delle condizioni dei suoi fianchi. Alla fine si gira verso di me e, con un ronzante tono baritonale, ringhia:

"Be'?"

"Be' cosa, Madame?"

"Speravo, caro dottore, che mi avrebbe concesso il favore di una sua opinione sui miei reumatismi."

"Oh sì..."

"Quello che voglio dire è: pensa che potrebbe trovare uno spazio per me?"

"Uno spazio..."

"La prego, non sia timido, dottore! Lo sanno tutti. Lei dispensa le cure più efficaci di tutta Parigi."

Con molta attenzione poso la mia tazza di tè.

"Mi perdoni, Madame, ma chi glielo ha detto?"

"Be', la duchessa d'Angoulême! Proprio l'altra sera tesseva le sue lodi a chiunque volesse ascoltarla..."

Una settimana dopo, un invito alle Tuileries mi permette di ringraziare di persona la mia benefattrice, ma la duchessa non è dell'umore giusto. Vuole solo sapere se ho avuto notizie di Charles o della baronessa. A Le Havre ha ricevuto la notizia che avevano subito un ritardo e che avrebbero preso la nave successiva per l'America. Da allora, nessuna parola.

"Mi dispiace molto," le dico. "Non ho avuto nessuna notizia."

Quando ci lasciamo dice in un mormorio confidenziale: "Non dobbiamo preoccuparci, dottore. Dio ha fatto di tutto per riportare Charles da noi. Dio non lo abbandonerà una seconda volta."

Alla fine, Charles e la baronessa non riescono a mantenere l'appuntamento con i Lioncourt della Valle dell'Hudson, e la duchessa, affamata di notizie, non ne riceve alcuna. Di fatto non riceve più nessuna notizia di Charles.

Ma la sua fiducia in lui rimane salda, motivo per cui rifiuta di incontrare qualcuno degli altri "delfini perduti" che vengono a fare valere le loro pretese con lei. E ce ne sono decine. Uno, un orologiaio tedesco di nome Karl Naundorff, arriva al punto di citarla in giudizio per il recupero di beni personali. Per la sua temerarietà viene deportato in Inghilterra.

Nel 1824 arriva la morte tanto attesa del vecchio Luigi XVIII, affetto da gotta. Il conte d'Artois ottiene la corona che desiderava da tempo e, con il nome di Carlo X, la possibilità di praticare l'assolutismo di cui crede che la Francia abbia bisogno. La Francia non è d'accordo. Dopo sei anni, viene sostituito da Louis-Philippe, un cugino meno problematico. Ancora una volta la famiglia reale viene espulsa; ancora una volta la duchessa è costretta a lasciare la sua terra natale. Questa volta per sempre.

Le sue peregrinazioni la portano da Edimburgo a Praga fino alla Slovenia, ma resta sempre la mia corrispondente più fedele. E se nelle sue lettere raramente menziona Charles, è la figura che si nasconde dietro ogni riga e, in effetti, la fonte della nostra intimità, perché cos'altro abbiamo in comune io e lei?

Altro che carriera. A poche settimane dal suo sostegno pubblico, sono assediato da richieste da tutto Faubourg Saint-Germain. Esclusivamente donne: contesse e marchesi e mogli di ambasciatori e madri di banchieri, che lamentano palpitazioni, insonnia, frigidità, avidità. Molte di loro credono di morire; una è convinta di essere un gallo cedrone. Tutte hanno franchi per il trattamento e, prima che sia passato un altro anno, ho la mia clinica in Rue de Richelieu e la reputazione di uomo dotato di rari (e, per certi versi, indecenti) poteri di suggestione.

Vi svelerò un segreto. Portate un certo tipo di donna in una stanza buia, guardatela negli occhi e, dove necessario, applicate la semplice fisica del tatto... saranno in poche quelle a resistere. E se questa stessa donna volesse essere lei a curare te, chi sei tu per dire di no?

Dopo diversi anni trascorsi così – e più di qualche amante – giungo alla conclusione che la mia specialità si è allontanata troppo dall'ideale ippocratico. Con un voltafaccia che spaventa anche me, mi dedico alle malattie veneree. È una specialità pensata per offendere la mia precedente clientela, eppure i miei primi pazienti sono le nobildonne che trattavo per problemi di circolazione.

Ben presto anche gli uomini iniziano a presentarsi alla mia porta. Marinai, calafati, viceministri, duchi... Curo tutti senza distinzioni, ma faccio pagare in base alle possibilità. Una mattina di agosto ricevo la visita di un distinto gentiluomo con una camicia di seta bianca con le ruche sotto una giacca estiva leggera. Mi segue nello studio e quando gli chiedo del suo stato risponde, con la cadenza più cortese:

"Dal cazzo esce la roba sbagliata."

Alzo lo sguardo. Un grande occhio grigio-blu mi fa l'occhiolino. Vidocq.

Non ci parliamo da molti anni, ma ho seguito i suoi progressi dai giornali. So, per esempio, che ha sposato Jeanne-Victoire – infine "ha rispettato la sua parte dell'accordo". Sicuramente anche lei avrebbe rispettato la sua, se non fosse morta di lì a quattro anni. Mamma Vidocq l'ha seguita sei settimane dopo e, secondo le voci di corridoio, il grande poliziotto adesso si consola con il fascino di una giovane e attraente cugina. Questo quando non è a caccia di attrici, modelle di artisti, soubrette... le mogli dei suoi stessi poliziotti...

Ora è più robusto e più grigio, più raffinato nei modi, ma altrettanto disinvolto con il corpo. Mentre allarga il suo corpo seminudo sul lettino, la conversazione fuoriesce da lui in una perfetta cascata.

"Accidenti a me, Hector, si è sistemato bene. Le piacciono i candelabri... il porfido, vero? Con un po' di malachite gettata dentro? Bellissimo pezzo. Anche gli arazzi in velluto sono un bel tocco. Devono arrivare da Lione. Ehi, si è sposato? No? Si metta in ginocchio e ringrazi Cristo. Eccomi qui, con una moglie appena seppellita, e Fleuride-Albertine che mi assilla ogni giorno per portarla in municipio. Qual è il punto, le chiedo? Ah be', dopo tutto c'è un lato positivo nella gonorrea. Nessuno ti trascinerà all'altare con il cazzo che perde. Non che questo mi impedisca di fare il mio sporco lavoro. Ah! Sono *nato* eretto, Dio solo sa se è vero..."

Il fatto che lo tocchi nel corso della visita non ferma il flusso di parole, ma una nuova qualità si insinua nella sua voce: vulnerabilità, chiamiamola così. Mi rendo conto che sta parlando perché è a disagio quasi quanto me.

"Cos'è che sta mescolando?" chiede infine.

"Mercurio e nitrato d'argento."

"Va dritto nel vecchio buco della pipì, vero?"

"Purtroppo sì."

Dal suo silenzio, presumo che si stia preparando alla siringa. La verità è che sta già tornando al nostro tempo condiviso.

"Strano affare, vero, Hector?"

"Sì, lo è stato."

"La parte di cui mi pento davvero," dice, "è che non sapremo mai cosa è accaduto in quella torre tanti anni fa. Ed è un vero peccato."

Una notte di dicembre, tornando a casa, trovo una busta indirizzata a me dagli Stati Uniti d'America. Contiene un breve ritaglio del *City Gazette and Daily Advertiser* di Charleston, in Carolina del Sud. Il mio inglese è appena sufficiente per capirlo:

> La baronessa de Préval, la celebre conferenziera, è arrivata in città e sta dando un'esibizione dei suoi meravigliosi poteri. Avendo avuto il piacere di vederla di persona, non posso non dare a questa gentildonna francese straordinariamente elegante e graziosa il dovuto elogio a cui hanno diritto i veri talenti. L'argomento della conferenza è: "Le sofferenze di una pari sotto il regno del terrore, per mano dei giacobini atei." Particolarmente avvincente è la drammatica rievocazione del tentativo di ghigliottinamento del figlio della baronessa, che, in realtà, è riuscito a stento a scampare all'evento perdendo la mano destra. Questo ruolo nel tableau è interpretato dal gentiluomo stesso, che contribuisce anche con un delizioso discorso sulle varietà di orchidee in Europa rispetto alle Americhe. Confido sinceramente che la baronessa e il suo collaboratore riceveranno l'incoraggiamento che tali persone meritano.

Un intenditore

Non lo mostro mai a nessuno, men che meno a Vidocq, ma di tanto in tanto lo tiro fuori. Cerco chiarezza, suppongo, ma trovo solo altra confusione.

Mi chiedo: Charles si è semplicemente attaccato a un nuovo protettore, si è infilato in un nuovo paio di scarpe? O è davvero il figlio della baronessa? Come faceva allora a conoscere tutti quei dettagli intimi della prigionia della famiglia reale? I cannoni... la falena testa di morto nella sottoveste della principessa... le lettere legate con un nastro bianco... come poteva qualcuno che non fosse Louis-Charles sapere queste cose?

Così eccomi qui, un uomo di mezza età, per niente vicino alla certezza, e costretto, infine, a crearne una tutta mia. Vidocq dice che non si può mai fare affidamento sulla fede delle persone, ma io credo di sì. Realizziamo ciò che desideriamo. Gesù era solo il figlio di un falegname finché un gruppo di credenti, ripensando a lui molto tempo dopo che si erano svolti i fatti, decise che era qualcosa di più. Così anche Charles, sotto la spinta delle nostre speranze, è diventato l'uomo che desideravamo. Adesso è quell'uomo. Per quanto imperfettamente arriviamo a credere in qualcosa, la convinzione è la sua stessa perfezione.

Vale a dire: contro ogni evidenza contraria, credo che Charles Rapskeller sia Luigi XVII.

E proprio mentre lo affermo, danzando mi allontano nuovamente. Forse ho raggiunto un'età in cui non sapere è di fatto più interessante che sapere.

O come ha detto Vidocq sul tavolo della mia clinica, guardando quella siringa che avanzava verso di lui:

"Di fatto, non risolviamo mai un bel niente. Facciamo semplicemente altre domande. Adesso faccia funzionare il mio serpente, va bene, Hector? C'è una fioraia in Rue Saint-Claude. Pronta per l'impollinazione..."

Ringraziamenti

Il mio resoconto degli ultimi mesi del delfino nel Tempio ha a che fare in parti uguali con storia e invenzione. Per la storia vera, si consiglia al lettore di consultare l'eccellente *The Lost King of France* di Deborah Cadbury.

Un ringraziamento speciale va a Marjorie Braman, per avermi sussurrato il nome di Vidocq nelle orecchie, e allo stesso Vidocq, per avermi dato un motivo per tornare a Parigi.

A seguire, la solita lista di gente verso cui sono debitore: Christopher Schelling, Peggy Hageman, Sharyn Rosenblum, Abby Yochelson.

A questi vanno aggiunti: Dan Mallory (il cui talento adesso si estende al design delle copertine dei libri), Jean-Luc Piningre (traduttore francese impareggiabile), Paul Bayard (consulente medico pro bono), Denny Drabelle, Dan Stashower, Sheryl Kroen.

Don completa il tutto.

Finito di stampare
nel mese di febbraio 2024
presso
Puntoweb S.r.l.
Via Variante di Cancelliera – Ariccia (RM)

Printed in Italy